KRESLEY COLE

Flammen der Versuchung

Ins Deutsche übertragen
von Jutta Nickel

LYX

LYX in der Bastei Lübbe AG
Dieser Titel ist auch als E-Book erschienen.

Die Originalausgabe erschien 2004 unter dem Titel
»If you Desire« bei Pocket Books, Simon & Schuster, Inc., New York, USA.

Redaktion: Susanne Kregeloh
Umschlaggestaltung: © Guter Punkt, München |
www.guter-punkt.de unter Verwendung von Motiven von
© hotdamnstock, DanKe/shutterstock
Satz: Greiner & Reichel, Köln
Gesetzt aus der New Caledonia
Druck und Verarbeitung: CPI books GmbH, Leck – Germany
Printed in Germany
ISBN 978-3-7363-0557-1

1 3 5 7 6 4 2

Sie finden uns im Internet unter www.lyx-verlag.de
Bitte beachten Sie auch: www.luebbe.de und www.lesejury.de

Dieses Buch widme ich all denen,
die auch heute noch auf der Suche nach echten Abenteuern
sind, jenen geheimen Erben des Viktorianischen Zeitalters,
die stürmisch in die Geschichte einfallen, sie in sich aufsaugen,
unbekümmert und selbstvergessen in ihr herumtollen –
und so klug sind, sich nicht in ihr zu verlieren.

Disziplin ist nichts anderes, als Konsequenzen
aus dem Weg zu gehen.
Wer sich beherrschen kann,
wird zuletzt immer die Oberhand gewinnen.
HUGH LOGAN MACCARRICK

Es ist keine Kunst, einen starken Mann
in die Knie zu zwingen. Aber ihn dort zu halten,
ist eine verzwickte Angelegenheit …
JANE FARRADAY WEYLAND

Prolog

Nordafrika, Königreich Marokko, 1846

»Schieß endlich, MacCarrick!«, befahl Davis Grey zum wiederholten Mal. Sein Tonfall klang harsch, aber er sprach leise, um ihr Versteck nicht zu verraten, das unterhalb eines einsamen Gipfels des Atlasgebirges lag.

Hugh schenkte ihm keine Beachtung. Es würde das erste Mal sein, dass er einen Menschen tötete. Und ihm war vollkommen klar, dass es kein Zurück geben würde, nachdem er die Tat begangen hatte – eine gewichtige Entscheidung für einen Mann, der gerade erst zweiundzwanzig Jahre alt geworden war.

Ja, verdammt noch mal, er würde es tun – aber erst, wenn *er* dazu bereit war.

Hugh löste den Blick vom Zielfernrohr und nahm eine Hand vom Gewehr. Er fuhr sich mit dem Unterarm über das Gesicht, wischte den Schweiß und auch den Sand fort, der ihm wie mit Nadeln in die Augen stach. Es war Hochsommer, und das fast unnatürlich wirkende Blau des Himmels erstreckte sich endlos über ihnen. Kein Wölkchen war zu sehen. Hugh blinzelte in die Sonne, deren grelles Licht weißlich auf ihn herabbrannte.

»Warum zum Teufel zögerst du?«, drängte Grey. »Es ist schon Mittag.« Die Sonne stand direkt über ihnen und warf kaum Schatten. Selbst der beste Schütze ließ sich manchmal durch Schatten narren.

Grey war einige Jahre älter als er, und Hugh wollte den Mann nicht enttäuschen, der ihm seit langer Zeit sein Mentor war. Wenn man den MacCarrick-Clan nicht zählte, war Grey sein einziger Freund. Abgesehen von seinen Brüdern war er der Einzige, mit dem Hugh überhaupt Zeit verbringen wollte. Und abgesehen von einem Mädchen mit rotbraunem Haar, für das Hugh jederzeit getötet hätte. Er lachte bitter und legte erneut das Gewehr an.

Genau genommen töte ich für sie, dachte er unwillkürlich.

Indem er einem fremden Menschen kaltblütig das Leben nahm, überschritt er eine unsichtbare Grenze. Und genau das lag in seiner Absicht.

»Verdammt noch mal, MacCarrick!« Grey riss sein eigenes Gewehr aus dem Lederholster und schraubte das Fernrohr wieder auf. »Wir werden garantiert vier Wochen warten müssen, bis wir wieder so gut zum Schuss kommen!«

Grey hatte recht. Immerhin wusste der Verräter, dass man ihn für sein Vergehen töten würde. Vor einem Monat war der Mann geflüchtet und hatte sich im verlassenen Farmhaus eines Berbers verkrochen, das im Tal tief unter ihnen lag. In diesem Teil der Welt verfügte sogar ein so verrottetes Anwesen wie jenes dort unten über einen Innenhof, und genau dort kauerte der Mann jetzt. Mit der Pistole auf dem Schoß und dem neben sich auf dem Boden liegenden Gewehr beobachtete er den einzigen Zugang zum Hof. Nur von hier oben war er ungeschützt.

Sie hatten freie Bahn für den Schuss, aber sie wussten beide, dass Grey ein Ziel aus dieser Entfernung niemals treffen würde. Der Mann bevorzugte die Klinge als Waffe, wohingegen Hugh im Schießen geübt war und auf die Jagd ging, seit er alt genug war, ein Gewehr in den Händen zu halten. Außerdem wollte er es schnell erledigen, solange der Verräter sich noch allein im Hof aufhielt. »Ich tue es«, sagte Hugh leise mit einem Seitenblick auf Grey. Er weigerte sich zu glauben, dass Erregung in den Augen seines Freundes aufblitzte. Schließlich war es nichts als ein Auftrag, wenn auch ein grauenhafter. Hugh nahm den

Mann im Hof erneut ins Visier. Es herrschte nur eine leichte Brise, aber das Ziel war mehr als eine Viertelmeile entfernt. Das grelle Licht der Sonne gehörte ebenso zu den Faktoren, die bedacht werden mussten, wie die Tatsache, dass der gut neunzig Zentimeter lange Lauf seines Gewehres in der Hitze warm geworden war. Und das traf auch auf die Kugel zu, die in der Kammer steckte. All das galt es zu bedenken.

Er strich mit dem Zeigefinger über die Sperre des Abzugshahns, bevor er die Fingerspitze auf den Bügel legte. Es war der Beginn eines Rituals, das er fast unbewusst vor jedem Schuss ausführte. Mit der anderen Hand umfasste er den Gewehrkolben, rieb mit dem Daumen zweimal über das Holz und verharrte dann reglos, während er tief Luft holte und dann ausatmete.

Fast sanft drückte er den Abzug. Der Schuss knallte, als hätte jemand eine Kanone abgefeuert, und hallte Hugh viel lauter in den Ohren wider, als er es je auf einer Jagd erlebt hatte.

Kaum zwei Sekunden später durchschlug die Kugel die Stirn des Mannes und schleuderte ihn zu Boden. Blut sickerte aus seinem Hinterkopf und tränkte den Sand. Seine Beine zuckten so heftig im Todeskampf, dass zu seinen Füßen eine Staubwolke aufstieg.

Es ist getan, dachte Hugh.

Er fühlte sich ausgebrannt.

Wieder entdeckte er so etwas wie Erregung in Greys Blick. »Noch nie ist mir jemand begegnet, der so ausgezeichnet schießen kann wie du, Schotte.« Grey klopfte ihm anerkennend auf die Schulter, soff den Flakon leer, den er immer mit sich führte, und grinste.

Hugh war angewidert, fühlte sich aber zugleich seltsam erleichtert.

Sie saßen auf und ritten eilig ins Tal hinunter. Als sie nach einer Stunde das erste Dorf erreichten, verlangsamten sie das Tempo.

»Wenn wir wieder in London sind, werde ich Weyland berichten, dass du über dich selbst hinausgewachsen bist.« Greys Ton war jovial, in seiner Stimme schwang noch immer Aufregung mit.

Hughs Gesichtsausdruck musste verraten haben, dass die heitere Stimmung seines Freundes ihm Unbehagen bereitete.

»MacCarrick, schau mich nicht so an. Wenn du erst mal so lange dabei bist wie ich, werden wir ja sehen, ob du es nicht auch irgendwann lieben wirst.«

Es lieben? Hugh schüttelte den Kopf. »Es ist ein Auftrag«, erwiderte er bedächtig. »Mehr nicht.«

»Glaub mir.« Grey lächelte wissend. »Mit der Zeit wird es zu mehr … und irgendwann ist es dann das Einzige, was dir noch bleibt …«

1

England, London, 1856

Ein eiskalter Mörder, der seine Leidenschaft seit mehr als einem Jahrzehnt verleugnete …

Das war es, was Edward Weyland mit seiner kryptischen Nachricht in das Leben seiner Tochter zurückbrachte:

Jane ist in ernster Gefahr.

Seit Hugh das Sendschreiben Edward Weylands vor zwei Tagen in Frankreich erhalten hatte, hatte er es wieder und wieder gelesen. Und jedes Mal hatten sich seine Knöchel weiß verfärbt, so fest hatte er das Blatt Papier gehalten.

Wenn jemand es gewagt hatte, ihr etwas anzutun …

Als Hugh nach einem wahren Teufelsritt endlich das Stadthaus der Weylands erreichte, sprang er vom Pferd und wäre fast gestürzt, so kraftlos fühlten sich seine Beine nach den vielen Stunden im Sattel an. Sein Pferd war ebenso erschöpft wie er; seine Flanken waren schaumbedeckt und die kräftigen Brustmuskeln zuckten.

Hugh ging auf den Seiteneingang zu, den er immer benutzte. Auf der Treppe stieß er auf Weylands Neffen Quinton, der es sich auf den Stufen bequem gemacht hatte.

»Wo ist Jane?«, fragte Hugh ohne höfliche Vorrede.

»Oben«, entgegnete Quin. Er wirkte müde und abgespannt. »Sie bereitet sich vor. Auf ihren Abend …«

»Ist sie in Sicherheit?«

Als Quin geistesabwesend nickte, fühlte Hugh sich erleichtert. In den langen Stunden allein auf der Straße hatte er sich wieder und wieder die quälende Frage gestellt, in welcher *ernsten Gefahr* Jane schwebte. Er hatte dafür gebetet, dass sie unverletzt war, dass er nicht zu spät käme. Und jetzt, nachdem er erfahren hatte, dass ihr nichts zugestoßen war, verspürte er plötzlich den Hunger und den Durst, die er zwei Tage lang vollkommen ignoriert hatte.

»Wer passt jetzt auf sie auf?«

»Rolley hält vor ihrer Tür Wache. Und heute Abend hefte ich mich an ihre Fersen«, erklärte Quin.

Rolley war Edward Weylands Butler. Die meisten der Butler im exklusiven Londoner Stadtviertel Piccadilly waren gesetzte, ältere Herren von einer gewissen Grandezza. In der Würde, die sie ausstrahlten, verkörperten sie die Beständigkeit und die Traditionen, die das Schicksal einer Familie prägten. Rolley dagegen war erst Mitte dreißig. Er wirkte drahtig, seine formlose Nase war schon unzählige Male gebrochen worden, und die vernarbten Finger bezeugten, dass er ständig seine stahlharten Fäuste einsetzte. Hugh wusste, dass der Mann sein Leben für Jane geben würde.

»Ist Weyland im Haus?«, fragte er.

Quin schüttelte den Kopf. »Er kommt erst spät zurück. Er lässt dir ausrichten, dass er dich morgen früh sehen will, um dir die Einzelheiten zu erläutern.«

»Ich gehe zu …«

»Das würde ich an deiner Stelle nicht tun«, unterbrach ihn Quin.

»Warum nicht, zum Teufel?«

»Erstens, weil deine Kleidung vollkommen verdreckt und dein Gesicht zerschunden ist.«

Hugh wischte sich mit dem Ärmel über die Wange und erinnerte sich zu spät an die schartigen Narben in seinem Gesicht.

»Und zweitens bin ich mir nicht sicher, ob Jane dich sehen will.«

Hugh hatte Tage im Sattel verbracht. Seine Muskeln waren verspannt, alte Verletzungen schmerzten ihn, und sein Kopf drohte zu zerspringen. Einzig und allein der Gedanke, bald wieder in Janes Nähe zu sein, hatte ihn diese Tortur durchstehen lassen. »Das ist doch Unsinn. Wir waren Freunde.«

Quin sah ihn merkwürdig an. »Nun, sie ist … sie hat sich verändert. Sie ist vollkommen anders. Vollkommen außer Kontrolle. Ich weiß nicht, ob ich einen weiteren Abend ertragen kann.« Energisch schüttelte er den Kopf. »Nein, ich kann es nicht. Nicht, wenn ich daran denke, was sie gestern Abend getan haben …«

»Wer? Wer hat was getan?«

»Die Acht. Oder jedenfalls drei von ihnen. Und zwei dieser drei sind meine Schwestern!«

Zu den in der guten Gesellschaft allseits berühmt-berüchtigten Acht Weylands gehörten Jane und ihre sieben Cousinen ersten Grades. Als Hugh sich ins Gedächtnis rief, zu welchen Verrücktheiten die Mädchen Jane schon früher animiert hatten, spürte er Ärger in sich aufsteigen.

»Aber das ist doch hoffentlich nicht der Grund, weshalb ich gerufen worden bin, oder?« Hugh hatte seinen jüngeren Bruder Courtland verletzt in Frankreich zurückgelassen und sein Pferd beinahe zu Tode gehetzt – ein Wallach, der ihm aus Dankbarkeit für seine Dienste geschenkt worden war. »Weil Weyland jemanden braucht, der Jane an die Kandare nimmt?«

Natürlich wäre Weyland nicht so dumm, Hugh aus diesem Grund zu sich zu rufen, und natürlich wusste der Mann, wen er in Hugh vor sich hatte. Denn er war es, der Hugh die Aufträge erteilte; er übermittelte ihm die Todesurteile im Namen der Krone. Aber andererseits hatte er keine Ahnung, wie tief Hugh sich Jane verbunden fühlte. Und wie lange schon …

Es war eine Obsession. Seit verdammten zehn Jahren …

Hugh schüttelte den Kopf. Nein, niemals hätte Weyland zu dem Mittel gegriffen, in seiner Nachricht die drohende Gefahr zu übertreiben.

»Weyland hat dir also nicht berichtet, was hier geschehen ist?« Quin musterte ihn aufmerksam. »Ich dachte, er hätte dir eine Nachricht gesandt.«

»Das hat er, aber ohne irgendwelche Einzelheiten. Aber was zum Teufel …?«

»Verflucht noch mal!« Rolley kam den Korridor entlanggestürmt. »Verflucht noch mal! Quin! Hast du sie gesehen?«

»Was ist los, Rolley?« Alarmiert war Quin aufgesprungen. »Du solltest sie doch im Auge behalten, bis sie das Haus verlässt.«

Der Butler warf Quin einen wütenden Blick zu. »Ich habe dir gleich gesagt, dass sie weiß, dass wir ihr folgen werden. Sie muss durchs Fenster geflüchtet sein. Und ihrer frechen Zofe hat sie befohlen, im Zimmer hin und her zu gehen, um vorzutäuschen, sie wäre noch dabei, sich anzukleiden.«

»Sie ist verschwunden?« Hugh packte Rolley an der Hemdbrust. »Wohin ist sie gegangen? Und wer ist bei ihr?«

»Sie geht zu einem Ball«, erwiderte Rolley hastig und sah dabei zu Quin.

Hugh schüttelte den Butler kräftig durch, wobei er bewusst das Risiko einging, von dessen stahlharter Faust einen Kinnhaken verpasst zu bekommen.

»Nun sag es schon«, forderte Quin den Butler auf. »Weyland wird ihm ohnehin alles erzählen.«

»Sie geht zu einem Maskenball. Zusammen mit Quins Schwestern und einer ihrer Freundinnen.«

»Was für ein Maskenball ist das?«, hakte Hugh nach und hatte durchaus eine Vermutung.

»Einer für Wüstlinge und Kurtisanen«, erklärte Rolley. »In einem der verlassenen Lagerhäuser in der Haymarket Street.«

Hugh fluchte laut, ließ Rolley los und zwang seine müden Beine, ihn zu seinem Pferd zu bringen, das ihn ungläubig anzublinzeln schien, weil die Reise offenbar immer noch nicht zu Ende war. Er biss die Zähne zusammen, spannte die Muskeln an und saß auf.

»Wollen Sie etwa die Verfolgung aufnehmen?«, fragte Rolley. »Eigentlich sollen wir ihr folgen. Weyland will nicht, dass sie es jetzt schon erfährt.«

»MacCarrick, du solltest dich ausruhen«, gab Quin zu bedenken. »Ich bin mir sicher, dass sie sich eine Droschke genommen haben. Und es herrscht ein fürchterlicher Verkehr. Ich habe also genügend Zeit zum Aufsatteln und werde mich dann dort ihrer annehmen.«

»Tu das.« Hugh wendete sein Pferd. »Aber ich reite jetzt los. Am besten, du verrätst mir, womit ich es zu tun habe.«

Quin wirkte so ernst, dass Hugh unwillkürlich die Zügel fester fasste.

»Nicht wo*mit*, sondern mit *wem*. Weyland ist überzeugt, dass Davis Grey unterwegs ist, um Jane zu töten.«

2

Hugh stockte der Atem, als er Jane zum ersten Mal seit beinahe zehn Jahren wiedersah. Sein schmerzender Körper, der nagende Hunger und die Erschöpfung – all das war sofort vergessen.

Er folgte ihr, blieb ihr, nachdem sie und ihre Begleiterinnen aus der Droschke gestiegen waren, dicht auf den Fersen, wich dabei immer wieder in eine abzweigende Gasse aus, während die Gruppe in Richtung Haymarket ging.

Schon die bloße Erwähnung David Greys hatte Hugh zu dem Entschluss getrieben, Jane zu holen und in Sicherheit zu bringen …

Eine schwere Hand packte ihn an der Schulter und hielt ihn fest. »Ich hätte dir in den letzten zehn Minuten ein Dutzend Mal ein Messer in den Rücken stoßen können«, raunte eine tiefe Stimme hinter ihm. »Hast wohl den Verstand verloren, was?«

»Ethan?« Hugh riss sich aus dem Griff seines älteren Bruders los und warf ihm einen drohenden Blick zu. »Was hast du hier zu suchen …?«

»Himmel noch mal, was ist mit deinem Gesicht passiert?«, unterbrach ihn Ethan.

»Eine Detonation. Herabstürzende Felsen.« Vor wenigen Tagen noch war Hugh in Andorra in eine Schlacht verwickelt gewesen. Scharfkantige Gesteinsbrocken waren auf ihn herabgeregnet. Es war der Kampf gewesen, bei dem Courtland beinahe sein Bein verloren hätte. »Und jetzt beantworte mir meine Frage.«

»Ich war in Weylands Haus und habe dort Quin erwischt,

kurz bevor er aufbrechen wollte«, erwiderte Ethan. »Welch ein Glück. Es sieht dir gar nicht ähnlich, an Orten wie diesem so sorglos herumzuspazieren. Was hast du dir nur dabei gedacht?«

»Ich habe mir gedacht, Jane nach Hause zu bringen.«

»Weyland will, dass sie lediglich observiert wird. Hör auf, den Kopf zu schütteln. Grey hat seinen Fuß noch nicht auf englischen Boden gesetzt.« Da Hugh nicht überzeugt zu sein schien, fuhr Ethan fort: »Und er wird vielleicht gar nicht lebend hier ankommen. Also beruhige dich, und trage es wie ein Mann, dass du eine Zeit lang das Kindermädchen spielen wirst.«

»Bin ich deshalb hierher zurückbeordert worden? Warum hat Weyland mich angefordert?«

»Er scheint zu glauben, dass es Jane unangenehm sein könnte, wenn ich sie beschütze«, erklärte Ethan beiläufig. Es war bekannt, dass sein vernarbtes Gesicht vielen Frauen große Angst einjagte. »Und dass Quinton sich offenbar nur dazu eignet, gewissen ausländischen Ladys gewisse gewichtige Geheimnisse abzujagen. Weyland brauchte einfach einen Mann, der schießen kann. Und außerdem kennt niemand Grey besser als du.«

Hugh wandte seine Aufmerksamkeit wieder Jane zu, die in diesem Augenblick die Querstraße entlangkam. Sie ging so nah an der Seitengasse vorbei, in der er sich verborgen hielt, dass er ihre kehlige sinnliche Stimme hören konnte, allerdings ohne ihre Worte zu verstehen. Sie trug ein grünes Kleid mit tiefem Ausschnitt, der ihre nackten, wie Alabaster schimmernden Schultern freigab und zeigte, um wie viel weiblicher ihr Körper geworden war. Ihr Gesicht wurde fast ganz von einer Maske aus dunkelgrünen Federn verdeckt, die wie Flügel zu beiden Seiten fächerartig abstanden.

In diesem Kleid und mit dieser Maske sah sie … verrucht aus.

Der kalte Schweiß auf seiner Stirn überraschte Hugh nicht. Schon immer hatte er körperlich auf sie reagiert. Und er konnte sich noch gut an die Symptome erinnern, die er in jenem letzten Sommer hatte ertragen müssen, den er mit ihr verbracht hatte … an das wilde Pochen seines Herzens, daran, dass seine Kehle wie zugeschnürt gewesen war, an die prickelnde Lust, die er schon bei ihrer leisesten Berührung gefühlt hatte.

Daran, dass er kaum ein Stöhnen hatte unterdrücken können, wenn sie ihm süße Worte ins Ohr geflüstert hatte …

»Ist Courtland mit dir nach London zurückgekehrt?«, wollte Ethan wissen.

»Ich musste ihn zurücklassen, als Weylands Nachricht eintraf«, berichtete Hugh, ohne den Blick von Jane abzuwenden. »Court hat sich am Bein verletzt und hätte den Ritt nicht durchgestanden.«

»Und wo hast du ihn zurückgelassen?«, schnappte Ethan. »Weit genug entfernt von dieser Frau, hoffe ich.«

Hugh hatte nicht nur den Auftrag gehabt, Court nach England zurückzubringen – er hatte auch dafür sorgen sollen, dass Court nicht auf den Gedanken kam, zu *dieser Frau*, wie Ethan sie nannte, zurückzukehren. Zu Annalía Llorente. »Ich habe mich in Frankreich von ihm getrennt. Court wird nicht zu ihr gehen. Weil er begriffen hat, was er ihr antut, wenn er sich nicht von ihr fernhält«, erklärte Hugh voller Vertrauen, obwohl er durchaus seine Zweifel hatte. Denn Court hatte sich so verzweifelt nach Annalía gesehnt, dass es nahezu mit Händen zu greifen gewesen war. Aber nachdem Hugh erfahren hatte, dass Jane in Gefahr schwebte, hatte er keine Wahl gehabt und seinen Bruder allein lassen müssen. »Was zum Teufel ist dran an den Gerüchten über Grey?«, wollte Hugh wissen. In den vergangenen Jahren hatte er den Mann eher für einen Freund gehalten.

»Weyland hatte ihn auf ein Himmelfahrtskommando geschickt. Es ist gescheitert.«

Unwillkürlich sah Hugh seinen Bruder an. »Bist du dabei gewesen?« Manchmal, nein, sehr oft sogar wünschte er, dass Ethan und er niemals von Weyland rekrutiert worden wären.

Ethan verzog die Lippen zu einem Lächeln, das von der blassen Narbe entstellt wurde, die quer über seinem Gesicht verlief. *Mein lieber Bruder,* schien es zu sagen, *wäre ich dabei gewesen, wäre das Kommando nicht gescheitert*. »Ich war nicht dabei«, sagte er schließlich, »obwohl ich mich freiwillig gemeldet hatte, um ihn außer Gefecht zu setzen. Aber Weyland war offenbar der Meinung, dass ich persönlich zu tief in die Sache involviert bin. Deshalb hat er abgelehnt.«

»Du hast dich freiwillig gemeldet?«, fragte Hugh angewidert.

»Lass gut sein.« Ethan zuckte ungerührt die Schultern. »Und lass dich von mir nicht daran hindern, den Damen zu folgen. Dabei kannst du dir dann Jane genauer ansehen.«

Hugh zog eine grimmige Miene, aber Ethan wusste genau, wie stark es seinen Bruder nach Jane verlangte. Leugnen war zwecklos. »Ich habe sie schließlich seit Jahren nicht gesehen«, sagte er entschuldigend und ging Ethan voraus zur Querstraße. »Ich bin neugierig auf sie.«

»Ich rieche es auf zehn Meilen gegen den Wind«, murmelte Ethan in sich hinein. »Zuerst Court mit seinem Mädchen. Und jetzt du mit Jane. Wieder einmal. Welch ein Glück, dass ich immun bleibe.«

Hugh überhörte den Kommentar und verbarg sich in einem dunklen Winkel ein Stück die Straße hinauf. »Warum ist Weyland so überzeugt, dass Jane in Greys Visier geraten ist?«

»Grey will sich rächen«, sagte Ethan. »Also will er das vernichten, was dem alten Mann am kostbarsten ist.«

Just in diesem Moment lachte Jane über eine Bemerkung einer ihrer Cousinen, und Hugh wandte ihr den Blick zu. Sie hatte schon immer gern und viel gelacht – eine Eigenschaft, die ihm völlig abging, ihn an ihr aber umso mehr faszinierte. Er erinnerte sich, dass sie ihm einst ihre zarte Hand auf die Wange gelegt, ihn ernst angeblickt und erklärt hatte, dass sie für ihn mitlachen würde, wenn es nötig wäre.

»Grey hat also vor, Jane zu töten«, murmelte Ethan über die Schulter. »Er will ihr die Kehle aufschlitzen. So, wie er es mit den anderen Frauen getan hat. Wie es scheint, ist er jetzt so richtig auf den Geschmack gekommen. Vermutlich wird er wohl nie wieder damit aufhören.«

»Es reicht«, zischte Hugh, der noch immer wie gebannt auf Janes lächelndes Gesicht schaute. Der Gedanke, dass Grey für immer aus dem Verkehr gezogen werden müsste, hatte Hugh nicht gefallen, obwohl er durchaus gesehen hatte, dass es keine andere Lösung geben würde. Doch jetzt würde er sich diesem Gedanken nicht länger widersetzen.

»Jede Wette, dass du dir jetzt wünschst, mein Angebot, Grey zu töten, wäre angenommen worden«, meinte Ethan, als könnte er Hughs Gedanken lesen. »Aber keine Sorge, kleiner Bruder, jetzt hat man es akzeptiert. Weyland wird alles tun, um sie zu schützen.«

Ethan deutete mit dem Kinn auf Jane, sah dann Hugh an und ließ sich zwei Schritte zurückfallen, wobei er die jungen Frauen eingehend musterte. In seinem Blick flammte eine beunruhigende Neugier auf, und Hugh war umso mehr alarmiert, da er seinen Bruder noch nie so erlebt hatte. *Neugier? In Ethans sonst so ausdruckslosem Blick?*

Sofort ballte Hugh die Hände zu Fäusten. Hatte Ethans hungriger Blick etwa Jane gegolten?

Hugh hatte seinen Bruder mit dem Gesicht voraus gegen

die Mauer eines Hauses gedrückt und ihm den Unterarm in den Nacken gepresst, bevor er begriff, was er tat. Als sie noch jünger gewesen waren, hatten sie sich ständig bekämpft. Sie hatten schließlich einen Waffenstillstand vereinbart, nachdem ihnen klar geworden war, dass sie immer stärker und geschickter wurden und einander leicht etwas Ernstes antun könnten.

In diesem Augenblick war Hugh jedoch bereit, die alte Feindseligkeit wieder aufleben zu lassen.

Ethan schien Hughs Gewaltbereitschaft nicht zu beeindrucken. »Beruhige dich«, sagte er müde. »Ich habe nicht die Absicht, deine kostbare Jane zu begaffen.«

Es dauerte noch eine kleine Weile, bis Hugh ihm glaubte und ihn losließ, obwohl es ihm schwer verständlich war, dass ein Mann es nicht auf sie abgesehen haben könnte. »Wer dann hat dein Interesse geweckt?« Hugh folgte Ethans Blick. »Claudia? Die mit der roten Maske?« Sie würde zu Ethan passen. Hugh erinnerte sich, dass Jane erzählt hatte, wie boshaft und temperamentvoll Claudia sein konnte.

Er drehte sich zu seinem Bruder um, als er keine Antwort erhielt. »Belinda? Die große Brünette?«

Ethan schüttelte bedächtig den Kopf und ließ das Objekt seiner Begierde nicht eine Sekunde aus den Augen – das dritte Mädchen, eine kleine Blonde mit blauer Maske, die Hugh unbekannt war.

Seit er sich das Gesicht verletzt hatte, schien Ethan an vielen Dingen das Interesse verloren zu haben. Auch daran, den Röcken nachzujagen, wie er es früher getan hatte. Und jetzt schien es, als würde irgendetwas plötzlich wieder an die Oberfläche drängen … ein Verlangen, das er all die Jahre unterdrückt hatte.

Also war selbst Ethan nicht immun – so sah es zumindest aus.

Diese überraschende Erkenntnis schockierte Hugh. »Ich kenne sie nicht. Aber sie muss zu Janes Freundinnen gehören. Sie sieht jung aus. Nicht älter als zwanzig, also viel zu jung für dich.« Mit seinen dreiunddreißig Jahren galt Ethan bereits als alter Mann.

»Wenn ich so verdorben bin, wie Court, du und der gesamte Clan behaupten, dann werde ich sie deshalb wohl umso verlockender finden, nicht wahr?« Im Bruchteil einer Sekunde schoss seine Hand vor und entriss einem vorbeigehenden Maskenballbesucher die Domino-Maske vom Gesicht. Der Mann wollte protestieren, sah Ethans drohende Miene und trollte sich.

»Spiel nicht mit ihr, Ethan.«

»Hast du Angst, ich ruiniere dir deine Chancen bei Jane?«, fragte Ethan, während er die Maske aufsetzte. »Tut mir leid, dass ich dich daran erinnern muss, lieber Bruder, aber die waren bereits verdorben, bevor du Jane das erste Mal begegnet bist. Und du hast ein Buch, das es dir beweisen kann.«

Einsam sei ihre Wanderschaft, allein der Tod spende ihnen Schatten …

»Dein Schicksal ist nicht weniger finster als meines«, erinnerte ihn Hugh, »und trotzdem bist du versessen auf diese Frau.«

»Richtig. Aber ich laufe nicht Gefahr, mich in sie zu verlieben. Deswegen ist es unwahrscheinlich, dass es ihr das Leben raubt, wenn ich sie ein wenig verwöhne.« Mit diesen Worten wandte Ethan sich um und ging eilig auf das Haus zu, in dem der Maskenball stattfand.

Hugh stöhnte resigniert und folgte seinem Bruder ins Innere des Gebäudes.

3

Jane Weyland wusste, dass es ein notwendiges Übel war, im Retikül einen Stein bei sich zu tragen, wenn man durch die Haymarket Street ging. Nichtsdestotrotz schnitt ihr das Band des Beutels tief ins Handgelenk.

Einmal mehr wechselte Jane das Retikül von einer Hand in die andere, während sie und ihre Begleiterinnen – zwei furchtlose Cousinen und eine Freundin auf Besuch – ungeduldig auf Einlass in das Lagerhaus am Haymarket warteten.

Obwohl der heutige Abend beileibe nicht ihr erster riskanter Streifzug durch Londons dunkle Eingeweide war – ihre dekadenten Ausflüge hatten sie bereits in die Spielhöllen des East End geführt, in gewagte stereoskopische Bilderschauen und in den alljährlich stattfindenden Russischen Erotikzirkus –, bot sich ihnen diesmal ein so lasziver Anblick, dass es sogar Jane fast die Sprache verschlug.

Eine Gruppe Dirnen belagerte wie eine grell geschminkte, angriffslustige Armee den Eingang des Lagerhauses. Maskierte und teuer gekleidete Gentlemen in Tweedanzügen, die geradezu aufdringlich von erfolgreichen Börsengeschäften oder altem Geld und akademischer Bildung zeugten, nahmen die körperlichen Qualitäten dieser Damen eingehend in Augenschein, bevor sie entschieden, welche von ihnen sie bezahlen und nach drinnen begleiten wollten.

»Janey, warum verrätst du uns nicht endlich, warum du deine Meinung geändert hast, was den Besuch dieses Balles angeht?«, fragte ihre Cousine Claudia. Mit dieser wie beiläufig gestellten

Frage versuchte sie offenbar, ihren Begleiterinnen die Nervosität zu nehmen. »Allerdings habe ich bereits eine Vermutung.« Vielleicht befürchtete sie, dass ihre Freundinnen den Rückzug antreten könnten. Sie selbst, die »schlimme Claudie« mit dem rabenschwarzen Haar, die heute Abend eine scharlachrote Maske trug, lebte für Nervenkitzel wie diesen.

»Nun sag schon«, forderte Belinda, die das genaue Gegenteil ihrer Schwester Claudia war. Von brillantem Verstand und überaus ernster Persönlichkeit war sie heute Abend zu »Forschungszwecken« hierhergekommen. Sie plante, in einem Exposé die »schreienden sozialen Ungerechtigkeiten« anzuprangern, und wollte sich so kenntnisreich wie möglich über ebendiese auslassen. Jane war überzeugt, dass Belinda das sich ihnen darbietende Spektakel bereits unter dem Aspekt reformerischer Notwendigkeit betrachtete.

»Brauchen wir denn einen Grund, um hier zu sein? Reicht es nicht, dass wir den Wunsch hatten, einen Kurtisanenball zu besuchen«, fragte Madeleine Van Rowen, die stets ein wenig geheimnisvoll wirkte, Maddy war seit den Kindertagen mit Claudia befreundet und besuchte sie für ein paar Wochen. Von Geburt war sie Engländerin, lebte aber seit einiger Zeit in Paris – in einer heruntergekommenen Mansarde, wenn man den Gerüchten Glauben schenken durfte.

Jane hatte den Verdacht, dass Maddy unter dem Vorwand, eine alte Freundschaft aufleben lassen zu wollen, nach London gereist war, um sich Claudias älteren Bruder Quin zu schnappen. Aber es störte sie nicht. Wenn Madeleine ihn dazu brachte, sie zu heiraten und sich häuslich niederzulassen, dann hatte sie ihn und all sein Geld auch redlich verdient.

Um die Wahrheit zu sagen, Jane mochte Maddy sehr, die perfekt in ihre Runde passte. Jane, Belinda und Claudia waren die einzigen drei der Acht Weylands – acht Cousinen ersten

Grades, die für ihre Abenteuer, ihre Streiche und ihre überschäumende Lebenslust berüchtigt waren –, die in London geboren und aufgewachsen waren. Wie alle jungen Londoner, die Geld in der Tasche hatten, verbrachten sie ihre Tage und Nächte damit, sich unablässig den modernen Vergnügungen in dieser verrückten Stadt in die Arme zu werfen, ganz zu schweigen von den verlockenden alten Sünden, die außerdem noch im Angebot waren.

Jane und ihre Cousinen verfügten zwar über den erforderlichen finanziellen Hintergrund, sie waren jedoch nicht von Adel. Sie waren gut erzogen, aber durchaus bereit, mit Regeln zu brechen; damenhaft, aber gelangweilt. Genau wie Jane und ihre Freundinnen konnte Maddy auf sich selbst aufpassen und schien sich in der Erwartung des heiklen Maskenballs pudelwohl zu fühlen.

»Jane wird endlich den Heiratsantrag akzeptieren, den der wundervolle Freddie Bidworth ihr gemacht hat«, erklärte Claudia, als lüfte sie damit ein großes Geheimnis.

Jane rückte ihre smaragdgrüne Maske zurecht, um ihre plötzlichen Schuldgefühle zu verbergen. »Claudie, du hast mich durchschaut.« Freddie Bidworth und sie waren irgendwie ein Begriff, und jedermann erwartete, dass sie ihn eines Tages heiraten würde. Aber zuvor musste Jane den Antrag des reichen, attraktiven Aristokraten erst noch annehmen.

Und sie befürchtete, dass sie genau das niemals fertigbringen würde.

Genau diese Erkenntnis war der Grund gewesen, dass sie sich heute Abend überraschend entschlossen hatte, auf den Maskenball zu gehen. Sie brauchte dringend eine Ablenkung, irgendetwas, was sie aus dem Strudel riss, der sie immer weiter in die Tiefe zog. Mit ihren siebenundzwanzig Jahren wusste Jane nur zu gut, dass sich ihr solche Aussichten in Zukunft immer seltener bieten würden. Wenn sie Freddie nicht heiratete, wen dann? Jane war vollkommen klar, dass der Zug dabei war, langsam abzufahren. Höchste Zeit, endlich aufzuspringen. Oder?

Sie hatte ihren Cousinen erklärt, dass sie wegen Freddies schrecklicher Mutter und Schwester mit ihrer Entscheidung zögerte. In Wahrheit aber zögerte sie, weil sie, ihren aufrechten Vater ausgenommen, Männern nicht traute.

In den vergangenen Jahren war Jane klar geworden, dass sie irgendwie verdorben war. Nicht gesellschaftlich, das gewiss nicht. Denn ganz gleich, wie schlimm die Acht Weylands sich auch benahmen, es schien, als könnten sie es sich erlauben, immer noch ein weiteres Bravourstück draufzusetzen. Denn Janes Vater, seines Zeichens Geschäftsmann, verfügte über einen unerklärlichen Einfluss auf die Aristokratie und wichtige Persönlichkeiten in der Regierung. Dass die Einladungen zu allen möglichen gesellschaftlichen Anlässen unvermindert eintrafen, war etwas, worüber sogar die Cousinen verwundert den Kopf schüttelten.

Nein, ein schwarzhaariger Schotte mit tiefer, heiserer Stimme und einem unglaublich intensiven Blick hatte Jane verdorben – obwohl er sie niemals berührt, noch nicht einmal geküsst hatte, ganz gleich, wie sehr sie ihn auch geneckt und aus der Reserve zu locken versucht hatte.

Belinda musterte Jane. »Bist du mit der Bidworth-Familie ins Reine gekommen?«

»Ja, ich glaube schon«, erwiderte Jane vorsichtig. »Ich habe es vorgezogen, eine solch wichtige Sache langsam angehen zu lassen.« Langsam? Es lag knapp ein Jahr zurück, dass Freddie sie das erste Mal gefragt hatte.

»Und jetzt wollen wir uns gehörig die Hörner abstoßen, nicht wahr, meine Liebe?«, fragte Maddy, und Jane dachte kurz darüber nach, was eine Frau aus einem weniger angenehmen Winkel von Paris sich wohl darunter vorstellte. Manchmal, wenn sie nachts auf der Suche nach einem Abenteuer die Stadt durchstreift hatten, hatte Maddy eher … gelangweilt gewirkt. »Ein letztes Hurra?«

»Brauchen wir denn einen Grund, um hier zu sein? Genügt nicht unser Wunsch, einen Kurtisanenball zu besuchen?«, entgegnete Jane und spielte damit auf Maddys Bemerkung an.

Zum Glück hatten sie endlich den schmalen Durchlass am Eingang erreicht, wo ein kräftiger Türsteher im Schweinskostüm und mit schweißglänzendem Gesicht den Ballbesuchern das beträchtliche Eintrittsgeld abknöpfte. Die vier Frauen brachen ihre Unterhaltung ab. Während sie die Röcke rafften, um sie im Gedränge zu schützen, gab Jane dem Mann eine Guinea für jede von ihnen – hauptsächlich, um für Maddy zu zahlen, ohne deren Stolz zu verletzen.

Obwohl Maddy ein aufwendiges saphirblaues Kleid trug, hatte Jane in Claudias Zimmer einen Blick auf die Garderobe des Mädchens werfen können und entdeckt, dass die Strümpfe und die Wäsche schon mehrmals geflickt und ausgebessert worden waren. Außerdem trug sie falschen Schmuck. Maddy sprach über französische Herrenhäuser und elegante Gesellschaften, aber Jane beschlich der Verdacht, dass sie bettelarm war. Manchmal machte Maddy den Eindruck, als stünde sie mit dem Rücken zur Wand.

Als der Türsteher sie durchwinkte, trat Jane unbekümmert über die Schwelle. Die anderen Frauen folgten ihr dicht auf den Fersen. Im hallenartigen Lagerhaus drängten sich die Gäste massenhaft um die in der Mitte gelegene Tanzfläche oder schwangen zu den flotten Klängen der siebenköpfigen Kapelle das Tanzbein. Offiziell war das Lagerhaus registriert als Tanzlokal ohne Konzession.

Bei denen, die es häufiger besuchten, war es bekannt als *The Hive,* der *Bienenkorb*.

War die Gegend, in der der *Bienenkorb* stand, trist und schmucklos, so war das Lokalinnere üppig ausgestattet. Tapeten aus Seidenpapier zierten die Wände, der Duft von kostbarem Räucherwerk schwängerte die Luft und schwebte wie eine dünne Wolke über der Menschenmenge. An den Wänden hingen an glänzenden Messingketten große Gemälde, die Nymphen und erregte Satyrn in lüsternen Posen zeigten. Die Böden wurden von Perserteppichen bedeckt, und überall verstreut lagen bequeme Kissen. Einige Frauen hatten sich mit ihren Begleitern darauf niedergelassen, sie küssten ihre Gönner und streichelten sie mit geschickten Fingern durch den Stoff ihrer Hosen – und wurden von ihnen gestreichelt.

Wer mehr wollte, so vermutete Jane, musste sich in die Räumlichkeiten im hinteren Bereich des Raumes zurückziehen.

»Schaut nur, was diese Frauen tun müssen, um sich ein wenig Geld zu verdienen«, flüsterte Belinda, die glücklich verheiratet war.

»Um sich ein wenig Geld zu verdienen?!«, schnappte Claudia atemlos und gab sich naiv. »Soll das heißen, dass man sich …? Ah! Kaum zu glauben, dass ich es umsonst gemacht habe!«

Belinda starrte sie entsetzt an, denn es war bekannt, dass die achtundzwanzigjährige Claudia sich auf eine heiße Affäre mit dem Stallburschen der Familie eingelassen hatte. »Claudia, du solltest es versuchen, wenn du verheiratet bist.«

Eine Art Bühnenauftritt setzte dem freundschaftlichen Streit ein Ende und ließ die Frauen verstummen.

Männer und Frauen hatten sich die rasierten Leiber mit Tonerde beschmiert und posierten als antike Statuen. Sie verharrten selbst dann noch regungslos, als ihre Körper von bewundernden Gönnern berührt und angefasst wurden.

»Schon deshalb hat sich unser Ausflug gelohnt«, bemerkte Claudia mit hochgezogenen Augenbrauen, während sie den Blick über die gut gebauten, muskelbepackten Männer schweifen ließ.

Jane musste zustimmen. Was konnte sie besser ablenken als nackte Leiber, die als lebendige Statuen posierten? Was vertrieb besser jeden Gedanken an Heirat, tickende Uhren und an einen Schotten mit rauer tiefer Stimme, der ohne ein Wort aus ihrem Leben verschwunden war?

Der kleinen Gruppe blieb wenig Zeit, den Auftritt zu bewundern. Die Menschenmenge, die wie eine unterirdische Strömung durch das Lagerhaus zu fließen schien, schob sie weiter. Sie passierten einen Tisch, an dem ein halb nackter Mann mit Fuchsmaske Punsch servierte. Begierig nahm sich jede von ihnen ein Glas, bevor sie sich an eine Wand zurückzogen, um dem Gedränge zu entgehen.

Jane trank hastig. »Niemand hat uns verraten, dass jede Bekleidung oberhalb der Hüfte überflüssig ist«, meinte sie, als wieder eine spärliche bekleidete Frau mit wippenden Brüsten verführerisch lächelnd an ihr vorbeieilte. »Und zwar für beiderlei Geschlecht.« Sie zwinkerte der Frau frech zu. »Andernfalls«, fuhr sie trocken fort, »hätte ich für ein tief ausgeschnittenes Mieder plädiert und mir einen dickeren Stein ins Retikül getan.«

Als ein Mann mittleren Alters seine Pracht den Frauen vorführte, die es sich auf einem der Teppiche bequem gemacht hatten, und alle laut auflachten, räusperte Belinda sich. Sie drückte Jane ihr Glas in die Hand, um sich verstohlen einige Notizen machen zu können. Schulterzuckend stellte Jane ihr leeres Glas auf einem Tablett ab und nahm sich Belindas an.

Fast hätte sie sich verschluckt, als sie einen großen Mann im Domino-Kostüm entdeckte, der sich durch die Menge drängte.

Offenbar suchte er jemanden. Seine Statur, sein Gang, der Zug von Entschlossenheit, der um seine Lippen lag, die unbedeckt blieben vom Schleier seiner Maske – all das erinnerte sie an Hugh, obwohl sie wusste, dass er es unmöglich sein konnte. Hugh hielt sich nicht in London auf.

Aber was, wenn er es doch gewesen war? Früher oder später würde er in die Stadt zurückkehren müssen, und sie würden sich unweigerlich über den Weg laufen. Es war durchaus möglich, dass sie ihn hier entdeckte … mit halb geschlossenen Augen unter schweren Lidern und gespreizten Knien, während eine Frau ihn mit geübter Hand erregte. Der Gedanke brachte Jane dazu, Belindas Glas in einem Zug zu leeren. »Ich hole uns noch Punsch«, murmelte sie, weil sie plötzlich keine Lust mehr hatte, sich noch länger im Gedränge treiben zu lassen.

»Bring uns einen mit!«, rief Claudia.

»Zwei«, fügte Maddy hinzu, die ebenfalls den großen Mann beobachtete, der sich durch die Menge schob.

Während Jane sich ihren Weg zum Tisch mit dem Punsch bahnte, spürte sie, dass die innere Unruhe, gegen die sie so lange gekämpft hatte, erneut stärker geworden war. Soweit sie zurückdenken konnte, wurde sie von dieser Ungeduld geplagt; es fühlte sich an, als fehlte ihr irgendetwas, als befände sie sich am falschen Ort und könnte nur anderswo glücklich werden. Sie war von einer tiefen Sehnsucht erfüllt, von der sie nicht wusste, woher diese kam und was sie dagegen tun sollte.

Nachdem sie den Mann erblickt hatte, der Hugh so verteufelt ähnlich sah, und sie sich vorgestellt hatte, dass Hugh sich von einer anderen Frau erregen ließ, verlangte es sie dringend nach frischer Luft.

Jane nahm sich drei Gläser Punsch und kehrte zurück zu ihren Freundinnen. Sie würde sie fragen, ob sie sie nach draußen begleiten würden.

Maddy war verschwunden.

»Ich habe mich nur kurz abgewandt, und weg war sie«, meinte Claudia, klang aber nicht sonderlich besorgt. Maddy hatte die Angewohnheit zu verschwinden, wann immer es ihr beliebte. Und je öfter sie verschwand, desto weniger hatte Jane den Eindruck, dass Maddy gewisse Lokale wie zum Beispiel den *Bienenkorb* als bedrohlich empfand.

»Sollen wir mal auf der Tanzfläche nachsehen?«, schlug Jane vor und seufzte.

Die drei arbeiteten sich durch die dicht gedrängte Menge. Unglücklicherweise war Maddy nicht sehr groß und besaß zudem die verblüffende Fähigkeit, unauffällig mit ihrer Umgebung zu verschmelzen. Nach einer halben Stunde hatten die Freundinnen sie immer noch nicht gefunden.

Ein schriller Pfiff übertönte plötzlich den Lärm. Jane riss den Kopf hoch. Die Musikkapelle hörte auf zu spielen.

»Polizei!«, schrie jemand und weitere Pfiffe ertönten. *»Es sind die verdammten* Peeler*!«*

»Nein, ausgeschlossen«, sagte Jane. Tanzlokale wie dieses zahlten dafür, dass die Polizei ihnen fernblieb. Wer zum Teufel hatte es versäumt, den Schutzzoll zu zahlen?

Wie auf Kommando drängte die lärmende Menschenmenge auf den hinteren Ausgang zu und hätte die drei Freundinnen fast erdrückt. Der *Bienenkorb* wirkte wie eine Flasche, die man plötzlich umgedreht und dann entkorkt hatte. Das Gebäude schien in sich zu wanken, als die Leute Hals über Kopf die Flucht ergriffen, Jane und ihre Cousinen mit sich rissen und die Gruppe schließlich trennten.

Jane kämpfte verzweifelt darum, zu Claudia und Belinda zu gelangen, wurde aber immer weiter abgedrängt. Sie schüttelte heftig den Kopf, als sie Belinda erspähte, die auf die hintere Tür zeigte – der Weg war bereits durch den dichten Pulk der

Ballbesucher versperrt. Man würde sie dort zu Tode drücken. Dann war es ihr lieber, sich festnehmen zu lassen und ihren Namen auf der Schandliste zu lesen, die regelmäßig in der *Times* veröffentlicht wurde.

Nachdem Jane ihre beiden Begleiterinnen endgültig aus dem Blick verloren hatte, drückte sie sich eng gegen eine Wand, wurde aber vom immer heftiger drängenden Menschstrom mitgerissen wie von einer Welle. Es war unmöglich, eine sichere Ecke zu finden, und Jane hatte das Gefühl, die gesamte Welt würde aus den Angeln gehoben.

Jemand versetzte ihr einen so heftigen Stoß in den Rücken, dass sie taumelte. Es gelang ihr, sich umzudrehen und mit ihrem Retikül auszuholen. Es währte nur den Bruchteil einer Sekunde, dann riss ihr das Gewicht des darin befindlichen Steins den Beutel vom Handgelenk. Verloren. Ihr Geld, ihre einzige Waffe …

Der nächste Stoß kam nicht ganz so überraschend. Jemand stand auf dem Saum ihres Kleides. Jane ruderte heftig mit den Armen. Trotzdem gelang es ihr nicht, den Sturz abzuwehren.

Sofort versuchte sie, sich wieder aufzurichten, doch die panische Menge trampelte rücksichtslos über ihre Röcke. Wieder und wieder versuchte Jane aufzustehen, aber ihr Kleid schien auf dem Boden festgenagelt zu sein.

Jane zerrte an dem Stoff und versuchte verzweifelt, ihn sich um die Beine zu wickeln.

Der Druck der Menge raubte ihr fast den Atem. Wie hatte der Abend nur so aus dem Ruder laufen können?

Direkt neben ihrem Kopf tauchte ein Stiefel auf. Um ihm zu entkommen, rollte sie sich zur Wand, so weit sie konnte. Aber sogar in dem wirren Tumult konnte sie ein furchterregendes metallisches Klicken hören.

Voller Angst blickte sie auf, sah, wie das Gemälde über ihr gefährlich schwankte. Die Messingkette hatte sich an einer Stelle gelöst und straffte sich unter dem beträchtlichen Gewicht.

Das Rasseln der Kette klang wie das Herunterlassen der Falltür zu einem Verlies, als die Kette riss und das Gemälde herabstürzte.

4

Wenn David Grey im Opiumrausch war, ebbte der Schmerz in seinem Körper langsam ab, und die Gesichter der Männer, Frauen und Kinder, die er getötet hatte, verschwanden vor seinem inneren Auge.

Den Drachen jagen …, dachte Grey müde, während er in seinem heruntergekommenen Versteck im Osten Londons an die Decke starrte, von der die Farbe abblätterte. *Opium rauchen, das ist, als ob man den Drachen nachjagt. Kann es eine passendere Beschreibung dafür geben? Oder für mein ganzes Leben?*

In der Vergangenheit hatte das Opium den Schmerz in seinem Herzen unterdrückt, doch letztlich war das Verlangen nach Rache stärker gewesen als der süße Rausch des Giftes.

Mühsam erhob er sich von seinem schweißgetränkten Bett, stolperte zu der Waschschüssel und spritzte sich Wasser ins Gesicht. Im Spiegel betrachtete er seinen nackten Körper.

Vier schlecht verheilte Narben von Schusswunden zierten seine blasse Brust und den Rumpf. Beständig erinnerten sie ihn an die Anschläge auf sein Leben. Obwohl es schon sechs Monate zurücklag, dass Edward Weyland, in dessen Diensten Grey gestanden hatte, ihn hatte aus dem Weg räumen wollen, waren die Wunden immer noch nicht vollständig verheilt. Grey konnte sich noch bestens erinnern, in welcher Reihenfolge er die Kugeln aus den Waffen von Weylands jungem hungrigem Todeskommando empfangen hatte.

Irgendwie war es ihm gelungen, den Anschlag zu überleben. Seine Muskelkraft hatte sich zwar stark abgebaut, aber er besaß immer noch genügend Energie, um seine Pläne in die Tat umzusetzen.

Er fuhr sich mit dem Finger über die Brust und strich fasziniert über die Wundränder. Vielleicht hätte Weyland seinen besten Mann schicken sollen, um ihn zu töten. Schließlich sparte er sich Hugh MacCarrick immer für diese ganz besonderen Aufgaben auf: für die, die das Leben eines Mannes für immer verändern konnten.

Eigentlich hätten Aufträge dieser Art zwischen Hugh und Grey aufgeteilt werden können. Doch Weyland hatte immer strikt darauf geachtet, dass jeder seine spezielle Arbeit verrichtete. Hugh war dafür vorgesehen, diejenigen Menschen zu töten, die durch und durch böse waren. Gefährliche Menschen, die meist um das Leben kämpften, nach dem Hugh ihnen trachtete. Grey dagegen hatte sich um die Wankelmütigen gekümmert und um die, die eher am Rande des Geschehens standen, die sich abseits hielten, und am Ende war es ihm egal gewesen, dass er auch Kinder exekutiert hatte.

In seinen Träumen schaute er in deren glasige blicklose Augen.

Und Weyland, dieser verdammte Höllensohn, hat es noch nicht einmal für nötig gehalten, mir Hugh auf den Hals zu hetzen.

Das erbitterte Grey mehr als alles andere, es fraß ihn innerlich auf.

Aber er würde schon bald Vergeltung üben können. Für Weyland gab es nur einen einzigen Schatz auf der Welt – seine Tochter Jane. Vor vielen Jahren hatte MacCarrick sein Herz an sie verloren. Und wenn er Jane aus dem Weg räumte, wären beide Männer vernichtet. Für immer.

Grey hatte dafür gesorgt, dass Weyland und dessen Informanten der Meinung waren, er rege sich wieder. Zwei Tote und eine Kriegslist hatten ein Übriges getan sie glauben zu machen, er halte sich immer noch auf dem Kontinent auf. Anderenfalls hätte Weyland längst nach seinem besten Killer geschickt, um seine geliebte Tochter zu schützen.

Gut, dachte Grey und bedauerte, dass Hugh nicht in der Stadt war, um mit eigenen Augen mit anzusehen, wie Grey Janes Leben ein Ende setzte. Beide, MacCarrick und Weyland, sollten erfahren, was brennender Schmerz bedeutete.

Grey hatte nichts mehr zu verlieren. Und genau darin, dachte er, wohnte auch eine Kraft …

Vor Jahren hatte Weyland einmal behauptet, dass Grey sich für die Arbeit eigne, weil er keine Gnade kenne. Damals hatte er sich geirrt. Denn vor Jahren wäre Grey nicht fähig gewesen, Jane leichten Herzens die Kehle durchzuschneiden. Jetzt aber sah die Sache anders aus.

Jane schrie, als sie sich zur Seite rollte. Im nächsten Augenblick schlug das Gemälde neben ihr auf und bohrte sich mit einer Ecke in den Fußboden. Aber ihr blieb keine Zeit, darüber zu staunen, wie knapp es gewesen war. Denn die Menge drängte unaufhörlich weiter und drohte sie zu verschlingen. Sie konnte kaum noch atmen, schrie wieder auf, zog den Kopf ein und schützte das Gesicht mit erhobenen Armen.

Ein paar Sekunden später senkte sie die Arme und sah sich verwirrt um.

Die Menge stob auseinander, anstatt sich über sie hinwegzuwälzen.

Jetzt hatte sie wieder den Platz, sich zu bewegen, hatte die Chance, zu kämpfen …

Sie wollte verdammt sein, würde sie sich hier zu Tode trampeln lassen, bei diesem Spektakel, das sie sich rein zum Vergnügen hatte anschauen wollen!

Als es ihr endlich gelungen war, ihre Röcke zusammenzuraffen, unternahm Jane erneut den mühsamen Versuch aufzustehen. Sie hockte sich auf die Füße, drohte das Gleichgewicht zu verlieren, richtete sich auf, machte einen Schritt vorwärts – und war frei.

Aber nur für wenige Sekunden. Dann stolperte sie und stürzte, schlug mit der Stirn auf dem Boden auf. Auf allen vieren wollte sie wegkriechen, kam jedoch nicht voran. Schon wieder hinderte irgendetwas sie daran, klammerte sich an ihr fest. Und schon wieder wogte die Menge auf sie zu!

Der Mann mittleren Alters, den sie vorhin gesehen hatte, stürzte neben ihr zu Boden und hielt sich die blutende Nase. Entsetzt drehte er sich um und starrte auf das Geschehen hinter ihm. Noch bevor Jane reagieren konnte, stürzte ein zweiter Mann über sie und landete flach auf seinem Rücken.

Plötzlich wurden ihr die Röcke hochgeschoben. Eine raue Hand packte sie am Schenkel. Erschrocken riss sie die Augen auf. Eine zweite Hand zerrte an ihren Unterröcken und zerriss sie.

»Was tun Sie da?«, kreischte sie und versuchte, etwas zu erkennen. Doch ihre Maske war verrutscht, und das Haar hing ihr wirr ins Gesicht und nahm ihr die Sicht. In diesem Tumult und dem Zwielicht und den vielen Menschen um sie herum, konnte sie den Mann kaum sehen. »Lassen Sie mich los! Sofort!« Sie strampelte mit dem Bein, das er festhielt.

Mit dem Handrücken strich Jane sich das Haar aus der Stirn und erhaschte einen Blick auf den Angreifer. Sie sah, dass er grinste, seine geöffneten Lippen entblößten seine kräftigen Zähne. Drei Narben prangten auf seiner Wange.

In seinen Augen funkelte eine mörderische Wut.

Sein Gesicht verschwand, als er aufsprang und einen Mann zur Seite stieß, der über sie zu stolpern drohte. Dann kniete er sich wieder neben Jane und machte damit weiter, ihre Unterröcke zu zerreißen.

Endlich ließ er von ihr ab, hob sie hoch und warf sie sich über die Schulter.

»Was erlauben Sie sich!«, schrie sie und trommelte mit den Fäusten auf seinen breiten Rücken. Beiläufig bemerkte sie, dass der Mann stark war wie ein Bär. Er hatte sie mit einer Leichtigkeit aufgehoben, als streife er sich einen Fussel von der Jacke. Die Schulter, auf der er sie trug, war breit und muskulös, und ein starker Arm hielt sie unnachgiebig fest. Und seine großen Hände lagen, so schien es, auf ihrem Hinterteil.

»Stehen bleiben!«, schrie sie. »Lassen Sie mich sofort herunter! Wie können Sie es wagen, mich anzufassen! Mir die Unterröcke zu zerreißen!« Kaum hatte sie den Satz beendet, als sie die Überreste ihrer Unterröcke auf dem Boden unter dem Gemälde mit dem lüsternen Satyr und der Nymphe erblickte. Die Röte schoss ihr in die Wangen.

Mit dem freien Arm sorgte der Mann dafür, dass alle ihm Platz machten. »Mädchen, ich habe nichts gesehen, was du mir nicht schon früher gezeigt hättest.«

»Wie bitte?« Ihr stand der Mund offen. *Hugh MacCarrick?* Dieser Kerl mit dem teuflischen Blick war ihr sanfter schottischer Riese?

Nach zehn Jahren war er endlich zurückgekehrt.

»Kannst du dich nicht mehr an mich erinnern?«

Oh doch, das konnte sie. Und wenn Jane sich ins Gedächtnis rief, wie der Highlander das letzte Mal in ihr Leben geplatzt war, dann war sie sich nicht mehr sicher, ob es am Ende nicht doch das kleinere Übel wäre, sich von einer Horde Betrunkener zu Tode trampeln zu lassen.

5

Anstatt sich mit der Menge in Richtung Haymarket zu flüchten, bog Hugh in eine versteckte Gasse hinter dem *Bienenkorb* ab. Dort setzte er Jane ab.

Noch bevor Jane etwas sagen konnte, begann er, sie abzutasten. »Hast du dich verletzt?«, fragte er barsch. Sie brachte keinen Ton heraus, als er ihre Röcke hob, um sich zu vergewissern, dass ihre Beine in Ordnung waren. Er legte die Hände auf ihre Arme, strich über ihre Ellbogen und Handgelenke bis zu den Fingern, ohne dass er Knochenbrüche oder Verstauchungen feststellte.

»Jane, sag was.«

»Ich … Hugh?« Obwohl er so dicht vor ihr stand und sich um sie kümmerte, erkannte sie ihn kaum. Ja, es war Hugh – und doch war er es nicht. »Ich … ich bin unverletzt.« Gleich, ja, gleich würde sie die Sprache wiederfinden und ihn nicht mehr unablässig anstarren müssen.

Wie oft hatte sie sich vorgestellt, wie es sein würde, ihm nach so vielen Jahren wieder zu begegnen! Sie hatte sich vorgestellt, dass sie ihn verächtlich abfertigen würde, wenn er sie anbettelte, ihn zu heiraten. Auf Knien würde er sie anflehen, damit sie ihm vergab, dass er sie ohne ein Wort verlassen hatte.

Wie anders alles gekommen war. Natürlich war sie jetzt schockiert und brachte kaum mehr fertig, als ihn stumm anzustarren. Zumal sie eben erst einer Polizeirazzia entwischt war und ihr Leben vor einer trampelnden Meute in Sicherheit hatte bringen müssen.

Hugh atmete tief aus, als er vorsichtig ihre zerbrochene Maske berührte. »Ach Mädchen, was hast du dir nur dabei gedacht, zu diesem Ball zu gehen?« Sein Aussehen hatte sich verändert, doch seine Stimme klang immer noch wie früher, besaß dieses tiefe raue Timbre, das ihr Herz höherschlagen ließ.

Um Zeit zu gewinnen und sich zu fassen, trat Jane ein paar Schritte zurück, dabei raffte sie die zerfetzten Röcke notdürftig zusammen. »Es wäre alles völlig unproblematisch gewesen, wären die Bestechungsgelder gezahlt worden.«

»Ach, wirklich?«

»Ja.« Sie nickte ernst. »Ich werde dem Besitzer dieses Etablissements einen Brief schreiben.« Jane merkte, dass Hugh unsicher war, ob er ihr glauben sollte oder nicht, neigte sie doch dazu, im unpassenden Augenblick zu scherzen.

»Behalt sie auf«, befahl er, als sie ihre Maske abnehmen wollte. »Bis ich eine Kutsche für uns besorgt habe.«

Noch mehr Pfiffe ertönten, und ein lauter Hupton verkündete das Eintreffen eines Polizeiwagens. Hugh packte Jane an der Hand und zog sie eilig mit sich. Der Abstand zwischen ihnen und dem Lagerhaus und ihren Freundinnen wurde immer größer.

»Hugh, warte! Ich muss zurück.«

Er achtete nicht auf sie.

Es kostete ihn kaum Kraft, sie weiterzuzerren, als sie versuchte, die Fersen in den Boden zu stemmen. »Hugh! Meine Cousinen und meine Freundin sind noch dort!«

»Es geht ihnen gut. Aber wenn du in deinem Zustand zurückläufst, wird man dich festnehmen.«

»In meinem Zustand?«

»Du bist betrunken.«

»Nun, wenn wir schon darüber sprechen, dann verrate ich

dir, dass ich mich *in meinem Zustand* gezwungen sehe, meine Freundinnen zu retten.«

»Vergiss es.«

Sie hatten das Ende der Gasse erreicht, an dem sich ein Kutschenstand befand. Wollte Hugh sie für den Rest des Abends nach Hause schicken? Na wunderbar. Sie würde einsteigen, die Kutsche einmal um den Straßenblock fahren lassen, wieder aussteigen und in den *Bienenkorb* zurückkehren.

Wie immer stritten sich die Kutscher um die Fahrt. Aber Hugh brauchte nur den Finger zu heben und den Männern einen Blick zuzuwerfen, um den lebhaften Streit zu beenden. Dann zeigte er auf das schönste Gefährt, schob Jane hinein und wies den Kutscher an, in die Nebenstraße zu fahren, in der er sein Pferd zurückgelassen hatte. Als Jane klar wurde, dass Hugh sie begleiten würde, öffnete sie den gegenüberliegenden Schlag und stieg aus der Kutsche.

»Verdammt noch mal, Jane.« Hugh umrundete die Kutsche mit großen Schritten, packte Jane an den Hüften und zog sie an sich.

Wieder wurde sie hochgehoben, und es blieb ihr nichts anderes übrig, als es geschehen zu lassen.

»Deine Freundinnen sind in Sicherheit«, wiederholte Hugh, als er sie ein weiteres Mal in die Kutsche verfrachtete. Er hielt Jane an ihren Röcken fest, während er sich neben sie setzte und die Tür zuschlug. Dann griff er über ihren Schoß und schloss auch die zweite Tür. Als die Kutsche endlich über das Pflaster rollte, entspannte er sich ein wenig.

»Woher weißt du, dass sie in Sicherheit sind?«, fragte sie.

»Ich habe Quin hineingehen sehen, ungefähr fünf Minuten vor mir. Glaub mir, er wird niemals zulassen, dass seine Schwestern dort bleiben, um nach dir zu suchen.«

Jane kniff die Brauen zusammen. »Was will er hier?«

»Er hatte den Verdacht, dass seine Schwestern sich dort blicken lassen würden.«

Sie zog die Augenbrauen hoch und sah aus dem Fenster in Richtung Lagerhaus. »Wirklich?« Plötzlich schnappte sie entsetzt nach Luft. »Aber … wir hatten Maddy aus den Augen verloren!«

»Ist das die Blonde im blauen Kleid?«

»Du hast sie bemerkt?« Jane erstarrte. »Ich dachte, blonde Frauen interessieren dich nicht.«

Hugh runzelte die Stirn, als er ihren Tonfall vernahm. »Aber meinen Bruder. Das Mädchen ist ihm aufgefallen, und er ist reingegangen, weil … weil er sich mit ihr unterhalten wollte.« Obwohl Hugh ihm gefolgt war und ihn hatte warnen wollen, nach dem Mädchen zu suchen, hatte sein Bruder nicht auf ihn gehört. »Deine Freundin Maddy …«

»Madeleine. Madeleine Van Rowen.«

Van Rowen. Der Name traf Hugh wie ein Schlag. Auf gar keinen Fall durfte dieses Mädchen seinen Bruder interessieren. Was zum Teufel würde Ethan tun, wenn er erfuhr, wessen Tochter sie war?

»Deiner Freundin wird nichts geschehen.« *Die Polizei und die Meute werden ihr jedenfalls nichts tun.* »Ethan wird nicht zulassen, dass ihr Schaden zugefügt wird.« *Von irgendjemand anderem …* »Wenn du sie das nächste Mal siehst, solltest du sie vor Ethan warnen. Er ist nicht unbedingt der ehrenwerteste aller Männer.«

Noch eine Untertreibung. Hugh hätte gern gesagt, dass sein Bruder sich grundlegend verändert hatte, nachdem man ihm die Verletzungen im Gesicht zugefügt hatte. Oder nachdem seine Verlobte in der Nacht vor der Hochzeit gestorben war. Aber Ethan hatte schon immer zu den rauen Männern gehört, die vorgaben, dass Gefühle ihnen gleichgültig waren. Selbst in jungen Jahren hatte er sich nie auf eine tiefere Beziehung eingelassen.

»Oh.« Sie verzog das Gesicht. »Vielleicht solltest du deinen Bruder auch warnen. Unsere kleine Maddy ist nicht so süß und hilflos, wie es scheint. An deiner Stelle würde ich mir mehr Sorgen um Ethan machen.« Er warf ihr einen zweifelnden Blick zu. Aber sie achtete nicht darauf und fuhr fort: »Dann sind Quin und dein Bruder also auch dort gewesen. Ich frage mich, was du an einem solchen Ort zu suchen hast?« Sie presste die Lippen zusammen, als Hugh nur mit den Schultern zuckte. »Nicht nötig, zu antworten, ich kann es mir denken. Seltsam ist jedoch, dass du dich nicht darüber aufregst, *mich* dort angetroffen zu haben.«

Wollte sie, dass er sich aufregte? Natürlich verabscheute er es, sie an einem solchen Ort zu wissen. An einem Ort voller Gefahren … »Nichts, was du tust, kann mich schockieren, Jane.«

»Kein Kommentar zu meinem Verhalten?«

»Du bist eine erwachsene Frau, nicht wahr?«

»Hugh, du musst nicht deine nächtlichen Streifzüge unterbrechen, nur um mich nach Hause zu begleiten.« Ihre Stimme klang beinahe schneidend. »Und nicht weit vom *Bienenkorb* entfernt gibt es ein ähnliches Etablissement. Ich kann dir den Weg erklären. Männer können sich dort drinnen prächtig amüsieren.«

»Ich habe mich nicht amüsieren wollen«, entgegnete er ruhig.

»Warum, um alles in der Welt, bist du dann im *Bienenkorb* aufgetaucht?«

Hugh starrte aus dem Fenster und murmelte: »Hatte gehört, dass du dort bist.« Er wandte ihr wieder den Blick zu. Plötzlich verzog sie den Mund, und ihr Lächeln kam für ihn so überraschend, dass es ihn förmlich aus der Bahn warf. Jane ließ ihn nicht eine Sekunde aus den Augen, als sie ihre Maske absetzte. Irgendwie gelang es ihr, diese kleine Bewegung höchst erotisch wirken zu lassen, und es war, als entblöße sie ihr Gesicht nur für ihn allein.

Das Verlangen schoss ihm durch die Glieder, und er straffte die Muskeln. Hugh lehnte sich dichter zu ihr, obwohl sein Instinkt ihm laut zuschrie, dass er ihr fernbleiben sollte.

Sie ließ die Maske sinken. Er unterdrückte ein Stöhnen. Verdammt noch mal, wie war es möglich, dass sie noch schöner geworden war? Insgeheim hatte er gehofft, er hätte sich nur eingebildet, wie wundervoll sie war. Er hatte gehofft, dass die erste Blüte ihrer Jugend bereits verwelkt wäre, dass das Feuer in ihren Augen langsam zu verglühen begänne. Als er sie jetzt ansah, wurde ihm bewusst, dass sie niemals verwelken und das Feuer in ihr immer lodern würde.

Die alte Frage tauchte zum hundertsten Mal wieder in ihm auf: Wäre es nicht besser für ihn gewesen, er wäre ihr niemals begegnet?

In diesem Moment glaubte er es. Dennoch war er begierig auf ihren Anblick, begierig darauf, ihr Gesicht zu betrachten.

Ihre Augen schimmerten immer noch in jenen wechselnden Grüntönen, an denen er sich nie sattsehen konnte. Sie hatte hohe Wangenknochen, und die zierliche Nase bog sich keck leicht nach oben. Im flackernden Zwielicht der Kutsche glänzte ihr offenes Haar dunkel, beinahe schwarz, als es sich um ihr Gesicht und über die Schultern kringelte; aber er wusste, dass es kastanienbraun war. Die Lippen waren voll, und er erinnerte sich noch genau, wie er es einmal gewagt hatte, mit dem Daumen über sie zu streichen. Wie weich und hingebungsvoll sie gewesen waren …

»Nun, was ist? Habe ich die Prüfung bestanden?«, murmelte

sie atemlos und lächelte so verführerisch, dass ihm beinahe das Herz in der Brust zersprang.

»Wie immer.« Er unterdrückte den Impuls, ihr eine widerspenstige Locke aus der Stirn zu streichen.

»Allerdings siehst du ziemlich heruntergekommen aus«, hielt sie ihm mit einem missbilligenden Blick auf seine Kleidung vor. »Außerdem hast du dich im Gesicht verletzt. Zu welchen Abenteuern hast du dich nun wieder hinreißen lassen?«

»Ich bin tagelang nicht aus dem Sattel gekommen.«

»Und was führt dich nach London?«

Du. Ich habe endlich die Erlaubnis, dich zu sehen. Hugh hatte sie noch nie angelogen. Aber als er sie das letzte Mal gesehen hatte, war er zehn Jahre jünger gewesen, und seine Ehre hatte ihm noch viel bedeutet. Das spielte jetzt keine Rolle mehr.

Er wollte ihr antworten, doch die schlichte Lüge, die er sich zurechtgelegt hatte, wollte ihm nicht über die Lippen kommen. Also sagte er die Wahrheit. »Dein Vater hat nach mir geschickt.«

»Wichtige Geschäfte?«, fragte sie und warf ihm einen wissenden Blick zu.

Er starrte sie an und suchte nach Worten. »Du kannst dir nicht vorstellen, wie wichtig«, brachte er schließlich mühsam hervor.

Bei dem Gedanken, dass Hugh sich den Vergnügungen im *Bienenkorb* hingeben wollte – und sich möglicherweise für Maddy interessierte –, hatte Jane die Eifersucht gepackt. Sie hatte nichts dagegen, dass Maddy sich ihren Cousin Quin angelte, das einzige männliche Mitglied der Weylands in Janes Generation, und sei es nur um seines Geldes willen.

Aber sollten Hugh und Maddy Gefallen aneinander finden, dann würde sie ihrer Freundin die Augen auskratzen müssen.

Doch dann hatte Hugh den Grund genannt, warum er nach London gekommen war. Seine Worte hatten sie weicher gestimmt, und ihre Wachsamkeit hatte nachgelassen.

»Wie geht es dir, Sìne?«, fragte Hugh.

Sìne war das gälische Wort für Jane. Er sprach es »Schi-ahna« aus und schien niemals zu bemerken, dass es wie eine Liebkosung klang. Freude erfüllte sie, als sie hörte, wie er diesen Namen aussprach. Sein Akzent brachte sie schier um den Verstand.

»Mädchen, zitterst du etwa?«

»Zu viel Aufregung«, erwiderte sie, obwohl sie wusste, dass es nicht der Grund für ihr Zittern war. Wenn die panische Menge im Lagerhaus sie um ihr Leben hatte fürchten lassen, wenn das Wiedersehen mit ihm nach all den Jahren sie völlig aus der Bahn geworfen hatte, so brachte es sie zum Zittern, wenn er in seiner Sprache ihren Namen sagte.

»Hugh, es muss sich jemand darum kümmern.« Bevor ihr bewusst wurde, was sie tat, fuhr sie mit den Fingerspitzen leicht über die Verletzungen auf seiner Wange. Hugh zuckte zusammen, als hätte er sich verbrannt.

»Habe ich dir wehgetan?« Sie legte ihre Hand auf seinen Arm, aber er entzog sich ihr sanft. »Es tut mir leid.«

»Schon gut.«

Warum rückte er dann so weit von ihr fort, wie es nur möglich war? Warum wandte er sich ab, ohne noch ein Wort zu sagen? Während er aus dem Fenster schaute und den Blick die Straße entlangschweifen ließ, als sei er nach irgendetwas auf der Suche, nutzte sie die Gelegenheit, ihn genauer zu betrachten.

Jane konnte nicht entscheiden, ob die Zeit freundlich oder unfreundlich zu ihm gewesen war. Er wirkte größer als damals, und das wollte etwas heißen, wenn man bedachte, wie kräftig gebaut er mit zweiundzwanzig schon gewesen war. Er überragte sie um gut zwanzig Zentimeter, musste also knapp eins neunzig messen. Und er schien noch muskulöser, noch kräftiger zu sein als vor zehn Jahren. Neben ihr saß ein Mann in der Blüte seiner Jahre.

Stark, männlich, rau. All das, was sie schon immer an ihm geliebt hatte, war auf wundervolle Weise noch vollkommener geworden – wie sein Handeln in dieser Nacht eindrucksvoll bewies.

Sein Körper hatte also von den Jahren profitiert. Das galt allerdings nicht für sein Gesicht. Drei lange Wunden prangten auf einer Wange, und zwischen den Brauen zeigte sich eine tiefe Furche. Seitlich am Hals verlief eine weitere Narbe, und seine braunen Augen wirkten dunkler als früher. Das Feuer der wunderschönen bernsteinfarbenen Flecken auf der Iris schien erloschen zu sein.

Als sie ihn im Gedränge erspäht hatte, hatte er … gefährlich ausgesehen. Aus dem verlässlichen, ernsten Hugh, den sie einst kennengelernt hatte, war ein starker, Angst einflößender Mann geworden.

Und er hatte unglücklich ausgesehen. Wo auch immer er all die Jahre gewesen war, er war nicht zufrieden gewesen. Jane hätte den grüblerischen Highlander glücklich machen können. Mehr hatte sie nie gewollt. Und sie hatte auf eine Gelegenheit gewartet, es ihm zu beweisen …

»Habe *ich* die Prüfung auch bestanden?«, fragte er leise und blickte sie an.

Jane bemühte sich um Höflichkeit. »Die Jahre sind freundlich zu dir gewesen.«

»Nein, das sind sie nicht. Und wir wissen es beide.« Er ließ den Blick über sie gleiten. »Aber immerhin zu dir.«

Vor Freude schoss ihr die Röte in die Wangen. Zum Glück blieb ihr die Antwort erspart, weil die Kutsche bei Hughs Pferd anhielt. Das arme Tier sah so mitgenommen und erschöpft aus wie Hugh. Trotz der Staubschicht auf dem Fell erkannte Jane, wie außergewöhnlich gut es gebaut war.

Nachdem Hugh das Pferd hinten an die Kutsche angebunden und sich wieder zu ihr gesetzt hatte, sagte sie: »Du kannst froh sein, dass das prächtige Tier nicht gestohlen worden ist. Warum hast du es nicht in einem Mietstall ein paar Straßen weiter untergestellt?«

»Ich hatte keine Z…« Er schien verärgert zu sein. »Ich habe es halt nicht getan.«

»Verstehe«, gab sie stirnrunzelnd zurück. Nach kurzem Schweigen entschloss sie sich zu einer unverfänglichen Plauderei mit ihm. Ihr Zuhause lag zwar nur eine Viertelstunde entfernt, aber die Fahrt schien die längste ihres Lebens zu sein. Eigentlich fiel ihnen der Umgang miteinander nicht schwer, aber diesmal brachten sie kaum ein Wort über die Lippen, und das Gespräch holperte mehr schlecht als recht dahin.

Es war eine Erlösung, als sie endlich ihr Ziel erreichten. Hugh schien zu schwanken, als er ihr aus dem Wagen half; er legte ihr die Hand auf den Rücken, während er sie zur Tür begleitete.

»Ich habe keinen Schlüssel.« Jane klopfte sich auf die Röcke, als ob sie Taschen hätten. »Ich habe mein Retikül heute Abend verloren.«

»Rolley wird noch wach sein«, vermutete Hugh, machte aber keine Anstalten zu klopfen. Es schien, als wolle er noch etwas sagen, aber was auch immer er in ihren Augen sah, es ließ ihn schweigen.

So standen sie vor der Tür, sahen sich an und schienen auf etwas zu warten. Hatte er bemerkt, wie sehr sie sich nach einer Entschuldigung sehnte? Oder wenigstens nach einer Erklärung? Der Moment dehnte sich endlos.

Hugh, wenn du jemals die Absicht gehabt hast, die Angelegenheit zwischen uns zu klären, jetzt wäre die Zeit gekommen. Aber er tat nichts. Stattdessen musterte er sie noch eindringlicher.

Will er mich etwa küssen? Jane beschlich eine Ahnung, und ihr Atem ging stoßweise. *Zum ersten Mal? Jetzt?*

Gleichzeitig spürte sie, wie die Wut langsam in ihr aufkeimte. Er hatte ihre Küsse nicht mehr verdient. In den letzten zehn Jahren hätte er sie freiwillig bekommen können …

Er beugte sich vor …

Ohne sich zu entschuldigen? Es juckte sie in den Fingern, ihn zu ohrfeigen.

In letzter Sekunde riss jemand die Tür auf. »Ich wusste doch, ich habe ein Geräusch gehört«, stieß Rolley hervor und baute sich auf der Türschwelle auf.

Hugh zog sich sofort zurück und hielt sich die Hand vor den Mund, als er hustete und ihr zuraunte: »Geh jetzt rein. Wir sehen uns morgen Vormittag.«

»Wir sehen uns?« Sie blinzelte ungläubig. »Aber warum?«

6

Jane hatte an Hugh MacCarrick so viele Jahre und Tränen verschwendet, dass ihre Cousinen es aufgegeben hatten, diese zu zählen.

Jetzt, nachdem sie ein Bad genommen hatte und sowohl der Rausch des unerwarteten Wiedersehens als auch der des Punsches verflogen waren, saß sie an ihrem Frisiertisch, starrte in den Spiegel und musste sich eingestehen, dass sie im Begriff war, weitere Jahre an ihn zu vergeuden. Sie legte die Haarbürste aus der Hand und verbarg das Gesicht in den Händen. Mit den Handballen rieb sie sich über die Augen, als wollte sie die Tränen zurückdrängen.

Ungezählte Nächte hatte sie in den letzten Jahren geweint. Ausgerechnet Jane, die genau wusste, wie schnell die Zeit verstrich und wie kostbar sie war!

Als sie sechs Jahre alt gewesen war, war ihre Mutter an einer Lungenentzündung gestorben. Seither war Jane niemals wieder glücklich und zufrieden gewesen. Vielleicht lag es an dieser Erfahrung, dass sie nichts für selbstverständlich nehmen konnte, vielleicht litt sie deshalb unter einer ständigen Unruhe. Aber vielleicht hatte das Schicksal ihr auch gar nicht vorbestimmt, jemals vollkommenes Glück zu erleben.

Sie brannte darauf zu reisen, aufregende neue Orte kennenzulernen. Aber was steckte hinter diesem starken Wunsch? War es Fernweh oder die Sehnsucht nach einem anderen Ort als dem, an dem sie sich aufhielt? Vor zehn Jahren, mit Hugh an ihrer Seite, hatte sich ihre Unruhe gegeben, manchmal war es gewesen, als existierte sie gar nicht mehr. Jane hatte es sich nicht erklären können.

Dann war er fortgegangen. Ohne ein Wort.

Jane hatte um ihn getrauert, hatte sich nach ihm gesehnt und hatte dabei beinahe ihr halbes Leben an ihn verschwendet.

Zum Teufel mit ihm, fluchte sie lautlos. *Nie wieder!* Dennoch ließ sie die Erinnerung an sich vorüberziehen und suchte wie üblich nach einer Antwort auf die Frage, ob sie irgendetwas getan hatte, was ihn in die Flucht geschlagen hatte.

»Der Schotte gehört mir«, hatte Jane ihren Cousinen erklärt, kaum dass sie den ersten Blick auf ihn geworfen hatte. Das Herz hatte ihr bis zum Hals geschlagen, und sie hatte beschlossen, ihn so glücklich zu machen, dass seine Augen nicht mehr so ernst dreinblicken mussten. Damals war sie dreizehn Jahre alt gewesen und er achtzehn.

Zusammen mit seinen Brüdern war er aus Schottland gekommen, um den Sommer in *Ros Creag* zu verbringen, dem Haus am See, das seiner Familie gehörte und dessen Bucht an *Vinelands* grenzte, den Besitz ihrer Familie. Als sie sich ihm vorgestellt hatte, hatte er ihr die Hand unter das Kinn gelegt und sie »Püppchen« genannt. Wie wunderbar sein Akzent in ihren Ohren geklungen hatte … Er war freundlich zu ihr gewesen, und sie war ihm überallhin gefolgt.

Auf ihr Drängen hatte ihr Vater die eher zurückhaltenden MacCarricks besucht und sich mit ihnen angefreundet, wobei nicht zu übersehen gewesen war, dass die Brüder mit dem Rest der lebhaften Weyland-Familie nichts zu tun haben wollten. Trotzdem hatte er sie überreden können, auch den darauffolgenden Sommer im Haus am See zu verbringen, zu Janes großer Freude. Da ihr Vater keine Söhne hatte, setzte er alles daran, die Brüder für sein Importgeschäft zu gewinnen.

Als dieser zweite Sommer am See sich dem Ende zugeneigt hatte, hatte Jane es sich angewöhnt, bei jeder Gelegenheit zu Hugh zu laufen, sei es, dass eine Biene sie gestochen oder sie sich einen Holzsplitter zugezogen hatte.

Sie war fünfzehn gewesen, als die MacCarricks einen weiteren Sommer in *Ros Creag* verlebt hatten. Anders als zuvor runzelte Hugh jetzt meist die Stirn, wenn er Jane anschaute, ganz so, als wisse er nicht genau, was er mit ihr anfangen solle. Und als sie dann sechzehn geworden war und ihr Körper weibliche Formen bekam, vermied er jede Begegnung. Er hatte beschlossen, für ihren Vater zu arbeiten, und verbrachte seine gesamte Zeit in Gesprächen mit ihm.

Die Sehnsucht nach ihrem großen, ernsten Schotten hatte ihr schon damals die Tränen in die Augen getrieben, aber ihre Cousinen hatten ihr gut zugeredet. Sie könne jeden Mann haben und dürfe nicht zulassen, dass sie sich nach dem raubeinigen MacCarrick verzehrte, hatten sie gesagt. Als sie schließlich einsehen mussten, dass sie bei Jane nichts ausrichten konnten, hatten sie ihr vorgeschlagen, mit faulen Tricks zu arbeiten – und ihre Cousinen hatten gewusst, wovon sie sprachen. »Jeder Mann hat sich den Acht Weylands zu beugen. Und wenn er das nicht tut, werden wir ihn in die Knie zwingen«, lautete ihr Motto.

»Wir werden einen Plan schmieden, Janey«, hatte Claudia verkündet. »Nächstes Jahr wirst du ein Kleid mit tiefem Ausschnitt tragen. Und deine Hände werden seidenweich sein …« Sie lächelte teuflisch. »Und dein Benehmen schamlos. Dein Highlander wird nicht wissen, wie ihm geschieht.«

Als er sich jedoch im nächsten Sommer gar nicht sehen ließ, war Jane vollkommen verzweifelt. Bis zu jener Nacht, als das Glück auf ihrer Seite war und er eine wichtige Nachricht für ihren Vater überbrachte. Jane hatte keine Ahnung, warum die Geschäfte ihres Vaters – er handelte mit Altertümern und Antiquitäten – niemals einen Aufschub duldeten und immer sofort erledigt werden mussten.

Bevor Hugh wieder davonreiten konnte, sorgte sie dafür, dass er ihr über den Weg lief. Er starrte sie mit offenem Mund an, als wäre sie nicht wiederzuerkennen. Aus dem einen Abend, den er noch hatte bleiben wollen, waren zwei geworden, dann drei, und es machte den Eindruck, als könne er gar nicht genug Zeit mit ihr verbringen.

Im Jahr zuvor hatten ihre älteren Cousinen ihr so manches beigebracht. Und bei seinen fast täglichen Besuchen neckte sie Hugh, forderte ihn heraus und bestrafte ihn so für jeden Tag, den er nicht zu ihr kam.

Jane wusste, dass er unwillkürlich die Augen schloss und seine Lippen sich teilten, wenn sie ihm zarte Worte ins Ohr flüsterte. Sie wusste, dass er tief einatmete, wenn sie ihn umarmte und mit den Fingerspitzen durch sein Haar strich. Sooft sie konnte, überredete sie ihn, mit ihr schwimmen zu gehen. Denn nach dem ersten Mal, als er gerade sein Hemd hatte ausziehen wollen, war er mitten in der Bewegung erstarrt, um ihr stumm zuzuschauen, wie sie sich Rock und Bluse abgestreift hatte, bis sie nur noch Strümpfe, Strumpfbänder und ihr Hemd am Leibe getragen hatte. Nach dem Schwimmen war Jane – keine Freundin zurückhaltender Sittsamkeit – in dem nassen, fast durchsichtigen Hemd aus dem Wasser gestiegen. Hughs entzückter Blick auf ihren Körper, bevor er schließlich weggeschaut hatte, entging ihr keineswegs. »Hugh, kannst du hindurchsehen?«

Er hatte sich zu ihr umgedreht, sie aus seinen dunklen Augen angesehen und langsam genickt. »Nun, Darling«, hatte sie gesagt, »solange nur du es bist …« Sie hatte bemerkt, dass er sich an jenem Tag besonders viel Zeit gelassen hatte, bis er aus dem Wasser gekommen war.

Während jenes Nachmittags, der sich später als ihr letztes Beisammensein erweisen sollte, lagen sie Seite an Seite auf einer Wiese. Jane legte sich auf ihn und kitzelte ihn. Er mochte es nicht, wenn sie ihn kitzelte. Dann war er noch Stunden später mürrisch und angespannt, und seine Stimme heiser.

Aber diesmal schob er sie nicht von sich herunter. Er griff nach ihrem Haarband und löste es. »So wunderschön«, raunte er und fuhr mit dem Daumen über ihre Unterlippe. »Aber das weißt du ganz genau, nicht wahr?«

Jane beugte sich hinunter, um ihn zu küssen. Aber es sollten nicht die tausend quälenden Küsschen sein, die sie ihm aufs Ohr hauchte, bevor sie ihm etwas zuflüsterte; sie wollte nicht mit den Lippen nur seinen Nacken entlangfahren, wie sie es den ganzen Sommer getan hatte. Sie wollte ihren ersten richtigen Kuss.

Doch Hugh packte ihre Schultern und hielt sie zurück. »Du bist zu jung«, stieß er rau hervor.

»Ich bin fast achtzehn. Und ich habe schon Heiratsanträge von Männern bekommen, die älter sind als du.«

Grimmig schüttelte er den Kopf. »Sìne, ich werde bald fortgehen.«

Sie lächelte traurig. »Ich weiß. Du gehst immer fort, wenn der Sommer vorüber ist. Du gehst zurück in den Norden, nach Schottland. Und den ganzen Winter über vermisse ich dich, bis du im Sommer wieder zu mir zurückkehrst.«

Er hatte sie so eindringlich angesehen, als habe er sich ihr Gesicht für immer einprägen wollen.

Jane hatte ihn nie wiedergesehen und nie wieder von ihm gehört. Bis heute Abend.

Sie war damals zutiefst überzeugt gewesen, dass Hugh sie heiraten würde. Nichts war ihr selbstverständlicher als das erschienen, und sie hatte die Tage gezählt, bis Hugh sie nicht mehr für zu jung halten würde. Sie vertraute ihm und war sich vollkommen sicher, dass sie ihr Leben gemeinsam verbringen würden. Er aber hatte längst gewusst, dass er jahrelang auf dem Kontinent arbeiten würde, hatte gewusst, dass er sie würde zurücklassen müssen. Er traf seine Entscheidung im vollen Bewusstsein dessen, welche Folgen sie haben würde. Und er hatte ihr noch nicht einmal eine Erklärung gegeben.

Hugh hatte sie weder gebeten, auf ihn zu warten, noch hatte er ihr die Chance gelassen, ihn glücklich zu machen.

Und jetzt, zehn Jahre später, starrte sie auf ihr Spiegelbild und sah, wie ihr die Tränen über die Wangen liefen …

Alle diese Frauen, die sie auf dem Maskenball beobachtet hatte, diese Frauen, die so selbstbewusst getan hatten und mit den Männern geflirtet hatten – in deren Augen hatte kalte Leere gelegen. Sie waren verbittert, aber nicht einfach nur wegen ihrer finanziellen Lage oder ihrer Lebensumstände, wie Belinda gemeint hatte.

Diese so kalt blickenden Frauen waren von Männern verletzt worden.

Jane erkannte es mit absoluter Klarheit, denn ein einziger Blick in den Spiegel verriet ihr, dass ihre eigenen Augen von Tag zu Tag kälter und leerer blickten. Endlich konnte sie es sich eingestehen.

Sie nahm sich vor, alles in ihrer Macht Stehende zu tun, um dieses Schicksal abzuwenden. Wer in Verbitterung versank, war sein Leben lang gestraft. Und es galt, dieser schrecklichen Strafe zu entkommen.

Jane trocknete sich die Tränen – ein letztes Mal. Denn gleich morgen früh wollte sie Freddies Heiratsantrag annehmen.

7

Am nächsten Morgen war der Nebeneingang zum Haus der Weylands nicht verschlossen.

Angespannt betrat Hugh das Haus. Er zog seine Pistole aus dem Holster, während er die Treppe hinauf in den ersten Stock eilte, um nach Jane zu sehen. War Weyland in der vergangenen Nacht überhaupt nach Hause gekommen?

Als Hugh den Treppenabsatz erreichte, hörte er Geräusche aus dem Zimmer am Ende des Flurs. Durch den Spalt der geöffneten Zimmertür sah er Jane, die neben dem Bett kniete und mit der Hand suchend darunter hin und her fuhr.

Er atmete tief durch, um sich zu fassen, und steckte die Pistole wieder unter seine Jacke.

Wie unter Zwang betrat er Janes Zimmer und näherte sich ihr leise. Es gelang ihm nicht, den Blick von ihrem spärlich bekleideten Körper abzuwenden. Sie hob den Kopf und schaute ihn aus ihren faszinierend grünen Augen an.

»Was, um alles in der Welt, hast du in meinem Schlafzimmer zu suchen?«, verlangte sie zu wissen und erhob sich. Obwohl die sparsame Bekleidung ihre Rundungen kaum verbarg, ging sie um ihn herum und setzte ihre Suche nach was auch immer in einem Haufen Spitzenbänder fort, ohne sich um ihren Aufzug zu scheren.

Hugh konnte ihre Brüste unter dem seidenen Hemd erkennen und schluckte schwer. »Wohin ist dein Vater verschwunden, so früh am Morgen?«, fragte er.

Als sie mit den Schultern zuckte, geriet der schmale Träger

ihres Hemds ins Rutschen. Es sah Jane ähnlich, dass sie ihn nicht zurückschob. »Keine Ahnung. Hast du schon in seinem Arbeitszimmer nachgeschaut? Dort treibt er sich neuerdings die meiste Zeit herum. Mindestens zwanzig Stunden am Tag.«

Sie war irgendwie anders. Seit er sie gestern Nacht verlassen hatte – er hatte sich sehr beherrschen müssen, sie nicht zu küssen – bis heute Morgen, hatte sie sich verändert. Sie verhielt sich abweisender, kälter. Er spürte es deutlich.

»Ich habe ihn nicht gesehen. Die Tür stand offen, und von Rolley ist weit und breit keine Spur.«

»Dann bist du genauso klug wie ich. Warum gehst du nicht nach unten und siehst noch einmal genauer nach?« Sie drehte sich weg und schenkte ihm keine weitere Beachtung.

»Du kommst mit. Zieh dir einen Morgenmantel über.«

Als sie ihn ignorierte, musterte er das Zimmer auf der Suche nach einer angemessenen Bekleidung. Kein Wunder, dass sie ebenfalls auf der Suche gewesen war. Schuhe, Strümpfe, Seidenwäsche und Korsetts aus Satin lagen wild verstreut herum. Die Kleider häuften sich dort, wo sie sie ausgezogen hatte. Ein wüstes Durcheinander. Hugh hasste Unordnung und versuchte, sie in seinem Leben zu vermeiden.

Schließlich entdeckte er etwas, womit Jane sich bedecken konnte. »Nimm das.«

»Ich werde erst nach unten gehen, wenn ich vollständig angezogen bin. Für eine Verlobung bin ich ziemlich spät dran.« Sie kicherte, als hätte sie gerade einen grandiosen Witz gemacht.

»Dann stecken wir in Schwierigkeiten.« Wenn er die Lage richtig einschätzte, waren Weyland und Rolley zurzeit nicht im Haus. »Weil ich dich nicht aus den Augen lassen werde.«

»Und warum?«

»Es ist niemand im Haus, und die Tür ist nicht verschlossen.«

»Rufe doch nach ihnen.«

Er eilte zur Tür. »Weyland!«, schrie er. Keine Antwort. »Kleide dich an, Jane.«

»Geh zum Teufel, Hugh.«

»Beeil dich, verdammt noch mal«, stieß er verärgert hervor.

»Verlass mein Schlafzimmer.«

»Nein.«

»Dann dreh dich um.« Als er sich nicht rührte, legte sie den Finger an die Wange und sagte: »Aber eigentlich gibt es ja nichts, was du nicht schon einmal gesehen hättest, nicht wahr?«

Er rieb sich das Kinn und musste sich beherrschen, dass ihm keine unziemliche Bemerkung über die Lippen kam. »Zieh dich einfach nur an«, befahl er ein weiteres Mal und wandte sich um. Im Spiegel über der Waschschüssel konnte er sehen, wie Jane ihren zierlichen Fuß auf einen Stuhl setzte, um den Strumpf das Bein hinaufzurollen …

Hugh ertappte sich dabei, dass ihm beinahe der Mund offen stand, als sie das Kleid höherschob und sich das verführerischste Strumpfband um den Schenkel knüpfte, das er je gesehen hatte. Als sie das Band mit einer perfekten Schleife schloss, klammerte er sich so sehr an der Kante der Waschkommode fest, dass er befürchtete, den Marmor zu zerbrechen.

In jenem letzten Sommer hatte sie die Strumpfbänder sehr weit oben um ihre Schenkel gebunden, weil ihre Unterkleider so kurz gewesen waren …

Er zwang sich, den Blick abzuwenden. »Bist du immer noch nicht fertig?«, fragte er rau, als er den Stoff rascheln hörte.

»Hugh, hab Geduld mit mir.«

Er atmete geräuschvoll aus. »Ich versuche es ja.«

Denk an andere Dinge. Er richtete den Blick auf den Bogen, der neben der Tür gegen die Wand gelehnt stand, und er sah, dass am Boden des Köchers Grashalme hafteten. Es freute ihn, dass sie das Bogenschießen nicht aufgegeben hatte.

Er selbst hatte Jane ihren ersten Bogen gekauft und hatte ihr geholfen, das Ziel ins Visier zu nehmen. Als der Sommer sich dem Ende zugeneigt hatte, war sie in der Lage gewesen, die Schießscheibe auf hundert Schritte Entfernung zu treffen. Sie hatte den Umgang mit Pfeil und Bogen so schnell gelernt, als wäre sie dazu geboren.

Sein Blick glitt weiter zu ihrem Frisiertisch, auf dem ein Buch mit dem Titel *Lehrjahre einer Lady* lag. Wie er Jane einschätzte, konnte es sich nur um eine beißende Satire handeln. Er nahm es auf und stellte fest, dass der äußere Umschlag lediglich dazu diente, die darunterliegende eigentliche Schutzhülle zu verbergen.

Stirnrunzelnd schlug er das Buch auf, überflog ein paar Seiten und hatte rasch begriffen. Schon ein flüchtiger Eindruck reichte, um seinen Verdacht zu bestätigen, dass es sich um den anzüglichsten Roman handelte, den er je in der Hand gehalten hatte.

Es stimmte ihn nicht ärgerlich, dass sie solche Bücher las. Nein, es erregte ihn, und mit jedem Wort, das seine Augen erfassten, pulsierte das Blut heftiger in seinem Unterleib. Zweimal schluckte er schwer. »Woher beziehst du solche Romane?«, fragte er schließlich und hielt das Buch hoch, ohne sich umzudrehen.

»Überall in der Holywell Street sind sie zu bekommen«, entgegnete sie gelangweilt. »Alle jungen Ladys lesen sie … du kannst dich jetzt umdrehen.«

Nein, das konnte er nicht.

Erst, nachdem er seine Erektion unter Kontrolle hatte, wandte er sich zu ihr um. Jane stand einige Schritte von ihm entfernt und hielt ihm ihre Halskette entgegen. »Hugh?«

Er ging zu ihr und nahm die Kette. Jane drehte ihm den Rücken zu. Ihr kastanienfarbenes Haar fiel in Locken auf ihren wie Alabaster schimmernden Nacken. Für sein Leben gern hätte er die Lippen auf ihren Nacken gepresst, und er war nur einen Herzschlag davon entfernt, dem Impuls nachzugeben. Aber stattdessen sog er nur den Duft ihres Parfums ein – leicht wie ein Wölkchen am Sommerhimmel und dennoch intensiv und berauschend.

Hugh mühte sich eine kleine Weile mit dem Schließen der Kette ab, obwohl er sonst eigentlich nicht so ungeschickt war. Kaum war er fertig, konnte er das Verlangen nicht mehr unterdrücken, mit den Fingerspitzen über die weiche Haut ihres Nackens zu streichen.

Hugh schloss die Augen, als er spürte, dass sie zitterte.

»Hugh, hast du mich eben gestreichelt?«, fragte sie mit sinnlich klingender Stimme. Als er schwieg, drehte sie sich um und suchte seinen Blick. Ihr Atem ging stoßweise – und er fragte sich, ob er selbst überhaupt noch Luft holte.

Sein Blick lag auf ihren Lippen. Und sie bemerkte es.

»Hast du?«

»Das kommt vor, wenn man einer Frau ihre Halskette umlegt, nicht wahr?«

Irritiert kniff sie die Brauen zusammen. Ohne ihre Antwort abzuwarten, ergriff Hugh sie an der Hand und führte sie den Flur entlang und die Treppe hinunter.

Sie trafen Weyland in seinem Arbeitszimmer an, wo er vor dem Porträt seiner verstorbenen Frau stand und es in sich versunken betrachtete. Dabei hielt er ein zusammengerolltes Blatt Papier in den Händen. Seine Gesichtszüge glätteten sich sofort, als Hugh und Jane das Zimmer betraten. Hugh wusste genau, wie sehr Weyland seine wundervolle Frau vermisste, die auch von Jane innig geliebt worden war.

Weyland begrüßte die beiden mit einem gezwungenen Lächeln. Er wirkte sehr erschöpft und machte den Eindruck, als wäre er seit der letzten Begegnung mit Hugh um zwanzig Jahre gealtert.

»MacCarrick, wie schön, dich zu sehen, mein Sohn.«

Hugh gab ihm nicht die Hand, weil er Jane immer noch festhielt.

»Gleichfalls, Weyland.«

»Papa«, grüßte Jane und entzog Hugh ihre Hand. »Bitte erkläre mir, warum Hugh die Erlaubnis hat, in mein Zimmer zu stürmen, während ich mich ankleide.«

Weyland hob seine grauen Augenbrauen, während Hugh ihr einen unheilvollen Blick zuwarf. »Es war niemand zu sehen, und die Tür des Hintereingangs war unverschlossen. Ich nahm an, es sei etwas Ungewöhnliches geschehen.«

»Ach ja … nun, Rolley hat mich zu den Stallungen begleitet. Der verdammte Kohlenhändler hat uns mal wieder zu knapp gehalten«, erklärte Weyland, als sorge er sich tatsächlich um solche Nebensächlichkeiten. »Jane, ich möchte, dass du für ein paar Minuten draußen vor der Tür wartest.«

»Ich habe keine Zeit, Papa. Ich bin heute Vormittag mit Freddie im Hydepark verabredet«, widersprach sie unbekümmert.

Hugh krampfte sich der Magen zusammen. *Freddie?*

»Richte Frederick bitte meinen Gruß aus.«

Wer zum Teufel ist Frederick?

Sie nickte und verließ das Zimmer, ohne Hugh eines Blickes zu würdigen.

»Ich werde sie begleiten, wenn du sonst niemanden schicken kannst«, erklärte Hugh rasch.

»Quin kümmert sich darum. Und Jane geht nur ein paar Schritte die Straße hinunter«, versicherte Weyland, aber Hugh starrte ihr immer noch nach. »Kaum zu glauben, dass alle ihre Verehrer sie die ›Brave Jane‹ nennen.« Er lachte auf. »Vermutlich halten die jungen Burschen heutzutage Sarkasmus für witzig. Aber wer kennt sich schon aus mit der Jugend? An Frederick Bidworth kann ich mich nur deshalb erinnern, weil er länger durchgehalten hat als all die anderen.«

Hugh durchbohrte die Tür förmlich mit Blicken. *Welche Verehrer? Wie lange trieb dieser Freddie sich schon in Janes Nähe herum?*

»Deine kleine Nebenaufgabe wurde erfolgreich gelöst?«

Hugh drehte sich um und sah Weyland fragend an, bis dieser auf Hughs verletzte Wange deutete.

»Aye, erfolgreich«, bestätigte Hugh, wobei er versuchte, sich zusammenzureißen. Dieser Freddie war nur irgendein Verehrer Janes. Es ging nur um ein harmloses Treffen im Park. Warum also fühlte er diesen Aufruhr in sich?

»Ich denke, du wirst wissen wollen, wie es um die Sache mit Grey steht.« Hugh nickte, und Weyland fuhr fort: »Du weißt, dass er immer unzuverlässiger wurde. Bis er schließlich den Punkt erreichte, wo er nicht mehr zu kontrollieren war. Wir haben versucht, ihn aus der Gruppe zu nehmen. Aber noch nie habe ich einen Killer erlebt, der so gerissen ist. Der Mann hat überlebt. Aus Rache ist er bösartig geworden. Er hat gedroht, öffentlich bekannt zu geben, wer für die Organisation arbeitet. Könnte sein, dass er die Liste mit den Namen schon geschrieben und ausgehängt hat.«

Hugh ballte die Hände zu Fäusten. »Sämtliche Namen?«

»Bei deiner Ankunft hatte ich eine Nachricht von einem unserer Männer draußen erhalten. Nach unseren Informationen geht es um das gesamte Netzwerk. Falls diese Liste an die Öffentlichkeit gelangt, wirst du offiziell in den Ruhestand versetzt.«

»Hat Jane bereits Verdacht geschöpft?« Angestrengt versuchte Hugh zu verbergen, wie sehr der Gedanke ihn beunruhigte. »Ahnt sie, wer ich bin?«

»Nein. Sie glaubt immer noch, dass du mein Geschäftspartner bist. Und ich möchte, dass es so bleibt, bis wir mit absoluter Sicherheit wissen, ob die Öffentlichkeit Kenntnis von der Liste bekommen hat oder nicht. Wenn es passiert, ist ohnehin alles egal. Weil dann ohnehin jeder Bescheid weiß.«

»Weyland, du weißt, in welcher Gefahr du schwebst«, warnte Hugh. »Nicht nur wegen Grey.«

»Ja, ich weiß.« Er nickte ernst. »Wie es aussieht, gibt es in ganz England keinen Mann, der mehr Todfeinde hatte als ich. Und sie wollen mehr als nur meinen Tod. Sie wollen alle Informationen, die Geheimnisse, die politischen Gefangenen … Das Ganze entwickelt sich zu einem Mahlstrom. Deswegen muss ich dich bitten, Jane für eine Weile von hier fortzubringen.«

»Und du?« Weyland war Hugh zu einem Vater geworden, und niemals würde er zulassen, dass der Mann in Gefahr geriet. »Ich werde dich nicht hierlassen und den Wölfen zum Fraß vorwerfen.«

»Wir haben es mit der schlimmsten Krise in der Geschichte unserer Organisation zu tun. Ich kann nicht untertauchen. Aber ich werde Hilfe herbeirufen, und wenn wir Glück haben, wird Grey den Köder schlucken und aus seinem Versteck gekrochen kommen. Hör auf, den Kopf zu schütteln, mein Sohn. Ethan brennt auf eine Abrechnung mit Grey. Und Quin und Rolley juckt es ebenfalls in den Fingern, dem Kerl den Garaus zu machen. Aber zuerst muss meine Tochter aus der Schusslinie sein.«

Es beruhigte Hugh, dass Ethan sich mit aller Kraft um die Sache kümmern wollte. Und langsam entspannte er sich ein wenig. Doch Weyland war noch nicht fertig mit dem, was er hatte sagen wollen.

»Aber zuvor wirst du Jane heiraten. Deshalb habe ich dich geholt.«

8

Der Mann, mit dem Jane sich in wenigen Minuten verloben würde, war das absolute Gegenteil von Hugh.

Er ist wirklich vollkommen, dachte sie, als sie in Freddie Bidworths himmelblaue Augen blickte. Ein Adonis, wie er im Buche stand, ein Gentleman von Kopf bis Fuß. Sein Anblick ließ die jungen Frauen aufseufzen, an denen er vorbeispazierte, und wenn das Sonnenlicht in seinem Blondhaar spielte, konnte es passieren, dass sie gar in Ohnmacht fielen.

Wenn er lachte – und er lachte sehr oft –, warf er den Kopf weit in den Nacken und überließ sich ganz dem Gefühl. Während Hugh eher in Grübelei versank und gern allein war, liebte Freddie die Geselligkeit und kam mit jedermann gut zurecht. Die Gesellschaft betete ihn an, und er dankte es ihr mit seinem unwiderstehlichen Charme.

Selbst nach der unangenehmen Begegnung mit Hugh musste Jane unwillkürlich bei dem Gedanken lächeln, wie glücklich sie sich schätzen konnte, dass Freddie so lange auf ihre Entscheidung gewartet hatte. Er hatte schon gescherzt, man werde ihm nachsagen, er sei der tapfere Ritter, der die unbezähmbare Jane am Ende doch gezähmt hatte. Er hatte ihr versprochen, dass sie »Lebensgefährten« sein und eine wirklich gute Zeit miteinander verleben würden. Freddie ließ sie ganz sie selbst sein, und er schien ihre ungestüme Art durchaus zu schätzen, war er doch eher bedacht auf … Sicherheit.

Ganz zu schweigen davon, dass er ein Earl war.

»Freddie, wir sollten verreisen«, murmelte Jane. Es schien,

als würde Hugh in der Stadt bleiben, und für sie wäre es der beste Weg, ihm aus dem Weg zu gehen. »Wir fahren irgendwohin und lassen alle anderen hinter uns.«

»Du bist ja kaum zu bändigen«, seufzte Freddie. »Ich kann doch nicht einfach mit dir durchbrennen.«

»Es muss ja niemand erfahren. Außerdem gefällt es dir doch, dass ich nicht zu bändigen bin.«

»In der Tat.« Er tippte ihr sanft auf die Nasenspitze. »Aber ich wollte ohnehin über deine kleinen Boshaftigkeiten mit dir sprechen. Mutter hat mich gebeten, dich aufzufordern, dich ein wenig gefälliger zu benehmen. Da alle erwarten, dass wir früher oder später heiraten werden, ist sie der Auffassung, dass dein Verhalten dem Ruf unserer Familie schadet.«

»Wie bitte? Du sollst mich dazu *auffordern*?« Ihr Ton klang schwer wie Blei.

»Nur, bis Lavinia einen Ehemann gefunden hat.«

Seine Schwester Lavinia, seine schmallippige, alles bekrittelnde Schwester – verheiratet? Nun, das würde wohl erst geschehen, wenn reizbare, frömmelnde Prüderie wieder als eheliche Tugend gefragt war.

Jane empfand nicht die geringste Sympathie für die junge Frau. Nicht, nachdem sie herausgefunden hatte, dass Lavinia und die Gräfinwitwe regelmäßig das Undenkbare, das Unverzeihliche taten.

Sie spendeten beachtliche Summen an die *Society for the Suppression of Vice*, einer Organisation, die sich der Eindämmung des Lasters auf die Fahnen geschrieben hatte – ein Fluch für die meisten Weylands.

Jane fragte sich, wie man dort wohl reagieren würde, wenn die neue Lady Whiting eine *Gesellschaft zur Förderung des Lasters und der Freuden des Lebens* gründete. Es war ja nur so ein Gedanke …

»Natürlich nur, wenn du meinem Antrag jemals zustimmen wirst«, fuhr Freddie fort. »Aber eine Countess muss nun einmal Opfer bringen. Und es wäre ja auch nur für kurze Zeit.«

»Es könnte sein, dass es noch eine halbe Ewigkeit dauert, bis Lavinia unter die Haube kommt«, merkte Jane vorsichtig an.

»Auf keinen Fall!« Er grinste schelmisch. »Könntest du mir nicht dabei ein klein wenig helfen, meine kleine Hexe?«

Jane zwang sich zu einem Lächeln, denn sie hasste es, wenn er sie so nannte. Noch gestern Abend hatte sie einem geradezu göttlichen Schotten gegenübergestanden, der ihr ›Sìne‹ ins Ohr geraunt hatte. Und verglichen mit Hughs heiserem Flüstern, das ihr Blut zum Kochen brachte, klang Freddies gehauchte »Hexe« fast beleidigend fade.

»Küss mich«, forderte sie ihn urplötzlich auf und presste die Handflächen auf seine Brust. »Gib mir einen richtigen Kuss, Freddie. Das wirst du doch tun, oder?«, fragte sie beinahe verzweifelt. Schon hundert Mal hatten sie sich geküsst. Aber dieser Kuss sollte der wichtigste ihres ganzen Lebens sein.

Denn Freddie sollte dafür sorgen, dass sie Hugh ein für alle Mal vergaß.

»Was?« Hugh war überzeugt, dass er nicht richtig verstanden hatte. »Nur, damit du es weißt. Ich werde niemals heiraten.«

»Du musst sie heiraten«, widersprach Weyland. »Bring sie für einige Monate von hier fort. Ich will nicht, dass sie in der Stadt ist, falls die Liste an die Öffentlichkeit kommt. Sie soll dann weit weg sein von dem Skandal und der Gefahr. Wenn du mit ihr verheiratet bist, kannst du mit ihr fortgehen.«

»Das kann ich auch, ohne ihr Ehemann zu sein.«

»Nein, Hugh, du musst …«

»Du weißt genau, wer und was ich bin. Und was ich getan habe.« Weyland konnte nicht ernsthaft wollen, dass ein professioneller Mörder mit vernarbtem Körper und Blut an den Händen seine Tochter heiratete. »Wie kommt es, dass du ausgerechnet mich für diese Aufgabe ausgewählt hast?«

»Weil ich genau weiß, wer du bist und was du getan hast. Kannst du dir nicht vorstellen, welches Signal die Ehe an all diejenigen aussendet, die Jane ein Leid antun wollen? Sie wäre dann eine MacCarrick. Und sollte dein Name ihre Feinde nicht genug einschüchtern, dann gibt es da auch noch Ethan. Er wäre ihr Schwager. Ebenso wie Courtland. Wer würde es riskieren, den Zorn deiner Familie auf sich zu ziehen, um ihr Schaden zuzufügen?«

Der Schmerz in Hughs Schläfen pochte, als hätte man seinen Schädel in einen Schraubstock gezwängt. »Verdammt noch mal, bist du je auf den Gedanken gekommen, dass ich gar nicht die Absicht habe zu heiraten? Nachdem ich das erste Mal eine Kugel auf einen Menschen abgefeuert habe, war mir klar, dass ich niemals eine Braut nach Hause führen werde ...«

»In unserer Organisation gibt es mehrere verheiratete Männer.«

»Die ihre Familien in höchste Gefahr bringen.«

»Janes Leben ist bereits in Gefahr.«

Hugh seufzte frustriert. »Bist du schon mal auf den Gedanken gekommen, dass vielleicht genau sie die Frau ist, die ich nicht heiraten will?«

»Nein.« Weyland lächelte wissend. »Auf den Gedanken bin ich noch nie gekommen.«

Hugh bemühte sich vergeblich, seine Überraschung zu verbergen. Offenbar war es ihm nicht gelungen, seine Gefühle für Jane geheim zu halten.

»Wenn du die Wahl hast«, fuhr Weyland fort, »dann suchst du dir immer die Aufträge aus, die in weiter Ferne zu erledigen sind. Und du betrittst mein Haus nur dann, wenn du sicher bist, dass Jane nicht anwesend ist. Das beweist doch, wie viel dir daran liegt, dich von ihr fernzuhalten.«

Hugh konnte es nicht abstreiten.

»Ich dachte, dass du dich entgegenkommender verhältst. Aber wenn dir der Gedanke wirklich so zuwider ist, kannst du die Annullierung der Ehe beantragen, sobald wir die Schwierigkeiten mit Grey aus dem Weg geräumt haben.«

»Nein«, schnappte Hugh, »es kommt nicht infrage.«

»Es muss sein. Außer dir gibt es niemanden, dem ich sie anvertrauen würde.« Weyland rieb sich die Stirn, als Hugh sich weiterhin weigerte. »Ich bin verdammt müde, mein Lieber. Müde und erschöpft. Und ich sehe dem Kampf meines Lebens entgegen. Es ist ein Kampf gegen die mächtigsten und geschicktesten Feinde weit und breit, und ich kann diesen Kampf nicht gewinnen, wenn ich unverhohlen eine offene Flanke biete. Meine schwache Stelle wäre wie ein rotes Tuch für sie.«

Und diese schwache Stelle war seine atemberaubend schöne und leidenschaftliche Tochter. Kein Wunder, dass Weyland aussah, als ginge er durch die Hölle. »Weyland, du hast mich nicht verstanden.« Hatte der Mann etwa vergessen, dass Hugh sich in der Gesellschaft anderer unbehaglich fühlte, dass ihm gesellschaftliche Pflichten zuwider waren und er sich abweisend und unnahbar verhielt? An seiner Seite würde Jane langsam, aber sicher zugrunde gehen. »Ich kann sie nicht glücklich machen.«

»Zum Teufel noch mal mit dem Glück!« Weyland schlug mit der Faust auf den Tisch. »Ich will, dass sie lebt!«

Hugh ließ sich von seinem heftigen Ton nicht beeindrucken. »Wir sollten jede Möglichkeit genau durchsprechen. Es ist sehr wahrscheinlich, dass du Grey mit deinen Drohungen einschüchterst. Ethan wird in die Offensive gehen und sich gegen die übelsten Angriffe zur Wehr setzen. Das würde dann auch allen anderen eine Warnung sein. Bald kann schon alles wieder seinen gewohnten Gang gehen – wenn man davon absieht, dass wir unnötig eine Ehe eingegangen sind, obwohl es ausgereicht hätte, dafür zu sorgen, dass Jane sich einige Monate unauffällig verhält. Eine Ehe würde Jane und mich für den Rest unseres Lebens aneinanderketten.«

»Du kannst eine Annullierung beantragen, sobald die Lage sich wieder beruhigt hat. Wenn ihr zwei so strikt dagegen seid, dann kann euch niemand zwingen, die Ehe aufrechtzuerhalten.« Hugh schüttelte energisch den Kopf, aber Weyland sprach einfach weiter. »Es gibt eine zweite Möglichkeit. Es könnte sein, dass ich nicht überlebe.« Hugh wollte ihn unterbrechen, aber er hob die Hand. »Bevor ich sterbe, möchte ich meine Tochter verheiratet wissen. Ich könnte mir keinen besseren Beschützer für sie vorstellen. Ich müsste nicht sterben, ohne zu wissen, was aus ihr wird. Kannst du dir nicht vorstellen, welch ein Segen es für mich wäre, sie an deiner Seite zu wissen? Zu wissen, dass sie in einem sicheren Hafen gelandet ist? Willst du dich wirklich weigern, mir diesen Gefallen zu tun?«

»Du hast keine Ahnung, was du von mir verlangst. Ohne mich wäre sie sicherer.«

»Eigentlich habe ich nicht darüber sprechen wollen. Aber Grey hat Jane nicht nur meinetwegen ins Visier genommen. Ich weiß, dass du vor vielen Jahren gegen ihn gekämpft hast. Du hast gesiegt. Und ich weiß, dass ihr euch um sie gestritten habt.« Hugh biss die Zähne fest zusammen, und Weyland fuhr fort: »Er wird sich auch an dir rächen wollen. Ich lasse sie gehen … und du musst tun, was du tun musst, um für ihre Sicherheit zu garantieren. Wir beide sind es ihr schuldig. Sie ist diejenige, die für unsere Taten zahlen muss, wenn wir nicht bereit sind, Opfer zu bringen.«

Hugh fuhr sich mit der Hand durch das Haar. »Dein Plan hat einen gravierenden Fehler. Jane wird ihm niemals zustimmen.« Schließlich war er für die damals Siebzehnjährige nicht mehr als eine flüchtige Sommerromanze gewesen. Gerade eben in ihrem Schlafzimmer hatte sie ihm noch nicht einmal fünf Minuten ihrer kostbaren Zeit gewähren wollen.

»Dann mache ich dir einen Vorschlag. Wenn sie zustimmt, wirst du sie heiraten und dich mit ihr verstecken, bis die Lage sich beruhigt hat. Wenn sie sich weigert, verschwindest du vorübergehend mit ihr, ohne die legale Verbindung. Bestenfalls riskiert ihr dadurch einen Skandal, schlimmstenfalls bringst du sie in höchste Gefahr.«

»Sie wird nicht einverstanden sein«, beharrte Hugh. Denn in diesem Augenblick traf sie sich mit ihrem Langzeit-Verehrer, dem, der sich länger als alle anderen Verehrer um sie bemühte.

War Jane am Ende in diesen Bidworth verliebt? Schon der Gedanke brachte Hugh zur Raserei.

»Bist du mit meinem Vorschlag einverstanden? Hugh?«, fragte Weyland, als Hugh in Gedanken versunken schwieg.

Hugh war überzeugt, dass Jane sich weigern würde, und nickte Weyland zum Zeichen seines Einverständnisses zu.

»Gut. Wir müssen so schnell wie möglich handeln. Noch heute Vormittag.«

»So rasch bekommst du keine Genehmigung …« Er brach ab, als er bemerkte, dass Weyland ihn beleidigt anlächelte.

»Wenn doch alles nur so einfach wäre«, meinte Weyland. »Würdest du sie jetzt bitte herholen … im Park geht sie üblicherweise immer zu diesem seltsamen Brunnen. Sag ihr, dass ich sie umgehend zu sprechen wünsche.«

Hugh hatte nichts anderes im Sinn, als sie von diesem Bidworth fortzuzerren.

»Darf ich dir noch einen Rat geben, Sohn? Bevor du sie

holst, solltest du dich um einen Ehering kümmern. Ein Ring könnte die Wogen glätten, die bei unserem Überfall auf sie hochschlagen werden.«

»Das scheitert schon daran, dass ich gar nicht weiß, wo und wie ich einen Ring kaufen sollte.«

»Du hast noch nie Schmuck für eine Frau gekauft?«

»Himmel noch mal, nein.«

»Auf dem Weg zum Haus deiner Familie kommst du bei Ridergate's am Piccadilly vorbei. Dort wissen sie, welche Ringe ihr passen.«

Hugh hob die Augenbrauen. Sogar er hatte den Namen des exklusiven Juweliers schon einmal gehört. »Du kennst dich mit meinen Finanzen offenbar besser aus als ich.«

»Du solltest mich nicht für dumm verkaufen, Hugh. Ich weiß, dass du inzwischen reich geworden bist.«

Hugh zuckte die Schultern.

»Und ich weiß auch, dass du insgeheim immer etwas für eine Frau und eine Familie zurückgelegt hast.«

»Da weißt du mehr als ich«, widersprach Hugh und wandte sich in Richtung Tür. Kaum hatte er das Arbeitszimmer verlassen, bemerkte er, dass ihm das Herz bis zum Hals schlug. In wenigen Stunden schon konnte er mit Jane verheiratet sein!

Nein. Wenn er sie heiratete, wenn er das Gelöbnis sprach und mit seinem Namen unterschrieb, würde er Jane seinem verhängnisvollen Schicksal ausliefern.

Er konnte auch ohne diese Eheschließung mit ihr fortgehen. Sobald er Jane den Vorschlag präsentiert und sie ihn deswegen ausgelacht hatte, würde er sich Weylands Einverständnis holen, sich ohne den Bund irgendwo mit ihr zu verstecken. Der Mann konnte schließlich nicht ahnen, dass es gefährlich war, mit Hugh die Ehe einzugehen – gefährlicher noch als die Verletzungen, die Grey ihr würde zufügen können.

Niemals heiraten, niemals lieben, nie vertrauen – das sei ihr Schicksal …

Aber wieso dachte er überhaupt darüber nach? Niemals würde Jane zustimmen.

Aber was, wenn sie es doch tat?

Bei besagtem Brunnen im Park traf Hugh auf Quin, der sich auf eine Bank gelümmelt hatte und die jungen Frauen bewunderte, die in der Sonne spazieren gingen. »Guten Morgen, MacCarrick«, grüßte Quin, als er ihn entdeckte. Seltsamerweise stand er auf und blockierte damit den schmalen Weg, der um den Brunnen herumführte. »Was treibst du hier so früh am Vormittag?«

»Ich soll Jane zu Weyland bringen.«

»Das mache ich schon«, widersprach Quin hastig.

»Nein, ich werde es tun.«

Plötzlich glomm ein Fünkchen Mitleid in Quins Augen auf. »Sie trifft sich gerade mit jemandem.«

Hugh begriff auf Anhieb zwei Dinge: Erstens wusste Quin, dass Hugh sie begehrte. Und zweitens wurde sie gerade geküsst – von diesem Freddie. Sie wurde geküsst oder … oder gar noch schlimmer.

Er schob Quin zur Seite, doch der folgte ihm.

»Wieso weißt du Bescheid?« Hugh kochte vor Wut.

Quin gab sich keine Mühe, so zu tun, als wisse er nicht, wovon die Rede war. »Grey hat es mir erzählt. Er hat gesagt, dass du in sie verliebt bist.«

Wem hatte Grey es sonst noch erzählt? Wem tat der grobe ungeschlachte Schotte wegen seiner Obsession für die bezaubernde Jane sonst noch leid?

Hugh stürmte direkt auf den Brunnen zu.

9

»Jetzt, Jane? Und hier?«, fragte Freddie leise und blickte sich verstohlen um. »Willst du wirklich, dass ich dich hier und jetzt küsse?«

Jane nickte und beugte sich vor. »Es ist weit und breit niemand zu sehen.« Sie legte die Hände um seinen Nacken und zog Freddie zu sich. Zart streiften seine Lippen ihren Mund.

Es war nichts Neues, dass sie sich küssten. Aber es war neu für Jane, dass der Kuss sich anfühlte, als tätschele ihr jemand beiläufig die Wange. Als MacCarrick ihr heute Morgen die Halskette geschlossen und sie mit seiner großen warmen Hand berührt hatte, war das erregender gewesen als dieser Kuss jetzt.

Von dieser Erkenntnis beunruhigt, begann sie, Freddie leidenschaftlich zu küssen, sie klammerte sich an seinen Schultern fest, um ihn zu ermuntern, und redete sich voller Verzweiflung ein, dass sie mit einem Kuss wie diesem bis ans Ende ihres Lebens zufrieden sein werde. Sie küsste ihn so, wie sie es in ihren Büchern gelesen hatte, und instinktiv wusste sie, dass es mehr geben musste als das, was Freddie ihr zu bieten hatte. Zum Beispiel flammende Leidenschaft, brennende Sehnsucht, wollüstigen Schmerz … aber nicht mit ihm.

Freddie wurde zur Seite gerissen und ging zu Boden.

Jane erstarrte erschrocken. *»Hugh?«*

Das schwarze Haar hing ihm wirr ins Gesicht, sein Kinn war angespannt, und er hatte die Hände zu Fäusten geballt, als er sie voller Widerwillen musterte. Dann drehte er sich zu Freddie und sah aus, als wolle er ihm sogleich an die Gurgel gehen.

Jane schnappte entsetzt nach Luft. Freddie versuchte erschrocken, wieder auf die Beine zu kommen.

»Nein, MacCarrick!«, schrie Quin, stellte sich ihm in den Weg und fügte leiser hinzu: »Du könntest ihn mit Leichtigkeit töten.«

»Verdammt noch mal, genau das habe ich vor«, stieß Hugh grimmig hervor.

Die nächsten Sekunden verrannen wie in Zeitlupe. Aus sicherer Entfernung beobachtete Jane, wie Hugh Quin zur Seite stieß. Freddie hatte sich wieder aufgerappelt, gerade rechtzeitig, um Hughs Faustschlag einzustecken. Das Blut schoss ihm aus der Nase, während er rückwärts taumelte.

Quin packte Hughs Arm und drehte ihn ihm auf den Rücken. Jane schrie auf und rannte zu Freddie. Sie griff ihm stützend unter die Achseln und schaute nervös über ihre Schulter, während sie versuchte, ihm auf die Füße zu helfen. Freddie war groß; trotzdem hatte Hugh ihn mit nur einem Stoß zu Boden geschickt.

»Am besten, du verschwindest von hier, bevor die Polizei kommt«, warnte Quin. »Vermutlich ist es dir nicht bewusst, aber du hast gerade einem äußerst angesehenen Earl die Nase gebrochen.«

Der Hass in Hughs Blick schien noch größer zu werden.

»Außerdem musst du Jane nach Hause bringen«, beharrte Quin. »Mit diesem Irrsinn hast du sie mehr verletzt, als du ahnst.«

Als Hugh Quin mit einer Armbewegung zur Seite schob, begriff Jane, dass er mit seinen Kräften noch lange nicht am Ende war. Er war mit wenigen Schritten bei ihr, ergriff sie am Ellbogen und zerrte sie von Freddie fort.

Heute Morgen war die Berührung seiner Hand so sanft gewesen, dass sie sie kaum gespürt hatte. Jetzt hielt er sie so fest gepackt, dass es ihr wehtat.

»Dass Quin mir nachspioniert hat, ist offensichtlich«, sagte sie in scharfem Ton. »Aber was hast *du* hier zu suchen?«

Hugh antwortete nicht, und Jane kniff ihm mit aller Kraft in die Finger. Er sollte sie loslassen, damit sie nach dem verletzten Freddie schauen konnte. Verblüfft schaute sie auf seine Hand, als ihre Attacke erfolglos blieb. »Ich will zu Freddie und mich vergewissern, dass du ihn nicht umgebracht hast!«

»Schon gut, Jane«, ergriff Quin das Wort. »Ich kümmere mich um ihn. Aber du musst jetzt gehen.«

»Ich werde nicht …« Atemlos brach sie ab, als Hugh sie hinter sich herzerrte, wobei er den Fußgängern, die sie entsetzt anstarrten, keinerlei Beachtung schenkte.

»Hugh, lass mich auf der Stelle los!«, zischte sie. »Was ist nur in dich gefahren?«

»Das frage ich dich.« Sobald sie sich außer Sichtweite des Brunnens befanden, blieb Hugh stehen und packte Jane an den Schultern. Seine Hände zitterten immer noch. Nur mit Mühe hatte er den Impuls unterdrücken können, dem Mann sämtliche Knochen im Leib zu brechen. Ihm war durchaus bewusst, wie finster er dreinblickte. Doch Jane stand hocherhobenen Hauptes vor ihm.

»Wer ist der Kerl?« Hugh versuchte, nicht auf ihre geschwollenen Lippen zu achten. »Warum küsst du in aller Öffentlichkeit einen fremden Mann?«

Damit ich endlich klarsehe.

»Er heißt Frederick Bidworth und ist der Earl of Whiting.«

Natürlich, sie hatte einen *Aristokraten* geküsst. Und der war von ihrem Kuss so berauscht gewesen, dass er Hugh nicht hatte kommen sehen.

»Und er ist *kein fremder Mann*«, fuhr Jane fort. »Wie kannst du dich nur so aufführen? Das ist wirklich der Gipfel! Hast du nicht erst gestern Abend erklärt, dass ich eine erwachsene Frau bin?«

Ja, das hatte er. Aber das war gewesen, bevor man von ihm verlangt hatte, dass er Jane heiratete. Jetzt hatte sich alles geändert.

»Hugh, warum benimmst du dich so merkwürdig? Ich verlange eine Antwort. Auf der Stelle!«

»Weil dieser Lord Whiting dabei war, die Tochter eines engen Freundes meiner Familie zu kompromittieren.« Es war keine Lüge. Nur eine Untertreibung. Er schnitt Jane das Wort ab, als sie seine Behauptung abstreiten wollte. »Wie kommt er dazu, deinen Ruf auf diese Weise aufs Spiel zu setzen? Dir sollte klar sein, dass er das niemals hätte tun dürfen!«

»Das geht dich überhaupt nichts an!« Ihre Miene wirkte starr und abweisend. »Außerdem bin ich dir keinerlei Erklärungen schuldig. Was ich tue, hat dir egal zu sein!«

»Ach, tatsächlich? Nun, jetzt vielleicht noch«, sagte er und sorgte damit für weitere Verwirrung.

Es war ihm durchaus bewusst, dass er sich mehr als falsch verhielt. Aber allein der Gedanke, bald mit Jane verheiratet zu sein, schien sämtliche Beschützerinstinkte in ihm zu mobilisieren. Er fühlte sich, als gehöre sie bereits ihm. *Sie ist mein*, war ihm schlagartig durch den Kopf gegangen, als er gesehen hatte, wie der Bastard sie geküsst hatte. *Er nimmt sich, was eigentlich mir gehört!*

Hugh war so wütend, dass er keine Erklärungen mehr abgeben konnte. Er wusste nur noch eines: Nie wieder sollte Bidworth Jane küssen oder auch nur berühren.

Und er hatte eine großartige Idee, wie er es in Zukunft würde verhindern können.

Zurück im Haus führte er Jane in das Arbeitszimmer ihres Vaters. »Betrachte es als erledigt, Weyland«, herrschte er den

Mann an, der völlig unbeeindruckt wirkte. Hatte Weyland geahnt, dass Hugh seine Tochter in einer kompromittierenden Situation erwischen würde? Natürlich. Weyland war immer über alles informiert. Und Hugh hatte reagiert wie erwartet. Man hatte ihn manipuliert. »Betrachte es als erledigt.«

»Einverstanden.« Weyland nickte feierlich. »Warum fährst du nicht nach Hause, packst deine Sachen und erledigst noch ein paar Einkäufe, mein Lieber? Ich möchte mit Jane unter vier Augen sprechen.«

Hugh verließ das Büro, schloss die Tür und lauschte für einen kurzen Augenblick.

»Papa«, begann sie. »Wie kannst du in aller Seelenruhe zuschauen, wie dieser Mann mich misshandelt und mir Befehle erteilt? Wenn du nur wüsstest, was er gerade getan hat …«

»Ich kann es nicht nur tun, ich muss es sogar«, unterbrach Weyland sie, »weil Hugh bald dein Ehemann sein wird.«

»Bist du noch bei Sinnen? Ich soll Hugh MacCarrick heiraten?« Jane lachte schrill. »Niemals! Nie im Leben!«

10

»Was ist los mit dir?«, rief Jane, sobald sie gehört hatte, dass Hugh die Haustür hinter sich zugeschlagen hatte. »Was ist geschehen in der halben Stunde, die ich nicht zu Hause war? Hast du einen Schlag auf den Kopf bekommen? Vielleicht von Hugh? In seinem gegenwärtigen Zustand halte ich alles für möglich!« Sie schnippte mit den Fingern. »Natürlich! Fortschreitende Senilität!«

»Wenn du dich bitte beruhigen würdest.« Das faltige Gesicht ihres Vaters wirkte ernst, und seine blauen Augen blickten sie grimmig an.

»Wie kann ich dabei ruhig bleiben? Er hat Freddie attackiert. Vor wenigen Minuten!« Und Hugh hatte so wütend ausgesehen, dass sie befürchtet hatte, er könne Freddie umbringen. »Er hat sich aufgeführt wie ein Wahnsinniger …«

»Ich hoffe, dass er keine bleibenden Schäden verursacht hat?«

»… und du hast mir gerade befohlen, dass ich diesen Mann heiraten soll! Du solltest wissen, dass ich Freddies Antrag heute Vormittag annehmen wollte!«

»Ach, wirklich?«

Jane wunderte sich über seinen Tonfall, über seine verhaltene Reaktion. Der Mann, der jetzt vor ihr saß, war deutlich unnachgiebiger als der weichherzige Vater, der er noch heute Morgen gewesen war.

»Ich weiß, dass es schwer ist, meine Entscheidung zu akzeptieren«, erklärte er. »Aber ich musste ein Machtwort sprechen.«

»Ein Machtwort sprechen? Ich bin siebenundzwanzig Jahre alt. Du kannst mich nicht zwingen, ihn zu heiraten.«

Weyland überging ihren Einwand. »Jahrelang habe ich die Augen verschlossen vor all den Dingen, die du mit deinen Cousinen angestellt hast.«

Jane hielt den Blick starr und schuldbewusst zur Decke gerichtet. Weyland sprach weiter. »Ich weiß, dass Samantha Kundin in den Druckereien und Läden in der Holywell Road ist. Ich weiß, dass Claudia eine Affäre mit ihrem Stallburschen hat. Ich weiß von Nancys Vorliebe, Männerkleidung zu tragen. Und höchstwahrscheinlich sitzt deine Cousine Charlotte in diesem Moment wieder einmal im Zuschauerraum des Scheidungsgerichts, um dort aus erster Hand von den neuesten Skandalen zu erfahren!«

»Schon gut, ich habe verstanden«, unterbrach Jane ihren Vater hastig und fragte sich, woher er all diese Dinge wissen konnte … Quin! Quin hatte es ihm verraten. So musste es sein. Eigentlich hätte er es besser wissen sollen, als den Zorn der acht Cousinen auf sich zu ziehen.

»Ich habe all diese Verrücktheiten durchgehen lassen, weil ich den Eindruck habe, dass deine gesamte Generation den Verstand verloren hat.«

Sie verdrehte die Augen. »Papa, wir leben nicht mehr im Regency-Zeitalter.«

»Aber ich habe es dir auch deshalb durchgehen lassen, weil deine Mutter mir auf dem Sterbebett das Versprechen abgenommen hat, dir die Freiheit zu gewähren, die sie selbst auch genossen hat. Ich musste ihr versprechen, niemals deine Wesensart, deinen Esprit zu unterdrücken.«

»Das musstest du ihr versprechen?« Jane betrachtete das Porträt ihrer Mutter. Lara Farraday war das einzige Kind eines berühmten Künstlers und selbst hochbegabt gewesen. Für die

Tochter eines gefeierten Künstlers war ihre ungewöhnliche Erziehung durchaus akzeptabel gewesen. »Das wusste ich nicht.«

»Schon mit sechs Jahren warst du ihr ausgesprochen ähnlich. Und ich habe mein Versprechen gehalten, selbst wenn es mich manchmal vor Sorge beinahe umgebracht hat.«

Jane sah ihn eindringlich an. »Hat Quin mir deshalb immer nachspioniert?«

»Nein. Nicht deshalb. Sondern aus demselben Grund, aus dem ich jetzt das Versprechen an deine Mutter brechen werde.«

»Ich verstehe nicht.«

»Mit einem meiner Partner habe ich schlechte Geschäfte gemacht. Ich habe eine Entscheidung getroffen, die ihn und sein Vermögen in eine schwierige Lage gebracht hat. Jetzt will er sich rächen. Er setzt alles daran, mich genauso schwer zu verletzen. Und jedermann weiß, dass du der größte Schatz auf der ganzen Welt bist, den ich mein Eigen nenne.«

»Dich verletzen?«, hakte Jane nach.

»Er ist süchtig nach Opium. Er halluziniert. Es könnte sein, dass es zu Gewalt kommt.«

Jane nickte. Ihr Tonfall war sarkastisch, als sie ihre nächste Frage stellte. »Und wer ist dieser niederträchtige Geschäftsmann, der dir die Angst ins Herz pflanzt? Wer bringt dich dazu, deine Tochter in eine Ehe zu zwingen? In eine Ehe, möchte ich hinzufügen, die weit weniger vorteilhaft ist als diejenige, die sie selbst für sich ins Auge gefasst hat?«

Weyland achtete nicht auf ihren schrillen Tonfall. »Erinnerst du dich an Davis Grey?«

»Das soll wohl ein Scherz sein?«

»Nicht im Geringsten.«

»Ich … vor einiger Zeit habe ich einen Tee mit ihm getrunken, während er hier auf dich gewartet hat.«

Schon bei ihrer ersten Begegnung mit Grey waren ihr seine sanft blickenden braunen Augen aufgefallen, sein jungenhaft hübsches Gesicht, die offene Miene. Er war überaus modisch gekleidet gewesen und hatte ausgesehen, als hätte er sich für den Spaziergang in der Stadt auf Hochglanz poliert, um so sympathisch wie möglich zu wirken.

Trotzdem war ihr in seiner Gegenwart ein frostiger Schauder über den Rücken gekrochen.

Denn sie hatte bemerkt, dass er sie mit bedrohlicher Eindringlichkeit gemustert hatte. Sein Blick war nicht lüstern gewesen, *das* hätte sie einfach ignoriert. Sie hatte es damals nicht verstanden, aber zum ersten Mal in ihrem Leben hatte sie sich gewünscht, eine Anstandsdame an ihrer Seite zu haben. »In seiner Nähe ist es mir eiskalt den Rücken hinuntergelaufen«, gestand sie jetzt leise.

»Dann hast du auch gespürt, dass er zu Gewalttätigkeiten in der Lage ist?«

»Ja«, gab sie zu. »Aber warum willst du so drastische Maßnahmen ergreifen?«

»Hugh kennt Grey aus früheren Zeiten. Und er kennt ihn besser als sonst irgendjemand. Er kann dich beschützen.«

»Freddie kann mich auch beschützen.«

»Jane, wir sollten die Angelegenheit realistisch betrachten. Denn wir beide wissen nur zu gut, dass Frederick dich höchstens vor modischen Fehltritten bewahren könnte.«

Die Beleidigung ließ sie empört nach Luft schnappen. Aber ihr Vater zuckte nur die Schultern. »Es ist die Wahrheit. Und du weißt es.«

»Warum informierst du nicht die Polizei? Bei all deinen Beziehungen könntest du dafür sorgen, dass Grey spätestens zur Teezeit in Haft ist.«

»In der Angelegenheit habe ich schon einige Freunde um

einen Gefallen gebeten. Aber wir wissen nicht, wo Grey ist. Wir haben keine Ahnung, wann und wo er das nächste Mal zuschlagen wird.«

Jane stand auf und trat zum Fenster. »Dann ist es möglich, dass er irgendwo dort draußen steht und mich beobachtet? In diesem Moment?«

»Ja, das wäre möglich. Aber wir halten es nicht für wahrscheinlich. Das letzte Mal wurde er in Portugal gesehen. Es gibt keinerlei Anzeichen, dass er inzwischen in England eingetroffen ist. Allerdings ist sicher, dass er die feste Absicht hat, hierherzukommen.«

Jane hatte gehört, dass Opiumsüchtige wie Grey andere Menschen attackierten, wenn der Rausch sie fest im Griff hatte.

London war eine wundervolle Stadt. Aber Grey war wie ein gefährliches Tier, das im Moment noch zu schlafen schien. Und deshalb musste sie an die Gefahr denken, die das Leben in der Stadt unvermeidlich mit sich brachte. Wenn ihr Vater darauf bestand, dass sie wegen Greys Unberechenbarkeit aus der Stadt fliehen musste, dann konnte sie ihm nicht widersprechen.

»Ich bin einverstanden, London für eine Weile zu verlassen. Aber nicht mit Hugh. Welchen Grund sollte er haben, mich zu begleiten? Warum, um alles in der Welt, sollte er dieser Ehe zustimmen?«

»Vor zehn Minuten war ich noch der Meinung, dass er nicht bloß zustimmen wird. Ich war felsenfest überzeugt, dass er deine Hand geradezu fordern wird.«

»Das stimmt. Draußen im Park hat er sich benommen wie der wahnsinnige Killer, vor dem du mich doch in Sicherheit bringen willst.«

Weyland fasste ihre Worte vollkommen falsch auf. Seine Gesichtszüge verhärteten sich, und er presste die Lippen zu einem dünnen Strich zusammen. »Jane, die beiden haben nicht die geringste Ähnlichkeit. Sag das nie wieder! *Niemals!*«

Der wütende Tonfall ihres Vaters ließ sie zurückweichen. »Papa?«

»Hugh ist ein guter, ehrenwerter Mann. Grey und er haben zusammengearbeitet und ähnliche Erfahrungen gemacht. Hugh hätte den gleichen Weg einschlagen können. Aber er hat sich anders entschieden.«

Jane schluckte. »G…gut. Ich werde mit Hugh reisen. Aber es ist nicht nötig, dass wir heiraten …«

»Was habe ich nur getan, dass mein einziges Kind, meine unverheiratete Tochter, auf den Gedanken kommt, ich würde sie mit einem meiner Geschäftspartner auf Reisen gehen lassen?« Weyland kam ihr zuvor, als sie antworten wollte. »Nun, damit ist ab heute Schluss. Außerdem kannst du die Annullierung beantragen, wenn es dir in der Ehe so schlecht ergeht.«

»Du kannst mich nicht zwingen, ihn zu heiraten. Ich gehe einfach zu Freddie und bitte ihn, mich fortzubringen.«

»Einverstanden. Ich bin sicher, dass seine Mutter samt ihrer Tochter mit dem verkniffenen Gesicht dich mit offenen Armen empfangen wird. Bestimmt haben sie auch nichts dagegen, dass du keine Mitgift vorweisen kannst.«

Jane riss die Augen auf. »Das wagst du nicht!«

Er nickte ernst.

»Wer *bist* du?«, fragte sie und schaute ihn verzweifelt an. Das Wesen ihres Vaters schien sich urplötzlich verändert zu haben. Genau wie bei Hugh. »Ich … ich bleibe bei meinen Cousinen. Samantha und Belinda gehen zusammen mit ihren Familien nach *Vinelands* … noch diese Woche.«

»Und wie lange willst du es durchhalten, dich von einer Cousine zur anderen zu flüchten? Von einem Anwesen zum anderen zu reisen und dich wie eine Klette an sie zu hängen?«

»Vater, du weißt, dass ich nicht in meinen gewöhnlichen Alltag zurückkehren kann, wenn ich mich auf die Sache eingelassen habe«, argumentierte sie und berührte ihn leicht am Arm. »Wenn es vorbei ist, werde ich nie wieder heiraten können. Meine Chancen bei Freddie wären zunichtegemacht!«

»Wenn du ihn am Ende immer noch willst, werde ich meinen Einfluss geltend machen, damit du ihn heiraten kannst.«

Jane sank auf einen Stuhl. »Wie kommst du darauf, dass Freddie dann noch an mir interessiert wäre?«

»Er hat bereits erstaunlich lange gewartet.«

Sie biss sich auf die Lippen. »Ich habe immer noch keine Ahnung, warum Hugh zugestimmt hat. Wie kannst du ihn zwingen, eine Frau zu nehmen, die er gar nicht will?«

»Bist du sicher, dass er dich nicht will?«

»Natürlich will er mich nicht!«

»Ich hätte eher geglaubt, dass du ihm sehr am Herzen gelegen hast, als ihr noch jünger wart. Kannst du dir nicht vorstellen, dass das der Grund für seine Zustimmung ist?«

»Wenn ich ihm so wichtig war, warum hat er mich dann ohne ein Wort verlassen?«

»Du weißt doch, dass er mich gebeten hat, dir Abschiedsgrüße auszurichten. Falls du nach ihm fragen solltest.«

»*Falls* ich frage?« Sie starrte ihren Vater entgeistert an. »Das spielt doch gar keine Rolle mehr. Er hat sein eigenes Leben geführt, und wir kennen einander kaum noch.« – »Ja, er hat sein eigenes Leben geführt. Und während dieser Jahre hat er so viel Geld verdient, dass er für dich sorgen kann. Außerdem erinnere ich mich daran, dass ihr zwei recht gut miteinander ausgekommen seid. Kannst du ihn nicht mit deinem Charme umgarnen? Ihn bestricken und für dich gewinnen? Das dürfte dir leichtfallen. Und vielleicht willst du am Ende sogar verheiratet bleiben?«

»Du setzt voraus, dass ich zustimme.«

»Denk einmal darüber nach, Jane. Es ist sehr wahrscheinlich, dass er England mit dir verlässt.«

»Wohin? Weit weg?«, fragte sie hastig und errötete, als sie den wissenden Blick ihres Vaters bemerkte. Die reiselustige Jane war leicht zu durchschauen. »Nach Carrickliffe?«

»Ja. Vermutlich wird er dich zu seinem Clan bringen. Aber das überlasse ich ihm. Obwohl ich weiß, dass er nach Norden reiten wird. Und dass er sich höchstens eine Tagesreise entfernt von einem Telegrafenamt aufhalten wird. Sobald du nach Hause zurückkehren kannst, werde ich dich benachrichtigen. Wenn du die Ehe dann immer noch annullieren willst, werde ich es in die Wege leiten. Auf jeden Fall wirst du London verlassen. Und zwar noch heute Vormittag.«

Jane kam zu dem Schluss, dass ihr Vater nicht wiederzuerkennen war. Aber just in dem Moment, in dem sie entschied, sich über diesen seltsam fremden Mann vor ihr nicht den Kopf zu zerbrechen, entspannten sich seine Gesichtszüge. »Ah, meine liebe Tochter«, fuhr er mit weicher Stimme fort, »du bist doch sonst so ein tapferes Mädchen. Aber diese Angelegenheit ängstigt dich zu Tode, nicht wahr?«

»Ja, könnte sein. Aber nur, weil Grey mich auf so beunruhigende Weise angesehen hat.«

»Nein, es liegt nicht an Grey. Es liegt daran, dass du kein zweites Mal verletzt werden willst.«

Sie öffnete den Mund, brachte es aber nicht fertig, seine Behauptung abzustreiten. »Hugh hat mich schon einmal verlassen und ist nicht zurückgekehrt. Und das, obwohl du ihn wieder und wieder eingeladen hast.«

»Aber wenn es wirklich wichtig ist, können wir auf ihn zählen. Nicht wahr?«

11

Niemals! Nie im Leben!

Janes Worte hallten ihm immer noch durch den Kopf, als Hugh zum Grosvenor Square ritt. An diesem Vormittag hatten sich die Ereignisse überschlagen, und er war vollauf damit beschäftigt, seine Gedanken zu ordnen. Allein dass er mit angesehen hatte, dass Jane einen anderen Mann küsste, hatte ihm beinahe den Verstand geraubt.

Hatte er sich nicht all die Jahre mit aller Macht gezwungen, Jane möglichst fernzubleiben? Und jetzt zwang man ihn, sich in ihrer Nähe aufzuhalten – sogar, sie zu heiraten! Es erschütterte ihn zu erkennen, dass er sich tief im Innern danach sehnte, dass Weyland ihr die Zustimmung abrang.

Obwohl Hugh genau wusste, dass eine solche Verbindung niemals von Dauer sein würde.

Am Square angekommen, betrat Hugh eilig das Anwesen der MacCarricks. Für sie alle war es das Haus der Familie, obwohl es sich allein in Ethans Besitz befand. Als ältester Sohn hatte Ethan das Vermögen und sämtliche Ländereien der MacCarricks geerbt, einschließlich der schottischen Grafschaft Kavanagh – wobei Ethan auf jedermann einprügeln würde, der ihn ein Mitglied des Hochadels nannte.

Auf einem silbernen Tablett in der Eingangshalle lagen Nachrichten seiner Mutter an ihn. Wie üblich schenkte Hugh ihnen keine Beachtung. Er würde nicht behaupten, dass er die Frau hasste; aber sie gab ihren Söhnen die Schuld am Tod des Vaters, und das machte es verdammt schwierig, einen normalen Umgang mit ihr zu pflegen. Seine Brüder dachten genauso. Ihre Nachrichten an sie blieben ebenfalls ungeöffnet.

Dennoch hatte Ethan sie nicht völlig aus diesem Haus verbannt. Stillschweigend hatte man vereinbart, dass sie sich nicht im Haus aufhielt, wenn ihre Söhne in London weilten. Hugh hielt jede Wette, dass seine Mutter nach wie vor die Dienstboten bestach, um Informationen aus ihnen herauszuquetschen. Und das betraf die gesamte Dienerschaft – außer Erskine, dem Butler. Der mürrisch dreinblickende Mann erledigte seine Arbeit auf eine Art, die besonders die Besucher schier zur Verzweiflung bringen konnte, aber er war treu bis ins Mark.

Hughs Schritte hallten laut auf dem Marmorfußboden wider, als er direkt in sein Arbeitszimmer ging. Er wusste genau, wo er das *Leabhar nan Sùil-radharc*, das Buch des Schicksals, finden würde. Es lag immer noch auf dem langen Mahagonitisch, an dem vor einer Woche Hughs Bruder Courtland gesessen und fast verzweifelt auf die Zeilen gestarrt hatte, die darin standen.

Einmal mehr erstaunte es Hugh, dass ein altes Buch wie dieses so gut erhalten war. Trotz der zahllosen Jahre, die es existierte, fand sich nur eine einzige Spur der Benutzung darin: Blut.

Vor sehr, sehr langer Zeit hatte ein Wahrsager das Schicksal der nächsten zehn Generationen der MacCarricks vorhergesagt und seine Prophezeiung im *Leabhar* niedergeschrieben. Die Tragödien und Triumphe der Familie waren Zeile für Zeile eingetreten.

Obwohl Hugh den Text längst auswendig konnte, blätterte er die letzte Seite auf, die seinem Vater gewidmet war …

An Carrick X.
Drei finstere Söhne soll deine Gattin dir gebären.
Glück schenken sie, bis sie dieses Buch gelesen haben,
diese Worte, bis ihr Blick den jungen Lebensfaden dir durchtrennt.
Qualvoll stirbst du im Wissen um den Fluch,
der auf ihnen lastet.
Einsam sei ihre Wanderschaft, allein der Tod spende ihnen Schatten.

Niemals heiraten, niemals lieben, nie vertrauen – das sei ihr Schicksal.
Sterben sollst du, auf dass dein Same niemals Früchte trägt.
Tod und Verderben denen, die in ihren Sog geraten …

Die folgenden letzten zwei Zeilen waren unleserlich wegen des getrockneten Blutes, das darauf haftete und sich nicht mehr entfernen ließ.

Tragödien und Triumphe? Hugh seufzte müde. Seine Brüder hatten keine Triumphe erlebt. Nein, sie hatten keine Kinder gezeugt, sie hatten den Tod ihres Vaters zu verantworten, weil sie in diesem Buch gelesen hatten, und sie hatten nicht aufgehört, alles zu zerstören, was ihnen wichtig war.

Hugh fuhr mit dem Zeigefinger über das raue Pergament und spürte, wie seine Haut kalt und klamm wurde. Irgendetwas verbarg sich im *Leabhar*, irgendeine unheimliche Ausstrahlung, die alle in den Bann schlug. Als das letzte Mal jemand, der nicht zur Familie gehörte, das Papier berührt hatte, hatte diese Person entsetzt aufgeblickt und sich bekreuzigt.

Angewidert wandte Hugh sich ab und machte sich auf den Weg in sein Schlafzimmer. Er zwang sich, ein paar Sachen zu packen, obwohl er überzeugt war, dass es Weyland nicht gelingen würde, Jane zur Vernunft zu bringen. Es sei denn, durch Erpressung …

»Was zum Teufel machst du da?«, fragte Ethan barsch. Er stand in der offenen Tür und starrte Hugh an, der Kleidungsstücke in seine lederne Reisetasche legte.

»Ich verlasse London.«

»Mit ihr?«

»Aye. Weyland hat mich darum gebeten … sie zu heiraten und aus der Stadt zu bringen.«

»Nicht schon wieder!« Ethans Narbe färbte sich weiß. »Gerade ist es uns gelungen, Courtland und diese Frau zu trennen. Und jetzt willst du mit deiner davonlaufen?«

»Und was ist mit dir?«, konterte Hugh und griff nach den Hemden. »Das Mädchen gestern Abend hat dich mehr interessiert als jedes andere zuvor.«

»Ja. Aber ich habe mit meiner süßen Blonden nur gespielt.« Unwillkürlich rieb er sich die Narbe. Konnte es sein, dass sie ihm seit gestern Abend noch mehr verhasst war? Oder hatte das Mädchen ihm eine Ohrfeige verpasst? Hugh hoffte auf Letzteres. »Aber du und Court, ihr zwei wollt immer mehr, als ihr haben dürft.«

»Ich habe zugestimmt, Janes Ehemann zu sein. Für eine gewisse Zeit. Und das auch nur, um sie aus der Schusslinie zu bringen, bis du Grey gefangen hast und der Tumult wegen der Liste sich gelegt hat. Ich habe Weyland klargemacht, dass die Ehe zu gegebener Zeit annulliert werden wird. Er hat es akzeptiert.«

Ethan schüttelte den Kopf. »Du bist nicht ganz bei Trost! Nach all den Jahren ohne diese Frau wirfst du einen einzigen Blick auf sie und schon verlierst du den Verstand! Und dich hält der Clan für den Vernünftigsten von uns dreien!«

»Ich bin vernünftig«, stieß Hugh hervor und stopfte seine

Habe so heftig in die Tasche, dass die Nähte im Leder sich spannten.

»Weil du mit der Frau durchbrennst, an die du dein Herz verloren hast? Weil du sie heiratest? Aye. Ein Musterbeispiel des gesunden Menschenverstands«, schnaubte Ethan. »Meine Güte, in genau der gleichen Situation hast du Court ständig Predigten gehalten. Zu Recht.«

Hugh wandte den Blick ab. Als er Court die Predigten gehalten hatte, war er reichlich selbstgefällig gewesen. Hatte er sich nicht jahrelang mit äußerster Disziplin gezwungen, Jane aus dem Weg zu gehen?

»Hugh, hast du vergessen, was geschehen ist? Court hatte beschlossen, Annalía zu heiraten. Nur wenige Tage danach hätte eine Kugel fast ihren Schädel zerfetzt. Abgefeuert auf unserer Türschwelle. Denk an mich und an meine Verlobte. Du bist es gewesen, der Sarahs zerschmetterten Körper gefunden hat. Möchtest du Jane einem solchen Schicksal ausliefern?

»Ich werde die Ehe nicht vollziehen, und sie wird nicht meine Ehefrau bleiben«, erklärte er leise. »Es wird keine Ehe im herkömmlichen Sinne sein. Außerdem habe ich sie bereits in Gefahr gebracht. Grey wird sie meinetwegen ins Visier nehmen. Ich weiß es. Wenn ich sie nicht beschütze, wird er sie ohne Zweifel töten. Ich hingegen werde ihr nur wehtun.«

»Grey ist krank im Kopf, deshalb wird sein Angriff tödlich sein. Es fällt mir schwer, es zuzugeben, aber der Mann handelt nur nach seinem Instinkt und ist deshalb unberechenbar.« Ethan fing Hughs Blick auf. »Warum überlässt du es nicht mir, Jane zu verstecken?«

»Solange ich am Leben bin, wird Grey ihr niemals auch nur ein Haar krümmen. Hast du mich verstanden, Ethan? Niemals.«

Ethan zog die Brauen hoch. »Dann bleibt dir nur die Hoffnung, dass ich ihn hochnehme, bevor er Jane gefunden hat. Wie kannst du sie beschützen, wenn du nicht ruhig Blut bewahren kannst? Grey ist ein eiskalter Killer. Niemand ist so übel wie er. Du bringst es noch fertig, dass ihr beide getötet werdet. Du und das Mädchen.«

»Verdammt noch mal, ich kann sie schützen …«

»… und gleichzeitig die Finger von ihr lassen?« Ethan musterte ihn ungläubig.

»Ich kann mich beherrschen, das weißt du.« Hugh nahm noch einige wichtige Dinge aus dem Schrank, wie zum Beispiel eine Pistole zusätzlich zu jener, die er stets im Holster trug. Dazu kam ein zweites Gewehr, eines steckte bereits in einer Tasche an seinem Sattel. Außerdem steckte er jede Menge Munition für die Schusswaffen ein. »Schließlich bin ich jahrelang ferngeblieben, nicht wahr?«

»Stimmt. Doch in dir brodelt das Verlangen, das du jahrelang unterdrückt hast. Jede Wette, dass du innerlich beinahe verglühst.«

Verglühen … besser ließen Hughs Gefühle sich nicht beschreiben. Außerdem hatte Ethan geklungen, als plaudere er eine längst bekannte Tatsache aus. Trotzdem setzte Hugh eine grimmige Miene auf, griff wortlos nach seiner Tasche und verließ das Zimmer, um in Richtung Treppe zu gehen.

»Wohin wirst du sie bringen?«, fragte Ethan und folgte ihm. »Zum Clan?«

Hugh schüttelte den Kopf. Zunächst hatte er überlegt, sie nach Carrickliffe zu bringen. Aber die Menschen dort wussten alle über den Fluch Bescheid. Bestenfalls würden sie Jane mit Misstrauen begegnen, würden sie abergläubisch beäugen und sie behandeln, als wäre sie ebenfalls verflucht. Schlimmstenfalls würden sie versuchen, sie von Hugh zu trennen, und zwar in der Hoffnung, auf diese Weise beide retten zu können. Nach

Carrickliffe zu gehen wäre die letzte aller Möglichkeiten. »Ich werde mit ihr nach *Ros Creag* gehen.«

»Weiß Grey von dem Haus am See?«

»Ich habe ihm nie davon erzählt. Aber bei ihm kann man sich nie sicher sein«, antwortete Hugh. »Gesetzt den Fall, dass er noch nicht in England ist und wir dort ein paar Tage verbringen müssen ...«

»Ich handle zwar schnell, aber so schnell nun doch wieder nicht.«

»Kennst du ein gutes Versteck?«, fragte Hugh auf dem Weg zur Tür.

»Grey kennt die meisten davon. Und da ich nicht weiß, welche das sind, könnte ich für nichts garantieren. Du solltest sie zu Court bringen.«

Hugh hielt inne. An diese Möglichkeit hatte er noch gar nicht gedacht. Vermutlich lag es daran, dass die Ländereien seinem Bruder erst seit kurzer Zeit gehörten.

»Court meinte, das Haus sei zwar alt, aber solide. Man müsste nur ein wenig Hand anlegen«, sagte Ethan.

Dasselbe hatte Court auch ihm gesagt. Und dass der alte Wohnturm inmitten von *Tausenden* Acres lag. »Ich werde zuerst nach *Ros Creag* reiten. Wenn ich innerhalb der nächsten fünf Tage nichts von dir höre, werden wir zu Courts Anwesen weiterreisen.«

»Einverstanden. Ich werde das Personal über eure Ankunft informieren«, versicherte Ethan und meinte die kleine Schar Dienstboten, die in der Nähe des Anwesens wohnte.

»Sollte Grey uns folgen, so hoffe ich bei Gott, dass du ihm auf den Fersen sein wirst.« Hugh sah seinen Bruder eindringlich an. »Es liegt alles in deiner Hand. Du kannst es dir nicht leisten, dich ablenken zu lassen. Je eher du Grey tötest, desto schneller wird meine Ehe annulliert werden können.«

»Dann solltest du dich nicht zu sehr darin einrichten«, sagte Ethan mit einem kühlen Lächeln. »Und kümmere dich um deine verletzte Wange. Du wirst doch nicht wollen, dass Narben zurückbleiben.«

»Fahr zur Hölle«, stieß Hugh hervor und öffnete die Tür.

Ethan fluchte lautlos. »Warte einen Moment«, sagte er und eilte fort. Als er zurückkehrte, hatte er das *Leabhar* in der Hand. »Nimm es mit. Es wird dich stärker an dein Schicksal erinnern als alles andere.«

Hugh nahm das schwere Buch entgegen. »Und was ist mit dir? Was, wenn du es brauchst?«

Ethan verzog keine Miene, und sein Blick blieb ausdruckslos. »Mein Herz wird niemals wieder in Versuchung geraten. Schon vergessen?«

Hugh sah ihn prüfend an. »Dieses Mädchen gestern Abend – was hast du mit ihr angestellt?«

Sein Bruder lächelte süffisant und stützte sich am Türrahmen ab. »Nichts, was sie nicht selbst gewollt hat.«

»Hast du ihr Angst eingejagt?«

»Nein«, erwiderte Ethan harsch, »ich habe ihr keine Angst eingejagt.« Er berührte seine Narbe – etwas, was er sonst niemals tat –, sei es, dass er sich nicht an die Verwundung erinnern wollte, sei es, dass er die Aufmerksamkeit nicht darauf lenken wollte. Aber heute Vormittag hatte er zum ersten Mal seit vielen Jahren daran denken müssen. »Ich hatte die Maske auf, verdammt noch mal.«

Hugh hielt es für den falschen Zeitpunkt, Ethan darauf hinzuweisen, dass sein Benehmen ebenso verstörend wirken konnte wie sein vernarbtes Gesicht »Wer ist dieses Mädchen?«

»Ich wollte heute bei Quin vorbeischauen und ihn nach ihr fragen«, stieß Ethan hervor. »Aber jetzt bleibt mir dafür keine Zeit mehr. Hat Jane dir ihren Namen genannt?«

Hugh entdeckte einen Eifer in Ethans Blick, der ihn verstummen ließ. Obwohl ihm nicht alle Einzelheiten bekannt waren, wusste er, dass Geoffrey Van Rowen irgendwie für Ethans Narbe verantwortlich war, und er wusste auch, dass die Wunde ihm mit Absicht so beigebracht worden war, dass sie niemals ganz ausheilen würde.

Ethan hatte lange und grausam dafür Rache geübt, wobei er keinen großen Unterschied dabei gemacht hatte, welche Mitglieder der Familie Van Rowen seine Vergeltung verdient hatten und welche nicht.

Hatte er diesen Menschen noch nicht genug angetan?

Aber vielleicht würde Ethan in den kommenden Tagen das Interesse an dem Mädchen verlieren. »Ich weiß, dass sie Janes Freundin ist, also tue ihr nicht weh. Oder du bekommst es mit mir zu tun.« Er stopfte das *Leabhar* in seine Ledertasche.

Ethans kalter Blick funkelte bedrohlich. »Du meinst, dass du dich mir in den Weg stellen kannst, wenn ich beschlossen habe, mich ein bisschen zu amüsieren? Geh zum Teufel, Hugh. Du bist mal wieder allzu selbstgefällig«, warnte er. »Aber wenn Jane getötet wird, weil du sie nicht genügend beschützt hast, dann wirst du merken, dass du sehr viel mit mir gemeinsam hast. Eines Tages wirst du enden wie ich, Bruder.«

Hugh warf ihm einen angewiderten Blick zu, bevor er sich abwandte. »Ich wünsche es dir nicht«, glaubte er Ethan murmeln zu hören, bevor sich die Tür hinter ihm schloss.

12

Obwohl seit Hughs Rückkehr zu den Weylands mehr als eine Stunde vergangen war, stritten Jane und ihr Vater immer noch im Arbeitszimmer. Hugh setzte sich auf einen Stuhl in Türnähe und lehnte den schmerzenden Kopf gegen die Wand. Nervös strich er mit den Fingerspitzen über die schmale Schachtel in seiner Jackentasche.

Im flüsterleisen Juwelierladen am Ridergate hatte Hugh sich gefühlt, als könne er mit einer Handbewegung die gesamte Einrichtung in Trümmer legen. Die ganze Zeit über hatte er sich seine unsichtbare Krawatte zurechtzupfen wollen. Aber als er schließlich den passenden Ring für Jane gefunden hatte, hatte er nicht eine Sekunde gezögert, ein kleines Vermögen dafür zu zahlen. Für wen sonst sollte er sein Geld ausgeben, wenn nicht für sie?

Hugh hatte genau gewusst, wie der Ring für sie aussehen musste. Denn in ihrem letzten gemeinsamen Sommer hatte sie ihm bis in alle Einzelheiten erklärt, was sie sich erträumte: »Ein goldener Ring mit Smaragden *und* einem Diamanten in der Mitte. Er soll so groß und schwer sein, dass ich damit Dinge zerschlagen oder versehentlich Fußgänger entmannen könnte.«

Sie hatten im Ruderboot gelegen und sich den Fluss hinabtreiben lassen. Jane hatte ihren Kopf in seinen Schoß gebettet, und er hatte mit ihrem seidenweichen Haar gespielt. Es hatte ihn fasziniert, wie sehr es im Sonnenlicht geglänzt hatte. Doch dann hatten ihre Worte ihn erstarren lassen. Als zweitgeborener Sohn würde er weder über das Familienvermögen verfügen können noch würde er jemals in der Lage sein, auch nur annähernd die Summe aufbringen zu können, die solch ein Ring kostete.

Aber dann war ihm bewusst geworden, dass Jane ohnehin niemals zu ihm gehören würde …

Und jetzt, Jahre später, hielt er den Blick starr an die Decke vor dem Arbeitszimmer ihres Vaters gerichtet, während seine Gedanken wieder und wieder um dieselben Erinnerungen kreisten.

Viel zu früh im Leben hatte er gelernt, was es hieß, folgenschwere Konsequenzen zu tragen, die vermeidbaren ebenso wie die unvermeidbaren.

An jenem Morgen, einen Tag, nachdem er und seine Brüder das *Leabhar* – von dem alle angenommen hatten, es wäre vernichtet worden – gefunden und darin gelesen hatten, war Hugh von den Schreien seiner Mutter aus dem Schlaf gerissen worden. Leigh, ihr Ehemann und Oberhaupt des Clans, ein Mann in seinen allerbesten Jahren, hatte kalt und tot neben ihr im Bett gelegen.

Sie hatte sich ihre Schuldvorwürfe von der Seele geschrien. Hugh, kaum vierzehn Jahre alt, war noch zu jung gewesen, um mit dieser Anklage fertigzuwerden.

Jahre später hatte Ethan über den Fluch gespottet, der auf der Familie lastete. Er hatte den Tod ihres Vaters einen merkwürdigen Zufall genannt und hatte im benachbarten MacReedy-Clan eine Braut gefunden, die es hatte wagen wollen, einen »verfluchten MacCarrick-Sohn« zu heiraten. Sarah war von einem der Türme Carrickliffes gestürzt – oder sie war von Ethan hinuntergestoßen worden, wie manch einer glaubte.

Dann hatte Court sein Herz an eine junge Frau verloren und hatte sie heiraten wollen, obwohl er wusste, dass er nie Kinder würde zeugen können und ihr nur Unglück bringen würde.

Doch Court hatte es trotzig gewagt, das Schicksal herauszufordern – bis Annalía nur knapp einem tödlichen Anschlag entkommen war. Court hatte sie daraufhin verlassen, hatte sie zurückgelassen in ihrer sicheren Heimat Andorra, obwohl es ihn fast umgebracht hatte. Annalía hatte ihm die Welt bedeutet.

Konsequenzen. Im Buch stand geschrieben, dass Hugh weder heiraten noch sich auf andere Weise binden sollte. Und er arbeitete hart an der Überzeugung, dass es ein Unterschied war, ob man *eine Ehe führte* oder ob man durch eine *Liebesheirat* miteinander verbunden war.

Verdammt noch mal, aber es durfte keine intime Verbindung sein. Falls Jane zustimmte, würden sie zwar verheiratet, einander aber nicht wahrhaft verbunden sein. Solange er keinerlei Ansprüche auf sie erhob, wäre sie in Sicherheit. Ganz bestimmt. Und der Himmel wusste, dass er nicht die Absicht hegte, diese Ehe ewig dauern zu lassen.

Er erhob sich, als Jane fünf Minuten später das Arbeitszimmer verließ. Ihre Augen glänzten, und er konnte nicht entscheiden, ob es an ungeweinten Tränen oder an ihrer Wut lag. Vermutlich an Letzterem.

Was war jetzt Sache? Wie lautete das Urteil?

Weyland folgte seiner Tochter. »Ich werde nur kurz den Minister benachrichtigen und die Heiratserlaubnis abholen. Jane, du musst sofort deine Sachen packen.«

Weyland eilte fort, und Hugh brauchte einen Moment, sich zu fassen. »Soll das heißen, dass du …«, begann er, aber seine Stimme versagte beinahe, »… dass wir … heiraten?«

»Ja. Ich bin gezwungen, diesem Wahnsinn zuzustimmen. Du nicht. Und du wirst mein Leben ruinieren, wenn du dich nicht weigerst, ihm den Gefallen zu tun.« Wie eine schäumende Welle schwappten ihre anklagenden Worte und Gefühle über ihn hinweg. So war sie immer gewesen – explosiv wie Sprengstoff. Doch niemand außer Hugh schien zu begreifen, *wie* kompliziert Jane im Grunde genommen war.

Dann hatte Weyland also gewonnen. Hugh hatte nicht erwartet, dass sie sich darüber freuen würde, ihn zu heiraten, aber … »Eine Ehe auf Zeit mit mir ruiniert also dein Leben?«

»Hast du auch nur die geringste Ahnung, warum ich heute Vormittag mit Frederick Bidworth – *Lord* Whiting – im Park war?«, erwiderte sie und betonte vor Wut jedes Wort. Ohne ihn zu Wort kommen zu lassen, beantwortete sie selbst die Frage. »Weil ich heute seinen verdammten Antrag annehmen wollte!«

Hugh verschwamm die Sicht vor Augen. Aber warum überraschte ihn das eigentlich? Seit Jahren schon wunderte er sich, dass sie nicht verheiratet war. *Moment mal.* Konnte es sein, dass Weyland nichts von Bidworths Heiratsantrag geahnt hatte? Nein, er musste es gewusst haben. Und sie hatte den Antrag annehmen wollen, ohne dass ihr Vater oder sonst jemand sich einmischten. Zum Teufel, das wurde ja immer schöner. Und Hugh war Bidworth an die Gurgel gegangen, weil er Jane geküsst hatte – dabei war der Mann guten Glaubens gewesen, dass Jane ihm gehörte.

»Aber bekanntlich ist daraus ja nichts geworden, weil du über Freddie *hergefallen* bist.«

Jane hatte jedes Recht gehabt, ihren zukünftigen Verlobten zu küssen. Nur weil Hugh an nichts anderes als an sie denken konnte, hieß das nicht, dass es ihr ebenso erging, was ihn betraf. Sie hatte in den vergangenen Jahren ihr eigenes Leben geführt. »Du wolltest den Heiratsantrag eines Earls annehmen, aber dein Vater hat auf mir als Ehemann bestanden?« Die Frage war aufrichtig gemeint, aber Jane verstand sie irgendwie als Widerrede und starrte ihn böse an.

»Warum, Hugh? Warum tut Grey mir das an? Du kennst ihn doch. Ist er wirklich so gefährlich, dass ich fliehen muss?« Auf ihrem Gesicht spiegelte sich die Verwirrung. »Warum ist Vater so auf *dich* fixiert? Hat er dich auch erpresst? Natürlich hat er das. Warum sonst solltest du diesem wahnsinnigen Vorschlag zustimmen?«

»Dein Vater hat mich nicht erpresst. Ich habe ihm ein Versprechen gegeben. Kooperiere mit mir. Das Arrangement wird nicht von Dauer sein, solange wir die Ehe nicht … vollziehen.« Er senkte die Stimme. »Bewahre die Nerven, es ist doch nur für eine kurze Zeit. Mir liegt ebenso wenig an einer längeren Dauer wie dir. Außerdem habe ich dich bislang noch nie angerührt, also besteht keine Gefahr für dich, dass ich es jetzt tun werde.«

»Als würde ich es je zulassen, dass du mich anrührst«, zischte sie.

Er rieb sich den Nasenrücken. Sein Kopf dröhnte, und sein Nacken schmerzte vor Anspannung, aber trotzdem versuchte Hugh, ruhig zu bleiben. Zornesausbrüche hatten Jane ohnehin noch nie eingeschüchtert. »Jane, bist du noch nicht auf den Gedanken gekommen, dass ich diese Situation ebenso wenig gewollt habe?«

Nein, er hatte es nicht gewollt, hatte niemals heiraten wollen. Aber jetzt, nachdem er Jane wiedergesehen hatte, wollte er nicht, dass irgendjemand anders sie heiratete. Und er war egoistisch genug, bei Weylands Plänen mitzumachen. Schließlich wusste ihr Vater, was das Beste für Jane war. Und er hatte Hugh für sie ausgewählt. »Jane, als ich hergekommen bin, habe ich keinesfalls erwartet, eine Braut zu haben, wenn ich wieder abreise.«

»Warum hast du Papa dann versichert, dass er es als erledigt betrachten soll?«

»Weil ich dich beschützen kann.«

Sie trat auf ihn zu, bis sie unmittelbar vor ihm stand. Sie hob den Kopf und sah ihm, ohne mit der Wimper zu zucken, in die Augen. »Hugh, du wirst es bitter bereuen, wenn du diesen Schritt tust. Du machst dir keine Vorstellung, wie sehr. Es ist nur fair, dich zu warnen. Noch hast du Zeit, einen Rückzieher zu machen.«

Als er sie unverwandt anblickte und schwieg, weiteten sich ihre Augen ungläubig.

»Du bist also fest entschlossen? Gut, dann werde ich es auch sein.« Mit weicher Stimme fragte sie: »Hugh, kannst du dich noch an die Zeit erinnern, als ich dich ständig geneckt habe?«

Als ob ich das jemals vergessen könnte.

»Darling, du wirst merken, dass ich nichts verlernt habe. Ich bin sogar noch besser geworden.« Sie strich mit den Fingerspitzen über seinen Handrücken. »Du wirst sehen, ich habe neue Pfeile im Köcher …« Ihre Stimme klang sinnlich und verrucht, und Hugh spürte, dass ihm der Schweiß auf die Stirn trat.

»Du hast klargemacht, dass du diese Ehe nicht willst«, sagte Jane. »Bevor du dich weiter auf diesen Wahnsinn einlässt, solltest du darüber nachdenken, wie lange du widerstehen kannst … Tag für Tag?«

Er schluckte schwer.

»Mach dich auf was gefasst, Darling.« Jane drehte sich um und ging mit wiegenden Hüften die Treppe hinauf, während sein faszinierter Blick ihr folgte. »Denn ich werde dir das Leben zur Hölle machen«, versprach sie ihm über die Schulter hinweg, bevor sie in ihrem Schlafzimmer verschwand und die Tür zuschlug.

»Nur weiter so«, murmelte Hugh und fragte sich, ob seine Hochzeit wohl friedlicher verlaufen würde als seine Verlobung.

13

Dieser gerissene alte Mann hatte es doch tatsächlich geschafft!

Weyland war es irgendwie gelungen, MacCarrick dazu zu bringen, seine Tochter zu heiraten. *Glückwunsch dazu.*

Grey war den ganzen Vormittag um das Haus herumgeschlichen und hatte sich einen Spaß daraus gemacht, Quin und Rolley zu beschatten. Obwohl er nicht mehr so routiniert war wie zu seinen besten Zeiten, war er den geschwätzigen Dienstboten immer noch nahe genug und somit an ausreichend Informationen gekommen.

Offenbar waren Miss Janes Koffer für eine mindestens einen Monat währende Reise gepackt worden, wobei sie der Dienerschaft kein Reiseziel genannt hatte, was es ihnen erleichtert hätte, die angemessene Bekleidung zu wählen. Außerdem würde die Zofe der Lady in London bleiben, nicht aber ihr Pferd, ihr Bogen und der Köcher. Vorbereitungen für das Essen waren getroffen worden – Erfrischungen für den Minister, der am frühen Vormittag eingetroffen war, aber kein Hochzeitsfrühstück. Denn die Frischvermählten würden sofort nach der schlichten Zeremonie abreisen.

Die Dienerschaft bedauerte, dass die Hochzeit ihrer Herrin und deren Abreise so überstürzt stattfanden und scharwenzelte die ganze Zeit um sie herum. Was nicht überraschte. Einst hatte Weyland Grey und Hugh voller Stolz erzählt, dass Jane immer überaus großzügig mit ihrem Vermögen umging und zu jedermann freundlich war, ganz gleich, an welcher Stelle in der gesellschaftlichen Hierarchie die Person stand.

Die Diener waren jedoch weit davon entfernt, mit dem Bräutigam einverstanden zu sein, und einer von ihnen sagte: »Er sieht aus wie der Leibhaftige. Und er ist nicht annähernd gut genug für unsere Miss Jane.«

Es stimmte. Jane spielte in einer ganz anderen Liga, und die Verbindung war geradezu lächerlich. MacCarrick war grob, ungehobelt und einschüchternd; Jane dagegen war eine gefeierte Schönheit, die Witz und Charme versprühte.

Und sie war MacCarricks einziger schwacher Punkt.

Diese Tatsache hatte Grey an dem Abend entdeckt, an dem Jane in die Gesellschaft eingeführt worden war. Weyland hatte darauf bestanden, dass Grey und Hugh am Ball teilnahmen, und Grey hatte MacCarrick betrunken machen müssen, um ihn dorthin zu zerren. Vor dem Haus angekommen, hatte Hugh sich jedoch standhaft geweigert, es zu betreten. Er hatte draußen herumgelungert und hatte Jane durch ein Fenster beobachtet. Seine Anspannung und sein verlangender Blick hatten Grey verraten, dass der junge Highlander in die unbezähmbare Jane verliebt war.

Ein Bär, der einem Schmetterling nachjagte.

Grey hatte sich das Lachen verkneifen müssen, so unpassend war diese Liebe. Vor allem, weil Hugh genau wusste, dass er für Jane nicht gut genug war. Dennoch schien er nicht in der Lage, seine Gefühle zu kontrollieren.

Was Grey jedoch noch mehr schockierte als Hughs Kapitulation vor Weylands Wünschen, war die Tatsache, dass es dem Mann gelungen war, Jane ebenfalls zu überzeugen. Wie hatte er das bewerkstelligen können?

Es war Jahre her, dass Grey sich das letzte Mal so prächtig amüsiert hatte wie heute, aber die Situation, die jetzt eingetreten war, steckte so voller Ironie, dass es fast nicht zu glauben war. Ein Meuchelmörder war engagiert worden, um das

Leben eines anderen Menschen zu schützen. Ausgerechnet das Leben des Menschen, der ihm am meisten auf der Welt bedeutete – das Leben *seiner Frau*. Und er sollte sie vor einem Killer beschützen, der ihm weit überlegen war.

Denn alle mussten doch wissen, dass Greys Talent als Killer größer war als das von Hugh als Beschützer.

Seine Belustigung schwand. Er hätte sich gewünscht, dass es nicht so einfach werden würde …

Quin und Rolley folgten Weyland, der seine Tochter zur Kutsche führte. Der Kutscher behielt seine Umgebung scharf im Blick, und man merkte ihm deutlich an, dass er dem Netzwerk angehörte. Hugh folgte Weyland und Jane dicht auf dem Fuße und verhielt sich, als trüge seine Frau eine Zielscheibe auf dem Rücken.

Er irrte sich nicht. Denn von dort, wo er sich versteckt hielt, hatte Grey freie Schussbahn. Unglücklicherweise war sein Ziel im Augenblick verdeckt. Und wenn der Schuss fehlginge, hätte er damit lediglich erreicht, dass sie gewarnt sein würden und wüssten, dass er sich bereits in England aufhielt. Nein, er würde warten müssen, bis er näher an sein Ziel herankäme.

An der Kutsche angekommen, legte Weyland die Hände an die Wangen seiner Tochter und lehnte seine Stirn an ihre. Das Blut wich ihr aus dem Gesicht, und sie wirkte überrascht, als er sie zum Abschied auf die Wange küsste.

»Papa?«, flüsterte sie mit gebrochener Stimme, und es klang, als würde ihr erst jetzt klar, dass sie ihn und ihr Zuhause hinter sich ließ.

Weyland zwang sich, sie loszulassen, drückte ihr die Schultern und warf MacCarrick einen eindringlichen Blick zu, der ihn wissen ließ, wie sehr er ihm vertraute. Dann wandte er sich ab und ging davon, mit hängenden Schultern. Wie der alte Mann, der er bald schon sein würde.

Während Grey das Geschehen in einer Art Benommenheit beobachtete, fragte er sich, ob Weyland seinem Schwiegersohn von der Namensliste erzählt hatte und ihn so dazu gebracht hatte, Jane zu heiraten. Bestimmt hatte er das getan.

Grey war im Besitz dieser Liste und hatte damit gedroht, sie an die Öffentlichkeit zu bringen. Wenn das jemals geschah, wäre das Weylands Todesurteil. Weyland hatte in seiner Geheimorganisation immer wieder kaltblütig Entscheidungen treffen müssen und Grey, Ethan sowie Hugh befohlen, sie auszuführen. Wenn es gelang, Weyland als Urheber dieser Entscheidungen zu entlarven, wäre es um ihn geschehen.

Aber das stand nicht auf Greys Tagesordnung. Noch nicht …

Plötzlich kroch ihm eine klamme Kälte über Nacken und Rücken, und sein Hemd fühlte sich feucht an. Grey griff in seine Jackentasche. Er hatte angenommen, dass das Opiumrauchen in England weniger üblich wäre als in anderen Ländern, und hatte sich deshalb seine »Medizin« auf andere Art präpariert. Aber diese Vorsorge war überflüssig gewesen. In London konnte man leichter Opium kaufen als Tabak, und es war billiger als Gin.

Nichtsdestoweniger schätzte er die Abwechslung und kaute genüsslich eine der kleinen Kugeln. Die klebrige Masse schmeckte leicht nach ranzigen Mandeln.

Meine Medizin. Grey schnaubte. Die zahlreichen Verwundungen, die sein Beruf mit sich gebracht hatte, hatten seinen Körper zerstört. Das Laudanum machte den Schmerz erträglich. Grey hatte Hugh davon angeboten, als er bemerkt hatte, dass Hugh humpelte, und zwar besonders am Morgen. Doch der Bastard hatte entschieden abgelehnt. *Dieser verfluchte Heilige.*

Während Grey die Droge kaute, verlangsamte sich sein Herzschlag merklich, obwohl er sich nach wie vor in größter

Anspannung befand. Zum Glück würden bei dieser Dosis keine Halluzinationen auftreten. *Hoffentlich nicht …*

Ah, Jane machte endlich Anstalten, in die Kutsche zu steigen. Es wirkte, als erwachte sie aus einer Trance. Sie gestikulierte heftig und schien wütend zu werden, als MacCarrick ihr behilflich sein wollte. Jane war ein Sturkopf. Es war nicht leicht, sie zu lenken, und zweifellos verlangte sie Erklärungen. Erklärungen, die Hugh ihr eindeutig nicht bieten konnte. Sie setzte den Fuß auf den Kutschentritt und drehte sich um, schaute Hugh direkt in die Augen und sagte etwas zu ihm. Dann schwiegen beide.

Grey hatte Hugh mit einem Bären auf der Jagd nach einem Schmetterling verglichen. Seine Mundwinkel zuckten. Nein, Hugh war besser – er war wie ein Wolf auf der Jagd nach einem Kaninchen, das vor seinen Augen verführerisch mit seinem Hinterteil wackelte.

Früher oder später würde der Wolf angreifen.

Nachdem Hugh den Schlag der Kutsche geschlossen hatte, verharrte er für einen Moment regungslos und atmete tief durch, als wolle er allen Mut zusammennehmen. Seine Hand zitterte, als er sich über das Gesicht strich. Kein Zweifel, dass er überlegte, ob er das Mädchen tatsächlich geheiratet hatte oder ob alles nur ein böser Traum war.

»Keine Sorge, Hugh«, flüsterte Grey, »es ist ja nicht für lange.«

Früher hatte Hugh die Augen niedergeschlagen, wenn Jane ihn dabei ertappt hatte, dass er auf ihre Brüste gestarrt hatte. Seit einer Stunde saßen sie jetzt in der Kutsche, und er hielt seinen Blick schamlos auf sie gerichtet, betrachtete ihren Körper, als müsse er ihn ganz neu entdecken – und als wäre es sein Recht. Sie empfand es als Frechheit. Denn schließlich hätte er sie ohne jede Einschränkung besitzen können. Früher hätte sie sich ihm nicht verweigert.

Es brachte ihr Blut nur noch mehr in Wallung, dass sie auf seinen heißen Blick reagierte. Warum konnte es nicht einfach so sein, dass sie ihn weniger attraktiv fand als noch vor Jahren? Jane war immer überzeugt gewesen, dass er der attraktivste Mann unter der Sonne war – und das nicht erst, nachdem sie ihn nackt im See hatte schwimmen sehen. Damals hatte sie den Blick staunend über seinen wundervollen Körper schweifen lassen. Doch jetzt entdeckte sie eine Unnachgiebigkeit an ihm, eine Härte, die sie vorher nicht bemerkt hatte, und das machte ihn noch unwiderstehlicher.

Du wirst die Hölle erleben, hatte sie ihm versprochen, und sie hatte stark und entschlossen geklungen.

Jetzt war sie sich ob dieser Drohung nicht mehr ganz so sicher.

Bleibe verheiratet, hatte ihr Vater ihr ans Herz gelegt. Das wollte, nein, das konnte sie nicht. Im Unterschied zu Hugh hatte man sie in diese Verbindung gezwungen; er hätte sich weigern und ihnen beiden diese Situation ersparen können.

Doch er hatte eingewilligt.

Jane war wütend und wollte Rache. Ihr Talent war immer noch das Necken und Herausfordern. Sie hatte ihm bereits angekündigt, dass ihr Repertoire noch reicher geworden war – dank der Tricks, die sie von ihren erfahreneren Cousinen gelernt hatte.

Hugh sollte wissen, was er damals verschmäht hatte. Er sollte eine Ahnung davon bekommen, was er jetzt nicht haben konnte, ohne zu riskieren, auf immer an sie gebunden zu bleiben.

Für jeden Tag, an dem er ihre Hoffnung betrogen hatte, für jede Nacht, in der sie lautlos Tränen in die Kissen geweint hatte, für jeden Mann, der im Vergleich mit ihm nicht hatte bestehen können, und dafür, dass er sich entschieden hatte, sie zu verlassen …

Für all den Schmerz, den er ihr zugefügt hatte, sollte er zahlen.

»Hugh, Darling, es ist recht stickig hier drinnen, nicht wahr?« Sie öffnete die obersten Knöpfe ihrer Bluse und fächelte sich mit dem Revers frische Luft zu. Nachdem sie das Fenster auf ihrer Seite geöffnet hatte, raffte sie die Röcke und kniete sich auf die Sitzbank. Hugh zugewandt streckte sie die Hand zum Fenster auf seiner Seite aus, stützte sich mit einem Knie gegen seine Hüfte und legte ihm oberhalb des Knies die Hand auf den Schenkel. Sofort spannte Hugh sich an.

Sie wandte ihm den Kopf zu, ihr Mund war nur Zentimeter von seinem entfernt. »Darling, du hast doch nichts dagegen, nicht wahr?«, hauchte sie sanft und strich mit der Hand über seinen steinharten Oberschenkel. Hugh schluckte schwer und biss die Zähne zusammen. Seine Brauen hatten sich zusammengezogen, als litte er starke Schmerzen.

Er soll dafür bezahlen.

Die Kutsche rumpelte durch ein Loch. Obwohl Hugh Jane die Hand an die Hüfte legte – um sie zu stützen und gleichzeitig auf Abstand zu halten –, sorgte Jane dafür, dass sie auf seinem Schoß landete.

Er holte hörbar tief Luft. »Jane«, stieß er grimmig hervor und hielt sie noch fester. Er machte keine Anstalten, sie von seinem Schoß zu heben … im Gegenteil, seine Hände um ihre Taille fassten sie noch fester.

»Was ist denn, Darling?«, murmelte sie.

»Fass mich nicht an, Mädchen«, raunte er. »Du … du darfst mich nicht anfassen.«

Er soll bezahlen …

»Wie ungeschickt von mir«, schnurrte sie. »Du musst mich

halten, sonst gleite ich zu Boden … Stück für Stück … Zentimeter für Zentimeter … auf deinen …«, sie beugte sich zu seinem Ohr und achtete darauf, dass er ihren Atem spürte, »… Schoß.« Er zitterte vor Anspannung, dann senkte er den Kopf und legte die Stirn an ihren Nacken.

Als sie sich zurückzog, sah er sie überrascht an.

Jane klopfte ihm auf die Schulter – gelassen und beherrscht, setzte sich auf ihren Platz und schaute aus dem Fenster. »Jetzt ist es hier drinnen doch gleich *viel* angenehmer, nicht wahr, Darling?«

14

Hugh legte die Hände auf seine Oberschenkel und rang um Fassung. Seine harte Männlichkeit drückte gegen die Hose. Sein Atem ging stoßweise.

Nachdem er sie seit so langer Zeit begehrte …

Jane war offenbar nicht klar, wie schwach es um seine Selbstbeherrschung bestellt war, denn sie schaute aus dem Fenster und wirkte … unbeteiligt. Er beobachtete, wie ihre korallenroten Lippen sich verzogen, doch es wirkte keineswegs wie ein freundliches Lächeln. Sie spielte mit ihm, wie sie es immer getan hatte.

Und das würde er nicht länger hinnehmen. *Ich habe gesehen, dass sie einen anderen Mann geküsst hat …*

Seine Hand schoss vor und schloss sich um ihren Arm. Ihr falsches Lächeln verschwand, und sie wandte ihm den Kopf zu, sah ihn finster an. »Hugh, lass mich los.«

Er zog sie zu sich heran. »Du tätest gut daran zu begreifen, dass ich nicht mehr der Junge von vor zehn Jahren bin.«

»Und was bist du jetzt?«, fragte sie betont gleichgültig.

»Ich bin ein Mann. Und ich habe die Bedürfnisse eines Mannes.« Er würde es ihr klarmachen, er würde ihr diese Lektion erteilen, und zwar jetzt, damit sie aufhörte, ihn herauszufordern. »Glaube bloß nicht, dass du deine Spielchen mit mir treiben kannst, ohne dass du auch für Abhilfe sorgst.«

Jane riss gespielt entsetzt die Augen auf, dann kniff sie sie zusammen. »Abhilfe? Bitte kläre mich auf, Darling.« Mit ihren weichen Fingerspitzen strich sie über die Haut, die sich im

Ausschnitt seines Hemdes zeigte. »Wie pflegst du denn für gewöhnlich Abhilfe zu schaffen?«

»Das will ich dir gern zeigen«, hörte er sich sagen. Mit einer raschen Bewegung zog er sie auf seinen Schoß und drückte sie an sich. Jane wirkte überrascht – schließlich war es das erste Mal, dass er auf ihre Neckereien reagierte –, aber schnell zeigte sich wieder die vertraute Sturheit in ihrer Miene. Und es dauerte nur einen Herzschlag, bis sie wieder in die Rolle der Verführerin schlüpfte, die Hand ausstreckte und ihm den Nacken streichelte, während sie sich in seinen Armen entspannte.

Das Blut pulsierte ihm durch den Unterleib, entfachte eine heiße und schmerzende Glut … Als Jane aufstöhnte, wusste er, dass sie seine harte Männlichkeit unter ihrem Po spürte. Hugh konnte kaum noch einen klaren Gedanken fassen.

Küss sie. So hart, dass sie vergisst, dass noch heute Morgen ein anderer sie in seinen Armen gehalten hat …

Janes Lippen hatten sich geöffnet und hießen ihn willkommen. Ihr Körper schmiegte sich so verdammt weich an seinen. Sie schmecken, nur dieses eine Mal. *Schieb es nicht auf, es ist besser, es gleich am Anfang hinter dich zu bringen*, raunte seine innere Stimme. Er hatte sich immer vorgestellt, wie gut es sich anfühlen musste, sie zu küssen. Und sollte es nicht so sein, würde er seine Besessenheit endlich überwinden können.

Hugh beugte sich zu ihr, ohne den Blick von ihr zu wenden. Er spürte den spitzenbesetzten Saum ihres Rockes in seiner Faust, ohne sich erinnern zu können, wann er danach gegriffen hatte. Zweifellos hatte er versucht, zu den Strumpfbändern vorzudringen, die sie heute Morgen um ihre weißen Schenkel gebunden hatte.

Ihre geöffnete Bluse entblößte oberhalb der Corsage den Ansatz ihrer weichen Brüste. Er beugte sich hinunter und fuhr mit den Lippen über sie. Erstaunt stellte er fest, dass ihre Haut sich genauso weich anfühlte, wie sie aussah. Janes neckende Art war verflogen, sie zitterte. Er küsste sie auf den Nacken, und schlagartig wurde ihm bewusst, dass er sie zum ersten Mal mit den Lippen berührte.

Er sog den zarten Duft ihrer Haut ein und ahnte, dass er nicht eher Ruhe haben würde, bis er sie geschmeckt hatte. Nur ein einziges Mal. Stöhnend fuhr er mit der Zunge über ihre Haut, erbebte von dem Genuss, als sie kaum hörbar aufschrie und er den Wunsch verspürte, ihr mehr kleine Schreie abzuringen.

»Das ist es doch, was du von mir verlangst, oder?«, stieß er rau hervor, zog sich zurück und musterte sie eindringlich. Sie sah so benommen aus, wie er sich fühlte, sie starrte auf seine Lippen und wunderte sich zweifellos, wie die Lage so schnell außer Kontrolle hatte geraten können.

Er schloss die Hand um ihren Nacken und senkte die Lippen auf ihren Mund. Jane zögerte, als ob die Berührung sie erschreckte, doch dann bot sie ihm ihre weichen, hingebungsvollen Lippen dar.

Ihr Mund war heiß und feucht, als er mit der Zunge hineinfuhr. Hugh stöhnte leise, als Jane seine zarten Stöße erwiderte. Sie seufzte, ohne die Lippen von seinen zu nehmen, und der leise Laut sorgte dafür, dass seine harte Männlichkeit noch härter wurde. Er verlor sich in ihr. Er schmeckte sie, berührte sie, und sie hielt ihn wie in einem Traum gefangen.

Aber es war kein Traum, kein Szenario, wie er es sich ausgemalt hatte, wenn er in irgendeinem fernen Land in einem einsamen Bett gelegen hatte. Er küsste sie. Und es war nicht annähernd so gut wie in seiner Fantasie.

Es war besser.

Seine Hand glitt ihren Schenkel hinauf, berührte das Strumpfband und wollte es lösen …

»Miss Weyland!«, hörten sie jemanden draußen rufen. »Ist Miss Weyland in dieser Kutsche?«

Jane erstarrte und zog sich zurück. »Freddie?«, stieß sie atemlos hervor.

Nein, nicht Bidworth!

»Hugh, wir müssen anhalten.«

Sein Blick schweifte über ihre Brüste, ihren Nacken, ihre Lippen, und als er ihr in die Augen sah, schüttelte er langsam den Kopf. Hugh beugte sich vor und küsste sie ein zweites Mal.

Jane zitterte und stieß ihn von sich. »Hör auf!« Sie versuchte, sich aufzurichten. »Es ist mir bitterernst, Hugh!«

Schließlich ließ er sie los, wenn auch nur widerstrebend, weil er jetzt wusste, wie sie auf ihn reagiert hatte, dass sie ihn willkommen geheißen hatte. Ein erstes Kosten, nachdem er sich so lange nach ihr gesehnt hatte. Aber es war das Warten wert gewesen.

Doch als seine Vernunft zurückkehrte, konnte er nicht glauben, was er getan hatte – und wieder tun wollte. Er musste sich räuspern, um etwas sagen zu können, und dennoch klang seine Stimme heiser. »Tu das nie wieder. Niemals, Jane, oder ich schwöre dir, ich werde dich nehmen, ich werde …«

»Lass die Kutsche anhalten«, sagte Jane, während sie tief durchatmete und sich mit den Knöpfen ihrer Bluse abmühte. Als er keine Anstalten machte, ihrem Befehl zu gehorchen, fügte sie hinzu: »Wir sind unterwegs mit geheimem Ziel, so geheim, dass du noch nicht einmal mir verraten hast, wohin wir reisen. Und wenn du mich nicht mit ihm sprechen lässt, wird er uns die ganze Zeit über auf den Fersen bleiben.«

»Nur solange er in der Lage ist, uns zu folgen«, erwiderte Hugh in aller Ruhe.

»Bist du wahnsinnig geworden?«, herrschte sie ihn entsetzt an. »Die letzten Jahre müssen dich um den Verstand gebracht haben. Und jetzt hör mir mal zu, Hugh MacCarrick. Du wirst Freddie nie wieder ein Haar krümmen. Ist das klar? Andernfalls werde ich mich mitten zwischen euch werfen, und dann … kratze ich dir die Augen aus. So wahr mir Gott helfe.« Sie starrte ihn böse an, um ihrer Drohung Nachdruck zu verleihen.

»Wieso weiß er von unserer Abreise? Hast du ihm eine Nachricht geschickt?«

»Selbstverständlich habe ich das«, entgegnete sie und richtete sich das Haar. »Freddie muss sofort losgeritten sein, nachdem er sie bekommen hat. Und weil er uns verpasst hat, ist er uns gefolgt.«

Hugh unterdrückte einen Fluch und befahl dem Kutscher anzuhalten.

»Ich will fünf Minuten mit ihm sprechen«, erklärte Jane, »und zwar allein.«

»Auf keinen Fall …«

»Ich möchte mich von ihm verabschieden. Er hat es verdient, dass ich ihm fünf Minuten meiner Zeit widme. Ganz besonders nach deinem Angriff heute Vormittag.« Wieder suchte sie seinen Blick. »Bitte, Hugh.«

Ihr war bewusst, dass er ihr nicht widerstehen konnte, wenn sie Bitte sagte und ihn mit diesem Augenaufschlag bedachte. Kaum hatte er einen leisen Fluch ausgestoßen, verließ sie die Kutsche so rasch, dass er ihr noch nicht einmal aus dem Wagen helfen konnte. Aus dem Rückfenster beobachtete Hugh, wie Bidworth von seinem Pferd stieg. Der Bastard legte ihr die Hände auf die Schultern, als sie vor ihm stand, legte die Arme um sie und zog sie dann an sich.

Hugh mochte nicht länger hinschauen. Nicht jetzt. Schließlich war sie seine Frau geworden. Wenn auch nicht für immer. Aber in diesem Moment gehörte Jane ihm.

Mit den Fingerspitzen fuhr Jane über Bidworths Brust. Hugh hasste ihn dafür. Wie liebevoll sie den Mann berührte – genauso, wie sie auch ihn berührt hatte. Aber jetzt tat sie es, weil sie Hugh verletzen wollte.

Es war die Hölle, die beiden zu beobachten. Hätte man Hugh auf einen schweißtreibenden Gewaltmarsch geschickt, hätte man ihn gezwungen, einen halben Tag lang mit dem Gewehr in der Hand regungslos auszuharren, während ihm die Mücken das Gesicht zerstachen, er wäre glücklich gewesen, wenn er nur diese Szene nicht hätte betrachten müssen. Mit zusammengebissenen Zähnen und geballten Fäusten sah er zu, wie Bidworth den obersten Knopf ihrer Bluse zuknöpfte. In ihm keimte der Verdacht auf, dass die beiden miteinander geschlafen hatten.

»Jane, ich lasse mir nicht weismachen, dass du mit alldem einverstanden bist«, sagte Freddie. »Außerdem war ich der Meinung, wir hätten eine Vereinbarung getroffen.«

»Bin ich nicht. Und ja, hatten wir.« Jane spürte förmlich Hughs Blick auf sich ruhen und zitterte. Es erschütterte sie immer noch, wie rasch die Dinge zwischen ihnen sich entwickelt hatten. Früher hatte sie Hugh dauernd berührt und ihn geneckt, aber er hatte ihre Berührungen niemals erwidert. Eben in der Kutsche hatte er sie auf seinen Schoß gesetzt, und ihr Po hatte sich für ein paar Sekunden auf seine mächtige harte Männlichkeit gepresst.

Seine Küsse waren siedend heiß und verzehrend gewesen. Noch vor fünf Minuten hatte Jane keine Ahnung gehabt, dass es solche Küsse überhaupt gab. Als wollte Hugh ihr ein Siegel aufdrücken …

»Dein Vater hat mir gesagt, dass dieser MacCarrick nach langen Jahren der Abwesenheit nach Hause zurückgekehrt ist«, begann Freddie, »und dass ihr zwei einander seit vielen Jahren versprochen seid. Ist das die Wahrheit?«

»Die Sache ist kompliziert.«

»Hat Weyland dich zu diesem Schritt gezwungen, Liebes?« Er strich ihr über das Haar. »Jane, du armes Ding. Du zitterst ja.« Freddie sah aus, als wolle er sie küssen, um sie zu trösten. Sofort verließ Hugh die Kutsche. Es war eine deutliche Warnung, als er die Arme vor der Brust verschränkte und sich gegen die Kutsche lehnte.

Freddie schaute entsetzt zu ihm hinüber. »Du lieber Himmel, er sieht ja noch finsterer aus als heute Vormittag! Ich kann es kaum fassen, dass dein Vater einer Ehe mit ihm zugestimmt hat.« Er blickte sie an, als wollte er ihr höchste Bewunderung zollen, dass sie die Ehe bis zu dieser Minute überlebt hatte. »Ich hole dich aus der Sache raus«, versprach er.

»Ich fürchte, dazu ist es zu spät«, erwiderte sie tonlos. »So ist es bestimmt am besten. Deine Schwestern schätzen mich ohnehin nicht besonders.«

»Ich begreife nicht«, klagte Freddie wieder, »ich … ich werde es nicht akzeptieren!«

Doch, das würde er. Denn in Wahrheit war er so wenig in sie verliebt wie sie in ihn. Er hatte sein Herz an Candace Damferre verloren, eine gemeinsame Freundin und seine Sandkastenliebe, die in die Ehe mit einem tattrigen Greis gezwungen worden war. Kaum zu glauben, aber der alte Mann war noch reicher als Freddie.

Jane und Freddie hatten einander versprochen, dass sie im Falle einer Heirat das Beste aus ihrem Zusammenleben machen würden. Ihr war klar gewesen, dass er sich auf eine Zukunft mit ihr freute. Und dann war die ganze Geschichte auf ein vollkommen falsches Gleis geraten.

»Ich rette dich aus den Klauen deines Schicksals …« Freddie brach ab, als Hugh direkt auf ihn zumarschierte und ihn drohend anfunkelte. Und seine Stimme rutschte eine Oktave höher, als er sagte: »Er wird mich doch nicht wieder verprügeln, oder?«

15

Bidworth wich das Blut aus den Wangen, als Hugh sich näherte. »Jane, es g…gibt immer Möglichkeiten«, stammelte er, »dich aus dieser misslichen Lage zu befreien. Ich bin ganz sicher. Du musst nicht für immer und ewig seine Frau bleiben.«

»Wie's aussieht, ist sie eher meine als Ihre.« Bidworths Worte hatten Hughs Wut nur noch angeheizt, weil sie den Kern der Sache getroffen hatten. Und der empörte Blick des Mannes raubte ihm die letzte Geduld. Hugh legte Jane die Hand auf die Schulter und gab mit dieser Geste klar zu verstehen, dass sie ihm gehörte. »Steig in die Kutsche. Sofort.« Als Jane ihn entgeistert anstarrte, beugte Hugh sich vor und flüsterte ihr zu: »Nun geh schon, oder ich sorge dafür, dass er diesmal mehr als nur einen Kratzer abbekommt.«

Hastig ergriff Jane Bidworths Hand und schüttelte sie kurz. »Freddie, ich werde dir schreiben«, versprach sie, eilte zur Kutsche und stieg ein.

Sie konnte gerade noch hören, wie Hugh Freddie klare Anweisungen erteilte. »Sie dürfen uns nicht folgen und sich auf keinen Fall in ihrer Nähe blicken lassen. »Sie müssen vergessen, dass Sie sie überhaupt kennen.«

»W…wissen Sie eigentlich, wen Sie vor sich haben?« Bidworth schluckte schwer.

»Aye. Ich weiß genau, wen ich vor mir habe. Den Dummkopf, der eine Frau wie Jane kampflos aufgibt.« Hugh ließ Bidworth stehen, der ihm sprachlos hinterherschaute. Als Hugh sich neben Jane gesetzt und die Kutsche ihre Fahrt fortgesetzt hatte, beugte sich Jane aus dem Fenster und winkte Freddie zu, bis er außer Sicht war. Noch lange Zeit nach diesem Zwischenfall hatte sie ihre Hände zu Fäusten geballt und blickte stumm aus dem Fenster. Eigentlich hatte Hugh erwartet, dass sie in Tränen ausbrechen würde.

Jane hatte früher nur selten geweint. Die wenigen Male, die es dann doch geschehen war, hatten Hugh völlig hilflos gemacht. Und jetzt, als sie kurz davorstand, in Tränen auszubrechen, erkannte er, dass sich daran nichts geändert hatte. »Wenn du ihn so sehr wolltest, warum hast du dann nicht um ihn gekämpft? Früher hast du deinen Willen immer durchgesetzt.«

»Es ist alles deine Schuld«, brach es aus Jane heraus. »Wäre es Vater nicht gelungen, so rasch einen willigen Bräutigam aufzutun, hätte er mich Freddie heiraten lassen. Warum hat er ausgerechnet dich ausgesucht? Du warst ja noch nicht einmal in London. Ich will wissen, was hier gespielt wird! Habt ihr zwei irgendein Komplott gegen mich geschmiedet, um mich zu zwingen, dich zu heiraten?«

»Ich habe es bereits gesagt: Als ich euer Haus betreten habe, habe ich nicht erwartet, es mit einer Braut wieder zu verlassen. Ich habe bei deinem Vater nicht um deine Hand angehalten.«

»Dann wollt ihr mir also wirklich weismachen, dass Grey mir Gewalt antun könnte. Sieh mich an, und sag mir ins Gesicht, dass der Mann außer Kontrolle geraten ist und mich verletzen könnte.«

Hugh suchte ihren Blick. »Ich kann dir felsenfest versichern, dass Grey nicht mehr bei klarem Verstand ist und dass er Böses plant. Ganz besonders gegen dich.«

»Aber er ist doch immer nett zu mir gewesen«, widersprach sie. »Warum sollte er sich so drastisch verändert haben?«

»Er ist unberechenbar geworden. Dein Vater hat die Verbindung zu ihm abgebrochen und befohlen, gegen ihn vorzugehen. Es war eine Aktion, die letztlich zu Greys Untergang geführt hat. Dein Vater hatte jedes Recht, so zu handeln.«

»Was meinst du mit ›Aktion‹? Was für ein Untergang? Und welche Rolle spielst du bei der Sache?«

Kurz vor der Abfahrt hatte Weyland nochmals darauf gedrungen, dass Jane nichts über das Netzwerk erfuhr. Sie sollte erst über alles aufgeklärt werden, wenn erwiesen war, dass die Öffentlichkeit Kenntnis von der Namensliste bekommen hatte. Bis dahin erwartete Weyland, dass Hugh Janes Fragen ausweichend beantwortete oder ihr Lügen auftischte. Weil Hugh unbedingt vermeiden wollte, sie über seine eigene Rolle in der Organisation zu informieren, hatte er bereitwillig zugestimmt. Unglücklicherweise hatte er jedoch festgestellt, dass er es einfach nicht fertigbrachte, Jane anzulügen. Außerdem brauchte er Zeit, um mit ihr zurechtzukommen, um einen Weg zu finden, ihre Fragen am besten schon im Keim zu ersticken. »Du brennst darauf, mich ins Verhör zu nehmen. Aber ich bezweifle, dass du selbst bereitwillig auf Fragen antworten würdest.«

»Dann frag mich doch was!«

»Warum bist du nicht schon längst verheiratet?«

»Ich hatte den Richtigen noch nicht gefunden«, erwiderte sie schnippisch.

»Und *Bidworth* war jetzt der Richtige?«

»Er hat alle Eigenschaften, die mir wichtig sind. Jede einzelne davon.«

»Zum Beispiel?«

»Er ist sanft und freundlich und rücksichtsvoll.« Sie kniff die Augen zusammen, als sie Hughs gelangweilten Blick bemerkte. »Er ist blond und so hübsch, dass Frauen bei seinem Anblick in Ohnmacht fallen. Außerdem hat er einen Adelstitel, ist sehr beliebt und reich.«

Wenn das wirklich die Eigenschaften waren, auf die sie Wert legte, dann hatte Hugh niemals eine Chance bei ihr gehabt, Familienfluch hin oder her. »Bidworth ist eine Memme«, erwiderte er.

»Alles in allem ist Freddie ein wunderbarer Mann«, fuhr sie fort. »Und was hast du heute Vormittag getan? Ihn attackiert. Du meine Güte, Hugh, was ist nur in dich gefahren?«

»Er hätte dich eben nicht in aller Öffentlichkeit küssen dürfen.«

Sie rollte mit den Augen. »Hugh, du klingst reichlich eifersüchtig. Wie kann das sein? Wir wissen doch beide, dass es ausgeschlossen ist.«

Nein, es war nicht ausgeschlossen. Es ließ sich nicht abstreiten, dass Hugh eifersüchtig reagiert hatte. An diesem einen Tag hatte er mehr Eifersucht in sich verspürt als je zuvor in seinem ganzen Leben. Wäre diese Ehe eine echte, hätte die Eifersucht ihn vielleicht nicht so gepackt. Aber für Jane und ihn gab es keine Grundlage, auf der sie eine Zukunft würden aufbauen können. Sie hatten sich in ein Netz aus Lügen und Täuschungen verstrickt. Hugh hatte ihr zwar seinen Namen gegeben, aber er durfte nicht erwarten, dafür etwas von ihr zurückzubekommen.

Die Situation, in der sie sich befanden, war Irrsinn. Wie hatte er nur in diese Farce einwilligen können, wenn ihn doch sein Instinkt gewarnt hatte? Er war sich bewusst gewesen, manipuliert worden zu sein – und hatte es dennoch zugelassen.

Hugh hatte noch nie dazu geneigt, sein Temperament mit ihm durchgehen zu lassen oder impulsiv zu handeln. Doch jetzt spürte er, wie er langsam die Kontrolle verlor. Was hatte Jane an sich, dass er sich so primitiv und besitzergreifend verhielt? Er hatte sich gezwungen gefühlt, Bidworth die Zähne zu zeigen – oder ihn noch einmal zu schlagen, nur so zum Spaß …

Männer wie Hugh durften niemals die Nerven verlieren. Grey war nicht der erste Killer, der seinen dunklen Impulsen unterlag. »Hör zu, Jane. Lass deine Neckereien sein. Du spielst mit dem Feuer.«

»Wenn du es nicht ertragen kannst, dass ich dich necke, dann hättest du mich nicht heiraten dürfen. Schließlich hast du gewusst, worauf du dich einlässt. Außerdem habe ich dich vorher gewarnt!«

»Wir haben uns geeinigt, dass wir die Ehe annullieren lassen, wenn die Gefahr vorüber ist«, stieß Hugh hervor. »Ich werde nicht länger in der Falle zappeln, nur weil du glaubst, du könntest dich ein bisschen mit mir amüsieren.«

Plötzlich rann ihr ein kalter Schauder über den Rücken. »Zerbrich dir nicht den Kopf darüber, dass du auch nur eine Sekunde länger als nötig in dieser Falle zappeln musst. In dieser Ehe wird *nichts* geschehen, was uns auf ewig aneinanderketten würde. Das schwöre ich dir.« Jane öffnete ihren kleinen Reisekoffer, zog ein Buch heraus und widmete sich demonstrativ ihrer Lektüre.

Nach einer langen Stunde des Schweigens nahm Hugh ihr das Buch aus der Hand. Noch bevor sie empört nach Luft schnappen konnte, präsentierte er auf seiner ausgestreckten Hand eine gläserne Schmuckschatulle.

»Was ist das?«, fragte Jane, obwohl sie das Emblem, das eingravierte »R«, sofort erkannt hatte.

»Nimm es.«

Sie zögerte kurz, ehe sie nach der Schatulle griff. Sie gab sich betont lässig, als sie den Deckel öffnete. Doch dann setzte beinahe ihr Herzschlag aus.

In der Schachtel lag der schönste Ring, den sie je gesehen hatte.

Wie benommen starrte sie darauf und suchte dann Hughs Blick. »Das … war vollkommen unnötig.« Sie versuchte, ihm die Schatulle zurückzugeben, aber er wollte sie nicht annehmen. Jane zögerte, als sie bemerkte, wie verdutzt er war.

»Willst du ihn denn nicht aufsetzen, Mädchen?«, fragte er ungläubig.

Offensichtlich hatte er nicht damit gerechnet, sie könnte das Geschenk ablehnen. Sie legte die Schatulle neben sich auf die Bank. »Hugh, das war wirklich nicht nötig. Ich kenne viele Frauen, die keinen Ehering tragen. Außerdem werden wir nicht lange verheiratet sein. Unter diesen Umständen ist es fast schon ein wenig grausam, mir ein solches Geschenk zu machen.«

Er schüttelte energisch den Kopf. »Du wirst ihn behalten. Auch danach.«

Nachdem er sie verlassen hatte. Wieder einmal.

»Wie darf ich es mir vorstellen? Hast du den Ring zu Hause herumliegen gehabt, für den Fall einer unvorhergesehenen Eheschließung?«

»Ich habe ihn heute Vormittag gekauft. Während du die Koffer gepackt hast. Weil die Umstände dich um eine prachtvolle Hochzeitsfeier betrogen haben. Und weil ich meiner Freundin ein Geschenk machen wollte, das sich ziemt.«

»Sind wir denn Freunde, Hugh?«, fragte sie, und ihre Stimme klang sogar in ihren eigenen Ohren traurig.

Er versteifte sich. »Ich habe nie daran gezweifelt.«

Sie biss sich auf die Lippen. Verstohlen glitt ihr Blick wieder auf die Schachtel mit dem Ring. Es juckte sie in den Fingern, ihn zu berühren. Ihr Vater hatte ihr gesagt, dass Hugh über einige finanzielle Rücklagen verfügte. Aber Ridergate war so exorbitant teuer, dass es pure Verschwendung war, diese Ersparnisse für diesen Ring auszugeben – einen Ring mit einem großen Diamanten inmitten kleiner Smaragde.

Sie seufzte, als ihr bewusst wurde, dass sie den Schmuck nicht annehmen durfte. Denn Hugh sollte nicht solche Unsummen für sie ausgeben, ganz gleich, wie sehr sie sich einen solchen Ring gewünscht hatte. Zumal ihre Ehe nicht lange dauern würde.

Es überraschte sie, als Hugh den Ring aus der Schachtel nahm und ihre Hand ergriff. »Du sollst ihn tragen«, befahl er rau. War er nervös? Jane hatte immer erkennen können, wann Hugh sich nicht wohl in seiner Haut fühlte oder angespannt war. War es der Fall, spannten sich seine Schultern an. So wie jetzt. »Es ist genau der Ring, den du dir immer gewünscht hast.«

»Wieso denkst du das?« Hatte er sich wirklich daran erinnert, wie sie ihm ihren Traumehering beschrieben hatte? Sie biss sich auf die Lippen, während sie auf seine Antwort wartete.

»Du hast es mir gesagt, Mädchen.«

Er hatte es tatsächlich nicht vergessen? Wenn ein Mann sich nach so vielen Jahren noch an solche Einzelheiten erinnerte, dann waren sie wohl doch die Freunde gewesen, für die sie sie gehalten hatte.

Jane zitterte, als er ihr den Ring auf den Finger steckte. Und sie hatte keine Ahnung, woran es lag. Hugh schien erleichtert, dass sie sich nicht länger gegen das Geschenk sträubte. Und das trug dazu bei, dass auch sie sich entspannte, auch wenn sie versuchte, sich dagegen zu wehren.

Verdammt noch mal, aber so war es schon immer gewesen. Es war ihnen immer leichtgefallen, sich in der Nähe des anderen zu entspannen. Diesmal dauerte es zwar ein wenig länger, aber es passierte wieder, Schritt für Schritt, leicht wie eine Feder, die vom Himmel schwebte und irgendwann im weichen Moos landete. *Verdammt*, fluchte sie leise in sich hinein. *Verdammt, verdammt …*

War es möglich, dass eine Frau den Mann vermisste, der ihr

Schmerz zugefügt hatte? War es möglich, dass sie all das Herzeleid vergaß und aufgeregt dem Moment entgegenfieberte, ihn wiederzusehen?

Sie brauchte nicht lange zu grübeln. Ja, es war möglich.

Jane seufzte. Heute Morgen hatte sie einen Heiratsantrag angenommen und einen Mann geküsst. Am Vormittag dann hatte sie einen anderen Mann geheiratet und ihn geküsst, und am Nachmittag hatte sie einen wundervollen Ring geschenkt bekommen. Sie wünschte nur, sie könnte sagen, all dies hätte sie mit einem einzigen Mann erlebt.

16

»Sei gewarnt, Hugh«, meinte Jane, als er ihr die Hand bot, um ihr beim Verlassen der Kutsche zu helfen. »Gleich werde ich dir gestatten, deine Hände um meine Taille zu legen. Bitte fass es nicht so auf, als wollte ich fröhlich mit dem Feuer spielen.«

Seit sie ihn gedrängt hatte, an dem Gasthaus einen Halt einzulegen, blickte Hugh grimmig drein. Kaum hatte sie den Satz zu Ende gesprochen, als seine Stimmung sich noch mehr zu verfinstern schien. Jane dagegen war überaus heiterer Laune, seit er ihr den Ring geschenkt hatte.

»Hugh, was hast du gegen dieses Gasthaus einzuwenden?«, fragte sie, während er sie aus der Kutsche hob. »Es sieht doch durchaus akzeptabel aus.«

Hughs Hände lagen noch immer um ihre Taille. »Das ist es auch. Aber man muss die Gaststube durchqueren, um ins obere Stockwerk zu gelangen.«

»Du bist also schon einmal hier gewesen?«

Er nickte knapp und ließ den Blick aus seinen dunklen Augen über ihr Dekolleté schweifen. Und erneut spürte Jane, dass sie auf seinen verlangenden Blick reagierte. Während der Stunden in der Kutsche war es ihr gelungen, sich hin und wieder zu entspannen, doch immer, wenn Hugh sie angesehen hatte, hatte sie vor Nervosität gezittert. Und nach dem Kuss hatte sie gespürt, dass ihre Brüste empfindlicher geworden waren, als wären sie unter den spitzenbesetzten Schalen ihres Korsetts angeschwollen.

Während des ganzen Tages hatte Hugh kaum den Blick von Jane lassen können. Doch auch sie hatte ihn immer wieder betrachtet, wobei sie es verstohlener getan hatte als er. Angesichts der Verletzungen auf seiner Wange und der Narben am Hals und an den Händen war sie zu dem Schluss gekommen, dass diese eigentlich nicht zu der Profession passten, die er vorgeblich ausübte. Auch die Art, wie er Freddie attackiert hatte, passte nicht dazu. Freddie war ein großer Mann, trotzdem war er widerstandslos zu Boden gegangen, als Hugh zugeschlagen hatte. Außerdem hatte Hugh den Schlag mit erstaunlicher Leichtigkeit ausgeführt.

Jane war überzeugt, dass Hugh kein Geschäftsmann war. Aber was er stattdessen tat … sie hatte keine Vermutung.

»Kannst du dich nicht ein wenig mehr bedecken?«, fragte er mit rauer Stimme, als er sie endlich losließ. »Die Kerle im Gasthaus müssen nicht unbedingt alles sehen.«

»Sämtliche Kleider sind in den Koffern verstaut.«

»Du hast noch nicht einmal eine Haube für dein Haar?« Grimmig betrachtete er die Lockenpracht.

Hauben hatte Jane noch nie ausstehen können, und Hüte waren für eine Reise mit der Kutsche einfach zu unpraktisch. »Hugh, bisher habe ich mich nicht beklagt, dass du ein so irres Tempo vorlegst. Aber wenn du mich noch länger in der Kälte herumstehen lässt, hungrig und müde, dann werde ich mich nicht länger zurückhalten.«

Hugh atmete tief aus, ergriff ihre Hand und führte sie so schnell in das Haus, als veranstaltete er ein Wettrennen. Die Gaststube war … nun, sie war recht gewöhnlich. Rauflustig aussehende Kerle kippten sich Gin in die Kehle und umlagerten die Schankmädchen. Beeindruckt beobachtete Jane den gekonnten Hüftschwung eines der Mädchen, das den gierigen Fingern der Männer entkommen konnte.

Hugh musste sich den Weg durch eine Gruppe Männer bahnen, die zu betrunken waren, um ihm Platz zu machen. Einer der Kerle näherte sich Jane, stierte sie an und beugte sich vor. Es sah verdächtig danach aus, als wollte er den Kopf an ihre Brüste betten.

»Hugh«, sagte Jane und drückte seine Hand, »könntest du …?«

Er wirbelte herum, zog sie hinter sich und verpasste dem Mann gleichzeitig einen Faustschlag. Jane riss die Augen auf, und im Schankraum erstarb der Lärm. »Lass es gut sein«, sagte sie leise und legte die Hand auf seinen Arm. »Es wäre kein fairer Kampf.«

Als Hugh die Faust sinken ließ, wich der Betrunkene zurück, murmelte eine Entschuldigung und machte sich, wie Jane befürchtete, vor Angst in die Hosen.

Hugh ließ den Blick durch den Schankraum schweifen, und Jane ging durch den Sinn, dass er von allen anwesenden Männern der stärkste und Furcht einflößendste war. Und die anderen schienen das zu wissen, als sie ihn misstrauisch musterten. Und keiner von ihnen wagte es, Jane auch nur anzusehen.

Schließlich schien Hugh sich zu entspannen, und er bot Jane seinen Arm, den sie stolz annahm. Der gewohnte Lärm setzte wieder ein, und Hugh machte sich mit Jane auf den Weg in ein Nebenzimmer der Gaststube. Seine Muskeln vibrierten immer noch, und es machte fast den Eindruck, als hätte es ihn viel Kraft gekostet, den Kerl nicht zu verprügeln. Jane versuchte, seine Laune aufzuheitern. »Darling, die gefährliche Geschäftswelt hat dich hart gemacht …«

»MacCarrick!«, rief eine hübsche ältere Frau mit blonden Haaren. Ihre Augen funkelten, als sie zu Hugh aufblickte. »Ich habe es nicht glauben können, als man mir sagte, dass du mein bescheidenes Etablissement wieder mal besuchst«, schnurrte sie in einem charmanten französischen Akzent und ergriff seine Hand. Die Frau war recht drall und trug ein Mieder, dessen Ausschnitt so gewagt tief war, dass selbst Jane und ihre Cousinen Bedenken geäußert hätten.

Jetzt begriff Jane, warum Hugh gezögert hatte, mit ihr in das Gasthaus einzukehren, und sie vermutete, dass er und die kurvenreiche Französin ein Liebespaar gewesen waren.

Hugh löste seine Hand aus dem Griff der Frau und stellte sie Jane vor. »Jane, das ist Lysette Nadine. Lysette, das ist ... meine Frau Jane. Jane ... MacCarrick.«

»Deine Frau?« Lysette stand mit offenem Mund vor ihnen, fing sich aber schnell wieder. »Da kann es sich nur um eine Neuerwerbung handeln. Als wir uns vor einem halben Jahr gesehen haben, warst du noch nicht verheiratet.« Sie senkte die Stimme. »Ich meine mich zu erinnern, dass du geschworen hattest, niemals zu heiraten.«

»Es sind andere Umstände eingetreten«, erwiderte er. Jane hörte zwar zu, war sich aber bewusst, dass sie das Unterschwellige in dieser Unterhaltung nur ahnen konnte. Er hatte also geschworen, niemals zu heiraten?

Lysette hob provozierend die Augenbrauen. »Wie viele Zimmer brauchst du, Hugh?«

»Eins«, antwortete Jane, bevor er den Mund aufmachen konnte. Sie hatte sich entschlossen, es mit der Frau aufzunehmen. Sanft strich sie Hugh über den Rücken, ertastete eine Pistole in einem Holster, von der sie bisher keine Ahnung gehabt hatte, ließ die Hand in seinem Nacken liegen und strich mit den Fingernägeln träge über die Haut direkt über seinem Kragen. Sofort spannte Hugh sich an. »Und wir hätten gern ein Bad. Und das Abendessen servieren Sie uns bitte oben.«

Lysette schaute Hugh an, als erwarte sie, dass er Jane widersprach.

Jane legte ihre andere Hand auf seine muskulöse Brust und zeigte spielerisch ihren Ring. »War ich zu vorschnell, Darling?«

Hugh musterte sie eindringlich, wandte sich dann aber an Lysette und sagte: »Ein Zimmer.«

Lysette lächelte schmal. »Ich werde euch selbst hochbringen.«

Kaum hatten sie das erstaunlich große Zimmer betreten, setzte sich Jane auf das Bett und schlug auf die Matratze. »Ja, Darling, das wird uns bestimmt reichen.« Sie warf Hugh einen lasziven Blick zu und schnurrte mit samtweicher Stimme: »Ich denke, dass wir darin auch gut schlafen werden.«

Hugh und Lysette starrten sie an, und während sein Blick sie zu warnen schien, nicht zu weit zu gehen, schien in Lysettes das Versprechen zu liegen, es Jane heimzuzahlen.

Für den Augenblick jedoch ließ sie es auf sich beruhen. »Wenn ihr noch irgendwas benötigt …«, meinte sie lediglich und verließ das Zimmer.

»Spielst du wieder deine Spielchen?«, stieß Hugh hervor, kaum dass sie die Tür hinter sich geschlossen hatte.

»Soll ich mich nicht so benehmen, als wären wir verheiratet?« Jane ließ sich rücklings auf das Bett fallen und hob die Hände, um den Ring zu betrachten. Inzwischen hatte sie beschlossen, ihn auf jeden Fall zu behalten, auch wenn der Bräutigam, der zu ihm gehörte, längst verschwunden wäre. »Genau so werde ich mich benehmen, wenn mein endgültiger Ehemann in meinem Leben aufgetaucht ist. Ich freue mich darauf, mit ihm zu flirten und ihn zu berühren. Und ich werde es nicht auf die leichte Schulter nehmen, wenn eine andere Frau genau das Gleiche versucht.«

»Du würdest dich besitzergreifend verhalten?«

»Ganz bestimmt.« Sie stützte sich auf die Ellbogen. »Besonders dann, wenn du … ich meine, wenn es offensichtlich ist, dass er eine Affäre mit einer drallen Gastwirtin hatte, die mir das Gefühl gibt, eure … ich meine, ihre kleine Party zu stören.« Jane hob die Augenbrauen. »Vielleicht möchtest du mir die Geschichte mit der kleinen Französin beichten?«

»Nein.«

»Hugh, nicht mehr lange, und du wirst darauf brennen, mehr über mich zu erfahren. Allerdings habe ich keine Lust, dir zu antworten, wenn du meinen Fragen ständig ausweichst.«

Bevor er sich äußern konnte, klopfte es an der Tür. Das Hausmädchen trat ein und stellte eine kupferne Badewanne hinter den Wandschirm.

»Brauchst du ihre Hilfe beim Auskleiden?«, wollte Hugh wissen. Als sie ihn ansah, fügte er hinzu: »Ich dachte, dass dir vielleicht deine Zofe fehlt.«

»Ach, wie kommst du denn darauf, nachdem du mir verboten hast, sie mitzunehmen? Aber nein, das Mädchen muss mir nicht zur Hand gehen. Ich bin sicher, du wirst dich um alles Nötige kümmern. Außerdem hast du bestimmt genügend Übung darin, Frauen aus dem Korsett zu helfen.«

Das Zimmermädchen hinter dem Wandschirm hustete. Hugh starrte zur Decke und schien flehentlich um Geduld zu bitten.

Nachdem das rotwangige Mädchen mehrere Eimer heißes Wasser heraufgebracht und die Wanne damit gefüllt hatte, verließ es das Zimmer. Jane trat hinter den Wandschirm und fragte sich, ob es sein konnte, dass sie ihre Kleidung diesmal langsamer ablegte als sonst. Außerdem bildete sie sich ein, dass sie ein leises Stöhnen hörte, als ihre Unterröcke zu Boden glitten. Das Stöhnen schien sogar lauter zu werden, als sie ihr Mieder ablegte.

Es war eine lange Reise gewesen, und ihr armer Rücken schmerzte. Sie hob die Arme über den Kopf und reckte und streckte sich.

Hugh marschierte durch das Zimmer wie ein Tiger im Käfig.

Jane stöhnte wohlig, als sie sich in das warme Wasser gleiten ließ. Das Vergnügen war nicht vorgetäuscht. Sie liebte es, ein Bad zu nehmen. Dann lehnte sie sich in der Wanne zurück und ließ diesen verrückten Tag Revue passieren.

Sie erinnerte sich an die Enttäuschung in Freddies Blick und verspürte sofort ein schlechtes Gewissen. Schuldbewusst hatte sie zugesehen, wie die Dinge sich entwickelten, und sein Gesichtsausdruck hatte ihr beinahe das Herz gebrochen. Zu allem Überfluss kam hinzu, dass sie, kurz bevor Freddie die Kutsche eingeholt hatte, um ein Haar vergessen hätte, warum sie begonnen hatte, MacCarrick mit ihrem Spott herauszufordern.

So impulsiv und unüberlegt sie oft handelte, so unsicher war sie sich auch so manches Mal. So wie jetzt, da die Sache keinesfalls schon ausgestanden war. Denn sie hatte sich in ein großes Abenteuer mit Hugh gestürzt.

Jane war überzeugt, dass er sie nach Carrickliffe weit oben im Norden Schottlands bringen wollte. Schon vor Jahren hatte er es ihr genau beschrieben, und sie sehnte sich danach, es mit eigenen Augen zu sehen. Jetzt wünschte sie es umso mehr, weil sie den Ort kennenlernen wollte, der Männer wie Hugh hervorbrachte.

Natürlich war sie schon einmal in Schottland gewesen. Aber noch nie nördlicher als bis Edinburgh, noch nie in den wilden Highlands. Konnte es sein, dass Hugh sein Versprechen endlich einlösen wollte?

Sie fühlte sich unbeschreiblich erschöpft. Kein Wunder, nach dem Tag, der hinter ihr lag. Und sie machte sich Sorgen ob der wachsenden Faszination für ihren Ehemann. Nachdem er die Männer unten in der Gaststube allein mit seinem Blick so wirkungsvoll eingeschüchtert hatte, nachdem sie die Pistole im Holster ertastet hatte, brannte sie darauf, mehr über ihn zu erfahren.

Wer war Hugh? Wenn er, was zu vermuten stand, kein Geschäftsmann war, warum log er sie darüber an? Hatte er möglicherweise etwas Illegales getan? Vielleicht hatte sein jüngerer Bruder Courtland die Hände im Spiel? Courtland, der ein berüchtigter Söldner war? Was, wenn Hugh ebenfalls ein Söldner war?

Jane seufzte. Diese Faszination, die er auf sie ausübte, konnte erhebliche Schwierigkeiten bedeuten. Denn sie führte zu Gefühlen, und die Gefühle führten zu Liebe, und Liebe führte zu Elend. Und Elend hatte sie schon einmal ertragen müssen. Sie wollte alles tun, dass es nicht wieder so weit kam.

Er hatte recht. Er war nicht mehr wie früher. Den ruhigen, zuverlässigen Hugh, in den sie sich damals verliebt hatte, gab es nicht mehr, und sie hatte keine Ahnung, wie sie mit diesem neuen Mann umgehen sollte – mit diesem ruchlosen, starken Hugh, der ihr alles abverlangte.

Er hatte sie gewarnt, dass es ein Spiel mit dem Feuer sei, wenn sie nicht aufhörte, ihn herauszufordern. Und an diesem Feuer hatte sie sich heute in der Kutsche bereits die Finger verbrannt.

Jane neigte den Kopf zur Seite und runzelte die Stirn. Seit wann zögerte sie, mit dem Feuer zu spielen?

17

Hugh fragte sich, was er eigentlich verbrochen hatte, dass er solche Qualen erdulden musste. Aber darauf die Antwort zu finden, würde Stunden dauern.

Vermutlich ahnt sie, dass ich sie durch die Ritzen des Wandschirms sehen kann und will mich reizen, dachte er, denn Jane strich sich auffallend lange über die schlanken Beine. Irgendwie glaubte er nicht, dass sie sich für ein Bad so viel Zeit wie jetzt nahm, wenn sie allein zu Hause war.

Wie lange es wohl noch dauerte, bis er diese qualvolle Lage beenden konnte? *Beeil dich, Ethan. Sonst werde ich noch verrückt.* Weil er sich dringend ablenken musste, ging er zum Fenster hinüber.

Hugh hatte nicht in diesem Gasthaus einkehren wollen, weil sich hier zu viele Leute tummelten, die er kannte. Zudem gab es hier jemanden, der sein Geheimnis kannte: Lysette, Greys Exgeliebte. Da sie jedoch das nächste Gasthaus erst nach Einbruch der Dämmerung erreicht hätten und Jane ihn zusehends stärker gedrängt hatte, war Hugh der Gedanke gekommen, dass er bei dieser Gelegenheit versuchen konnte, Lysette einige Informationen über Grey zu entlocken.

Lysette hatte schon immer eine Schwäche für Hugh gehabt. Grey hatte sie verlassen, um mit einer Hure zusammen zu sein.

Doch der Vorfall in der Gaststube hatte ihn gelehrt, dass seine Idee nicht gut gewesen war. Hugh hätte den Arm um Janes Schultern legen sollen. Stattdessen hatte er sie rücksichtslos durch die betrunkene Menge gezerrt. Jane hatte ihn angesehen, als er versucht hatte, den Impuls zu kontrollieren, dem volltrunkenen Kerl eine Abreibung zu verpassen. In diesem Moment schien sie es begriffen zu haben – nicht, was er war, aber dafür umso mehr, was er nicht war.

Hugh hörte, dass sie sich aus dem Wasser erhob. Verdammt noch mal … Er lehnte sich zurück, um einen Blick auf sie erhaschen zu können, und wieder einmal stellte er staunend fest, wie wohlgeformt ihr Körper war. Arme und Beine waren immer noch schlank, aber ihre Brüste und der Po waren rundlich und voll. Es schien, als wollten ihre Rundungen seine Hände einladen, sie zu bedecken. *Zerre sie ins Bett, leg dich auf ihren nassen, schlüpfrigen Körper, und nimm sie hart und leidenschaftlich …*

Das Hausmädchen klopfte und rettete ihn vor der Katastrophe. Es setzte das Tablett mit dem Abendessen auf dem Tisch ab und ging. Um seine Erektion zu verbergen, hatte Hugh sich nicht vom Fenster weggedreht. Jetzt ging er zum Tisch und nahm daran Platz. Die Mahlzeit wirkte schlicht, aber der Wein schien aus einem akzeptablen Jahrgang zu stammen.

Ein paar Minuten später kam Jane hinter dem Wandschirm hervor. Sie hatte sich in einen tiefblauen Morgenmantel gehüllt, ihn vorn aber so weit aufgeschlagen, dass er den Ansatz ihrer blassen Brüste freigab. Es gelang Hugh nur mit Mühe, den Blick von ihnen zu lösen. Er sah auf und bemerkte, dass sie ihr Haar offen trug. Die feuchten Locken kringelten sich um ihr Gesicht, ihre makellose Haut schimmerte gerötet, und ihre Augen glänzten hell.

»Meine Hochzeitsnacht.« Sie setzte sich auf ihren Platz. »Darling, es ist fast so, wie ich es mir immer erträumt habe«, meinte sie mit leichtem Spott.

Er spürte, wie der Ärger in ihm aufkeimte. Denn alles, was er tat, konnte nur Wasser auf ihre Mühlen sein. Es würde nicht schaden, wenn sie ihn ungehindert seinen Job machen ließe …

»Es ist auch meine Hochzeitsnacht. Ich bin genauso enttäuscht wie du.«

»Enttäuscht? Wegen der Umstände oder wegen der Braut?« Jane ließ ihn nicht eine Sekunde aus den Augen, nippte an dem Wein, den er ihr eingeschenkt hatte, und fuhr sich mit der Zunge über die Unterlippe. »Oder bist du enttäuscht, weil du deinen Schwur gebrochen hast, niemals zu heiraten?«

»Ja … nein«, erwiderte er ausweichend, »irgendwie dazwischen.« Noch nie hatte er sich ernsthaft auf eine Frau eingelassen. Er war sogar überzeugt, dass er noch nie zwei Mal mit ein und derselben Frau geschlafen hatte. Court hatte ihn einmal gefragt, warum er nicht viel mehr Frauen hatte. *Wenn du wüsstest, wie ich mich jedes Mal danach fühle, dann würdest du es auch nicht tun*, hatte Hugh geantwortet. »Ich hatte einfach niemals die Absicht zu heiraten …«

»Niemals?« Ihr Tonfall klang befremdet.

»In meinem Leben ist das nicht vorgesehen.«

Jane trank einen großen Schluck. »Ja und nein«, wiederholte sie, »oder irgendwie dazwischen. Jede Wette, dass du viele Frauen hattest.«

»Ich möchte mit dir nicht darüber sprechen.«

»Früher hast du mir deine Geheimnisse anvertraut.«

Nicht die großen. Obwohl es ihm auf den Nägeln gebrannt hatte.

Hugh war oft kurz davor gewesen, Jane von dem schrecklichen Fluch zu erzählen, der auf ihm lastete. Aber er konnte sich ausmalen, dass sie wütend reagieren würde. Sie mochte unvernünftig und temperamentvoll sein – aber nie verlor sie den Blick für die Tatsachen. Er konnte sich vorstellen, wie sie ihn angelächelt und beiläufig verkündet hätte: »Dann muss ich auf deine verfluchte Gesellschaft leider verzichten. Denn ich ziehe es entschieden vor, am Leben zu bleiben.«

Und jetzt? Warum sollte er jetzt reinen Tisch machen? Die Nähe, die es früher zwischen ihnen gegeben hatte, gab es ohnehin nicht mehr.

»Hugh, sag mir, was du wirklich machst. Du bist kein Geschäftsmann. Oder hat dir irgendein räuberischer Händler das Gesicht so zerkratzt?«

Er zog die Augenbrauen hoch. Jane war überaus neugierig; sie gehörte zu jenen Frauen, die ständig irgendwelche Vermutungen äußerten und ihre eigenen Theorien entwickelten. Das würde er sich jetzt zunutze machen. »Wie ich dich kenne, hast du bereits eine Theorie entwickelt.«

Sie streckte ihm die Hände entgegen und bedeutete ihm, dass er seine Hand in ihre legen sollte. Bevor er sich weigern konnte, griff sie nach ihm und fuhr mit ihren weichen Fingerspitzen über seine raue vernarbte Handfläche. Eigentlich war es nur eine kleine Berührung, aber sie machte etwas Besonderes daraus.

Dann schaute sie ihm direkt in die Augen. »Ich glaube, du bist ein Söldner.«

Nahe dran.

»Wie kommst du darauf?«, fragte er heiser.

»Es ergibt Sinn. Vater hat erzählt, dass du mit deinem Bruder Courtland über den Kontinent gereist und erst vor Kurzem heimgekommen bist. Court ist bekannt als Glücksritter. Wir alle haben davon gehört, dass er dort mit einer Bande Highlander verheerende Verwüstungen angerichtet hat. Du musst dabei gewesen sein. Das würde die Verletzung in deinem Gesicht erklären«, meinte sie und fuhr mit einer Fingerspitze federleicht über seinen Handrücken. »Und es würde erklären, dass du dir etwas Geld zurücklegen konntest.«

Etwas Geld? Hugh hatte aus seinen Einkünften durch vorausschauende Planung und vorsichtige Spekulationen ein ansehnliches Vermögen gemacht. Er war das, was man landläufig reich nannte, und er besaß zudem ausgedehnte Ländereien an der Küste Schottlands.

»Warum glaubst du nicht, dass ich im Geschäft deines Vaters arbeite?«

»Hugh, ich bin nicht dumm.« Sie tippte mit dem Finger auf die schlimmste Narbe auf seinem Handrücken. »Sieh deine Hände an. Und du bist durchtrainiert und körperlich fit. Du siehst nicht aus wie ein Geschäftsmann.«

»Ich bin sehr viel draußen.«

»Ich habe mir mit meinen Cousinen Faustkämpfe angesehen.« Sie ballte eine Faust und betrachtete sie eingehend, ehe sie Hugh ansah. »Ich weiß, wozu diese Männer fähig sind. Und nachdem ich gesehen habe, mit was für einem Schlag du Freddie niedergestreckt hast, habe ich dich unwillkürlich mit diesen Faustkämpfern verglichen.«

Eigentlich ist das ein Kompliment, dachte Hugh. »Ich habe zwei Brüder. Da ist es kein Wunder, dass ich kampferprobt bin. Du weißt doch, wie oft Ethan und ich unsere Kräfte gemessen haben.«

Natürlich merkte sie, dass er ihr auswich. Und ihm war klar, dass sie früher oder später den Spieß umdrehen würde. »Vater hat dich unter seine Fittiche genommen, um deine Tätigkeit als Söldner zu tarnen, stimmt's?« Abrupt ließ sie seine Hand los. »Dass der jüngste Sohn aus der Art schlägt, würde nicht mehr als ein Kopfschütteln hervorrufen. Aber gleich zwei Brüder? Das würde Ethans Ruf beschädigen. Und er hält einen Titel.« Jane lehnte sich zurück. »Hugh MacCarrick, du bist ein Söldner. Es sei denn, du willst mir eine andere Erklärung auftischen.«

»Nein, überhaupt nicht.«

»Was tun Söldner?«

»Sie kämpfen für Geld. Es sind Berufssoldaten.«

»Hast du niemals Angst?«, fuhr sie fort. »Ich meine, während des Krieges?«

Es war Hughs Ziel, Kriege zu vermeiden. »Selbst wenn es so wäre, würde ich es mir niemals eingestehen.«

»Dann bist du also schon im Krieg gewesen? Wie viele Menschen hast du umgebracht?«

Er überhörte ihre Frage. »Du isst gar nichts. Obwohl du mir hast weismachen wollen, dass du kurz vor dem Verhungern stehst.«

»Das stimmt.« Sie erwiderte seinen Blick, deutete auf den Wein: »Ich ernähre mich von vergorenen Trauben. Bitte beantworte meine Frage.«

»Ich habe sie nicht gezählt.« Grey hatte ihm dazu geraten. *Sonst*, so hatte er es Hugh prophezeit, *wirst du eines Morgens aufwachen und nichts anderes mehr im Kopf haben als diese eine Zahl.*

»Was ist mit deinem Gesicht passiert?«

»Herabstürzendes Schiefergestein hat mir die Haut zerschnitten.« Nachdem er den Felsen gesprengt hatte, um ein feindliches Camp hochgehen zu lassen – während die gegnerische Truppe sich noch darin aufgehalten hatte. »Es war ein Unfall.« Es stimmte. Denn schließlich hatte er nicht geplant, die Felsbrocken auf sich herabregnen zu lassen.

»Dann ist das der Grund, weshalb du geschworen hast, niemals zu heiraten?«, fragte sie. »Weil du deine Arbeit nicht mit der Ehe vereinbaren kannst?«

»Jane, warum ist es eigentlich so, dass immer nur ich ins Verhör genommen werde?«

»Sag mir wenigstens, wohin wir reisen.«

»Hätte ich es dir schon heute Mittag gesagt, hättest du es dann nicht brühwarm an Bidworth weitergegeben?«

»Nein«, meinte sie hastig, korrigierte sich aber gleich darauf. »Nun, vielleicht doch. Aber Freddie hätte es keiner Menschenseele erzählt.«

»Ich werde es dir nicht sagen.«

Jane öffnete den Mund und wollte mit ihm streiten.

»Keine weiteren Fragen«, lehnte er stahlhart ab.

Seufzend und sichtlich unruhig blickte sie im Zimmer umher. Sie schien gar nicht zu bemerken, dass ihr Morgenmantel sich weiter geöffnet und ihre Schulter entblößt hatte. Jeder Muskel seines Körpers spannte sich an. Das dünne Nachthemd, das sie darunter trug, schmiegte sich an ihre Brüste. Wie gebannt starrte er darauf, und wieder musste er zugeben, dass es ihm kaum gelang, den Blick von ihr zu lösen. Er stellte sich vor, wie ihr das Hemd von den Schultern glitt, über ihre Knospen und über ihren geschmeidigen Leib. Hugh atmete tief aus und hoffte inständig, verzweifelt anstatt erregt zu klingen. »Zieh dir den Morgenmantel über die Schulter.«

Jane schaute an sich hinunter und beobachtete dann Hughs Reaktion. »Nein, ich lasse ihn so. Weil es im Zimmer sehr warm ist. Schließlich kann ich dich nicht bitten, ein Fenster aufzureißen.«

»Zieh ihn über die Schulter.«

Sie hob eine Augenbraue. »Heute in der Kutsche hast du meine Brüste unablässig angestarrt. Ich nahm an, es könnte dir gefallen, wenn du mehr von ihnen zu sehen bekommst.«

»Ich gebe zu, dass es ein Vergnügen ist, dich anzuschauen.« Es wäre ihm nicht in den Sinn gekommen, es abzustreiten. Sogar jetzt drückten sich ihre kleinen Knospen fest gegen den Stoff, und er stellte sich vor, eine zwischen die Lippen zu nehmen … zu fühlen, wie sie anschwoll und pulsierte, während er daran sog. Hugh wandte den Blick ab. »Du bist eine sehr schöne Frau«, sagte er leise.

Als er sie wieder ansah, hatte er den Eindruck, dass ihre Wangen sich gerötet hatten.

»Aber wenn ich dich so sehe, erwacht in mir das Verlangen nach mehr. Es erwacht ein Verlangen, das du nicht teilst … und dem wir nicht nachgeben dürfen.«

Sie neigte den Kopf zur Seite und schien jedes seiner Worte genau abzuwägen. »Und was, wenn ich dir sage, dass ich dein Verlangen teile?«

»Ich würde dir erwidern, dass du gnadenlos zu flirten verstehst. Und ich würde mir die Bemerkung nicht verkneifen können, dass du Bidworth recht schnell vergessen hast.«

Jane zog die Brauen zusammen, antwortete aber nichts.

Sie zeigte noch nicht einmal eine Spur von Loyalität für Bidworth. Und Hugh hatte sich ernsthaft den Kopf zerbrochen, dass sie sich insgeheim nach diesem Mann verzehrte.

Nein, er würde keine Frau wie Jane haben wollen, selbst wenn er sie haben könnte.

Aber letztlich spielte das alles keine Rolle. Er war nur hier, weil er sie beschützen musste. Ihre Neckereien würden dabei nur stören. »Ich habe dich gewarnt«, erklärte er kalt. »Du weißt, was geschehen wird.«

Jane machte keine Anstalten, ihre Schulter zu bedecken. Wieder einmal versuchte sie, ihn durch ihren Willen in die Knie zu zwingen.

Aber er war nicht mehr der kompromissbereite Jüngling, der er früher gewesen war. Kompromisse durfte er sich nicht mehr erlauben, selbst wenn er es wollte. All das, was er in den vergangenen zehn Jahren hatte mit ansehen müssen, hatte ihn verändert. Und das, was er getan hatte, hatte ihn verdorben.

Als er sich erhob und zu ihr ging, schien es, als warte sie atemlos, was er als Nächstes tun würde. Hugh wusste es ebenso wenig wie sie. Jane begann zu zittern, als er sie auf den Tisch setzte und sich zwischen ihre Beine drängte. Er spürte, wie empfindsam ihre Haut war. Er spürte, dass ihr Körper ihn willkommen hieß. Wenn er sie jetzt nahm, dann wäre es, als stürze er sich in eine Feuersbrunst.

Was, wenn er sich danach sehnte, sie zu lieben, und sie würde ihn gewähren lassen?

Um sie endlich zu besitzen.

Hugh stöhnte auf, beugte sich vor und nahm ihr Ohrläppchen zwischen die Lippen und umspielte es mit der Zunge. Jane atmete scharf ein, und ihr Zittern verstärkte sich. Er legte eine Hand auf ihre Hüften, schob die andere in ihr Haar und drückte sie sanft nach hinten, bis sie sich mit den Ellbogen auf den Tisch stützte.

Faszinierte beugte Hugh sich über sie und umschloss ihre seidige Knospe mit den Lippen.

18

Hugh fuhr mit den Lippen über ihre Brust und raunte ein paar Worte auf Gälisch. Er schien vollkommen verloren in seinem Tun, war offenbar so versunken, dass er nicht mehr wusste, was er tat.

Jane vergrub die Finger in seinem Haar, zog ihn zu sich heran und seufzte vor Lust.

Es war nicht allein, dass er sie dazu gebracht hatte, nach ihm zu verlangen; tief im Innern spürte sie, dass er sie brauchte. Oder vielmehr, dass er irgendetwas von ihr brauchte. Jane sehnte sich verzweifelt danach, es ihm zu geben, was auch immer es war.

Ihre Sorgen um die Zukunft und die Erinnerungen an die Vergangenheit verblassten, als sie den Hunger in seinem Blick erkannte.

Hugh zog Jane sanft an ihren Haaren, bis sie den Rücken durchbog. Er sog an ihrer Knospe und raunte: »Verdammt noch mal, warum befiehlst du mir nicht, dass ich aufhören soll?« Er zögerte kurz, schloss dann die Lippen um ihre harte Spitze und umspielte sie träge mit der Zunge.

»Oh, du lieber Himmel«, wisperte Jane überwältigt.

Er sah auf. Sein Blick war dunkel, als er ihre Reaktion einzuschätzen versuchte. »Gefällt es dir?« Als sie hilflos stöhnte, widmete er sich ihrer anderen Brust. »Du denkst, dass ich auf deine Neckereien noch immer so reagieren werde wie vor Jahren.« Wieder verwöhnte er sie so zärtlich wie beim ersten Mal. »Du wirst es so lange tun, bis ich schließlich kapituliere.«

»Aber fr…früher …«

»Früher war ich jung und ehrenhaft. Jetzt bin ich alt genug, um zu wissen, was ich will. Und unehrenhaft …« Zärtlich knabberte er an ihrer Knospe. Jane stöhnte heftig, bog den Rücken durch und schmiegte sich noch fester in seinen Mund. »Unehrenhaft genug, um mir zu nehmen, was ich will.«

»Hugh«, murmelte sie, »Hugh, ich bitte dich.«

Er hob den Kopf. »Willst du, dass ich es mir nehme? Wenn du mich noch ein wenig weitertreibst, wirst du spüren, wie ich in deinem weichen Körper versinke.« Hugh suchte ihren Blick. Was auch immer er darin sah, es brachte ihn dazu, sich abrupt von ihr zu lösen. Er fuhr sich mit den Fingern durchs Haar, schien etwas sagen zu wollen, ließ es aber. »Bleib hier«, stieß er schließlich hervor. »Verriegele die Tür hinter mir, und bleib im Zimmer. Du darfst es nicht verlassen.«

»Warum?«, wisperte Jane.

»Niemals hätte ich vermutet, dass du so sein würdest«, erklärte er. »Jedenfalls nicht zu mir.« Er stürmte aus dem Zimmer und schlug die Tür hinter sich zu.

Jane begriff nicht. Er hatte nicht vermutet, dass sie *wie* zu ihm sein würde? Was hatte sie denn eigentlich falsch gemacht?

Hugh hatte vor der Tür verharrt, um sich zu sammeln, ehe er hinunterging. Jane hatte gesehen, wie mächtig seine Männlichkeit sich unter seiner Hose gewölbt hatte, und sie wusste, dass er mit sich gekämpft hatte, weil er auf keinen Fall die Beherrschung hatte verlieren wollen. Aber auch sie hatte sich kaum noch im Griff gehabt.

Während sie immer noch auf dem Tisch saß und um Fassung rang, kam ihr schlagartig eine erschreckende Erkenntnis: Der leidenschaftliche Kuss in der Kutsche war keine Ausnahme gewesen.

Zwischen Hugh und ihr würde es immer so sein. Jedes Mal, wenn sie zusammen waren.

Ihr war klar gewesen, dass Hugh ein talentierter Liebhaber sein würde. Was auch immer er anfasste, es ging ihm leicht von der Hand. Ganz gleich, ob er ihr aus der Kutsche oder in den Sattel half, er behandelte sie wie ein rohes Ei. Aber nie und nimmer hätte sie damit gerechnet, dass der raue Highlander so … erotisch sein konnte.

Er hatte sie dazu gebracht, sich geradezu nach ihm zu verzehren, hatte sie feucht werden lassen und den süßen Schmerz zwischen ihren Schenkeln geweckt. Wieder einmal.

Seine Küsse waren fordernd und teuflisch, seine Lippen waren fest und warm. Hatte er geahnt, dass seine Drohung, in ihr zu versinken, ihr Verlangen in ungeahnte Höhen geschraubt hatte? Fast hätte sie gerufen: »Ja, tu es!«

Jane bildete sich ein zu hören, dass er vor der Tür mit der Faust gegen die Wand schlug, bevor er schließlich davonging.

Eigentlich hatte sie nicht vorgehabt, Hugh zu umschmeicheln, damit er mit ihr verheiratet blieb. Denn sie wusste, dass er sie wieder verlassen würde, ob sie die Ehe nun vollzogen hatten oder nicht. Und sie war wütend, weil er sie der Gefahr aussetzte, wieder verletzt zu werden; sie hatte sich geschworen, dass sie die Gefühle, die immer noch leidenschaftlich in ihr brodelten, um jeden Preis schützen wollte.

Sie warf sich vor, dass sie im Moment dabei war, sich selbst zu verletzen. Denn wie auch immer sie sich entschied, sie würde sich falsch entscheiden. Obwohl sie nicht mit ihm verheiratet bleiben wollte, wollte sie sich auf keinen Fall von ihm trennen. Jedenfalls nicht so bald. Insgeheim erwartete sie, dass er sie wieder für viele lange Jahre verlassen würde. Darauf war ihr Herz nicht vorbereitet.

Hol ihn zurück … gib ihm, was er braucht.

Entschlossen zog sie ihren Morgenmantel fest um die Schultern, leerte wenig damenhaft in einem Zug das Glas Wein und ging dann zur Tür. Der Gang vor dem Zimmer war leer.

Sie eilte zur Treppe und spähte hinunter in die Gaststube. Hugh saß an einem Tisch und hatte ein Glas vor sich stehen. Er hatte die Hände so fest darumgelegt, dass die Knöchel weiß hervortraten.

Jane atmete erleichtert aus. Offenbar war sie nicht allein mit ihren Gefühlen. Sie hatte ihn innerlich so tief berührt wie er sie.

Vielleicht war er wegen seiner Gefühle für sie all die Jahre nicht zu ihr zurückgekommen. Vielleicht hatte er es immer gewollt, hatte es aber nicht tun können …

Ihre Augen weiteten sich, als sie beobachtete, wie Lysette zu ihm trat und ihm den Arm um die Schultern legte. Die Frau schmiegte sich eng an ihn und flüsterte ihm etwas ins Ohr, während sie mit der Hand über seinen Rücken strich.

Hugh schob Lysette zur Seite. Aber nur, wie Jane zu ihrem Entsetzen sah, um mit der Frau eilig in einem der Hinterzimmer zu verschwinden.

19

»Wie lange ist es jetzt schon her, MacCarrick?«, sagte Lysette und schloss die Tür hinter sich.

»Kannst du mir Neuigkeiten über Grey berichten oder nicht?« Hughs Stimme klang immer noch rau, so sehr hatte der Kuss ihn innerlich aufgewühlt.

Als er Jane vorhin in die Augen geblickt hatte, hatte er darin etwas gesehen, womit er niemals gerechnet hatte. Sie hätte ihn niemals darum gebeten, den Kuss zu beenden. Sie hatte gewollt, dass er sie nahm. Ihr Blick hatte ihn geradezu angefleht, es zu tun.

Niemals. Es gibt nicht die geringste Chance, dass Jane mich jemals zurückhaben will.

»Keine Höflichkeiten?«, bemerkte Lysette. Als Hugh sie unnachgiebig ansah, fügte sie unbekümmert hinzu: »Warum sollte ich Informationen über Grey haben?«

Hugh reichte es. »Weil du jahrelang mit ihm geschlafen hast. Und ich weiß, dass du ihn im Auge behalten hast, seit er dich verlassen hat.«

Lysettes Blick wurde berechnend. »Wenn du was über Grey erfahren willst, sag mir erst, wer *sie* ist.«

»Du bist es Weyland schuldig. Alles andere hat dich nicht zu interessieren.« Weyland sorgte dafür, dass Leuten wie Lysette – einer Informantin, die die Organisation mit wichtigen Nachrichten versorgte – das nötige Geld zur Verfügung gestellt wurde, damit sie Läden, Tavernen und Gasthäuser an verkehrsreichen Straßen unterhalten konnten. Mittlerweile überspannte ein Netz dieser Etablissements ganz Europa, und Lysette machte ihre Arbeit sehr gut. Sie war aufmerksam und handelte meist intuitiv. Im Gegenzug für ihre Arbeit war ihr ein auskömmliches Dasein sicher.

»Weyland hat doch eine Tochter namens Jane, nicht wahr? Man sagt, dass sie hübsch sein soll.«

»Mag sein.«

»Jetzt ergibt alles einen Sinn. Jedermann erwartet, dass Grey den entscheidenden Schlag gegen Weyland führt, und du tauchst hier mit seiner Tochter auf. Bist mit ihr verheiratet und verlässt die Stadt mit ihr. Für den alten Mann würdest du alles auf dich nehmen. Sogar eine Ehe, die nur auf dem Papier besteht.«

»Bist du dir so sicher, dass es eine arrangierte Ehe ist?«

»Ja. Warum sonst bist du in meinem Hinterzimmer – und nicht bei deiner Braut? Außerdem ist es offensichtlich, dass sie mit dir spielt. In Wahrheit kümmerst du sie nicht.« Lysette machte eine Pause. »Diesmal hast du dich verschätzt. Diese Trauben hängen zu hoch für dich. Lass es dir gesagt sein.«

»Lysette, du bist heute schon die dritte Person, die mir weismachen will, dass Jane für mich nicht infrage kommt. Die Überzeugung scheint tief verwurzelt zu sein.« Ethan, Bidworth, Lysette. Zum Teufel noch mal, sogar die Dienerschaft hatte durchblicken lassen, dass sie den unüberbrückbaren Graben zwischen Jane und ihm bemerkt hatte.

Lysette näherte sich ihm und fuhr mit dem Finger über seine Brust. Ihre Berührung ließ ihn vollkommen kalt. Angewidert schob er ihre Hand fort, aber sie hatte ihm schon das Hemd aus der Hose gezogen und machte sich an deren Verschluss zu schaffen. »Du solltest heute Nacht eine Frau haben. Selbst wenn das arrogante englische Luder dich ranlassen würde, wäre sie nicht die Frau, die du brauchst.«

Hugh atmete scharf aus und schob ihre Hand abermals fort. »Ich verbitte es mir, dass du in meiner Gegenwart abfällig über sie sprichst. Außerdem habe ich das Ehegelübde geleistet.« Und das wollte er halten, bis ihre Ehe annulliert war.

Sie schmollte. »Du verleugnest dich wegen einer befohlenen Ehe, die nur auf dem Papier existiert? Obwohl ich seit Jahren versuche, dich zu verführen? Ich will dir geben, was sie dir nicht geben will. Oder nicht geben kann.« Ihre Stimme klang heiser. »Ich kann dich so verwöhnen, dass du dich fragen wirst, wie du all die Jahre ohne mich ausgekommen bist.«

Hugh erhob sich. »Wenn du mir keine Neuigkeiten über Grey zu berichten hast, gibt es für mich keinen Grund mehr, noch zu bleiben.«

»Wohin willst du?«

»Zurück zu meinem arroganten englischen Luder. Das dir übrigens eine saftige Lektion in Sachen Verführung erteilen könnte.« Er wandte sich zur Tür und öffnete sie.

»Oh Hugh. Du verdammter Idiot! Leute wie sie wollen uns nicht. Deine Jane Weyland mag dich mit ihren Neckereien in den Wahnsinn treiben. Vielleicht begehrt sie dich sogar. Aber ihr Herz wirst du niemals gewinnen können.«

»Jane *MacCarrick*«, herrschte er sie über die Schulter an.

»Und was, wenn sie herausfindet, dass du ein kaltblütiger Mörder bist?«

Hugh erstarrte.

»Selbst wenn sie dich will, kannst du mit ihr nicht in das Leben zurückkehren, das sie von jeher gewohnt ist.«

Lysette hatte recht. Die Umstände sprachen dagegen, dass Hugh sich jemals in die Gesellschaft einfügte und einen normalen Alltag lebte. »Wiedereingliederung« nannte man es, wenn kriegsmüde Soldaten, die lange auf den Schlachtfeldern gekämpft hatten, ins zivile Leben zurückkehrten und ihr Glück zu machen versuchten. Aber es gelang ihnen nur selten. Das galt ganz besonders für Männer wie Hugh, der ohnehin schon immer ein Leben außerhalb aller Regeln und Gesetze geführt hatte.

Auf dem Weg zur Tür stopfte sich Hugh das Hemd in die Hose. Kaum hatte er das Zimmer verlassen, rief Lysette ihn zurück. »Hugh, warte!« Sie eilte zu ihm und legte ihm die Hand auf die Brust. »Grey ist diese Woche in Frankreich eingetroffen.«

Hugh schloss die Tür. »Woher weißt du das?«

»Weil die Frau, die mir geholfen hat, ihn im Auge zu behalten, nicht mehr lebt.«

»Das heißt noch lange nicht …«

»Die Kehle ist ihr so grausam aufgeschlitzt worden, dass ihr fast der Kopf abgetrennt worden ist.«

Grey. Kein Zweifel. »Er ist völlig wahnsinnig geworden.«

»Und er ist eine tödliche Gefahr. Und er hasst Ethan und dich für das, was ihr ihm angetan habt.«

»Du hast dich damals auf unsere Seite gestellt«, erinnerte er sie.

»Aber in jener Nacht ist noch mehr geschehen. Was hast du ihm angetan?«

»Ich habe keine Ahnung«, log er.

»Wenn er es auf Jane abgesehen hat, dann ist es nur eine Frage der Zeit, bis er euch zwei aufgespürt hat.«

»Lysette, dich wird er auch ausspionieren. Ausgeschlossen, dass du ihn um den Finger wickeln kannst. Er ist wahnsinnig. Ich hoffe, du bist darauf vorbereitet.«

»Ich werde vorbereitet sein.« Lysette schaute ihn resigniert an. »Sind wir nicht ein großartiges Paar? Ein Luder, dem ein Söldner auf den Fersen ist, und ein Söldner, der sich von einem englischen Luder in die Knie zwingen lässt.«

Als Hugh in das Zimmer zurückkehrte, lag Jane zusammengerollt auf dem Bett, und das Licht war heruntergedreht. Etwas an ihrer Haltung verriet ihm, dass sie wach war.

Er setzte sich und beobachtete sie über eine Stunde lang. Nachdem sie schließlich eingeschlafen war, hatte sie sich weiterhin so ruhelos bewegt, als wäre sie noch wach. Ständig hatte sie sich hin und her gewälzt, ihre Augen hinter den geschlossenen Lidern hatten sich unruhig bewegt, und er fragte sich, wie es wohl sein würde, sie vollkommen entspannt zu sehen.

Ein wahrer Ehemann würde sich zu ihr legen dürfen und sie an seine Brust ziehen, würde jeden unangenehmen Traum verscheuchen dürfen, der sie fest im Griff hielt. Er würde keine Befürchtungen haben müssen, dass sie erwartete, er müsse sie lieben, um sie zu trösten. Oder umgekehrt, dass er sich aus demselben Grund nach solchem Trost sehnte.

Hugh griff in seine Reisetasche und nahm das *Leabhar* heraus. Ethan hatte recht. Es würde seine Entschlusskraft stärken, wenn er es las. Es würde ihn daran erinnern, welche Konsequenzen sein Handeln haben konnte. Keine Sekunde würde er länger darüber nachgrübeln müssen, wie es wohl gewesen wäre, wenn er Jane genommen hätte.

Einsam sei ihre Wanderschaft, allein der Tod spende ihnen Schatten, stand dort geschrieben. Was brauchte Hugh mehr zu lesen?

Der Tod hatte alle drei Brüder begleitet. Wie es vorhergesagt worden war. Aus Court war ein Söldner geworden. Ethan und er waren auf unerklärliche Weise dem einzigen Mann in England begegnet, der sie für ihre derzeitige Arbeit hatte anlernen können. Ethan war der verborgene Trumpf in allen tödlichen Geschäften. Er wurde gerufen, wenn es »Unannehmlichkeiten« zu erledigen galt. Und Hugh? Hugh war ein Mörder.

Er hatte gezögert, als er das erste Mal hatte töten müssen. Natürlich hatte er gewusst, dass er, sobald er den Abzugshahn drückte, eine unsichtbare Grenze überschreiten würde und nie wieder zurückkehren könnte. Trotzdem hatte er es getan. Er konnte kaltblütig ein Leben auslöschen, voller Absicht und Entschlossenheit. Wie konnte er es überhaupt wagen, sein Leben irgendwie mit ihrem zu verbinden?

Er war so sehr in seine Grübelei versunken, dass er ihr sanftes Seufzen kaum hörte. Sie schlief immer noch, hatte sich aber auf den Rücken gedreht. Einen Arm hielt sie über den Kopf gesteckt, und unter dem gestrafften Nachthemd zeichneten sich die Konturen ihrer Brüste ab.

Wieder stöhnte sie kaum hörbar, und ein Schauder rann ihr über die Haut, während ihr Atem schneller ging.

Nein, es konnte nicht sein. Ausgeschlossen, dass sie einen erotischen Traum hatte. Aber ihr Körper und ihre Bewegungen bewiesen ihm das Gegenteil. Konnte es sein, dass sie von ihm träumte? Wie er sie vorhin geküsst hatte? Nein! Solche Gedanken durfte er nicht zulassen.

Als er den Blick zum zweiten Mal vom Buch hob und sie anschaute, merkte er, wie seine Entschlossenheit langsam ins Wanken geriet. Janes Leidenschaft würde sich einen Weg suchen. Wie ein Flächenbrand …

Der Ring an ihrem Finger glitzerte im schwachen Schein der Lampe, als sie die Hand hob und schlaftrunken über ihre Brust fuhr. Hugh schluckte schwer. Er konnte ihr einen Weg anbieten, sich Erleichterung zu verschaffen. Die Hände hatte er zu Fäusten geballt, um Jane nicht zu berühren. Wären sie nicht nur auf dem Papier verheiratet, würde er sie aufwecken, indem er sanft in sie hineinglitt. Schließlich wäre sie schon erregt, und er würde sie langsam und rhythmisch zum Höhepunkt bringen. Aber die Nächte mit ihr gehörten ihm nicht.

Es blieb ihm nichts, als sich im Schatten zu verbergen und ein Auge auf sie zu haben.

Jane wandte im Schlaf den Kopf, und ihr Haar, das sich wie ein Fächer über das Kissen gebreitet hatte, schmiegte sich um ihr Gesicht. Es schien, als sehne sie sich genau wie er danach, die seidige Fülle auf ihrer Haut zu spüren. Eine Locke bedeckte ihren Nacken. Hugh erhob sich, beugte sich zu Jane hinunter und schob die Strähne zur Seite.

Bevor ihm bewusst wurde, was er tat, hatte er sich behutsam neben Jane gelegt. Wie immer musste er die Zähne zusammenbeißen, als ihm der Schmerz in die Glieder schoss. Das geschah immer, sobald er sich entspannte. Jedermann glaubte, dass alte Verwundungen höllisch wehtaten, wenn man des Morgens das Bett verließ. Aber es war genauso schmerzhaft, wenn man sich abends beim Hinlegen entspannte. Besonders dann, wenn man solche Strapazen in den letzten Tagen durchgestanden hatte wie er.

Als der Schmerz auf ein erträgliches Maß geschrumpft war, stützte Hugh sich auf den Ellbogen und betrachtete Jane. Er gab dem Verlangen nach, sie zu berühren, und fuhr mit den Fingerrücken über ihre Wange. Jane schlief tief und fest weiter, ihr Atem ging ruhig und regelmäßig.

Ich kann für dich sorgen, dachte er. *In jeder Hinsicht*. Insgeheim hatte er immer geglaubt, dass er ihr würde bieten können, was sie brauchte – wenn er nur hart genug arbeitete. Lägen die Dinge anders, könnte er versuchen, sie zu erobern und zu beweisen, dass er der richtige Mann für sie war.

Er bewunderte den Schwung ihrer dunklen Wimpern, die leicht geöffneten Lippen. Auch nach all diesen Jahren war er immer noch von ihr fasziniert, empfand er Zuneigung für sie.

Daran würde sich niemals etwas ändern.

Hugh wusste schon lange, dass es für ihn niemals eine andere geben würde als sie allein. Er wusste es seit jenem Abend vor vielen Jahren, als er nach mehr als einjähriger Abwesenheit nach *Ros Creag*, dem Haus am See, zurückgekehrt war. Ihre Augen hatten geleuchtet, als empfände sie eine heimliche Freude, und sie hatte aufreizend die Hüften gewiegt, nachdem sie ihm die Tür geöffnet und sich dagegen gelehnt hatte – lächelnd, fröhlich, ausgelassen. Jane strahlte all das aus, wonach ein Mann wie er sich verzehrte.

»Täusche ich mich, oder bist du es tatsächlich, MacCarrick?«, hatte sie ihn begrüßt.

»Jane?«, hatte er ungläubig gefragt.

»Natürlich bin ich es, Darling.« Sie war zu ihm geschlendert und hatte ihre weiche Hand an seine Wange gelegt.

Bei dieser Berührung war irgendetwas mit ihm geschehen. Sie hatte ihn tief im Innern erschüttert, ihn wachgerüttelt.

»Jane?« Die Kehle war ihm wie zugeschnürt gewesen, während er die Veränderungen wahrgenommen hatte, die mit ihr vor sich gegangen waren. Ihre Stimme hatte samtig geklungen und würde für immer so bleiben. Ihre Brüste waren voller geworden. Aus ihr war eine Frau geworden, die schönste Frau, die er jemals gesehen hatte. Das Herz hatte ihm bis zum Hals geschlagen.

»Wirst du bald schon wieder verschwinden, Hugh? Das wäre sehr schade, denn ich habe dich sehr vermisst.«

»Ich gehe nirgendwohin«, hatte er mit rauer Stimme geantwortet, und er hatte gewusst, dass sein Leben nie wieder so sein würde wie früher.

20

Jane hatte nicht geschlafen, als Hugh spät nachts in das Zimmer zurückgekehrt war. Und sie hatte sich gefragt, ob das die Art war, wie er mit ihrem Abkommen umgehen würde. Alles erledigt? Leidenschaft, gestillt bei Lysette? Rückkehr zu Jane, um sie zu beschützen?

Jane hatte sich ins Zimmer zurückgezogen, nachdem sie beobachtet hatte, wie er auf der Türschwelle zum Hinterzimmer gestanden und sich das Hemd in die Hose gestopft hatte – und dann wieder in das Zimmer zurückgegangen war. Sie hatte sich eine Närrin gescholten und sich am Waschtisch festhalten müssen, so übel war ihr geworden.

Und heute Vormittag, als sie ihre Fahrt mit der Kutsche fortsetzten, hatte Jane das Gefühl, dass das Gefährt viel zu eng für sie beide war. Sie hatte den Blick niedergeschlagen, damit er nicht sehen konnte, wie sehr sein Verrat sie verletzt hatte.

Aber was hatte er genau genommen verraten? Sie hatten sich nur auf dem Papier die Treue geschworen, und er hatte mehr als deutlich gemacht, dass er die Ehe sobald wie möglich annullieren lassen wollte.

Warum tat es dann so verdammt weh?

Obwohl sie noch Jungfrau war, konnte sie sich vorstellen, wie es sich anfühlen musste, wenn er in sie eindrang. Wie sein großer Körper sich über sie beugen würde, während sie ihn mit den Schenkeln umschlang. In ihren heißen Träumen umfasste er ihre Brüste mit seinen großen starken Händen und liebkoste deren Knospen mit seinem Mund.

Doch statt mit ihr hatte er all diese Dinge wahrscheinlich gestern Abend mit Lysette getan. Sie wandte sich von ihm weg und presste die Fingerknöchel an die Lippen.

Was für eine schreckliche Situation, in der sie sich befand – und sie neigte keineswegs dazu, in einer solchen Lage kühl und sachlich zu denken und zu handeln. Sie kannte ihre Schwächen. Sie war impulsiv, sagte und tat oft Dinge, ohne zu überlegen. Ihre Emotionen wechselten von einem Extrem ins andere, und sie nahm sich alles viel zu sehr zu Herzen.

Und was das Schlimmste war – alle ihre Fehler schienen sich noch zu verstärken, wenn Hugh in ihrer Nähe war. Ihre Gefühle schwappten über, und ihr Tun und ihre Worte, die in der jeweiligen Situation durchaus angemessen erschienen waren, machten in der Rückschau überhaupt keinen Sinn.

Sie war schon immer so gewesen, hatte sich jedoch bemüht, sich zu bessern. Sie hatte gelernt, dass es immer dann, wenn ihr Temperament mit ihr durchzugehen drohte, das Beste für sie war, sich aus der gegebenen Situation zurückzuziehen – indem sie zum Beispiel das Zimmer verließ, um sich zu fassen – und sich die Möglichkeit zu geben, die Dinge rational und vernünftig zu beurteilen.

Sich zurückziehen hatte ihr bisher immer geholfen; doch jetzt saß sie in dieser Kutsche und fühlte sich wie eingesperrt.

Jane seufzte leise. Inständig wünschte sie, sie wäre vernünftiger und würde sich nicht so sehr von unerklärlichen Impulsen leiten lassen.

Sie versuchte sich vorzustellen, was es heißen würde, vernünftiger zu werden. Vielleicht könnte sie einfach eine Brille aufsetzen, um die Dinge klarer zu sehen. Dann würde sie ihre Beziehung zu Hugh genau unter die Lupe nehmen und auf eine einfache Gleichung kommen: Hugh bedeutete Schmerz.

Am zweiten Tag, nachdem sie das Gasthaus verlassen hatten, beschloss Hugh, sich auf Janes Spielchen einzulassen.

Sie hatte ihn mit einer Leichtigkeit missachtet, die das Selbstbewusstsein eines jeden Mannes zerstört hätte. Während die Kutsche durch ein verschlafenes Städtchen rollte, schaute er zu ihr hinüber, freute sich über die Sonne und über die frische Brise, die durch das geöffnete Fenster ins Innere strömte und ihr offenes Haar zerzauste.

Gestern hatte sie den ganzen Tag über *Lehrjahre einer Lady* gelesen, oder welches Buch auch immer sich unter diesem Einband verbarg. Eigentlich sollte er froh sein, dass sie ihn nicht beachtete. Warum also war es ihm verhasst, dass sie ihn ignorierte? Zumal andernfalls die Möglichkeit drohte, dass sie ihren Spott mit ihm trieb.

Zum hundertsten Mal an diesem Tag wünschte er sich, Ethan möge seinen Auftrag rasch erledigen. Manchmal war es geradezu unheimlich, wie schnell sein Bruder einen gesuchten Menschen aufspüren konnte. Im besten Fall würde er Grey ausfindig machen und zur Strecke bringen, bevor der Mann England erreicht hatte. Im schlimmsten Fall würde Grey ihn monatelang an der Nase herumführen.

Hugh rief sich das letzte Gespräch mit Ethan in Erinnerung. Er hätte von ihm verlangen sollen, ihm zu sagen, was er mit dieser Madeleine Van Rowen angestellt hatte. Er hätte Ethan fragen müssen, ob er mit dieser Frau vielleicht doch mehr im Sinn hatte als nur ein kurz währendes Amüsement. Hugh hatte mehr gewollt, Court hatte mehr gewollt – warum hatte Hugh eigentlich nie in Betracht gezogen, dass Ethan die gleichen Bedürfnisse hatte wie seine beiden Brüder?

Wenn er ihm das nächste Mal begegnete, würde er eine Flasche Scotch mit ihm leeren und unter Männern die Lage besprechen. Wenn Ethan sich wirklich für das Mädchen interessierte – selbst nachdem er herausgefunden hatte, wer sie war –, dann würde Hugh ihm Strategien verraten, wie er sie sich aus dem Kopf schlagen konnte.

Strategien verraten? Mal wieder reichlich selbstgefällig, nicht wahr, MacCarrick? Dabei gelang es ihm ja noch nicht einmal, Jane aus seinen Gedanken zu vertreiben.

Er hörte Jane laut seufzen, bevor sie die Seite in ihrem Buch umblätterte.

Immerhin war sie heute in besserer Stimmung als gestern. Gestern hatte sie wie erstarrt gewirkt, so, als sei ihr die gewohnte Lebhaftigkeit abhandengekommen. Normalerweise sprühte Jane vor Lebensfreude. Aber gestern hatte sie nur aus dem Fenster gestarrt, obwohl sie offensichtlich gar keinen Blick für die Umgebung gehabt hatte.

Hugh befürchtete, dass er sie zu sehr bedrängt und erschreckt hatte. Oder dass sie sich noch schuldig fühlte, weil sie ihm trotz ihrer Beziehung zu Bidworth einen Kuss gestattet hatte. Vielleicht war sie auch entsetzt, weil … weil sie es insgeheim genossen hatte.

Er konnte es zwar nicht so recht begreifen, aber sie hatte es ganz sicher genossen, seine Lippen auf ihren zu spüren. Und er hatte immer noch nicht vergessen, wie sie ihn angesehen hatte – atemlos, die Augen geweitet, die Haut gerötet. An jenem Abend hatte er befürchtet, einen Flächenbrand zu entfachen. Doch am nächsten Morgen hatte sie sich ihm gegenüber abweisend und kalt verhalten.

Jane war eindeutig unglücklich. Und das hatte Hugh schon immer schlecht ertragen können. »Sìne, ich möchte mit dir über vorgestern Abend sprechen.«

Sie hielt den Blick auf das Buch gerichtet. »Nur zu.«

»Ich bin fehlbar«, gestand er leise ein. »Und ich hatte dich gebeten, mich nicht auf diese Weise herauszufordern.«

Jetzt schaute sie auf und funkelte ihn wütend an. »Dann bin also *ich* an dem schuld, was du im Gasthaus getan hast?«

Hugh war verblüfft, wie sehr der Vorfall sie erschreckt haben musste. »Nein, natürlich nicht. Ich hätte mich besser im Griff haben sollen. Es wird nicht wieder vorkommen.«

Natürlich hatte es sie erschreckt. Sie hatte gedacht, sie könnte mit ihm spielen, ohne dass es Konsequenzen haben würde. Sie hatte einfach nicht damit gerechnet, dass er sie auf diese Weise küssen würde.

»Was kümmert es dich, was ich von deinem … Benehmen halte?«, fragte sie.

Hugh zögerte. »Es ist mir wichtig, was du über mich denkst«, gab er dann zu.

»Ach, deshalb sprichst du wohl nicht über das, was du tust.«

»Aye.«

»Hugh, das ist dumm.« Völlig unerwartet lächelte sie. »Ich könnte nicht schlechter über dich denken als in diesem Augenblick.«

»Lysette«, wisperte Grey ihr ins Ohr und strich ihr das blonde Haar aus der Stirn, »wach auf.«

Sie schreckte hoch, wollte schreien, konnte aber nur kläglich wimmern, als er ihr das Messer an den blassen Hals drückte. Die polierte Klinge reflektierte das Licht der Lampe. Das Licht flackerte, als Lysette zu zittern begann. »Du hast so viele Männer rund um das Haus postiert, dass ich schon glauben wollte, du erwartest mich«, murmelte er. »Erzähl mir nicht, dass du mich vermisst hast.« Grey lockerte den Griff über ihrem Mund, erhöhte aber den Druck der Klinge an ihrem Hals. »Ich muss dich doch wohl nicht daran erinnern, wie kurz du schreien würdest?«

Kaum merklich schüttelte sie den Kopf. Grey grinste, als

er in ihr angsterfülltes Gesicht blickte. Ihr liefen die Tränen über die Wangen. Er nahm die Hand von ihrem Mund. »Ja, du musst meinen Besuch erwartet haben. Warum sonst solltest du dein Gasthaus bewachen lassen wie eine Festung? Aber du solltest besser als jeder andere wissen, dass ich unbemerkt an deinen Wachhunden vorbeischlüpfen kann.«

»Was willst du?«, flüsterte Lysette.

»Hugh und Jane sind auf ihrer Reise in den Norden hier eingekehrt. Ich will, dass du mir ihr Ziel verrätst.«

»Du weißt genau, dass er es mir niemals sagen würde.«

Grey hob die Brauen. »Bestimmt hast du sie ausspioniert, während sie hier waren. Und du hast nichts entdeckt?«

»Hugh ist vorsichtig. Und ich glaube nicht, dass das Mädchen die geringste Ahnung hat.«

»Aber ich habe eine Ahnung. Und ich hatte darauf gehofft, sie hier bestätigt zu bekommen. Sieht allerdings so aus, als hätte ich meine Zeit verschwendet.« Grey ließ die Hand mit dem Messer sinken. Kaum füllten sich Lysettes große blaue Augen mit Hoffnung, fuhr er fort zu sprechen: »Aber wenn ich schon mal hier bin, kann ich dich auch dafür bezahlen lassen, dass du mich an Hugh und Ethan verraten hast.«

Ihre Schultern sanken. »Sie haben dir helfen wollen.«

»Mir *helfen*?« Er erinnerte sich daran, dass Hugh fürchterlich wütend gewesen war, dass seine Hiebe so schnell auf ihn herabgeprasselt waren, dass er kaum in Deckung hatte gehen können. Und dass er ihm beinahe sämtliche Knochen im Leib zerschmettert hätte … Dann hatten die beiden Brüder ihn in ein dreckiges Kellerloch gezerrt, hatten ihn auf so perfide Weise gefesselt, dass er vor Schmerz geschrien hatte. Tagelang war er dort eingesperrt gewesen, hatte er in der Dunkelheit halluziniert. Und immer wieder hatte er sich erbrochen.

Sogar jetzt, als er daran dachte, wie diese furchterregenden

Gesichter mit ihren glasigen blicklosen Augen ihn angestarrt hatten, spürte er die Schatten nach sich greifen. Er hatte ihnen nicht entkommen können, weil sie zu zweit gewesen waren.

»Ich habe es nur getan, weil ich dich zurückhaben wollte«, weinte sie, »weil ich wollte, dass du wieder gesund wirst.«

»Wolltest du, dass ich gesund werde? Oder wolltest du dich in das Bett eines strammen jungen Highlanders schmeicheln?«

Sie wandte den Blick ab. »Was hast du mit ihm vor?«

Grey entdeckte die Flasche Scotch neben ihrem Bett. *Wie passend*, dachte er und schenkte sich ein Glas ein. »Ich will ihm das nehmen, was ihm am kostbarsten ist.«

»Das Mädchen ist vollkommen unschuldig.«

Er nickte. »Das ist bedauerlich. Aber leider nicht zu ändern.«

»Bevor Hugh zulässt, dass du das Mädchen anrührst, wird er dich umbringen.«

Grey trank genüsslich den Scotch. »Dann werde ich erst ihn und dann Jane töten.«

»Seine Brüder würden dich bis ans Ende der Welt jagen.«

Er zuckte die Schultern. »Ethan ist mir bereits auf der Spur. Mit der Raffinesse eines wild gewordenen Bullen.« Auf diese Weise ging Ethan immer vor. Keine Heimlichtuerei, stattdessen die Vernichtung seines Feindes durch gnadenlose Jagd. Er zermürbte sie, bis sie nachlässig wurden – oder zu ausgelaugt waren, um sich umzuschauen –, weil sie damit rechneten, sein grausames vernarbtes Gesicht in der Nacht zu entdecken.

Ethan war so unglaublich erfolgreich in dem, was er tat, dass er in der Organisation bei vielen als Legende galt. Aber natürlich nicht so berüchtigt wie Grey. »Vor drei Nächten hätte er mich beinahe aufgespürt. Irgendwer muss ihm verraten haben, dass ich in London ein Versteck habe«, erklärte er schneidend. Wie er seine Lysette kannte, verkaufte sie immer meistbietend. Sie hatte nicht einen Tropfen Loyalität im Blut.

Zum Glück kannte Grey sämtliche Verstecke, die Ethan bevorzugte, und er wusste, wo seine Ländereien lagen.

»Ich habe ihm nichts verraten …« Sie schüttelte den Kopf, sodass ihre blonden Locken über die Schultern wirbelten. »Ich schwöre es.«

»Keine Sorge«, sagte er, nachdem er entschieden hatte, dass sie diesmal die Wahrheit sagte. »Ich glaube dir. Und ich muss zugeben, dass Ethan wirklich gut ist. Jetzt erst wird mir klar, dass er mich unter Beobachtung haben muss, seit er so gnädig war, mich aus seinem Kellerloch zu entlassen.« Grey verstärkte den Griff um das Messer.

Lysette zuckte zusammen, als sie es bemerkte.

»Ich werde mich um Ethan kümmern. Obwohl sein Leben so verdammt kläglich ist, dass es mir beinahe unfair vorkommt, ihn darum zu erleichtern.« Was wäre grausamer: ihn am Leben zu lassen oder ihn zu töten? Gab es da nicht eine große Ähnlichkeit zwischen ihm und Ethan? Ethan war ein Mann, der nichts zu verlieren hatte. Steckte darin nicht eine ungeheure Kraft?

»Und Courtland?«, fragte Lysette leise. »Meinst du nicht, dass er für den Rest seines Lebens nach Rache dürsten wird? Falls er dir überhaupt so viel Zeit gibt.«

»Lysette, ich an deiner Stelle würde mir mehr Sorgen um mein eigenes Leben machen.« Er schenkte ihr sein freundlichstes Grinsen. »Du kannst dich natürlich auch einfach entspannen und das Unvermeidbare akzeptieren, meine kleine Lysette.« Gleich würde er ihr den Lebensfaden durchschneiden, schön langsam …

Lysette richtete sich bei seinen Worten auf. Ihre Tränen versiegten, und sie starrte ihn aus schmalen Augen an. »Hugh wird gewinnen. Und ich wünschte, ich könnte dabei sein und es mit ansehen.«

Grey warf das Glas zu Boden und stürzte sich auf das Bett. »Gewöhnlich verweigere ich dem Verurteilten seine letzten Worte.« Er griff nach ihrem Kinn und fuhr mit der Messerspitze ihren Körper hinauf. »Aber bei dir will ich gern eine Ausnahme machen.«

Der blanke Hass brannte in Lysettes Augen. »Meine letzten Worte? Du wirst den Kampf verlieren. Weil Hugh immer besser gewesen ist als du. Schneller und stärker. Schon bevor du dem Opium verfallen bist, warst du ein jämmerlicher Tropf …«

Die Klinge blitzte auf, Blut spritzte auf ihn.

»Kluges Mädchen«, sagte Grey erstaunt und schnalzte mit der Zunge. »Hast mich dazu gebracht, es schnell zu machen.«

21

Jane schlug Hugh die Tür so heftig vor der Nase zu, dass sie ihn nur knapp verfehlte. Die Wände wackelten immer noch, als sie hinter sich abschloss.

Nach zwei Tagen im tristen Landhaus der MacCarricks am *Ros Creag* fühlte Jane sich wie eine Gefangene. Hughs mürrische Launen hatten ein Weiteres getan, sie fast dazu zu bringen, sich Grey auszuliefern. »Tun Sie, was Sie nicht lassen können«, hätte sie ihm entgegengeschrien. »Ich werde mich schon gegen Sie zu wehren wissen!«

Es gab nur einen einzigen Grund, weshalb sie sich nicht auf den Landsitz einer ihrer Cousinen geflüchtet hatte. Jeden Tag konnte ihre Familie auf *Vinelands* eintreffen. Hugh ahnte davon nichts. »Zu dieser Jahreszeit wird sich niemand dort aufhalten«, hatte er gesagt, um seinen Entschluss zu rechtfertigen, sie an den See zu bringen. Aber ihre Familie bevorzugte für ihre Besuche nun mal die stille Herbstzeit, wenn nur wenige Menschen sich dort aufhielten. Es war die einzige Zeit im Jahr, in der sie unter sich bleiben konnten.

»Jane, ich habe dich gewarnt, nicht die Tür zu versperren!«, rief Hugh. »Mach auf, oder ich werde das gottverdammte Ding eintreten.«

»Das hast du gestern schon gesagt …«

Die Tür zerbarst.

Jane schnappte nach Luft. Teils wegen des zersplitterten Rahmens und der wild in den Angeln hin und her schwingenden Tür, teils wegen der geradezu beängstigenden Ruhe, die Hugh ausstrahlte – er war noch nicht einmal außer Atem.

»Verdammt noch mal, ich habe keine Ahnung, warum du wütend bist«, begann er, »aber langsam reicht es mir.«

»Mir auch!«

»Insgeheim habe ich mich immer gefragt, wie es wohl ist, mit d… mit einer Frau zusammenzuleben.«

»Und?«

»Es ist die Hölle, wenn du nicht endlich aufhörst.«

»Womit soll ich aufhören?«, fragte sie empört. »Damit, dass ich dir aus dem Weg gehe, weil du mich ohnehin jedes Mal unterbrichst, wenn ich mich mit dir unterhalten will? Warum sollte ich deine Gesellschaft suchen, wenn ich dir jedes Wort einzeln aus der Nase ziehen muss?«

»Was meinst du damit?«

»Ich habe dich gefragt, warum deine Brüder nicht verheiratet sind. ›Lass das Thema‹, hast du mir befohlen. Ich habe gefragt, warum ihr alle keine Kinder habt. ›Es reicht‹, war deine Antwort. Ich habe dich gefragt, ob ihr eigentlich schon mal daran gedacht habt, ein Gitter anzubringen und eine Rosenhecke zu pflanzen, irgendetwas zu tun, damit dieses düstere Haus ein wenig wohnlicher wirkt, und du hast wortlos das Zimmer verlassen! Ich kenne keinen Menschen, der auch nur annähernd so mürrisch ist wie du.«

»Falls es wirklich so ist, liegt es daran, dass du sämtliche Vorsichtsmaßnahmen missachtest, die ich dir dringend ans Herz gelegt habe.«

»Zum Beispiel?«

»Ich habe dich gebeten, dich nicht am Fenster zu zeigen. Trotzdem erwische ich dich am Fenster im Salon im ersten Stockwerk, wie du zu *Vinelands* hinüberstarrst. Ich habe dich gebeten, dein Zimmer aufzuräumen und deine Sachen nicht auf dem Boden liegen zu lassen. Und du antwortest mir, es handele sich um dein horizontales Ordnungssystem, und wenn ich das nicht begreifen könne, sei ich reichlich dumm.«

Wer Jane kannte, wusste, wie unordentlich sie war. Ihre Zofe spielte den ganzen Tag Karten und las Liebesromane, weil Jane es nicht zuließ, dass die Frau ihre Arbeit erledigte. Aber Jane kam wunderbar zurecht. Wie sollte sie ohne ihr ganz spezielles Ordnungssystem irgendetwas wiederfinden?

»Und du weigerst dich, das Hausmädchen hier oben putzen zu lassen.«

»Ich möchte niemandem unnötige Arbeit machen. Die Dienstboten sind nur ein paar Stunden täglich hier. Wenn du dir über all das so große Sorgen machst, dann lass doch einfach die Tür zu.«

»Du weißt genau, dass ich das nicht tun kann.«

Seufzend schlenderte sie zum Fenster und schaute hinaus. *»Ros Creag«* bedeutete »steiniger Hügel«, und das Anwesen wirkte ebenso schroff und abweisend wie sein unsinniger Name. Andererseits hatte diese Anmutung genau die beabsichtigte Wirkung – es hielt die Menschen fern. Hätte dieser Ort seine Besucher willkommen geheißen, die MacCarrick-Brüder wären von den Weylands förmlich überrannt worden – mit Bitten, sich eine Angelausrüstung ausleihen oder Vorräte borgen zu können, oder sie hätten Pasteten vorbeigebracht …

Wohin auch immer sie blickte, die Gärten befanden sich in peinlicher Ordnung. Es sah aus, als seien Blumenbeete und Hecken auf den Zentimeter genau mit dem Lineal gezogen und anschließend überaus sorgsam gepflegt worden. Das Haus war massiv und eindrucksvoll, die Mauern bestanden aus dunklem Felsgestein, so dunkel wie der zerklüftete Felsvorsprung, auf dem es errichtet worden war.

Obwohl nur eine kleine Bucht es von *Vinelands* trennte,

schienen Welten dazwischen zu liegen. *Ros Creag* lag einsam und abgeschieden oben auf dem Kliff, während *Vinelands* am sanft zum See abfallenden Ufer stand. Es erhob sich inmitten eines üppig grünen Rasens und wirkte eher wie ein malerisches Cottage. Dennoch beherbergte es acht Schlafzimmer. An einigen Stellen des Anwesens standen kleine Pavillons, und ein schmaler Holzsteg schien träge vom Ufer ins Wasser zu kriechen.

Und da fragte Hugh sich allen Ernstes, warum sie *Vinelands* seinem Haus immer vorgezogen hatte?

»Dir gefällt es hier also wirklich nicht.« Die Worte erklangen direkt hinter ihr. Sie hatte Hugh nicht kommen gehört. Jane runzelte die Stirn, als sie sich erinnerte, dass er sich ihr auch in London so lautlos genähert hatte. Gewöhnlich achtete er nicht darauf, leise zu gehen, und seine Schritte hallten auf dem Boden wider. Jetzt schien er sich nur noch anzuschleichen.

Schulterzuckend wandte sie sich um und ging an ihm vorbei zur Tür. Doch, *Ros Creag* hatte durchaus seine guten Seiten: Es war so groß, dass sie einander nicht begegnen mussten.

Seit dem Abend, an dem er Jane geküsst hatte, wirkte sie verärgert und gereizt. Offenbar teilte sie die allgemeine Auffassung, dass sie weit unter ihren Möglichkeiten geblieben war, indem sie ihn geheiratet hatte.

Hugh sah ihr nach, als sie das Zimmer verließ, und sagte sich einmal mehr, dass all das keine Rolle spielte. Sobald Grey getötet und Jane außer Gefahr sein würde, würde er wieder seiner eigenen Wege gehen, so, wie er es vor Jahren schon einmal getan hatte.

Aber wohin würde er gehen? Um was zu tun? Wenn die Namensliste öffentlich wurde, konnte er nicht mehr für Weyland arbeiten. Er hatte daran gedacht, sich Courts Söldnertruppe anzuschließen, hatte den Gedanken aber wieder verworfen. Hugh war ein Einzelgänger; er hatte immer allein gearbeitet, sich immer am Rande gehalten.

Außer was Jane betraf. Sie war der einzige Mensch auf der ganzen Welt, dessen Gesellschaft ihm nie unangenehm geworden war. Sie hätte er ständig um sich haben können. Verdammt, obwohl er nie die Möglichkeit gehabt hatte, eine längere Zeit mit ihr zu verbringen, hatte er sich das immer gewünscht.

Und jetzt, da sich dieser Wunsch erfüllt hatte, hätte er am liebsten alles ungeschehen gemacht.

Aber er würde diese Situation aushalten. Sie würde nicht ewig währen.

Doch es waren nicht nur dieses Durcheinander oder gar Janes ständiger Groll, der ihm zu schaffen machte. Nein, ihm war schlagartig bewusst geworden, dass er mit ihr unter einem Dach würde leben müssen, dass sie nach außen hin wie Mann und Frau auftreten mussten. Jane in ihrer Weiblichkeit war für ihn ein Mysterium, und da er noch nie mit einer Frau zusammengelebt hatte, überwältigte ihn diese Vorstellung durchaus.

Hugh seufzte frustriert. Er musste sich beeilen, wenn er Jane folgen wollte. Beim Verlassen des Zimmers musste er den diversen am Boden liegenden Kleidungsstücken ausweichen. Unordnung verursachte bei ihm Unbehagen. Er brauchte Ordnung und feste Strukturen in allem, was er tat. Denn mit der Unordnung kam die Willkür, und Willkür war ihm verhasst. Denn er war überzeugt, dass ihm sein Schicksal den Fluch willkürlich auferlegt hatte, und die Ohnmacht, diesen nicht kontrollieren zu können, weckte seinen Groll.

Galten im Allgemeinen Frauen nicht als penible, der Ordnung zugetane Wesen?

Was seine Frustration noch größer machte, war die Tatsache, dass Janes Unordnung vor allem ihre Unterwäsche betraf. Und die war faszinierend anzusehen. Überall stieß er auf Strumpfbänder, überall lagen ihre Strümpfe herum, von denen manche sogar in sich gemustert waren.

»Jane, warte.« Kurz bevor sie den Treppenabsatz erreicht hatte, ergriff er sie am Ellbogen. »Sag mir, warum es dir hier nicht gefällt.«

»Ich bin es gewohnt, meine Familie und meine Freunde um mich zu haben. Menschen, die sich gern unterhalten und lachen. Du hältst mich von alldem fern und sperrst mich hier in diesem deprimierenden Haus ein – jawohl, es ist deprimierend. Aber selbst das könnte ich ertragen, wenn du mir eine taugliche Gesellschaft sein würdest.«

»Was ist so schlecht an diesem Haus?«, fragte er und blickte sich verständnislos um. »Schon früher bist du nie besonders gern hier gewesen. Warum nicht?«

»*Warum nicht?*«, gab sie zurück. »Ich bin aus einem Haus hergekommen, in dem gelacht wurde, in dem meine Onkel ihre kichernden Ehefrauen durch die Korridore gescheucht haben, wo glückliche Kinder übermütig über den Rasen getollt sind. Aus diesem Zuhause bin ich hierhergekommen, wo die Vorhänge immer geschlossen waren, in dem es immer so dunkel und still war wie in einem Grab.«

»So unwohl, wie du dich hier gefühlt hast, so unwohl habe ich mich bei dir zu Hause gefühlt.«

»Warum, um alles in der Welt?«

Hugh bezweifelte, dass er ihr jemals würde begreiflich machen können, dass das Benehmen ihrer Familie auf einen Außenstehenden durchaus befremdlich hatte wirken können, besonders auf einen Einzelgänger wie Hugh. Und da es ihn zudem immer noch ärgerte, dass er ihre Tür hatte eintreten müssen, die sie ihm vor der Nase zugeschlagen und abgesperrt hatte, hielt er mit seinen Worten nicht hinter dem

Berg. »Deine Tanten sind mit gerafften Röcken umhergerannt, sie haben im See geangelt, sie haben geraucht, und sie haben die Weinflasche reihum gehen lassen. Und so manches Mal, wenn deine Onkel sich ihre Frauen geschnappt und die Treppe hochgetragen haben, waren sie bei dem, was sie dort oben getan haben, nicht so leise, wie der Anstand es erfordert hätte.«

»Woher willst du das wissen? In all den Jahren hast du doch zusammengerechnet höchstens eine Viertelstunde bei uns verbracht.« Hugh schwieg, und sie fuhr fort: »Gibst du zu, dass du uns allen absichtlich aus dem Weg gegangen bist, mit Ausnahme meines Vaters?«

Hugh konnte es nicht leugnen. Denn er hatte immer verhindern wollen, dass Jane bemerkte, wie unbehaglich er sich in der Nähe anderer Menschen fühlte. »Du weißt, dass ich mich in meiner Gesellschaft am wohlsten fühle.«

»Immerhin hat meine Familie dich stets freundlich behandelt. Was man von der Art und Weise, wie deine Brüder mit mir umgegangen sind, nicht behaupten kann.«

»Meine Brüder waren nicht unfreundlich zu dir.«

»Das soll wohl ein Scherz sein. Den ganzen Sommer über hat Ethan sich in diesem Haus verkrochen wie ein furchterregender Geist in seiner Gruft. Sein Gesicht war bandagiert wegen irgendeiner geheimnisvollen Verletzung, über die du nie sprechen wolltest. Und wenn ihn jemand zufällig gesehen hat, hat er vor Wut gebrüllt und denjenigen fortgejagt.«

In jenem Sommer hatte Ethan einen schrecklichen Anblick geboten. Und auch in jedem folgenden. »Und was war mit Court?«

»Du lieber Gott, ich glaube, ich bin noch nie einem zornigeren Mann als ihm begegnet. Immer schien es in ihm zu brodeln, und man wusste nie, woran man bei ihm war. In seiner

Nähe fühlte man sich, als müsste man ständig einer Bärenfalle ausweichen. Außerdem war es kein Geheimnis, dass Court mich nicht leiden konnte.«

Es stimmte. Court hatte Jane nie gemocht. Vermutlich hatte es daran gelegen, dass Jane ihnen überallhin gefolgt war und Hugh das nichts ausgemacht hatte. In jenem letzten Sommer hatte Court mit Verachtung darauf reagiert, dass Jane mit ihren Neckereien ihr Spiel mit seinem Bruder getrieben hatte. Es war ihm gar nicht in den Sinn gekommen, dass es Hugh gefallen könnte. Hugh war jeden Morgen voller Ungeduld und Vorfreude auf Jane aufgewacht, Tag für Tag.

Hugh hatte nicht geahnt, dass Jane Courts und Ethans Verhalten als so abweisend empfunden hatte. »Ich habe nicht bemerkt, dass es so schlimm für dich war.«

»Du scheinst solche Dinge nie bemerkt zu haben, weil du an sie gewöhnt warst.« Jane schob die Vase, die auf dem Tisch stand, ein Stück weiter, als könne sie es nicht ertragen, dass sie genau am richtigen Platz stand. »Hugh«, fuhr sie fort, »es nützt überhaupt nichts, wenn wir die alten Geschichten immer wieder aufwärmen. Du musst nicht antworten, wenn ich dir Fragen stelle, und du kannst so abweisend sein, wie du willst. Es ist dein gutes Recht. Und es ist mein gutes Recht, deine Gegenwart zu meiden, wo immer es geht.«

»Deine Fragen sind schwierig zu beantworten.«

Sie hob die Augenbrauen und wartete, dass er weitersprach.

»Wenn ich dir eine Frage beantworte, wirst du mir dutzendweise weitere Fragen stellen, ganz gleich, ob ich reden will oder nicht. Du bist erst dann zufrieden, wenn alle Tatsachen offen auf dem Tisch liegen.«

»Es tut mir sehr leid, dass ich mehr über einen Mann erfahren will, mit dem ich seit Langem befreundet bin. Über den Mann, der wortlos verschwunden, mehrere Jahre fortgeblieben und jetzt wieder aufgetaucht ist, um mit mir eine arrangierte Ehe einzugehen.«

»Verdammt noch mal, ich hatte deinen Vater doch gebeten, dir meine Abschiedsgrüße auszurichten.«

Jane starrte ihn an. »Und du bist nicht der Meinung, dass ich es verdient hätte, ein paar Abschiedsworte persönlich von dir zu hören? Langsam wird mir klar, dass unsere Freundschaft nicht das war, wofür ich sie gehalten habe. Ich muss für dich so etwas wie ein lästiges Insekt gewesen sein, ein dummes kleines Mädchen, das dir auf Schritt und Tritt gefolgt ist, wenn du mit deinen Brüdern jagen oder angeln wolltest.«

»Wir *waren* Freunde …«

»Ein Freund hätte sich von mir verabschiedet, besonders wenn er wusste, dass er für lange Zeit fortgeht, dass er auf Jahre hinaus nicht die Absicht hat, nach Hause zurückzukehren.«

»Ich hatte nicht angenommen, dass du viel an mich denken würdest, sobald ich fort wäre. Ich dachte, es wäre dir gleichgültig, ob ich mich verabschiede oder nicht.«

Jane weigerte sich, seine Vermutung zu bestätigen oder zu widerlegen. »Aber jetzt bist du wieder hier«, fuhr sie stattdessen fort, »und wir befinden uns in dieser grässlichen Lage. Ich versuche, ihr mit Vernunft zu begegnen, aber ich weiß einfach nicht genug. Mir fehlen Informationen. Papa sagte, dass unsere Situation einige Monate andauern könnte. Sollen wir während dieser Zeit so miteinander umgehen, dass du mir wütend das Wort abschneidest, sobald ich dir eine Frage stelle?«

»Eigentlich will ich gar nicht wütend reagieren. Ich weiß nur einfach nicht, wie ich mit alldem umgehen soll.«

»Was meinst du mit ›alldem‹?«

Hugh rieb sich den Nasenrücken. »Jane, manchmal bringst du mich völlig aus der Fassung. Und ich weiß nicht, wie man eine Ehe führt, sei es auch nur eine auf Zeit.«

»Nun gut, Hugh. Dann lass uns mit einer einfachen Frage beginnen.« Er nickte grimmig, als sie die Augenbrauen hochzog. »Wie ist mein Vater an einen so grausamen und unberechenbaren Menschen wie Grey geraten?«

Das nannte sie eine einfache Frage? »Grey war nicht immer so. Er stammt aus einer wohlhabenden und angesehenen Familie. Und er verfügte über beste Beziehungen.«

»Ihr seid eng befreundet gewesen?«

»Aye.«

»Hast du ihm geholfen, seine Sucht zu bekämpfen?«

Hugh überlegte sich seine Worte sehr genau. Einerseits wusste er, dass er ihr zumindest einen Teil der Wahrheit schuldig war. Andererseits durfte er ihr nicht zu viel verraten, denn sonst müsste er aufdecken, wer außer ihm noch im Dienste der Organisation stand. »Ich habe versucht, ihm ins Gewissen zu reden und ihn zu unterstützen. Nichts hat geholfen.«

Danach hatten Hugh und Ethan die Sache in die eigenen Hände genommen. Sie hatten Grey in Ethans Haus gebracht und ihn dort im Keller festgesetzt, um zu versuchen, ihn aus den Klauen der Opiumsucht zu befreien.

Grey war außer Rand und Band gewesen, hatte geschäumt vor Wut, hatte die übelsten Flüche ausgestoßen. Entweder war er schon immer ein kranker Bastard gewesen, und das Opium hatte seine Charakterzüge nur noch deutlicher hervortreten lassen, oder seine gesamte Persönlichkeit hatte sich verändert.

Grey hatte geschworen, er würde mit Jane Weyland kurzen Prozess machen, wenn Hugh nicht fähig wäre, »sie sich so vorzunehmen, wie sie es offensichtlich bitter nötig hat«. Hugh konnte sich kaum daran erinnern, wie er dem Kerl an die Kehle gesprungen war und dessen Gesicht mit Fausthieben bearbeitet hatte. Ethan hatte es nur mit Mühe geschafft, Hugh wegzuzerren. Danach waren alle drei schockiert gewesen, dass Hugh derart die Beherrschung verloren hatte.

Nachdem Grey zwei Wochen im Keller verbracht hatte, waren Hugh und Ethan der Meinung gewesen, es ginge ihm besser. Sie hielten ihn für kuriert. Länger als ein Jahr war Hugh überzeugt gewesen, Grey führe wieder ein normales Leben. Ethan dagegen hatte den Verdacht gehabt, dass der Kerl nur auf die passende Gelegenheit wartete, um sich zu rächen. Und er sollte recht behalten.

»Eine Weile dachte ich, sein Zustand hätte sich gebessert. Aber als ich ihm das letzte Mal begegnet bin, waren seine Pupillen klein wie Nadelspitzen, sogar des Nachts …«

Grey hatte Hughs Enttäuschung registriert und sich zufrieden grinsend das verschmutzte Jackett glatt gestrichen. Offenbar war er ganz der Alte geblieben. Seine Stimme hatte klar und deutlich geklungen, als er den Blick abgewandt und gesagt hatte: »Eigentlich habe ich nie so werden wollen.«

»Und warum ist es dann passiert?«, hatte Hugh gefragt.

»Es ist nicht alles so gekommen, wie ich es geplant hatte«, hatte er leichthin geantwortet. Als Hugh geschwiegen hatte, hatte er ihm schließlich einen Blick zugeworfen, der genauso rau und wild wie früher gewesen war. »Eines Morgens bin ich aufgewacht und war nur noch diese Zahl.« Als schämte er sich, hatte er den Blick wieder abgewandt, »Leb wohl, Schotte«, hatte er gesagt und war gegangen …

Hugh schüttelte die Erinnerungen ab. »Er war für immer verloren.«

»Vermisst du seine Freundschaft?«

Hugh zögerte lange. Dann nickte er. Ja, er vermisste diese Freundschaft, sosehr er auch darauf brannte, Grey tot zu wissen – und obwohl er wusste, dass Ethan irgendwo da draußen unterwegs war, um den einstigen Freund zu töten.

22

»Hugh! Ich bin es!«

Er schreckte hoch, die Augen weit aufgerissen. Jane beugte sich zu ihm und sah ihn besorgt an. Er ließ ihr Handgelenk los, das er gepackt hielt und sank zurück auf das Bett. »Jane?« Er fuhr sich mit der Hand über die schweißbedeckte Stirn. »Was hast du hier zu suchen?«

»Ich habe dich gehört und dachte, dass dich vielleicht ein Albtraum plagt.«

»Aye.« Er litt oft unter Albträumen, in denen geisterhaft die Menschen auftauchten, auf die er seine Waffe gerichtet hatte … und die sich weigerten, zu sterben. Er hatte immer versucht, mit dem ersten Schuss zu treffen; es hatte schnell gehen sollen. Aber manchmal, bei ungünstigem Wetter oder wenn die Entfernung zu groß war, war es ihm nicht gelungen. Wenn er sein Ziel nicht sauber traf, zuckte und wand es sich, und manchmal stieß es grässliche Schreie aus. »Habe ich irgendwas gesagt?«

Jane schüttelte den Kopf. »Was für ein Albtraum war es?«

»Unwichtig.« Jetzt erst bemerkte er, dass sie nur ihr Nachthemd trug. Dünne, beinahe durchsichtige weiße Seide, die sich an ihren Körper schmiegte. Sein Blick fiel auf ihre Brüste. Jane sah es und biss sich auf die Lippen.

Hugh setzte sich sofort auf und zog die Decke über sich, um seine spontane Erektion zu verbergen. »Verdammt noch mal, musstest du so angezogen hier hereinmarschieren?« Seine Stimme klang heiser.

»Ich bin an deinem Zimmer vorbeigekommen, als ich dich gehört habe. Ich habe mich nicht damit aufhalten wollen, einen Morgenmantel anzuziehen.«

»Jane, wann begreifst du es endlich? Ich habe es dir doch gesagt. Ich bin ein Mann, und ich habe die Bedürfnisse eines Mannes. Und wenn ich dich so sehe …«, heftig schüttelte er den Kopf, »… dann reagiere ich darauf. Und ich will nicht etwas tun, was wir beide bedauern würden.«

Jane zog eine Augenbraue hoch. »Willst du damit sagen, dass du die Beherrschung verlieren könntest, weil ich in meinem Nachthemd ein so unwiderstehlicher Anblick bin. Du, ein Mann von Welt?«

»Aye«, entgegnete er schlicht. »Jane, ich war schon lange mit keiner Frau mehr zusammen. Und du bist wunderschön …«

»Du warst lange mit keiner Frau zusammen? Wie lange?« Ärgerlich verschränkte sie die Arme. »Vier Tage?«

Hugh runzelte die Stirn. »Wovon sprichst du?«

»Ich habe gesehen, wie du in Lysettes Zimmer verschwunden bist. Als du herauskamst, hing dir das Hemd aus der Hose.«

»Das hättest du nicht sehen können, wärest du im Zimmer geblieben.«

»Das spielt jetzt keine Rolle«, widersprach Jane mit schneidender Stimme.

»Sie hat versucht, mich zu verführen.«

»Hat sie es nur versucht? Oder war ihr Versuch erfolgreich?«

»Bist du eifersüchtig?« Er wagte kaum zu hoffen, dass sie von diesem glühenden Gefühl ebenso gequält wurde wie er, jedes Mal, wenn er sich vorstellte, sie könnte mit einem anderen Mann zusammen sein.

Jane reckte das Kinn. »Du hast unsere Hochzeitsnacht in den Armen einer anderen Frau verbracht. Das war wohl kaum ein Kompliment für mich.«

»Dann hat das also nur deine Eitelkeit gekränkt.« Enttäuschung schwang in Hughs Stimme mit. Tonlos fügte er hinzu: »Ich habe nicht mit ihr geschlafen.«

»Hast du nicht?«

»Warum klingst du so ungläubig?«

»Es war vollkommen klar, dass sie dich wollte.«

»Ich habe dir Treue geschworen. Und dieser Schwur gilt für die Dauer unserer Ehe. Und jetzt geh zurück in dein Zimmer.«

Janes Hand zitterte, als sie sich über die Stirn strich. »Ich verstehe.« Merkwürdigerweise war sie blass geworden. Sie schwieg ein paar Sekunden, dann nickte sie. »Ich werde versuchen, mein Zimmer in Ordnung zu halten. Und mach dir keine Sorgen, dass ich dich weiter herausfordern werde.«

»Wie kommst du zu dieser Einsicht?« Hughs Stimme klang barsch vor Frustration. »Weil deine Eitelkeit nicht gelitten hat und du den Wettstreit mit Lysette nicht verloren hast? Deshalb meinst du, du kannst wieder freundlich zu mir sein?«

Jane zuckte zusammen. »Es ging mir nicht um einen Wettstreit oder um meine Eitelkeit. Es tut mir leid, wie ich mich benommen habe.« Sie schien es ernst zu meinen.

Sein Zorn hatte sich ein wenig verflüchtigt. »Was ist los, Jane?«, fragte er mit jetzt sanfterer Stimme.

Sie schwieg und verschränkte die Hände ineinander.

»Du machst mich verrückt«, drängte Hugh. »Ich merke doch, dass du unglücklich bist. Aber ich weiß nicht, wie ich es ändern kann.« Er rieb sich die Stirn und atmete tief aus. »Sag mir, was ich tun soll.«

Es dauerte eine Weile, bis sie sprach. »Ich war unglücklich, weil ich eifersüchtig war.«

Hugh hatte vor Überraschung der Mund offen gestanden, als Jane gegangen war, um sich in ihr Zimmer zurückzuziehen.

Zitternd lehnte sie sich gegen die Wand neben der Tür. Obwohl sie am liebsten bei Hugh geblieben wäre, hatte sie den Rückzug angetreten. Sie war stolz auf sich und hatte das Gefühl, wieder ein wenig erwachsener geworden zu sein, ganz besonders, weil sie gegen ihre Wünsche hatte kämpfen müssen – und gegen die vielen schlechten Gedanken, wie sie sich diese erfüllen könnte. Ein Chaos wilder Gefühle tobte in ihr.

Es war möglich, dass sie in den letzten Tagen abweisender zu Hugh gewesen war, auch wenn sie nicht sagen konnte, woran es gelegen hatte. *»Ich merke doch, dass du unglücklich bist. Aber ich weiß nicht, wie ich es ändern kann«*, hatte er gesagt und dabei müde und erschöpft geklungen. Und sofort waren Jane die Worte ihres Vaters eingefallen: *»Hugh gibt sich die größte Mühe …«*

Sie schloss die Augen und schämte sich für ihr herablassendes Benehmen. Und sie war erleichtert, nein, glücklich, dass Hugh diese Lysette nicht angerührt hatte. Natürlich bedeutete das auch, dass ein großes Hindernis aus dem Weg geräumt worden war – ein Hindernis, das ihre Gefühle für Hugh blockiert hatte. Und das brachte sie zu der Erkenntnis, dass auch sie ehrlich sein sollte – ehrlich zu sich selbst.

War sie, was ihre Gefühle anging, wieder an dem Punkt angelangt, an dem sie gewesen war, als sie in ihrem Zimmer im Gasthaus auf dem Tisch gesessen hatte? Als ihr Instinkt ihr gesagt hatte, dass sie ihn nicht gehen lassen durfte?

Ja …

Jane riss die Augen auf, als sie Hughs Hand an ihrem Nacken spürte. Er hatte lautlos ihr Zimmer betreten und zog sie jetzt an seine nackte Brust. Er beugte sich vor, presste seine Lippen auf ihre und stöhnte auf, als er sie berührte. »Warst du wirklich eifersüchtig?«, fragte er, als er zwei Sekunden von ihr abließ und sie gleich wieder küsste.

Wenn sie ihm die Wahrheit sagte, machte sie das verletzlich. Dennoch flüsterte sie zwischen zwei leidenschaftlichen Küssen: »Ich wollte nicht, dass du sie küsst. Weil du mich hättest küssen sollen.«

Bei ihrem Geständnis spannte er sich an, zögerte aber nur einen Herzschlag, sie hochzuheben und in sein Schlafzimmer zu tragen.

»Hugh!«, murmelte sie benommen. »Was tust du da?«

»Ich will etwas herausfinden«, erwiderte er, als er sie auf das Bett legte und sich neben ihr ausstreckte. Sein hungriger Blick schweifte über ihren Körper, als er sich über sie beugte. »Etwas, was ich sehen muss.«

Er sah aus, als durchlebte er Höllenqualen, sein Körper bebte vor Anspannung. Jane hob die Hände und legte sie an seine Wangen. Stirnrunzelnd sah sie ihn an, als er bei dieser sanften Berührung zusammenzuckte. Was geschah hier?

Trotz der vielen Bücher, die sie gelesen hatte, trotz all der Dinge, die sie von ihren Cousinen und in London gelernt hatte, niemals hätte sie sich vorstellen können, dass ein Mann so reagierte – als gehe er an seinem Begehren fast zugrunde. In ihren erotischen Büchern hatte nichts darüber gestanden, dass Männer vor Lust zitterten, dass ihr Verlangen so groß sein konnte, dass sie kaum einen Ton herausbrachten und eine Berührung kaum ertragen konnten.

Hugh streifte ihr die Träger des Nachthemds herunter und küsste ihre Schulter. Heiser sagte er etwas auf Gälisch, während er sie ansah. Wie ein Streicheln spürte sie seinen Blick auf ihrer nackten Haut.

»Gnade«, flüsterte er und beugte sich über Jane. »Gnade.«

Jane befürchtete, vor Lust aufzuschreien, als er mit der Zunge ihre harte Knospe liebkoste. Er hielt ihre Brust umschlossen, während er mit den Lippen daran sog.

»Hugh«, stöhnte Jane und grub die Finger in sein dichtes Haar. »Es fühlt sich so gut an, wenn du das machst.«

Er schob die andere Hand zwischen ihre Schenkel und ließ sie höher wandern. Zärtlich streichelte er sie. »Sag mir, dass ich aufhören soll«, hauchte er.

Jane schüttelte den Kopf. Sie zitterte am ganzen Körper, als er die Innenseite ihres Schenkels streichelte und sie sanft drängte, die Beine noch weiter zu spreizen. Seine raue Hand rieb über ihre zarte Haut, und sie liebte es.

»Sag es mir jetzt.« Seine Hand glitt höher. Wieder schüttelte sie den Kopf und stöhnte leise, weil sie Angst hatte, zu schnell den Höhepunkt zu erreichen. Insgeheim wünschte sie, dass es niemals aufhören möge.

»Oh Gott, ich kann nicht aufhören.« Hugh berührte das empfindliche Dreieck zwischen ihren Schenkeln. »Ich muss dich dort streicheln.«

Jane schrie auf, als er ihre empfindlichste Stelle mit dem Daumen berührte und sie zärtlich rieb. Mit einem zweiten Finger glitt er in ihr feuchtes Geschlecht. »So nass. Du bist bereit für mich, nicht wahr?«, raunte er.

Jane wand sich hilflos unter seinen Berührungen, als seine zärtlichen Finger sie langsam an den Rand des Wahnsinns brachten. »Hugh, bitte«, keuchte sie, »nicht aufhören.«

Er hob den Kopf. »Ich werde nicht aufhören.« Seine Stimme klang heiser und irgendwie verloren. »Ich will dich … ich will, dass du für mich kommst.« Er rieb fester. »Ich will sehen, wie du …«

Jane stöhnte vor Lust auf und überließ sich der Glut, die sie zu verbrennen schien.

23

Hugh beobachtete Jane ehrfürchtig, als sie plötzlich den Rücken durchbog und die Hände im Laken festkrallte.

Ohne zu zögern, drang er mit vier Fingern in sie ein, und rieb noch schneller. Mit den Lippen sog er gierig an ihrer Knospe, um Jane noch stärker zu erregen. Er hatte ihr das Nachthemd hochgeschoben und konnte sehen, wie ihr ganzer Körper vor Lust bebte.

Janes Stöhnen klang heiser, und seine erregte Männlichkeit zuckte, als wolle er ihr antworten. Ihre Schenkel spreizten sich unwillkürlich, ihre Hüften drängten sich rhythmisch gegen seine Hand, wieder und wieder, bis die Spannung langsam aus ihr wich.

Zitternd ließ sie sich in seinen Arm sinken, den er um sie geschlungen hatte, schmiegte sich hinein und genoss es, dass Hugh sie immer noch langsam streichelte.

Hugh hatte es beinahe den Atem verschlagen. Der Anblick seiner Finger auf den nassen kastanienbraunen Haaren, die sich zwischen ihren Schenkeln kringelten … Er wusste, dass er kurz davorstand, sich in seine Hose zu verströmen.

Jane richtete sich auf und verbarg das Gesicht an seinem Hals. Ungläubig hörte er sie flüstern, wie sehr sie seine Berührung liebte. *Seine Berührung.* Nachdem er so viele Jahre davon geträumt hatte, hatte er sie jetzt zum Höhepunkt gebracht.

Es war die unglaublichste Erfahrung gewesen, die er je in seinem Leben gemacht hatte.

Ihr Atem ging schnell. Zwischen ihren Worten leckte sie mit

der Zunge zärtlich über seinen Nacken, und seine Erektion wurde noch härter und heißer.

In diesem Augenblick schien es ihm eine gute Idee, sich in seiner Hose zu verströmen.

Doch sofort schob er diesen Gedanken wieder beiseite und löste sich von Jane. Sie jedoch schlang die Arme um seinen Nacken und hinderte ihn daran.

»Hugh, was ist mit dir? Willst du nicht zu mir kommen?« Sanft zog sie an seinem Arm, bis er es sich erlaubte, sich zwischen ihre Schenkel zu schieben.

Wollte sie, dass er ebenfalls kam? Durfte er sich verweigern? Nicht, wenn sie ihre nackte Weiblichkeit an ihn schmiegte. Ausgeschlossen. Er brannte förmlich darauf, sich zu erlösen und in ihrer feuchten Wärme zu versinken, brannte darauf, in ihr den Verstand zu verlieren und sich endlich das zu nehmen, wonach er sich seit Langem verzehrte.

Hugh drängte sich vorsichtig gegen sie, während sie sich mit den Hüften rhythmisch bewegte. Jane atmete scharf ein.

»Habe ich dir wehgetan?«, fragte er erschrocken.

»Nein, Darling, nein.«

Hugh richtete sich auf, und ehe er begriff, was er tat, hatte er seine Hose geöffnet und schob sie herunter.

Beide atmeten schwer und hatten ihre Blicke fest ineinander verschlungen, als sie Haut an Haut lagen, einander so nahe waren wie noch nie zuvor. Als Hugh sich aufrichtete und über sie stützte, schaute Jane unter halb geschlossenen Lidern auf sein hartes Glied mit der dicken Spitze. Wie im Traum registrierte Hugh, dass sie ihre Hüften bewegte und ihn zu suchen schien. Er hielt sich noch immer aufgerichtet und die Anstrengung, Jane nicht sofort zu nehmen, trieb ihm den Schweiß auf die Stirn.

Denn er wusste, dass er sie nicht haben durfte. Auch dann nicht, wenn es sich wundervoll anfühlte, in diesem Augenblick bei ihr zu sein. Ja, er staunte sogar, wie gut es sich anfühlte. Und deshalb brachte Hugh es nicht fertig, sich zu beherrschen, und senkte sich auf sie, bis seine Erektion gegen ihre empfindlichste Stelle drückte, die immer noch geschwollen war.

Hugh schloss die Augen.

Jane schrie leise auf und bewegte sich so unruhig, dass er fast schon in sie eingedrungen wäre. Mit einer Hand hielt er Jane an der Hüfte und führte seine Erektion fester auf ihre Öffnung. Dort verharrte er und ließ sie pulsieren, ohne zu wissen, woher er die Kraft nahm, sich zu beherrschen. Nur ein einziger Gedanke erfüllte ihn, der Gedanke, jede Sekunde so weit wie möglich auszudehnen. Es durfte niemals aufhören.

Hugh griff nach ihren Handgelenken, als Jane nach ihm greifen wollte. Denn er wusste, dass er kommen würde, sobald sie die Hand um sein Glied geschlossen hatte. »Sìne, streck die Arme über deinem Kopf aus«, sagte er leise, und sie gehorchte. »Bleib so. Tu es für mich.« Jane nickte, als hätte sie begriffen, wie mühsam er um Selbstbeherrschung rang.

Doch schon bald überwältigte ihn erneut das Verlangen, in sie einzudringen. Er gab nach, glitt langsam über ihre Weiblichkeit hinauf zu ihrem flachen Bauch, dann wieder zurück. Die ganze Zeit drang ein leises Stöhnen aus seiner Brust. In seiner Stellung und so, wie er sich bewegte, war er beinahe in ihr, war ihr so nahe, wie er es sich nur erlauben konnte. Jane schaute ihn an, als sie die Schenkel spreizte und leise rief: »Lieber Gott! Hugh! Ja!«

Fast genoss er die Qualen, die er auszuhalten hatte. Wieder strich seine Erektion über ihre Weiblichkeit.

»Jane«, stöhnte er. Jedes Mal, wenn er über sie glitt und sie lustvoll stöhnte, spürte er, wie er sich anspannte.

Die Lust war zu groß. Er würde kommen, und er würde heftig kommen.

»Bieg den Rücken für mich durch«, flüsterte er ihr heiser ins Ohr. Eilig gehorchte sie ihm, und er sog an ihren Knospen, bis sie aufstöhnte.

Wollte sie ihm zu verstehen geben, dass sie das zweite Mal den Höhepunkt erreichte? Er würde ihr helfen, würde sich beherrschen, bis sie so weit war.

Der Druck hatte sich in Schmerz verwandelt, als sie seinen Namen rief und sich unter ihm in ihrem Höhepunkt verlor.

Hugh gab den Kampf um seine Beherrschung auf. »Ah, Sìne, ich … ich muss kommen«, stöhnte er und schrie fast vor Lust … wieder und wieder, bis er seinen Samen auf ihr verströmt hatte.

Zuckend sank er auf die Ellbogen, sein heißer Atem streifte ihren Hals.

Hugh konnte es kaum glauben, dass er sich auf diese Art auf ihr verströmt hatte. Beschämt schloss er die Augen. Er hatte seinen Samen auf ihr ergossen!

Er zog sich zurück und zog seine Hosen hoch und stand auf, um ein Handtuch zu holen. Als er zurückkehrte, wagte er es kaum, sie anzusehen, noch nicht einmal dann, als er sie säuberte und ihre Nacktheit dann wieder mit ihrem Nachthemd bedeckte. Dann warf er das Handtuch auf den Boden, setzte sich auf die Bettkante und barg das Gesicht in den Händen. Noch nie hatte er sich so sehr geschämt, hatte er sich so niedrig gefühlt. Wie sollte er ihr je wieder unter die Augen treten? Alles drängte ihn, zu gehen. Doch so konnten sie nicht auseinandergehen.

»Jane, ich weiß nicht, wie das passieren konnte. Es tut mir leid.« Eigentlich hätte er ihre Nähe als Demütigung empfinden müssen. Aber trotzdem wollte er in diesem Augenblick der

Scham mit niemand anderem zusammen sein als mit ihr – damit er nicht allein mit seinen Gefühlen fertigwerden musste. Es war eine Situation, die jeden Mann zur Verzweiflung bringen konnte.

»Es gibt keinen Grund, dich zu entschuldigen.« Jane kniete sich hinter ihn. »Nicht einen einzigen.«

»Doch. Ich hätte mich beherrschen müssen.«

»Hugh«, sagte sie leise und rieb ihm den Rücken, »ich bin es doch nur, verstehst du? Nur deine Jane. Wir beide sind doch immer gut miteinander ausgekommen.«

»Das hätte niemals passieren dürfen«, beharrte er.

»Bleib«, bat sie, als er aufstehen wollte, »schlaf bei mir.« Mit zarten Berührungen und sanften Worten brachte sie ihn dazu, die Hose auszuziehen und sich neben ihr ins Bett zu legen. Als er sich damit abgefunden hatte, die Nacht an ihrer Seite zu verbringen, zog er sie an seine Brust und schlang die Arme um sie. So selbstverständlich, als hätte er es tausendmal getan.

Jane lag neben ihm im Bett, nackt, wie er es sich in jenem letzten Sommer erträumt hatte. Den Blick starr zur Decke gerichtet, hatte er sich vorgestellt, wie er sie berührte, sie küsste. Er hatte davon geträumt, sie in den Armen zu halten, während sie schlief.

Aber das echte Leben hatte unendlich viel mehr zu bieten als die schönsten Träume. Er hatte geahnt, dass er den Duft ihres Haares genießen würde. Er hatte nicht geahnt, dass es über seine Schenkel streichen würde, wenn sie den Kopf in den Nacken warf, während sie ihn ritt.

Er hatte gewusst, dass er es lieben würde, sie zu spüren. Aber er hatte nicht gewusst, wie wunderbar ihr runder Po sich gegen seinen Schoß schmiegen würde.

»Keine Albträume mehr, Hugh«, wisperte sie schläfrig. »Oder wir werden es noch einmal tun müssen.«

Hugh war sofort dazu bereit, spürte er doch, wie hart sich seine Männlichkeit erneut gegen ihre Hüfte drängte. Als Jane zufrieden seufzte, versuchte er angestrengt, sich ins Gedächtnis zu rufen, warum er jemals geglaubt hatte, es könnte nur etwas Schlechtes sein, mit ihr zu leben.

24

Als Jane am nächsten Morgen aufwachte, schlief Hugh noch tief und fest. Wie gebannt schaute sie ihn an.

Weil er im Schlaf entspannter war und die Kiefer nicht wie sonst fest zusammengepresst hatte, sah sein Gesicht anders aus. Er wirkte jünger; die Wunden auf seiner Wange verheilten langsam, verliehen ihm aber ein verwegenes Aussehen, das sie lächeln machte. Ja, er war verwegen, er war ein Söldner, aber grausam und verschlagen war er nicht.

Mit der Fingerspitze fuhr sie über seine Unterlippe und dachte daran, wie er sie gestern Abend geküsst hatte, so wild und leidenschaftlich, als sollte der Kuss eine Ewigkeit dauern – weil es das letzte Mal war, dass er sie küsste.

Jane hatte mit jeder Faser ihres Körpers auf ihn reagiert, hatte sich in ihm verloren. Sogar jetzt noch zitterte sie, als sie sich erinnerte, wie er sich auf sie geschoben hatte, wie er sie mit seiner harten Erektion gestreichelt und sie zwei Mal zum Höhepunkt gebracht hatte. Und dann hatte sie zugeschaut, wie auch er seine Lust verströmt hatte, hatte gesehen, wie er sich auf ihrem Bauch ergossen hatte … wundervoll. Aber dann fiel ihr ein, wie unangenehm ihm das gewesen war, und sie war überzeugt, dass sie es nie wieder erleben würde.

Was neue Schwierigkeiten brachte, denn sie hatte beschlossen, dass Hugh MacCarrick ihr erster Liebhaber sein sollte.

Wenn sie jemals den Rat ihrer Cousinen gebraucht hatte, dann jetzt. Heute. Bestimmt würden sie heute noch in *Vinelands* eintreffen.

Als sie ihm zart das Haar aus der Stirn strich, erwachte Hugh. Er sah sie aus seinen wundervollen dunklen Augen an, und streckte im Halbschlaf die Hand aus und streichelte ihre Wange. Als sie lächelte, zog er plötzlich die Brauen zusammen.

Dann richtete er sich abrupt auf und verließ das Bett.

Hastig stieg er in seine Hose und marschierte dann eine ganze Weile im Zimmer auf und ab. Sein Oberkörper spannte sich mehr und mehr an. »Es hätte niemals geschehen dürfen. Und es darf nie wieder geschehen!«, erklärte er schließlich.

Seinem Tonfall nach zu urteilen, schien er von einer Tragödie zu sprechen – so, wie man über einen Todesfall in der Familie sprechen würde. Keinesfalls klang es, als hätten sie miteinander eine Lust erlebt, die Jane nie für möglich gehalten hätte. Jane fühlte sich gekränkt, setzte sich auf und bedeckte die Brust mit dem Betttuch. »Also wirklich, Hugh, du machst aus einer Mücke einen Elefanten.« Sie wedelte geringschätzig mit der Hand. »Wir … wir haben uns doch nur ein bisschen Spaß gegönnt.«

Eigentlich hatte Jane erwartet, dass er sich beruhigen würde. Stattdessen wurde er noch wütender. »Wären wir bei diesem bisschen Spaß nur noch etwas weitergegangen, hätten das enorme Konsequenzen gehabt. Hast du etwa vergessen, dass wir beide zugestimmt haben, auf derartige Dinge zu verzichten? Das hatten wir von Anfang an abgemacht. Oder willst du auf ewig in dieser Ehe gefangen bleiben?«

»Ich will vor allem, dass der Gedanke, mit mir verheiratet zu sein, für dich langsam an Schrecken verliert. Wir haben uns nicht geliebt. Die Sache ist doch ganz einfach: Wir vergessen es und verlieren kein Wort mehr darüber.«

»Möglich, dass du es vergessen kannst. Aber mich hat unser kleiner Spaß sehr aufgewühlt.« Plötzlich kniff er wieder die

Brauen zusammen und packte Jane plötzlich am Ellbogen. »Du bist doch keine Jungfrau mehr, oder?«

Verwirrt warf sie den Kopf zurück. »Warum willst du das wissen?«

Nein, Hugh, schrie es in ihr. *Das darfst du mich nicht fragen.* Zehn Jahre lang hatte er vom süßen Honig genascht, und bestimmt hatte er erwartet, dass sie geduldig auf einen Ehemann wartete. Natürlich war sie noch Jungfrau … aber einmal mehr wünschte sie sich, etwas anderes behaupten zu können.

Sie fand seine engstirnige Erwartung empörend.

»Ich will eine Antwort«, befahl er.

»Darling«, erklärte sie mit eiskalter Stimme, »ich habe genauso enthaltsam gelebt wie du, seit wir uns das letzte Mal gesehen haben.«

Hugh ließ sie los und wich mit erhobenen Händen zurück, als könne er nicht glauben, dass er sie angefasst hatte.

»Was kümmert es dich, ob ich mit einem halben Dutzend Männern im Bett gewesen bin oder nicht?«, fragte sie ärgerlich.

Hugh fuhr sich mit den Fingern durch das Haar. »Weil es für Frauen wie dich nicht einfach ist, eine Ehe annullieren zu lassen. Man kann nicht nachweisen, dass die Ehe nicht vollzogen worden ist.«

Frauen wie mich.

Jane zuckte zusammen, als er mit der Faust gegen die Wand schlug. Als sie ihn anschaute, musste sie an ein in die Falle gegangenes Tier denken, das seinem unausweichlichen Ende entgegensah. War es ihm so widerwärtig, mit ihr verheiratet zu sein?

»Und wie hattest du es dir vorgestellt, die Ehe zu beenden?«, fragte er. »Wie?«

»Ich bin mir sicher, dass mein Vater irgendetwas arrangieren kann …«

»Jane, es gibt nichts, was mich aufhalten könnte. Wenn wir die Annullierung nicht wie geplant durchsetzen können, werde ich dich trotzdem verlassen.«

Ihr Herz schien zu Eis zu gefrieren. Die Erinnerung an Einsamkeit und Hoffnungslosigkeit überwältigte sie. Er hatte sie schon einmal verlassen. Ohne ein Wort. Er würde es wieder tun. Nur sagte er ihr diesmal ins Gesicht, dass er sich nicht an sie gebunden fühlte. Noch nicht einmal jetzt, da sie nackt im Bett saß und noch immer seine Umarmung zu spüren glaubte.

Nein, sie durfte ihm ihr Herz nicht länger öffnen. Sie konnte es nicht. *Janey, du musst dich schützen*, beschwor sie sich stumm. Hugh MacCarrick war der einzige Mann, der sie jemals zum Weinen bringen konnte. »Darling, natürlich wirst du mich verlassen«, sagte sie mit einem falschen Lächeln, aber zutiefst ehrlich. »Ich habe nie etwas anderes von dir erwartet.«

Desillusioniert warf Hugh ihr einen letzten Blick zu, bevor er sich abwandte und aus dem Zimmer ging.

Als wären die vergangene Nacht und der Morgen für Hugh nicht schon schrecklich genug gewesen, war ihm nun auch noch die schlimmste aller Strafen auferlegt worden – er hatte erfahren, dass Jane mit mindestens einem Mann zusammen gewesen war.

Natürlich hatte er vermutet, dass Bidworth ihr Liebhaber gewesen war. Aber jetzt hatte er die Gewissheit …

Wenn er daran dachte, dass ausgerechnet ein Mann wie Bidworth ihr die Unschuld geraubt hatte, zog sich ihm der Magen zusammen, hätte er vor Wut schreien können. Er wusste, dass er kein Recht hatte, so zu empfinden, dass er kein Recht hatte, den Gedanken zu hassen, dass sie einen anderen Mann – oder gar Männer – in ihrem Bett willkommen geheißen hatte.

Jane war eine außergewöhnliche, unabhängige Frau. Niemand hatte das Recht, über sie zu urteilen. Sie war siebenundzwanzig Jahre alt und besaß einen gesunden sexuellen Appetit. Aber selbst als er sich die Tatsachen vor Augen führte, machte es ihn verrückt, dass sie ihre Bedürfnisse mit anderen Männer ausgelebt hatte.

Weil er von ihr besessen war. Hugh wollte, dass sie ihre Lust mit ihm befriedigte, er wollte sie ganz allein besitzen. Die Vorstellung, dass Bidworth versuchte, Janes Leidenschaft gerecht zu werden, war geradezu lächerlich. In der vergangenen Nacht war ihm klar geworden, dass er genau der richtige Mann für sie war – obwohl er wusste, dass er nie zulassen durfte, sie zu haben.

Er hatte ihr ein paar Stunden gewährt, ihren Zorn verrauchen zu lassen. Aber jetzt mussten sie dringend darüber reden, wie zum Teufel sie die Ehe annullieren lassen sollten. Als Hugh sie nicht in ihrem Zimmer antraf, ging er zum Salon im Obergeschoss. Nach dem Ankleiden heute Morgen hatte sie stundenlang im Sessel am Fenster gesessen und zu *Vinelands* hinübergestarrt – so, wie sie es bereits an den beiden vergangenen Tagen getan hatte.

Aber der Salon war ebenfalls leer. Sie saß nicht im Sessel am Fenster. *Großartig*, dachte er. *Sie geht mir wieder aus dem Weg.*

Oder hatte sie vielleicht sogar versucht, fortzugehen, nachdem er am Morgen so herzlose Worte zu ihr gesagt hatte?

Plötzlich befiel ihn tiefes Unbehagen. Er rief laut nach Jane. Nichts. Er wollte eben damit anfangen, im Haus nach ihr zu suchen, als eine Bewegung draußen seine Aufmerksamkeit erregte. Hugh schaute genauer hin und sah einige Kinder, die auf dem Rasen von *Vinelands* herumtobten. Eine Frau versuchte, die Schar zusammenzuhalten. Währenddessen stiegen mehrere Erwachsene aus der Kutsche, die vor dem Haus gehalten hatte. Die Weylands? Zu dieser Jahreszeit? Mit finsterer Miene schaute Hugh aus dem Fenster.

Und erhaschte einen Blick auf Janes grünes Reitkleid. Offenbar ging sie den Uferweg entlang, der zu dem benachbarten Anwesen führte.

Hugh lief die Treppe hinunter und hinaus auf die Terrasse. Als spürte Jane aus der Ferne seinen Blick, blieb sie stehen und wandte sich um. Mit einem spöttischen Lächeln auf dem Gesicht winkte sie ihm zu, bevor sie ihren Weg fortsetzte. Hugh eilte zu den Ställen und schwor sich, Jane zurückzuholen und an den erstbesten Stuhl zu fesseln, damit sie nie wieder entwischen konnte. Er verzichtete darauf, sein Pferd zu satteln, schwang sich hinauf und galoppierte ihr nach.

Als er sich ihr näherte, begann Jane zu laufen – als gelte es, rechtzeitig die Grenze eines befreundeten Staatsgebietes zu erreichen. Aber schon hatte Hugh sie eingeholt, sprang vom Pferd, schlang die Arme um ihre Taille und hielt sie fest.

»Tu das nie wieder! Niemals, hörst du?«, schnappte er wütend und wirbelte sie herum, sodass sie ihn ansehen musste.

»Oder was?«, fragte sie keuchend.

Hugh umklammerte ihre schmalen Schultern. »Oder ich fessele dich ans Bett.« Wann war aus dem Stuhl, an den er sie hatte fesseln wollen, das Bett geworden?

»Das wirst du nicht tun, du brutaler Kerl.«

»Brutaler Kerl? Dieser brutale Kerl versucht, dich zu beschützen. Und du benimmst dich, als sei das alles nur ein amüsantes Spiel.«

»Warum auch nicht, wenn du mir nichts sagst? Du hast mir keinen echten Grund genannt, warum ich mir Sorgen machen sollte. Vater und du, ihr habt beide behauptet, dass Grey seinen Fuß noch nicht auf englischen Boden gesetzt hat. Wie kann er uns also hierher gefolgt sein?«

»Warum ein Risiko eingehen?«, widersprach Hugh und lockerte den Griff um ihre Schultern. »Und was haben die Weylands hier zu suchen?«

»Sie schätzen die ruhige Jahreszeit.«

»Du hast gewusst, dass sie anreisen?«

Jane nickte. »Hugh, ich muss zu ihnen. Es ist mir wichtig.«

»Warum hast du mich nicht gebeten, dich hinzubringen?«

Sie verdrehte die Augen. »Weil ich wusste, dass du mich nicht gehen lassen würdest. Aber ich bitte dich jetzt, mich zu begleiten.«

»Bei so vielen Menschen um dich herum, kann ich kein Auge auf dich haben.« Hugh hielt sich nicht gern unter so vielen Menschen auf, und größere Gruppen von ihnen machten ihn misstrauisch. Was ganz besonders für *diese* Menschen galt. »Und wie willst du ihnen unsere Anwesenheit erklären?«

»Mit der Wahrheit.« Jane hob das Kinn. »Wir sind verheiratet. Das ist alles, was ich sagen werde, zumindest für den Moment. In ein paar Tagen werde ich ihnen erklären, was geschehen ist.«

»Dort sind viel zu viele Leute«, beharrte er. Er wollte nicht, dass Jane merkte, wie wenig er für den gesellschaftlichen Umgang taugte.

»Hugh, es ist meine Familie. Sie werden kein Wort darüber verlieren. Sie sind absolut loyal.«

»Jane, du musst endlich begreifen, dass dein Leben in Gefahr ist.«

»Schau mir in die Augen und sag mir, dass ein Tag auf *Vinelands* mein Leben mehr gefährdet als ein Tag auf *Ros Creag*.«

Hugh wollte etwas erwidern, ließ es dann aber sein. Falls es Grey wirklich gelungen sein sollte, englischen Boden zu betreten, ohne dass das Netzwerk Kenntnis davon hatte, dann würde er erst Ethan zur Strecke bringen müssen, bevor er überhaupt einen Gedanken daran verschwenden konnte, nach *Ros Creag* zu gelangen. Sollte er Ethan überlisten können, würde er mit der Fähre über den See setzen müssen. Und das würde man von *Vinelands* aus sehen können.

Unter diesem Aspekt hielt Hugh die Sicherheit auf *Vinelands* für gewährleistet. Allerdings lag es lange zurück, dass er an einem gesellschaftlichen Ereignis teilgenommen und sich dabei nicht abseitsgehalten hatte. Der Anlass waren die Feierlichkeiten vor Ethans schicksalhafter Hochzeit gewesen, und Hugh hatte keinen einzigen Gast jemals wiedergesehen.

Und jetzt sollte er einen Tag auf *Vinelands* verbringen? Verdammt noch mal, in der Vergangenheit hatte er es nach Kräften vermieden, sich dort blicken zu lassen – und jetzt erwartete Jane, dass er sich freiwillig zu den ungezwungenen, quirligen Weylands gesellte? Er würde einen Marsch durch einen Kugelhagel bei Weitem vorziehen.

Und der Himmel sollte ihm beistehen, wenn Jane ihren Cousinen berichtete, was in der vergangenen Nacht geschehen war. Allein der Gedanke jagte ihm einen Schauder über den Rücken. »Das spielt keine Rolle. Ich habe gesagt, dass wir umkehren. Und genau das werden wir jetzt tun.«

Jane biss sich auf die Lippen und sah ihn aus ihren großen grünen Augen an. Als ihm aufging, dass sie ihn gleich auf eine Art bitten würde, der er unmöglich würde widerstehen können, schnitt er ihr das Wort ab. »Kommt nicht infrage«, zischte er, packte sie am Ellbogen und zog sie zum Pferd.

Hugh fluchte auf Gälisch, als sie sich mühte, sich aus seinem Griff zu befreien. Als sie dazu überging, ihn gegen das Schienbein zu treten, hörten sie jemanden laut rufen. »Jane?«

Beide wandten sich um und erstarrten.

25

»Verdammt.« So musste es sein, im Fegefeuer zu schmoren. Hughs Miene sprach Bände, als immer mehr Weylands aus dem Haus strömten und näher kamen. Belinda samt Ehemann und Kindern ebenso wie Sam und deren Familie.

Janes Lachen klang boshaft. »Zu spät, um davonzulaufen. Ich fürchte, du sitzt in der Falle.«

»Jane!«, rief Samantha wieder, und ihre hellroten Locken wippten, als sie auf Jane zueilte. »Was machst du denn hier?«

»Tante Jane!«, schrien fünf Kinder wie aus einem Munde und bestürmten Jane so heftig, dass sie sich lachend auf den Boden fallen ließ.

Belinda klatschte vor Freude in die Hände. »Aber du hast doch gesagt, du würdest diese Woche nicht herkommen!«

Dann bemerkten sie Hugh hinter ihr, und sofort herrschte Schweigen. Die Kinder starrten den riesigen Highlander verwundert an. Jane hob die Hand, um die peinlichen Sekunden zu überbrücken. Wie erwartet kam Hugh zu ihr und half ihr auf die Füße.

»Was macht *der* denn hier?«, fragte Sam, die noch nie ein Blatt vor den Mund genommen hatte.

»Wir … nun, wir sind verheiratet.«

»Vor kaum vier Tagen hast du mir erklärt, dass sie Bidworth heiraten wird«, murmelte Robert Granger, der immer freundliche Arzt, mit dem Sam verheiratet war.

»Weil sie es vorhatte«, gab Sam leise zurück.

»Nun, es ist offenbar anders gekommen«, sagte Jane betont

munter. »Dann gratuliert uns mal und begrüßt meinen Ehemann.«

Hugh kannte ihre Cousinen – wenn auch nur flüchtig –, also stellte Jane ihn nur Robert vor. Die beiden Männer gaben sich die Hand, und hätte Hughs bedrohlicher Blick ihn nicht davon abgehalten, hätte Robert ihn sicher mit einer kräftigen Umarmung in der Familie willkommen geheißen.

Dann machte sie ihn mit Belindas Ehemann Lawrence Thompson bekannt, ein Mann von schnellem Verstand, dem der Schalk im Nacken saß und der gern und viel lachte. Er rieb sich die Hand, nachdem Hugh sie gedrückt hatte.

Janes Stimmung besserte sich merklich, als sie ihre Familie wieder um sich hatte. Erst jetzt fühlte sie, wie tief Hughs schreckliche Worte sie verletzt hatten. *Wenn wir die Annullierung nicht wie geplant durchsetzen können, werde ich dich trotzdem verlassen ….*

Voller Misstrauen ließ Hugh den Blick von einem Familienmitglied zum anderen schweifen. Da ihn dieses Zusammentreffen völlig aus der Fassung gebracht zu haben schien, konnte Jane der Versuchung einfach nicht widerstehen. Ihre Augen funkelten diabolisch, als sie ihn anschaute und sagte: »Ich muss mich dringend mit meinen Cousinen unterhalten. Was ist nicht alles geschehen in den letzten Tagen! Und ich muss ihnen meinen neuen Ring zeigen. Ganz privat.« Hugh schüttelte kaum merklich den Kopf. »Hugh, warum unterhältst du dich nicht ein wenig mit Robert und Lawrence? Ein Gespräch unter Ehemännern, du verstehst? Dann kannst du sie gleich besser kennenlernen. Um diese Zeit am Vormittag sitzen sie gewöhnlich auf dem Rasen und trinken Scotch. Reden über Börsengeschäfte und solche Dinge.«

Jane war nicht entgangen, dass Hugh die Kinder ebenfalls misstrauisch beäugt hatte. »Oh, Kinder, euer neuer Onkel

Hugh liebt es, Geschenke und Süßigkeiten zu kaufen. Ihr müsst nur sagen, was ihr euch wünscht!«

»Lasst ihn jetzt mal in Ruhe!«, rief Robert und befreite Hugh damit von der munteren Kindermeute. »Geht spielen!«

Am liebsten wäre Hugh erleichtert zu Boden gesunken, nachdem auch das letzte Kind sein Bein losgelassen hatte und davongelaufen war. Jane brachte es wahrhaftig fertig, ihn mit diesen Männern allein zu lassen. Zusammen mit ihren Cousinen hatte sie sich einige Flaschen Wein geschnappt und war zur Bucht gegangen, ohne sich noch einmal umzuschauen.

»Was hat Jane sich nur dabei gedacht, dich ohne Vorwarnung den Wölfen auszuliefern!« Robert grinste verschmitzt. »Aber zum Glück sind wir ja auch nur Männer.« Gemeinsam gingen sie zu den Korbstühlen, die auf dem Rasen standen. Nachdem sie Platz genommen hatten, schenkte Robert eine Runde Whisky aus, obwohl es noch nicht einmal zehn Uhr war.

»Was treiben Sie denn so den ganzen Tag, MacCarrick? Erzählen Sie uns doch ein bisschen über sich.«

Hugh setzte sich zögernd und nahm das ihm angebotene Glas – unschlüssig, wie er sich verhalten sollte. »Ich … ich habe mich aus dem Berufsleben zurückgezogen.«

»Genau das Richtige, mein Freund!« Robert hob das Glas und leerte es in einem Zug. »In den Ruhestand treten, eine wundervolle Frau zur Braut nehmen und das Leben genießen.«

Lawrence trank langsamer, allerdings nur ein wenig. »Wollen Sie und Jane sofort eine Familie gründen?«

Hugh zuckte die Schultern. Ihm war nicht entgangen, wie glücklich sie sich inmitten der Kinderschar gefühlt hatte, und noch nie war ihm so klar gewesen wie in jenem Augenblick, dass er niemals Kinder mit ihr haben durfte.

Robert hatte sich Whisky nachgeschenkt und lehnte sich mit dem Glas in der Hand zurück. »Sam und ich haben drei Jahre gewartet, bis wir angefangen haben.«

Gewartet? Es war seltsam, sich anzuhören, wie diese Gentlemen der guten Gesellschaft über Themen wie dieses sprachen. »Gewartet zu haben« hieß, dass sie zu Verhütungsmethoden gegriffen hatten.

Robert und Lawrence unterhielten sich weiter darüber, wie ihre Frauen während der Schwangerschaft ausgesehen und sich verhalten hatten, wie Kinder einen Mann verändern konnten und über andere Dinge, die Hugh mit aller Macht zu verdrängen versuchte.

Er hielt den Blick auf Jane und ihre Cousinen gerichtet, die in ihre Unterhaltung vertieft waren. Natürlich wusste er, dass sie ihnen die vergangene Nacht in allen Einzelheiten schildern würde. Er zuckte jedes Mal zusammen, wenn sie sich zu den beiden Frauen beugte und ihnen etwas zuflüsterte, und er spürte, dass ihm das Blut in die Wangen stieg.

Nach einer Stunde zäher Konversation schlug Lawrence vor, ein paar Schießübungen zu machen. Hugh rieb sich den Nacken und ihm war klar, dass er absichtlich würde verlieren müssen. Obwohl es ihn mächtig drängte, Jane zu imponieren und diesen Leuten Schüsse vorzuführen, wie sie sie noch nie gesehen hatten, würde er diesem kindischen Gedanken nicht nachgeben. Es wäre unklug, zu demonstrieren, welch hervorragender Schütze er war.

Ein schneller Blick zeigte ihm, dass Jane die Augen mit der Hand beschattet hatte, um besser sehen zu können. Würde sie sich daran erinnern, wie gut er schießen konnte? Damals hatte sie ihn oft auf die Jagd begleitet, war stundenlang mit ihm durch die Wälder gestreift.

Hugh erinnerte sich an das erste Mal, als sie ihn begleitet

hatte. »Papa, du kannst dir nicht vorstellen, wie er schießen kann!«, hatte sie anschließend vor ihrem Vater geprahlt. »Er ist unglaublich ruhig! Unbeirrbar wie ein Felsbrocken! Er hat die Ente auf siebzig Yards getroffen, obwohl eine steife Brise herrschte!«

»Ach, wirklich?«, hatte Weyland gesagt und Hugh aufmerksam angeschaut. Damals hatte Hugh nicht begriffen, warum. Er hatte nicht geahnt, dass Weyland ihn so intensiv gemustert hatte, weil er hatte abschätzen wollen, ob Hugh für eine todbringende Aufgabe geeignet wäre – eine Aufgabe, die einem mittellosen zweitgeborenen Sohn Reichtum versprach und ihm den Weg aufzeigte, mit dem Tod an seiner Seite zu leben …

26

»Nun sag schon – wie ist dein Schotte im Bett? So gut, wie du es dir immer erträumt hast?«, fragte Sam.

Jane verdrehte die Augen. Natürlich war die Unterhaltung auf dieses Thema gekommen, und Sam würde sie mit Fragen löchern, bis die ganze Wahrheit auf dem Tisch lag. Also beschloss Jane, alles zu erzählen – nun, fast alles.

Sie erzählte, wie überrascht sie gewesen war, dass der Vorfall mit Lysette sie so verletzt hatte, und wie erleichtert sie gewesen war, als Hugh ihr versichert hatte, dass er nicht mit der Frau zusammen gewesen war. Dann gestand sie ein, dass sic sich in der vergangenen Nacht zwar geliebt, die Ehe aber nicht vollzogen hatten. Und sie berichtete von ihrem letzten Gespräch, genauer gesagt, von ihrem letzten Streit. Und von ihrem Verdacht, dass Hugh als Söldner arbeitete.

»Was hat Onkel Edward sich nur dabei gedacht, dich zu zwingen, MacCarrick zu heiraten!«, empörte sich Sam.

»Hugh soll ein Söldner sein?«, meinte Belinda. »Nun ja, irgendwie passt es schon ins Bild.«

»Aber selbst wenn es eine Zweckehe ist, warum hast du sie nicht längst *unzweckmäßig* gemacht?«, wollte Sam wissen.

Jane zog sich verstohlen Schuhe und Strümpfe aus und tauchte ihre Füße in das Wasser. »Hugh will nicht in der Falle sitzen. Er hat unmissverständlich klargemacht, dass er alles daransetzen wird, die Ehe aufzulösen. ›Wenn wir die Annullierung nicht wie geplant durchsetzen können, werde ich dich trotzdem verlassen‹, das waren seine Worte.«

Belinda hatte die zweite Flasche Wein genommen und mühte sich mit dem Korkenzieher ab. Als es ihr nicht gelang, die Flasche zu öffnen, reichte sie diese an Sam weiter und wandte sich Jane zu. »Ich verstehe sehr gut, dass du kein Risiko eingehen willst. Aber warum verhält er sich so abweisend? Hat er eine Geliebte?«

»Zurzeit nicht, hat er gesagt.«

Sam löste den Korken mit den Zähnen aus der Flasche und spuckte ihn in den See. Auf *Vinelands* galt es geradezu als Verbrechen, eine Flasche wieder zu verschließen. »Verdient er Geld als Söldner?«

»Vater hat gesagt, dass Hugh über finanzielle Mittel verfügt. Aber auch er hat es unterlassen, mir Hughs wahren Beruf zu verraten.«

»Bist du dir wirklich sicher, dass er als Söldner arbeitet?«

Jane nickte. »Wie sein Bruder. Hugh ist erst vor Kurzem vom Kontinent zurückgekehrt. Sie waren dort in irgendwelche Kämpfe verwickelt. Daher stammen auch die Wunden auf seinen Wangen.«

Sam reichte Belinda die Flasche. »Welcher Bruder?«

»Court. Courtland. Der, der immer so wütend ist.«

Die beiden Frauen warfen sich einen wissenden Blick zu. »Aber immerhin ist er nicht so böse wie der älteste.«

»Du meinst den, dessen Gesicht von Narben übersät war! Ich hatte immer Albträume, wenn ich ihm begegnet war«, gestand Sam.

»Ich auch!«, fügte Belinda hinzu. »Eines Vormittags war ich mit Claudia Beeren pflücken. Dabei sind wir ihm begegnet und wie erstarrt stehen geblieben. Er hat uns so grimmig angeschaut, als wüsste er, was geschehen würde. Und als wir unsere Körbe fallen gelassen haben und fortgerannt sind, hat er uns üble Flüche nachgerufen.«

Aus unerklärlichen Gründen empfand Jane plötzlich tiefes Mitgefühl für Ethan. Damals konnte er höchstens zwanzig Jahre alt gewesen sein.

»Später haben wir uns deswegen ganz schrecklich gefühlt«, meinte Belinda nachdenklich. »Aber unsere Körbe haben wir trotzdem nicht geholt.«

»Warum zum Teufel zögert MacCarrick noch?« Sam runzelte die Stirn. »Er besitzt genügend Geld, er hat keine Frau, und er ist absolut verliebt in dich.«

Jane schaute Sam missvergnügt an, dann wandte sie sich zur Seite. Hugh sollte nicht sehen, dass sie aus der Flasche trank. Nach seinem Wutausbruch am Morgen hatte sie den Eindruck, dass er es nicht gutheißen würde, wenn seine Ehefrau auf Zeit ohne Schuhe und Strümpfe am Seeufer saß und Wein aus der Flasche trank. »Er ist so absolut verliebt in mich, dass er mich mindestens zwei Mal täglich daran erinnert, dass unsere Ehe bald beendet sein wird.«

Sam wischte die Bemerkung beiseite. »Ich sage nur, was ich sehe. Es ist ein Rätsel. Ich liebe Rätsel.«

»Wer weiß, vielleicht wartet in seinem Clan ja ein lüsternes schottisches Mädchen auf ihn«, meinte Belinda und sprach dem Wein mit einem undamenhaft großen Schluck zu. »Eine, die mit einem üppigen Busen und breiten Hüften gesegnet ist und die zudem hervorragend kochen kann.«

Jane zog die Augenbrauen zusammen. Plötzlich fand sie den Gedanken, mit Hugh zu seinem Clan zu reisen, weit weniger reizvoll als zuvor. Sie würde abseitsstehen, sie beherrschte die Sprache nicht und würde deshalb nicht verstehen, worüber er mit seinen Clanangehörigen sprach – oder mit den Frauen, die ihm möglicherweise etwas bedeutet hatten.

»Aber immerhin gelingt es Jane offenbar sehr gut, die lüsterne Seite in ihm zu wecken.«

Jane machte sich nicht die Mühe, Sams Bemerkung zu widersprechen. Schon früher hatte das brennende Verlangen in ihr sie beunruhigt. Aber jetzt, wenn Hugh bei ihr war, schien die Glut sie beinahe zu verzehren. »Eines könnte ich beschwören –«, begann sie und beugte sich näher zu ihren Cousinen, als Sams Töchter am Ende des Stegs auftauchten, ein keuchendes Kindermädchen auf den Fersen, »dass ich manchmal glaube, so oft an die körperliche Liebe zu denken wie ein siebenundzwanzigjähriger Mann. Es gibt Menschen, die von der Fleischeslust geradezu besessen sind. Vielleicht bin ich einer von ihnen.«

Sam verdrehte die Augen. »Und das aus dem Mund einer siebenundzwanzigjährigen Jungfrau.«

»Samantha, du sollst nicht richten«, tadelte Belinda. »Jane hat nicht darum gebeten, noch Jungfrau zu sein.« Sie griff nach der Flasche. »Was wird geschehen, wenn du die Ehe tatsächlich nicht vollziehst? Wie wird dieses Abenteuer für dich enden?«

Jane lehnte sich zurück und stützte sich auf die Ellbogen. Der Duft der wilden Rosen, die die ersten Herbstfröste überstanden hatten, lag in der Luft, und sie atmete ihn tief ein. »Unsere Ehe wird aufgelöst werden. Und Hugh wird wieder als Söldner oder Marodeur oder als was auch immer im Geheimen umherziehen.«

»Janey, nur so ein Gedanke«, meinte Sam plötzlich. »Willst *du* eigentlich mit ihm verheiratet bleiben?«

Insgeheim hatte Jane sich schon gefragt, ob Sam und Belinda vielleicht vergessen hatten, wie stark sie in der Vergangenheit auf Hugh fixiert gewesen war. Bisher hatten die beiden sich ausschließlich auf die Frage konzentriert, welche Gründe Hugh wohl haben mochte, die Ehe zu beenden. Vermutlich befürchteten sie, dass Jane wieder bittere Tränen seinetwegen vergießen würde.

Während Jane über die Frage nachdachte, beobachtete sie,

wie Hugh zum wiederholten Mal absichtlich einen Fehlschuss abgab. Lawrence schlug ihm jetzt ermutigend auf den Rücken und drängte ihn zu einem weiteren Versuch. Wie leicht hätte Hugh die beiden Männer blamieren können! Ihr war auch nicht entgangen, wie sehr es ihn gedrängt hatte, die Weise zu korrigieren, auf die Robert sein Gewehr hielt. Doch er hatte geschwiegen. Offenbar versuchte er tatsächlich, sich mit ihrer seltsamen Familie zu arrangieren.

Jane seufzte. Nach den Ereignissen in der vergangenen Nacht war ihr bewusst geworden, dass sie bis ans Ende ihres Lebens alle Nächte mit diesem Mann würde verbringen können. Selbst nach dem Streit heute Morgen war sie überzeugt, dass er ein guter Ehemann wäre.

Schon früh hatte sie gemerkt, dass seine Persönlichkeit und sein Temperament äußerst anziehend auf sie wirkten. Sie hatte von Anfang an ein Auge auf ihn geworfen, und nachdem er fortgegangen war, war sie keinem Mann begegnet, der dem Vergleich mit ihm hatte standhalten können.

Jane lächelte angespannt. »Das spielt doch keine Rolle, oder? Er hätte nicht deutlicher ausdrücken können, dass er mich verlassen und niemals zurückkehren wird, sobald die Sache vorüber ist. Ihr hättet seinen Gesichtsausdruck sehen sollen, als ich behauptet habe, dass ich nicht keusch gelebt habe.«

»Wir sollten fair bleiben«, mahnte Belinda, »denn er hat seine Zustimmung nur unter der Bedingung gegeben, dass die Ehe annulliert wird. Sollte eine Annullierung nicht möglich sein, wird es schwierig werden. Vielleicht befürchtet er sogar, dass die Ehe nur durch eine Scheidung beendet werden kann. Und das ist immer eine schmutzige Angelegenheit, wie unsere Cousine Charlotte euch versichern kann. Schließlich hat sie Stunden im Gerichtssaal verbracht und die Verhandlungen verfolgt.«

Sam schüttelte den Kopf. »Nein, er ist eifersüchtig. Er hat darauf reagiert, dass du angeblich mit einem anderen Mann im Bett warst. Oder mit mehr als einem.«

Belinda hob die Hand an den Mund, unterdrückte einen Schluckauf und griff nach der Flasche, die Jane ihr anbot. »Jane, ich muss Sam recht geben. Er sieht dich an, als stünde er kurz vor dem Hungertod und du wärst sein Festschmaus.«

»Aber ihr habt uns doch nur kurze Zeit miteinander erlebt!«

»Er schaut die ganze Zeit herüber und lässt dich nicht eine Sekunde aus den Augen«, erklärte Sam.

»Kann sein, dass er ein wenig besitzergreifend auftritt«, gestand Jane ein, »aber das muss er auch. Schließlich beschützt er mich.«

»Komm schon, hast du noch nie einen Highlander gesehen, der schwer verliebt ist? Nein?« Sam deutete mit dem Daumen über ihre Schulter auf Hugh, der Jane mit glühendem Blick ansah. »Dann dreh dich mal um.«

»Schwer verliebt. Lächerlich!« Dennoch pochte Jane das Herz in der Brust.

Belinda verzog das Gesicht. »Jane, wo bleibt dein berühmtes Selbstbewusstsein?«

»Geschlagen. Es hat laut schreiend die Flucht ergriffen. Das kommt vor, wenn der eigene Ehemann die Ehe als Falle betrachtet, die zugeschnappt ist. Und da hilft es mir auch nicht weiter, dass er entschlossen scheint, sich wie ein Tier die Pfote abzubeißen, um sich daraus zu befreien.«

»Vielleicht denkt er, dass er nicht reich genug ist«, wandte Belinda ein, »oder nicht gut genug für dich. Denn schließlich warst du kurz davor, einen außerordentlich attraktiven und reichen Earl zu heiraten.«

»Sie hat recht«, stimmte Sam zu. »Für mich sieht es aus wie Selbstaufopferung.«

»Du glaubst also, dass er sein Leben für mich riskiert, weil er in mich verliebt ist und den Gedanken nicht ertragen kann, mir könnte etwas geschehen?«

Belinda nickte. »Genau das.«

Warum tat Hugh all das? Ja, sie wusste, dass er ihrem Vater seinen Lebensunterhalt verdankte. Aber was er jetzt tat, ging weit über Dankbarkeit und Wiedergutmachung hinaus. »Könnt ihr euch erklären, warum er damals fortgegangen ist und jetzt so wild entschlossen ist, nicht mit mir verheiratet zu bleiben?«

»Nein. Aber an deiner Stelle würde ich es herausfinden wollen«, meinte Sam. »Ich würde taktisch vorgehen.«

»Eine Taktik für MacCarrick«, erwiderte Jane und strich sich mit der Fingerspitze über das Kinn. »Wie komme ich nur darauf, dass die Geschichte sich wiederholt?«

Sam zuckte die Schultern. »Zugegeben, unser letzter Plan war nicht besonders erfolgreich …«

»Nicht besonders erfolgreich?« Jane lachte. »Das ist wohl gelinde untertrieben. Wir waren wild entschlossen, ihn dazu zu bringen, mich zu heiraten. Stattdessen hat er die Flucht ergriffen und sich zehn Jahre nicht mehr blicken lassen.«

»Was hast du also vor?«, hakte Belinda nach.

»Vielleicht sollte ich darauf warten, bis wie aus dem Nichts die Antwort auf diese Frage kommt. Und dann impulsiv und völlig unangemessen handeln. Was meint ihr?«

Sam rieb sich nachdenklich das Kinn. »Könnte sein, dass *der* Plan aufgeht.«

27

Bei Sonnenuntergang erwischte Hugh sie, als sie das Haus durch den Seiteneingang verlassen wollte. »Du kannst mir nicht den ganzen Tag aus dem Weg gehen.« Er drückte Jane gegen die Wand, und sie ließ es geschehen.

»Ich bin in Sichtweite geblieben«, verteidigte sie sich und nahm überrascht zur Kenntnis, dass er sich mit einer Hand neben ihrem Kopf abstützte und sich vorbeugte. »Außerdem war ich überzeugt, dass du die Zeit mit Robert und Lawrence genießt.«

Er sah sie aus schmalen Augen an. »Ja, klar. Heute war ich schießen, ich war angeln, und ich habe geraucht. Und ich habe dich nicht eine Sekunde lang aus den Augen gelassen. Die beiden müssen überzeugt sein, dass ich mich wie ein kleines Kind an deinen Rockzipfel klammere.« Er klang so grimmig, dass sie beinahe lachen musste. »Hast du deinen Cousinen erzählt, was letzte Nacht gewesen ist?«

»Natürlich.«

»Dann hast du ihnen auch erzählt, dass ich … dass wir …« Hugh stöhnte und lehnte seine Stirn gegen ihre. »Jane, sag mir, dass du das nicht getan hast.«

»Ist es das, worüber du dir den ganzen Tag den Kopf zerbrochen hast?«

Er hob den Kopf. »Himmel noch mal, ja.«

Aufmerksam betrachtete Jane ihre Fingernägel. »Nun, du hast es nicht anders verdient, wenn ich daran denke, wie abscheulich du mich heute Morgen behandelt hast.«

»Kann sein. Aber ich will nicht, dass unsere Angelegenheiten von deinen Cousinen breitgetreten werden. Es wird kaum einen Tag dauern, bis sie alle über uns Bescheid wissen.«

»Ich habe es Sam und Belinda zwar gesagt, aber ich habe keine Einzelheiten preisgegeben. Ich habe nur gesagt, dass wir … dass wir zusammen gewesen sind, ohne die Ehe zu vollziehen.«

»Das ist immer noch zu viel«, kritisierte er, entspannte sich aber ein wenig und lehnte seine Stirn wieder an ihre. »Ich war überzeugt, dass du nach dem Vorfall heute Morgen nie wieder freiwillig mit mir sprechen würdest.«

»Ich gebe mir die größte Mühe, deine Worte zu vergessen.«

»Das weiß ich sehr zu schätzen …«

»Aber nur, wenn du dich für die kommenden zwei Wochen auf einen Handel mit mir einlässt: Jedes Mal, wenn du in deine Grübeleien verfällst, zahlst du mir hundert Pfund.«

»Hundert Pfund? Wozu soll das gut sein?«

»Heute ist mir klar geworden, dass wir uns nicht auf die Nerven gehen müssen, nur weil wir gezwungen sind, Zeit miteinander zu verbringen. Ich will meinen Spaß haben. Mit dir zusammen. Aber das ist unmöglich, wenn du in Gedanken ständig woanders bist.«

»Ich kann nun mal nicht aus meiner Haut …«

»Hugh, schlag in den Handel ein. Oder ich werde niemals die Worte vergessen, die du mir heute Morgen an den Kopf geworfen hast. Und ich garantiere dir, dass ich meinen Cousinen die ganze Geschichte haarklein berichten werde. Ich werde ihnen Wort für Wort genau das erzählen, was du gesagt und getan hast, als du über mir warst.«

Er wandte den Blick ab und biss die Zähne aufeinander. »Einverstanden. Der Handel gilt«, stieß er dann hervor.

»Gut. Aber gib acht, sonst kommt schnell ein hübsches Sümmchen zusammen.«

»Ich denke, ich werde damit zurechtkommen.«

»Womit? Mit den Ausgaben oder damit, zwei Wochen lang nicht zu grübeln?«

Er sparte sich die Antwort, weil Sams Tochter Emily auftauchte.

»Komm endlich, Tante Janey!«, rief das Mädchen, nahm Jane an der Hand und zerrte sie zur Rasenfläche vor dem Haus. Jane ergriff Hughs Hand, damit er sie begleitete. »Emily ist genauso wie ich, als ich klein war. Den ganzen Tag rennt sie herum, bis sie vor Müdigkeit umfällt.«

»Als du klein warst?« Hugh hob die Brauen. »So warst du noch mit dreizehn.«

Es schien ihn zu überraschen, dass sie laut auflachte. Als sie die auf dem Rasen ausgebreitete Decke erreicht hatten, nahm Jane darauf Platz und zog an Hughs Hand, bis er sich neben sie gesetzt hatte. Emily machte es sich auf Janes Schoß bequem.

»Tante Janey«, flüsterte das Mädchen vernehmlich, »ist das der ruppige Schotte, den du geheiratet hast?«

Jane beobachtete, wie Hughs Miene sofort versteinerte. »Ja, das ist er.«

Emily beäugte ihn misstrauisch. »Soll ich wirklich Onkel zu ihm sagen?«

»Ja, Liebes, er ist dein Onkel Hugh.«

»Wird er uns wirklich Geschenke kaufen?«

»Das fragst du ihn am besten selbst«, wisperte Jane ebenso vernehmlich zurück.

Emily neigte den Kopf zur Seite. »Bekomme ich das Püppchen, das ich mir gewünscht habe?«

Hugh warf Jane einen kurzen Blick zu. »Aye«, antwortete er dann.

»Wirst du es auch nicht vergessen?«

Als er den Kopf schüttelte, lächelte Emily selig. Dieses Lächeln hatte Jane einst dazu gebracht, dem Mädchen ein Pony zu versprechen und auch zu schenken, das wegen seiner braunen Flecken dann »Freckles« genannt worden war. Hugh bekräftigte sein Versprechen mit einem kurzen Nicken.

»Bye … Onkel Hugh«, rief Emily fröhlich, bevor sie davonrannte.

Jane musterte ihn aufmerksam. »Du benimmst dich, als hättest du noch nie Kinder um dich gehabt.«

»Stimmt. Seit vielen Jahren nicht mehr.« Hugh wirkte angespannt und nervös. »Wie hätte ich mich sonst verhalten sollen?«

Hugh gibt sich die größte Mühe … »Nun, du hättest sagen können: ›Natürlich, meine Liebe, aber nur, wenn du die ganze Woche über brav bist‹ oder so ähnlich.«

»Ich wusste nicht, dass Kinder dir so sehr am Herzen liegen.«

»Ich liebe Kinder«, gestand sie, »ich liebe alles an ihnen. Wie ihr Haar am Ende eines langen Sommertages riecht, wie intensiv sie das Leben in sich aufsaugen, wie leicht ihnen das Lachen fällt …« Sie brach ab, als sie seine finstere Miene bemerkte. »Was ist falsch daran?«

»Warum hast du dann nicht längst für eigene Kinder gesorgt?«, schnappte er.

»Nun, um sie zu bekommen, ist eine gewisse … Notwendigkeit unerlässlich – man nennt sie ›Ehemann‹.«

»Es scheint, als hättest du deine Ansprüche an einen Ehemann beizeiten herunterschrauben sollen.«

»Aus deinem Mund klingt es so, als wäre es schon zu spät für mich – ich bin erst siebenundzwanzig. Meine Mutter war neunundzwanzig, als sie mich bekommen hat. Es gibt keinen Grund, meinen Wunsch aufzugeben. Oder genauer gesagt, es gab keinen … bitte entschuldige, ich bin ein wenig verwirrt. Glaub mir, es wäre so viel einfacher, wenn ich richtig verheiratet oder richtig allein wäre.«

»Aber jetzt bist du halb und halb mit einem *ruppigen* Schotten verheiratet. Stimmt's?«, stieß er hervor, wandte sich ab und pflückte ein paar Grashalme. »Hast du … hast du dich eigentlich geschämt, mich als deinen Ehemann vorstellen zu müssen?«

»Du lieber Himmel, nein!«, rief sie und wünschte sich sofort, dass ihre Antwort ein wenig sicherer und leiser geklungen hätte, auch wenn seine finstere Miene sich merklich aufhellte.

»Außerdem ist mir ›ruppiger Schotte‹ immer noch lieber als der Spitzname, mit dem sie Robert ständig aufziehen.« Hugh zog die Brauen hoch, und sie fügte hinzu: »Sie nennen ihn ›unser immer fröhlicher Quacksalber‹. Übrigens ist er überzeugt, dass ihr zwei schon Freundschaft geschlossen habt. Er hat mir anvertraut, dass er gleich ein gutes Gefühl hatte, obwohl er dir nicht mehr als drei Sätze abringen konnte. Gewöhnlich irrt er sich nur selten.«

»Ein gutes Gefühl? Aber warum …?« Er brach ab, als er bemerkte, dass Lawrence sich anschickte, ein Lagerfeuer zu entzünden. »Wollt ihr etwa ein Feuer machen?« Misstrauisch ließ Hugh den Blick durch die Gegend schweifen. »Hier?«

Jane nickte. »Abends essen wir immer draußen, wenn das Wetter schön ist.«

»Ich weiß.« Aufmerksam sah er zu, wie Sam und Belinda das Essen und den Wein auspackten.

»Wir bleiben doch noch hier, nicht wahr?«

Hugh warf ihr einen Blick zu, als hätte sie von ihm verlangt, das verdreckte Wasser der Themse zu trinken.

Sie hatten ernsthaft vor, draußen zu sitzen. Sie alle. *Nein, nein, nein.*

»Nein, wir können nicht bleiben.« Hugh stand auf und zog Jane hoch. Auf keinen Fall würde er das zulassen.

Jane musste ihm angesehen haben, wie sehr ihr Vorschlag ihm missfallen hatte. Sie schmiegte sich an ihn, und ein Lächeln spielte um ihre weingeröteten Lippen.

»Ich möchte heute Abend wirklich gern hier essen«, sagte sie.

Hugh schüttelte unnachgiebig den Kopf.

»Bitte.« Ihre Stimme klang so weich, dass er sich fragte, was schlimmer war – dass sie ihn um den kleinen Finger wickeln konnte oder dass sie beide das wussten?

Jane setzte sich wieder, ergriff seine Hand und zog ihn hinunter auf die Decke. »Lass uns hierbleiben.« Sie lehnte sich an ihn. Ihre Brüste drückten weich gegen seinen Arm. Mit der Hand strich sie seinen Rücken hinauf, und er spürte, wie sie dabei mit den Fingernägeln zart kleine Kreise beschrieb. »Das ist doch gar nicht so schlimm, oder?«

Für sie sicher nicht. All die anderen hatten sich gemächlich auf Decken rund um das Lagerfeuer niedergelassen und genossen von Porzellantellern das köstliche Dinner. Obwohl Jane ein paar Köstlichkeiten für ihn auswählte und ihm der Duft verführerisch in die Nase stieg, hatte Hugh keinen Appetit.

Nachdem sich die Kinder mitsamt ihrer Nannys ins Haus zurückgezogen hatten, machten weitere Weinflaschen die Runde. Die Unterhaltung wurde lebhafter, die Ausdrucksweise freier, sogar in Gegenwart der Damen – und sogar aus dem Munde der Damen.

Hugh merkte auf, als er Robert sagen hörte: »Hugh weiß wenigstens, mit wem er es zu tun hat. Stellt euch vor, er hätte sie geheiratet, ohne sie so lange zu kennen.«

»Nun, ich bin sicher, er weiß auch, dass Janey die wildeste von den Acht wilden Weylands ist.«

»Das bin ich nicht!«, rief Jane empört.

»Kennt Hugh schon die Geschichte von dem russischen Prinzen?«, fragte Sam und bedachte Jane mit einem selbstzufriedenen Lächeln.

Hugh will diese Geschichte ganz gewiss nicht hören …

Aber Samantha hatte schon begonnen, die Geschichte zum Besten zu geben. »Es war erst in diesem Frühjahr auf einem Ball, als ein grässlicher alter Lustmolch, leider ein Prinz, unbedingt Charlottes Mieder befingern musste. Unsere kleine Charlotte war zu Tode erschrocken! Also haben wir die wildesten Gerüchte über seinen verkümmerten elften Zeh in die Welt gesetzt.« Samanthas Augen funkelten vor Vergnügen. »Aber Jane hat sich abseitsgehalten. Wie ein Tiger auf der Pirsch hat sie uns beobachtet und auf den richtigen Moment gewartet. Ich habe gesehen, was dann passiert ist. Als er an ihr vorbeiging, hat sie ihm ihr süßestes Lächeln zugeworfen. Er war davon so gefesselt, dass er nicht bemerkt hat, dass sie ihm ein Bein gestellt hat. Er ist mit der Nase voran in die Bowle gefallen.«

Hugh spürte, wie seine Mundwinkel zuckten. Sein mutiges Mädchen …

»Jane kam danach zu uns«, fuhr Belinda fort, »hat sich die Handschuhe glatt gezogen und gesagt« – sie ahmte Janes weiche Stimme nach –: »›Meine Lieben, jeder Mann hat sich den Acht Weylands zu beugen. Oder er fällt tief.‹«

Hugh musterte Jane. »Sie haben sich zu beugen?«, platzte er heraus.

»Hast du nicht zugehört?«, fragte Jane und lächelte frech. »Entweder sie beugen sich, oder sie fallen tief. Und wer so groß ist wie du, fällt besonders tief.«

Verdammt, aber sie meinte das nicht als Witz.

Trotzdem lachten alle. Anschließend überließ die Gruppe

sich einem Wettbewerb, wer in kürzester Zeit die anzüglichsten Verse schmieden konnte. Als Hugh irgendwann bewusst wurde, dass er schallend mitlachte, mahnte er sich zu größerer Wachsamkeit und zwang sich zur Zurückhaltung. So war es schon immer gewesen – er stand außerhalb des Geschehens und betrachtete es vom Rand aus. Es fiel ihm nicht schwer. Denn er war so anders als diese Leute, dass es ihm vorkam, als prallten Tag und Nacht aufeinander.

Hier fühlte sich jeder so verdammt wohl in seiner Haut, sie fühlten sich aufgehoben und sicher in den Beziehungen, die sie miteinander verbanden, und Zuneigung wurde offen gezeigt, unbewusst und wie selbstverständlich. Samantha lachte und küsste Robert auf den Nacken. Belinda und Lawrence entfernten sich Hand in Hand vom Feuer, um das Tuch zu holen, das sie am Steg vergessen hatte.

Wie es wohl sein würde, wenn er auch dazuzählte, wenn Jane wirklich ihm gehörte? Was wohl aus ihm würde, wenn nicht ständig der drohende Schatten des *Leabhar* über ihm hinge? Wie er die Menschen um ihr sorgloses Leben beneidete!

Zwei Familien. Auf einer lag ein Segen, auf der anderen lastete ein Fluch.

Hugh atmete schwer aus. Als hätte sie gespürt, wie sehr er es brauchte, strich Jane sanft über seinen Nacken.

Er starrte ins Feuer. Es lag nur wenige Wochen zurück, dass die Frau, die sein Bruder liebte, beinahe gestorben wäre. Weil Court ungestüm gehandelt hatte, waren die beiden von den Rechazados gejagt worden.

Zwei dieser gnadenlosen Mörder waren Annalías Bruder ins Haus der MacCarricks nach London gefolgt, hatten die junge Frau gefangen genommen und zu entführen versucht. Als Court sich auf die Kerle hatte stürzen wollen, hatten sie ihr ein Gewehr an die Schläfe gedrückt, und zwar so brutal, dass sie verletzt worden war. Court hatte ihr nicht helfen können. Er hatte Hugh angefleht, ihm zu helfen.

Hugh war in sein Zimmer im oberen Stockwerk gelaufen, hatte sich sein Gewehr geschnappt und vom Fenster aus einen Schuss abgefeuert. Noch nie hatte ihm ein Schuss so viel bedeutet. Denn er hatte gewusst, dass es seinen Bruder vernichten würde, käme das Mädchen ums Leben.

Hugh hatte sein Ziel getroffen, ohne dass der Kerl in der Lage gewesen war, zurückzufeuern. Annalía hatte sich von dem schweren Körper befreien müssen, der auf sie gestürzt war und sie unter sich begraben hatte. Bevor Court ihr hatte helfen können, war sie in der Blutlache ausgerutscht und hatte vor Entsetzen geweint.

Als er Hugh zu ihr hatte laufen sehen, hatte er Erleichterung empfunden, nicht nur um seines Bruders willen, sondern auch, weil er stark genug gewesen war, Jane zu verlassen, um sie niemals einem solchen Risiko auszusetzen. *Ich will eher sterben, als dass ich Jane einer solchen Gefahr aussetze,* hatte er damals gedacht.

Aber jetzt …

»Die ersten hundert Pfund sind fällig«, flüsterte Jane und küsste ihn aufs Ohr. »Willst du, dass es zweihundert werden?«

28

Grey spürte, wie seine Nackenhaare sich aufrichteten, als es in der Schankstube still wurde.

Dann grinste er. Dieser verdammte Bastard hatte gerade das Gasthaus betreten, in dem er selbst den Tag verbracht hatte – um bei Einbruch der Dunkelheit die Fähre über den See zu nehmen.

Grey entschied sich für den Rückzug und verdrückte sich in Richtung Seitentür. Aber dann zögerte er und verharrte in der dunklen Ecke, um seinen Verfolger genauer ins Auge zu nehmen.

Ethan MacCarrick. Der von allen gefürchtete Teufel in Person.

Fast hätte Grey laut aufgelacht.

Aufmerksam ließ Ethan den Blick durch den Raum schweifen und suchte nach drohenden Gefahren. Seine Miene war grimmig, und die Narbe prangte weiß auf seinem Gesicht. Grey hätte gern gewusst, wer Ethan diese Verletzung beigebracht hatte. Aber Hugh hatte darüber nie reden wollen und hatte mit scharfen Worten jeden zurechtgewiesen, der ihn danach gefragt hatte. Wer auch immer es gewesen war, Grey war der Meinung, dass derjenige über ein gewisses Talent verfügte – und er musste es getan haben, als Ethan noch jung gewesen war.

Ethan stand mit dem Rücken zur Wand und ließ den Blick aufmerksam über die im Schankraum Anwesenden gleiten. Grey wusste, dass er Ausschau hielt – nach jemandem, der wie ein ganz gewöhnlicher betrunkener Stammgast aussah. Diese Männer waren wichtige Schlüsselfiguren, sie waren diejenigen, die über Informationen verfügten, denn Betrunkene nehmen ihre Umgebung erstaunlich scharfsichtig wahr. Und niemand verhielt sich in Gegenwart eines Betrunkenen besonders vorsichtig.

Unter Ethans penetranter Beobachtung sprang ein Mann plötzlich auf und beeilte sich, zur Tür zu kommen. Kaum eine Sekunde später hatte Ethan ihn beim Schopf gepackt und zerrte ihn nach draußen.

Grey traute sich aus dem Schatten und folgte den beiden bis zu einer nebelverhangenen schmalen Gasse. Aus der Entfernung beobachtete er, wie Ethan den Mann langsam mit einer Hand würgte, ihm dann gestattete, in kurzen Intervallen einige Worte hervorzustoßen. Grey rollte mit den Augen. Ethan hatte nie viele Umstände gemacht und seine Macht immer voll ausgenutzt.

Als der Mann einen Namen herausschrie, der in der Tat ein brauchbarer Hinweis auf ihn war, wusste Grey, dass Ethan auch dieses Mal mit seinen Methoden Erfolg gehabt hatte. Nachdem er den Mann zu Boden geschlagen hatte, kehrte Ethan in die Gaststube zurück und manövrierte Grey damit unabsichtlich in die Falle. Denn der Fährmann, der ihn übersetzen sollte, trank dort sein Bier und wartete darauf, dass Grey ihm den Befehl zum Ablegen gab.

Verdammt! Obwohl ihn nur noch die halbstündige Fahrt über den See von *Ros Creag* trennte, war es Grey klar, dass er schnell handeln musste. Denn er ging davon aus, dass Hugh nicht länger am See bleiben wollte; er rechnete vermutlich damit, dass Grey ihn in seinem Versteck aufspüren würde.

Wenn Ethan nicht sofort aus dieser Gaststube und aus der kleinen Stadt verschwand, würde Grey ihn heute Nacht umbringen müssen – obwohl er es nicht so geplant hatte. Jedenfalls noch nicht. Zuerst wollte er Jane töten. Er hatte es immer ratsam gefunden, in solchen Angelegenheiten Prioritäten zu setzen, und er war bereits von seinem Plan abgewichen, indem er sich zunächst um Lysette gekümmert hatte.

Was Ethan anging, würde er jedoch kaum eine andere Wahl haben.

Aber Ethan war kein leichtes Opfer. Es würde Zeit kosten, unbemerkt an ihn heranzukommen und zuzuschlagen, ihm den Bauch aufzuschlitzen – Zeit, die Grey nicht hatte.

Nachdem eine Viertelstunde vergangen war und Ethan sich immer noch im Gasthaus aufhielt, wurde Grey klar, dass er ihn würde erschießen müssen …

Er blickte sich nach einem geeigneten Ort um und entdeckte an einem Haus ein Stück die Straße hinunter einen kleinen Balkon. Von dort oben hätte er ebenso freie Sicht auf den Eingang der Taverne wie auch auf die Gasse. Als er dann an einem der eisernen Stützpfeiler des Balkons hinaufkletterte, schrien die vernarbten Schusswunden in seiner Brust förmlich aus Protest.

Nachdem er Position bezogen hatte, wartete er darauf, dass Ethan das Gasthaus verließ. Er beobachtete die Menschen, die auf der Straße vorbeischlenderten, das Gasthaus betraten oder durch die große Tür verließen. Warum trieb Ethan sich ausgerechnet hier herum? Wollte er vielleicht nur etwas essen? Jemanden verhören? Grey hielt es für unwahrscheinlich, dass Hughs Bruder sich mit einer Frau vergnügte, wusste er doch, dass der Mann sich niemals irgendwelche Vergnügungen gönnte, noch nicht einmal mit Huren.

Mehr als eine Stunde verging, bis Ethan das Gasthaus durch den Nebenausgang verließ. Grey zielte mit der Pistole auf ihn, doch seine Hand zitterte zu stark. Mit der anderen

Hand schob er sich seine Medizin in den Mund, um ruhiger zu werden.

Grey wurde auf Anhieb klar, dass Ethan verändert wirkte. Im flackernden Licht der Straßenlaterne war es deutlich zu sehen – er wirkte unkonzentriert, abgelenkt.

Es gab nur einen einzigen Grund, weshalb der Mann so aussah. Grey wusste es, weil er den gleichen Ausdruck oft auf Hughs Gesicht hatte beobachten können.

Ethan MacCarrick hatte eine Frau im Sinn.

Ethan hatte oft so getan, als sei ihm sein Aussehen egal. Doch jetzt, als zwei junge Männer stehen blieben und ihm ins Gesicht starrten, schien ihm bewusst zu werden, was die Menschen empfanden, wenn sie ihm begegneten. Er funkelte die beiden wütend an, empfand aber offenbar keine Befriedigung darüber, dass sie die Flucht ergriffen. Er fuhr sich mit dem Handrücken über die Narbe, als er ihnen hinterherstarrte.

Doch Grey hatte kein Mitleid für Ethan übrig. Nicht, wenn er daran dachte, dass ihm vor Schmerz der Schweiß ausgebrochen war, während er in Ethans dunklem feuchtem Kellergelass eingesperrt gewesen war. Wut begann in ihm zu brodeln, immer stärker, bis auch das stetige Kauen seiner Medizin nichts mehr dagegen auszurichten vermochte.

Nach seiner Freilassung hatte er Ethan Dankbarkeit vorgetäuscht und so getan, als sei er auf dem Weg zur Besserung. Hugh hatte überaus erleichtert gewirkt – und sich schuldig gefühlt, weil er Grey geschlagen hatte. »Es ist gut, dass du wieder einer von uns bist«, hatte Hugh gesagt. Aber Ethan hatte ihn durchdringend gemustert, und in seinem Blick hatte eine Warnung gelegen: *Ich werde ein Auge auf dich haben.*

Aber jetzt hatte Grey *ihn* im Auge. Mit zittriger Hand nahm er eine weitere Opiumkugel und hoffte, es würde das Zittern vertreiben, als er sie kaute.

Obwohl Ethan das Geräusch aus der Entfernung nicht gehört haben konnte, erstarrte er in dem Moment, in dem Grey den Abzugshahn seiner Pistole spannte. Entweder hatte er Greys Anwesenheit gespürt, oder es war ihm klar geworden, wie unvorsichtig er gehandelt hatte, als er in die Gasse hinausgetreten war.

Ethan sah auf – und entdeckte Grey. Ungläubig starrte er ihn an. Grey ging es nicht anders. Niemals hätte er es für möglich gehalten, dass er den legendären Ethan MacCarrick so einfach zur Strecke bringen würde. Dann verzog sich Ethans Gesicht vor Wut. Er riss seine Waffe hoch und feuerte. Grey betätigte den Abzug, als die Kugel an einer Stelle seiner weiten, sackartig sitzenden Kleidung den Stoff durchschlug.

Blut spritzte aus Ethans Brust und über seinen Körper, als er zu Boden fiel.

Ein miserabler Schuss? Nein, nicht heute Abend. Grey hatte einen Meisterschuss abgefeuert.

29

Jane schlummerte in seinen Armen, als Hugh nach *Ros Creag* zurückritt. Insgeheim musste er sich eingestehen, dass der Abend gar nicht schlecht gewesen war. Eigentlich hatte er sogar die schönsten Stunden seit vielen Jahren verlebt. Und jetzt hielt er Jane wieder in den Armen, der Mond prangte am Himmel, und sie … schmiegte sie sich an seine Brust? Hugh blickte zu ihr hinunter.

»Jane, schläfst du, oder bist du wach?«

»Gerade aufgewacht«, murmelte sie und hielt sich an seinen Schultern fest.

»Bist du betrunken?«

»Nein, mein Kopf ist vollkommen klar.«

»Warum knöpfst du dann mein Hemd auf?«, fragte er mit heiserer Stimme. Ausgeschlossen, dass sie nicht bemerkte, wie unvermittelt er darauf reagierte. Hugh ergriff sie an den Armen und rückte Jane zurecht, bis sie nicht mehr so unmittelbar auf seiner Erektion saß. »Jane, du weißt doch, dass wir nicht …« Du lieber Himmel, hatte sie wirklich mit den Lippen, mit der Zunge … seine Brust liebkost? Er warf den Kopf in den Nacken und starrte den Mond an. Plötzlich konnte er sich an all die Schwüre, die er im Lauf des Tages immer wieder erneuert hatte, nur noch vage erinnern. Heftig schüttelte er den Kopf. »Du tust immer noch so, als sei alles nur ein Spiel.«

Jane blinzelte ihn an, als sei sie gerade aus einem Traum erwacht. »Ich tue gar nichts …«

»Du weißt, dass du ohne mich nirgendwohin gehen sollst.«

»Ich musste mit meinen Cousinen reden. Weil ich ihren Rat brauchte. Dringend«, erklärte sie.

Obwohl er wusste, dass sie ihm nicht antworten würde, fragte er mit gedämpfter Stimme: »Worüber?«

»Darüber, wie sehr …«, Jane reckte sich hoch und küsste ihn auf den Mund, »… wie sehr ich möchte, dass du mich liebst.«

Beinahe wäre er vom Pferd gefallen und hätte sie mit sich gerissen.

Den ganzen Tag hatten ihre leichten, wie zufälligen Berührungen ihn provoziert, hatten sein Verlangen nach ihr angestachelt, bis er sich wie im Fieber gefühlt hatte. Und den ganzen Tag hatte er ihren Ehemann gespielt. Und hatte, ohne es gewollt zu haben, angefangen, sich auch so zu fühlen.

Heute Nacht wollte er verlangen, was einem Ehemann gebührte.

»Du willst, dass ich dich nehme?« Seine Stimme klang rau, als er daran dachte.

Als Jane nickte, setzte er sie auf seinem Schoß zurecht, bis sie ihm zugewandt rittlings vor ihm saß. Kaum hatte sie ihre Schenkel über seine gespreizt, schob er ihre Röcke hoch. Mit einer Hand umschlang er ihren Nacken und küsste sie, während er die andere in ihre seidene Unterhose schob.

Jane hob ihre Hüften, drückte sie gegen seine Männlichkeit, und er begann, sich rhythmisch zu bewegen, bis sie leise wimmerte. Jane sog scharf die Luft ein, als sie fühlte, dass er mit der Hand ihr Geschlecht umschloss. Lustvoll stöhnte sie auf, als sie sich seiner Berührung hingab. Aus dem Stöhnen wurde ein leiser Aufschrei, als er mit den Fingern in sie eindrang.

Jane fühlte sich unglaublich eng an und nahm seine Finger hungrig auf. Es schmerzte Hugh beinahe, so sehr verlangte es ihn, seine Finger durch seine Erektion zu ersetzen. »Ich werde nicht aufhören können«, warnte er sie heiser. »Anders als letzte Nacht.«

Sein Daumen und sein Zeigefinger spielten mit ihr. Janes Kopf wollte zur Seite sinken, doch Hugh verstärkte den Griff um ihren Nacken, bis sie ihn anschaute.

Ihre Lider waren schwer, als sie nickte.

»Hast du mich verstanden?« Sanft rieb er über ihre empfindlichste Stelle. Langsam begann Jane, sich lustvoll an seinen Fingern zu reiben.

»Hugh! Lieber Himmel! Ja, ich verstehe.«

Ihre Worte hatten wie ein Keuchen geklungen, und Hughs Körper spannte sich an, als ihm bewusst wurde, was sie gesagt hatte. »Heute Nacht werde ich in dir sein.« Nach so langer Zeit. »Du willst es.« Mit dem Druck seiner Finger bekräftigte er den Entschluss.

»Ja, ich will es!« Sie war kurz vor dem Höhepunkt. Hugh spürte, wie sie zitterte, wie ihre Schenkel sich in rhythmischen Abständen strafften und wieder entspannten. Und er hatte das Gefühl, jeden Moment zu explodieren …

Es war nicht mehr zu ändern. In ihm brannte das Verlangen, sie zu besitzen, und sie wollte, dass er es tat. Wie war er nur jemals auf den Gedanken gekommen, sich dagegen zur Wehr setzen zu können? »Du sollst zuerst kommen«, raunte er ihr ins Ohr. »Tu es für mich.«

»Hugh, ich …« Jane küsste ihn leidenschaftlich, als sie den Höhepunkt erreichte, stöhnte wild an seinen Lippen. Sie krallte sich in seine Schulter, und ihr enges feuchtes Geschlecht pulsierte um seine Finger. Hughs Erektion wurde noch härter, als er daran dachte, wie er in die enge Hitze gleiten würde.

Als Jane sich kraftlos gegen seine Schulter fallen ließ, legte er die Hand auf ihren Po und ließ sie dort, bis sie *Ros Creag* erreichten. Dort warf er die Zügel über den erstbesten Pfosten und glitt mit ihr auf den Armen vom Pferd.

Jane hatte die Beine um seine Hüften geschlungen, als er sie ins Haus trug. Sie küsste ihn, kaum dass er die Tür hinter sich zugeschlagen hatte, umklammerte seine Arme und verschränkte ihre Finger mit seinen.

Verzweifelt sehnte Hugh sich danach, in ihr zu versinken. Eilig trug er Jane die Treppe hinauf, nahm immer zwei Stufen auf einmal, sein Atem streifte ihren feuchten Nacken. In seinem Zimmer ließ er sie auf das Bett nieder, legte seine Jacke und das Holster mit der Pistole ab und warf beides achtlos zur Seite. Nachdem er sich auch das Hemd ausgezogen hatte, streckte Jane die Arme nach ihm aus.

Er kniete sich auf das Bett, wollte endlich zu ihr kommen, nachdem er sich jahrelang vor Sehnsucht verzehrt hatte …

Hugh erstarrte.

Die Pforte, die zur Terrasse führte, quietschte in den Angeln.

Hugh riss den Kopf hoch. Sein Blick flackerte über Janes Gesicht, dann hechtete er nach seiner Pistole.

»Hugh, was ist los?« Jane konnte kaum sprechen, so sehr hielt die Lust sie gefangen.

»Bleib, wo du bist«, sagte er knapp, eilte zum Fenster und zog die schweren Vorhänge zu. »Rühr dich nicht von der Stelle. Und halt dich um Himmels willen vom Fenster fern.«

»Treibt Grey sich dort draußen herum?«

»Vielleicht täusche ich mich auch.« Vorsichtig schob Hugh einen Vorhang zur Seite und spähte durch den Spalt.

»Ich dachte, er wäre noch gar nicht in England angekommen.«

»Ich darf kein Risiko eingehen.«

Jane war zutiefst erschrocken, dass Grey sich in der Nähe befinden könnte. Aber sie empfand keine Angst. Hughs Gegenwart gab ihr Sicherheit. »Soll ich meinen Bogen holen?«

»Nein, du brauchst deinen Bogen nicht.«

»Wie lange willst du dort am Fenster stehen?«

»Bis zum Morgengrauen.«

»Wie bitte? Warum kommst du nicht ins Bett? Du hast die Türen doch verriegelt. Er kann nicht ins Haus eindringen.«

»Wenn er tatsächlich da draußen ist, sehe ich ihn vielleicht.«

Jane zögerte. »Und was willst du tun, wenn du ihn siehst?«

»Ich werde ihn töten«, erwiderte er mit kalter leiser Stimme.

»Aber er war doch dein Freund. Außerdem dachte ich bis jetzt, dass wir auf der Flucht sind. Aber nicht, dass wir … töten müssen.«

»Er hat viele Menschen umgebracht. Männer und Frauen.«

»Aber wenn er ein so grausamer Mörder ist, warum hast du dann zugestimmt, mich zu beschützen? Du riskierst dein Leben!«

Hugh schwieg.

»Hugh, du würdest doch nicht etwa … dein Leben für mich opfern?«

»Was soll diese Frage?«

Jane stöhnte frustriert. »Antworte bitte.«

Er spannte sich an und musste lange mit sich kämpfen. »Aye«, stieß er dann mit zusammengebissenen Zähnen hervor.

»Wirklich?«

»Versuch zu schlafen.«

»Wie bringt er seine Opfer um?«, wollte sie wissen.

»Mit einem Messer.«

Das Blut wich ihr aus den Wangen. »Grey ersticht sie? Sogar die Frauen? Würde er es auch bei mir tun?«

Hugh zögerte. »Ich weiß nicht, ob es dir hilft, wenn ich dir sage, dass …«

»Hugh, ich muss es wissen«, unterbrach sie ihn heftig. »Ich muss wissen, was er im Schilde führt.«

Sein Blick glitt über ihr Gesicht. »Er schlitzt ihnen die Kehle auf …«

Lautes Klopfen an der Tür, das wie ein Poltern durch das ganze Haus dröhnte, schnitt ihm das Wort ab.

30

Erschrocken zuckte Jane zusammen. »Wer zum Teufel klopft so spät noch an?«, wisperte sie.

»Ethan.« Hugh entspannte sich kaum merklich und steckte die Pistole in seinen Hosenbund. »Ich erwarte meinen Bruder, damit er sich uns anschließt. Jane, sperr die Tür hinter mir ab und bleib im Zimmer, bis ich zurück bin.«

Er verließ das Zimmer und wartete, bis er innen das Schloss klicken hörte.

Dann eilte er die Treppe hinunter und zu einem der Fenster. Er spähte hinaus, und Unbehagen kroch ihm den Rücken hinauf, als er in dem Mann, der Einlass begehrte, einen Boten Weylands erkannte – nicht Ethan.

Schlagartig wurde ihm klar, dass seinem Bruder etwas zugestoßen sein musste. Hugh riss die Tür auf und nahm von dem grimmig aussehenden Mann Weylands Schreiben entgegen. »Was wissen Sie über meinen Bruder?«, fragte Hugh, obwohl er wusste, dass Boten nur selten in wichtige Geschehnisse eingeweiht wurden.

Der Mann schüttelte schweigend den Kopf und machte sich sofort auf den Rückweg, um die Überbringung der Nachricht zu melden.

Hugh schloss die Tür, riss den Brief auf und las die einzige Zeile, die er enthielt. Ungläubig zerknüllte er das Schreiben, ehe er die Treppe hinaufeilte.

Sobald Jane geöffnet hatte, gab er ihr seine Befehle. »Nimm deine kleinste Reisetasche, und pack einige Kleidungsstücke ein, aber nimm nur das Wichtigste mit. Pack auch deinen Bogen ein, aber keines von deinen verdammten Büchern. In zehn Minuten brechen wir auf.«

»Was ist geschehen?«

»Grey ist in England. Schon seit Tagen.« Wenn der Mann in der Lage war, auf diese Weise mit der Organisation umzuspringen, indem er täuschte und manipulierte, dann hatte die Sucht seinen Verstand noch nicht in dem Maße beeinträchtigt, wie sie vermutet hatten. Es schien, als hätte Grey keine seiner Fähigkeiten eingebüßt und trieb jetzt sein Spiel mit ihnen allen. Im Gegenteil, er spielte sogar mit ihnen. »Er könnte uns bis hierher verfolgt haben.«

Hugh war so von dem Gedanken gepackt gewesen, unter Janes Röcke zu kommen, dass er sich nicht mehr darauf konzentriert hatte, sie vor einem Mann zu beschützen, deren ganzes Trachten auf das Töten gerichtet war.

Grey könnte sie auf vielerlei Weise angreifen. Er könnte den Brunnen vergiften oder das Haus in Brand setzen und sich jeden schnappen, der vor den Flammen floh. Soweit Hugh wusste, hatte Grey zuletzt eine Vorliebe dafür entwickelt, Feuer zu legen, um seine Opfer darin umkommen zu lassen.

Jane suchte hastig einige Kleidungsstücke zusammen. »Woher weißt du, dass er sich in England aufhält?«

Hugh fuhr sich mit der Hand über das Gesicht. »Er hat Lysette getötet.«

Jane schnappte nach Luft und ließ die Tasche fallen. »Hugh, wenn er in der Nähe sein sollte, was wird dann aus meiner Familie auf *Vinelands*?«

»Grey neigt nicht dazu, von einem einmal gefassten Plan abzuweichen und wahllos zu töten – er tötet nur Menschen, die er hasst oder die auf seiner Liste stehen.«

»Nur Menschen, die er hasst? Warum hat er dann Lysette

umgebracht? Du hast doch gesagt, dass sie ein Liebespaar waren.«

»Das waren sie, aber es endete im Bösen. Er war überzeugt, dass sie ihn verraten hat.«

»Hugh, wenn er wirklich in diesem Moment da draußen ist, könnte er uns erschießen.«

»Nein, es ist unwahrscheinlich, dass er schießt«, versuchte Hugh sie zu beruhigen. »Er war noch nie ein guter Schütze. Auch nicht, bevor seine Hände gezittert haben.«

»Dann können wir doch hierbleiben. Wir schließen uns ein …«

»Er hätte nicht die geringsten Skrupel, das Haus bis auf die Grundmauern niederzubrennen.« Hugh kam zu ihr und legte ihr die Hände auf die Schultern. »Jane, ich gebe dir mein Wort, dass ich dich beschützen werde. Aber du musst mir vertrauen. Ich weiß, was ich tue.«

Jane nickte.

»Mach dich jetzt fertig. Zieh dir etwas Dunkles an. Wir werden durch den Wald reiten.«

»Wir nehmen nicht die Kutsche?«

»Eine Kutsche ist zu leicht zu verfolgen. Aber wenn wir zu Pferde sind, wird Grey unsere Spur schnell verlieren. Kannst du dich an den steinigen Pfad am Wasserfall in Richtung Norden erinnern?«

»Ja. Damals wolltest du mich nie dort reiten lassen.«

»Heute Nacht werden wir dort reiten. Und zwar verdammt schnell.«

Eine Viertelstunde später ritten sie durch den Wald. Der Nebel war so dicht, dass er im Mondlicht wie eine Strömung zu wabern schien.

Hugh führte Janes Pferd an den Zügeln. Jane hielt sich an

der Mähne ihres Tieres fest, während sie das schwierige Terrain bewältigten. Zweige verhedderten sich in ihrer Kleidung und verfingen sich in ihren Haaren, sodass es sich löste und ihr offen über den Rücken fiel.

Beim ersten Anzeichen eines Stolperns ihres Pferdes verhielt Hugh sein Pferd und ließ Jane hinter sich aufsitzen. Er wies sie an, sich gut festzuhalten, ehe er sein Tier antrieb und den Ritt in einem halsbrecherischen Tempo fortsetzte. Er wusste, dass sein Pferd überaus trittsicher und dieser Aufgabe gewachsen war. Janes Pferd folgte ihnen.

Die Arme fest um einen Highlander geschlungen, der schneller ritt, als sie es jemals gewagt hätte – nichts, was London je zu bieten gehabt hatte, ließ sich mit diesem Ritt durch die Nacht vergleichen.

Auch wenn Jane sich fühlte wie in einem Traum, so war Hugh überaus wachsam. Während sie ihrem Weg nach Norden folgten, agierte er wie ein Schachspieler, der die Züge seines Gegners im Voraus kalkulierte. Des Öfteren geschah es, dass er das Pferd zügelte, um innezuhalten und zu lauschen, und sie ein Stück weit zurückritten, ehe er erneut die Richtung änderte.

»Wie geht es dir, Mädchen?«, fragte er hin und wieder über die Schulter und legte für einen Moment die Hand auf ihren Schenkel. »Brauchst du eine Pause?«

»Nein, es geht mir gut. Ich … es ist aufregend, die Highlands endlich mit eigenen Augen sehen zu können.«

Hugh zögerte mit der Antwort. »Es ist nicht immer so, wie es in den englischen Balladen beschrieben wird.«

»Was meinst du …?«

»In Deckung«, befahl er, und Jane duckte sich gerade noch rechtzeitig unter einem Ast hindurch. »Es gibt Räuber und Banditen, die keineswegs so edelmütig sind, wie es in den Büchern steht.«

»Oh.« Vor langer Zeit hatte sie auf der Landkarte nach Carrickliffe gesucht, und jetzt erinnerte sie sich, dass es hoch im Norden an der Küste lag. »Reiten wir zu deinem Clan?«

»Nein, nicht so weit. Noch nicht.«

Jane seufzte erleichtert. Auch wenn sie es sich all die Jahre gewünscht hatte, schreckte sie jetzt davor zurück.

»Wir reiten zu Court. In die südlichen Highlands. Wenn ich den Eindruck habe, dass alles in Ordnung ist, werden wir dortbleiben. Aber ich warne dich. Dort ist es nicht besonders luxuriös. Aber ich denke, wir werden nirgends sicherer sein.«

31

Als Jane sich über den kristallklaren Bach beugte und das Wasser in den Handflächen zum Mund führte, knackte ein Ast hinter ihr. Sie wirbelte herum, konnte aber im schwindenden Tageslicht niemanden erkennen. Hugh hätte sich angekündigt; außerdem konnte er unmöglich schon die Satteltaschen gepackt haben. Es musste ein Tier gewesen sein. In den Wäldern, die sie durchquert hatten, wimmelte es nur so von Rehen.

Sie setzte sich auf einen Baumstamm und raffte die Röcke, um ihre nackten Beine und ein Tuch in das kühle Wasser zu tauchen. Dabei dachte sie über die vergangenen vier Tage nach, in denen Hugh mit ihr in atemberaubendem Tempo durch dichte Wälder und über zerklüftete Klippen geritten war.

Jeden Abend hatten sie ihr Lager unter Bäumen aufgeschlagen. Jeden Morgen hatte sie beobachtet, dass Hugh sich nur mühsam erhob und – offenbar vor Schmerz – die Zähne zusammenbiss. Dennoch hatte er sich immer rasch an die Arbeit gemacht, hatte die Vorbereitungen für den Weiterritt getroffen.

Während Jane sich mit dem nassen Tuch das Gesicht wusch, fragte sie sich, wie ihre Zukunft aussehen mochte und ob Hugh dazugehörte. Es war eine Tatsache, dass er sie attraktiv fand, dass er sie lieben wollte. Sogar sein Leben würde er für sie geben.

Aber warum verlangte es ihn dann nicht mehr nach ihr?

Genau hinter ihr raschelte es im trockenen Laub. Noch bevor Jane sich umdrehen konnte, wurde sie gepackt und jemand presste ihr eine Hand auf den Mund. Noch mehr Hände griffen zu und zerrten sie in den dunklen Wald.

Jane stemmte sich mit den Fersen in den Boden, biss wütend in die Hand auf ihrem Mund und schlug die Fingernägel in alles, was sie zu greifen bekam. Der Mann, der sie festhielt, stieß einen Knurrlaut aus und fluchte dann. Kaum hatte er seinen Griff gelöst, drehte Jane sich um und stand ihren Angreifern Auge in Auge gegenüber. Sie erstarrte vor Entsetzen, als der eine ihr ein Messer an den Hals drückte …

»Lass die Finger von meiner Frau«, befahl Hugh mit stählerner Stimme.

Die Männer erstarrten. Jane pustete sich die Haare aus der Stirn und sah Hugh, der mit dem Gewehr im Anschlag vor ihnen stand und die Angreifer mit eiskaltem Blick durchbohrte. Er zielte auf den Mann, der Jane festhielt und ihr ein Jagdmesser an den Nacken presste. Der andere Mann hatte seine Pistole auf Hugh gerichtet.

»Lass sie los, oder ich bringe euch um.«

Die nackte Wut stieg in Hugh hoch. Aber es gelang ihm, sich zu beherrschen.

Die beiden mussten Banditen sein, überlegte Jane, und zwar solche, die Hugh für nicht besonders ehrenwert hielt. Aber warum zeigten sie so offen ihre Gesichter? Warum waren sie nicht maskiert, obwohl jeder ein Tuch um den Hals geschlungen trug?

Weil Hugh und sie nicht nur ausgeraubt werden sollten.

Eingeschüchtert von Hughs tödlichem Blick schluckte der Mann, der Jane bedrohte, merklich. Das Halstuch über seinem Adamsapfel hob und senkte sich. Dennoch presste er ihr die Klinge noch fester an den Hals. Jane stöhnte auf, als sie spürte, dass sie blutete.

Hugh zog die Brauen zusammen und schwieg, wartete. Jane

erinnerte sich, dass sie ihn schon einige Male so reglos hatte verharren sehen – wenn er auf der Jagd gewesen war und ein Ziel ins Visier genommen hatte.

Die Zeit schien zu kriechen. Wie oft schon hatte sie diese unheimliche Konzentration beobachtet, bevor sein Finger sich ganz sanft um den Abzug schloss? Als sie bemerkte, dass Hughs Daumen über den Gewehrkolben strich, wurde ihr klar, dass die beiden Männer sterben würden.

Der Mann, der sie gefangen genommen hatte, wollte sie fortzerren. Der Druck des Messers an ihrem Hals ließ nach, während sie rückwärts stolperten. Sie sollte ihn schlagen … ihn treten … Hugh die Gelegenheit verschaffen, den Schuss abzufeuern.

»Dein Weib wird gleich mein …«, verkündete der Bandit, und Jane roch seinen üblen Atem. Das Krachen des Gewehrschusses ließ sie vor Schreck zusammenzucken. Aber das Messer war fort. Hinter ihr lag der Mann zusammengekrümmt auf dem Boden; Blut sickerte aus einer Wunde zwischen den blicklosen Augen.

Jane schaute zu Hugh.

Er hielt den Blick starr auf die Pistole in der zittrigen Hand des zweiten Mannes gerichtet, während er sein Gewehr nachlud, als hätte er alle Zeit der Welt. »Drück endlich ab«, forderte er den Mann auf, es klang ungeduldig.

Jane schrie auf, als der Bandit schoss. Dunkle Stofffetzen flogen durch die Luft, aber sie konnte nicht erkennen, wo Hugh getroffen worden war. Als der Mann sah, dass Hugh immer noch aufrecht stand, erblasste er und schleuderte seine Waffe auf Hugh, bevor er die Flucht ergriff.

Jane schwankte. Es war äußerst knapp gewesen. Aber Hugh schien unverletzt zu sein, denn er warf das leer geschossene Gewehr zu Boden und holte den Fliehenden mit drei langen

Schritten ein. Sein Handeln wirkte beherrscht, tödlich. *Alles ist so ruhig und still wie er. Der Schuss lässt sogar den Wald schweigen. Oder hat der laute Knall mein Gehör betäubt?* Dann hörte Jane ein Wimmern, wusste nicht, ob der Laut von ihr stammte oder von dem Mann, der, die Augen weit aufgerissen, versuchte, sich aus Hughs Griff zu befreien. Aber sein Kampf war vergeblich. Mit den Unterarmen hielt Hugh den Kopf des Mannes unnachgiebig umklammert.

Wie schafft er es, sich so lautlos zu bewegen?, überlegte Jane. *Und welch seltsame Art, jemanden festzuhalten …*

Jane zuckte zusammen, als Hugh die Arme rasch bewegte und es plötzlich klang, als würden Knochen brechen. Der Mann sank auf die Knie und fiel schlaff zu Boden, sein Kopf hing in einem unnatürlichen Winkel zur Seite.

Hugh wartete den Bruchteil einer Sekunde, dann wandte er sich zu ihr um.

32

Jane atmete stoßweise, sie zitterte am ganzen Körper. Ihre Pupillen hatten sich geweitet, und die blassen Lippen hatte sie wie zu einem Schrei geöffnet.

Blut tropfte dunkelrot aus der Wunde an ihrem Hals. »Sìne, du bist verletzt, lass mich die Wunde ansehen«, sagte Hugh und ging sehr langsam auf sie zu. Offenbar befürchtete er, sie könnte die Flucht ergreifen. Ihm war bewusst, welchen Anblick er bot, und ihm war auch klar, dass sie zutiefst schockiert haben musste, was sie mit angesehen hatte.

Sie schwieg.

»Jane, das zu tun, ist mir nicht leichtgefallen.« Bedächtig kam er noch ein Stück näher. »Die Männer hätten dich getötet.«

Nichts. Ihr Gesicht war weiß vor Angst. Endlich stand er vor ihr und flehte innerlich, sie würde nicht vor ihm davonlaufen. *Bitte, Jane, weiche nicht vor mir zurück …* Er würde es nicht ertragen können, wenn Jane sich vor ihm ängstigte.

Hugh hob die Hand und fuhr mit den Fingerspitzen über die Wunde an ihrem Hals und stellte erleichtert fest, dass es sich nur um einen Kratzer handelte. Ohne lange darüber nachzudenken, was er tat, schloss er Jane in seine Arme und seufzte tief. Es fühlte sich wundervoll an, sie warm und geborgen in den Armen zu halten, auch wenn sie noch immer am ganzen Leib zitterte. »Schschsch …«, versuchte er sie zu beruhigen, »dir kann nichts mehr geschehen.«

»W…was ist passiert?«, wisperte Jane. »Ich verstehe es nicht. Waren es Banditen?«

»Aye. So ungefähr.«

»Bist du verletzt?« Sie hatte das Einschussloch in seinem Hosenbein entdeckt.

»Nein«, versicherte er ihr. »Fühlst du dich in der Lage, weiterzureiten? Heute Abend noch?«

»Was geschieht mit den Leichen?«

»Wir lassen sie liegen. Man wird sie vorerst nicht finden. Vielleicht sogar niemals.« Er trat einen Schritt zurück, sah ihr in die Augen und legte die Hände an ihre Oberarme. »Wir müssen sofort von hier weg. Schaffst du es, dich anzuziehen, während ich unser Lager abbreche?«

Sie nickte. Hugh zwang sich, sie loszulassen. Die Zeit drängte, und er musste sich beeilen. Er behielt Jane die ganze Zeit im Auge, während sie sich anzog und sich ein feuchtes Tuch um den Hals band, um die Wunde abzudecken. Nachdem Hugh alles zusammengepackt hatte, sattelte er die Pferde.

»Darf ich … darf ich mit dir reiten?« Sie senkte den Blick, als wäre ihr die Bitte peinlich.

Ohne zu zögern, hob er sie auf sein Pferd, schwang sich hinter ihr auf den Sattel und legte die Arme um sie. Hugh war erleichtert und froh, dass sie ihn immer noch in ihrer Nähe haben wollte.

»Versuche, zu schlafen. Wir werden die ganze Nacht unterwegs sein.«

Jane nickte; sie zitterte noch immer.

Hugh hatte es eilig, diesen Ort so schnell wie möglich zu verlassen, deshalb trieb er sein Pferd zu einem harten Tempo an. Nach gut einer Stunde gelangten sie an ein ausgetrocknetes, steiniges Flussbett, das sie nur langsam durchqueren konnten. »Danke«, flüsterte Jane, »für das, was du vorhin getan hast. Für das, was du jetzt für mich tust.«

»Lass uns kein Wort mehr darüber verlieren.«

»Offenbar kennst du dich besser mit solchen Dingen aus, als ich angenommen habe.« Hugh schwieg, und sie fuhr fort: »Und wenn ich an vorhin denke und an Lysettes Tod, dann frage ich mich, wie gut Grey sich wohl auskennt.«

Er biss die Zähne zusammen.

»Du bist kein Söldner, und er ist kein Geschäftsmann.«

»Stimmt.«

»Würdest du es mir erklären?«

Hugh schwieg lange. »Ich darf es nicht. Selbst wenn ich wollte«, antwortete er dann.

Wieder verging eine Weile, bevor sie ihn fragte: »Bist du mir böse?«

»Um Himmels willen, nein, warum sollte ich?«

»Weil ich dich in diese Lage gebracht habe.«

»Nein, du hast keine Schuld daran. Ich bin schuld, ich hätte besser ...«

»Nein«, unterbrach Jane, »ich habe nicht sagen wollen, dass ich schuldig bin ... wir sind es beide nicht. Es tut mir leid, dass du meinetwegen jemanden hast töten müssen. Mehr habe ich nicht sagen wollen. Ich befürchte, dass du dich deswegen schlecht fühlst.«

»Sollte ich nicht?«

Er spürte, wie ihre Schultern sich versteiften. »Es würde mich zutiefst verletzen, wenn du es bedauerst, eine noble und notwendige Tat vollbracht zu haben, um mein Leben zu retten.«

Nobel? Hugh spürte, wie eine Welle des Stolzes ihn durchflutete. Ihm wurde klar, dass er sich ihr gegenüber genau auf diese Weise verhalten wollte: nobel. Und er hatte gehofft, dass sie ihn auch so sehen würde.

Jane hatte beobachtet, wie er mit seinen eigenen Händen einen Menschen getötet hatte. Aber sie hatte begriffen, dass er keine Wahl gehabt hatte. Es war notwendig gewesen, es zu tun. Der Gedanke tauchte wie aus dem Nichts auf: *Sie hat akzeptieren können, dass ich getötet habe. Ohne mich zu verurteilen.*

»Hugh?« Jane ergriff wieder das Wort, nachdem sie eine Weile schweigend geritten waren. »Als du mich deine Frau genannt hast …« Sie brach ab.

Er schloss kurz die Augen. »Ich weiß. Es wird nicht wieder geschehen.«

»Das habe ich nicht sagen wollen.« Er spürte, dass sie sich anspannte.

»Was dann?«

Ihre nächsten Worte trieben ihm zum ersten Mal an diesem Tag den Schweiß auf die Stirn. »Als du mich deine Frau genannt hast … es … es hat mir sehr gefallen.«

Nach dem gestrigen Angriff brannte Jane geradezu darauf, mehr über Hughs Leben zu erfahren. Sie konnte ihre Neugier kaum zügeln.

Doch auch wenn sie jetzt langsamer ritten, um einen steinigen Abhang hinter sich zu bringen, und die Gelegenheit günstig war, würde sie ihm keine weiteren Fragen stellen. Im Licht der Morgensonne ritt er an ihrer Seite, und sie schaute verstohlen zu ihm hinüber. Es tat ihr in der Seele weh, zu sehen, wie erschöpft er war. All die Tage war er aufmerksam gewesen, hatte nicht nachgelassen, alles für ihren Schutz zu tun – und der anstrengende Ritt hatte ein Übriges getan.

»Wir sind gleich da«, kündigte Hugh an und nickte ihr aufmunternd zu. »Ich weiß, wie schwer die Reise für dich gewesen sein muss.«

»Für mich? Und was ist mit dir?« Sein Pferd und er sahen aus wie an jenem Abend, als er nach London gekommen war.

Er zuckte die Schultern. »Ich bin solche Tage gewöhnt.«

»Natürlich«, erwiderte sie nachdenklich und neigte den Kopf zur Seite, um ihn anzusehen.

Genau in diesem Moment blies eine frische Brise ihm eine dichte schwarze Haarsträhne über die dunklen Augen.

Die Erkenntnis traf Jane wie ein Schlag.

Dieser Schotte … er gehört mir. Sie schaute ihn unablässig an und wusste, dass sie mit dem Herzen immer bei ihm sein würde. Jane verlangte es nach ihm, so wie all die Jahre zuvor. Aber jetzt empfand sie die höchste Achtung vor ihm, und eine tiefe erwachsene … Liebe. Nein, sie liebte Hugh nicht so, wie sie ihn zuvor geliebt hatte.

Sie liebte ihn viel, viel mehr.

Als er sie damals verlassen hatte, hatte sie es kaum verkraften können. Was würde mit ihr geschehen, wenn sie ihn aufs Neue verlor?

Jane hatte beschlossen, dass er der erste Mann sein sollte, der sie liebte. Und jetzt war ihr klar geworden, dass dieser wunderbare Mann auch der letzte sein sollte. *Wie kann ich ihn dazu bringen, mit mir verheiratet zu bleiben?*, grübelte sie und spürte Panik bei dem Gedanken in sich aufsteigen, man könnte sie zwingen, ihn zu verlassen. *Nein! Beruhige dich! Denk nach!*

»Jane, was ist los?«

»Nichts.« Sie lächelte zaghaft, als sich langsam ein Plan in ihrem Kopf formte.

Keine Neckereien mehr. Nur noch Verführung. Damit er bei ihr blieb.

33

Verdammt noch mal, fluchte Hugh ein weiteres Mal.

Schon als sie die Gegend um *Beinn a'Chaorainn*, den Besitz seines Bruders, erreicht hatten, war ein erstes Unbehagen in Hugh wach geworden. Der gewundene Weg, dem sie folgten, wurde immer wieder von umgestürzten Bäumen versperrt, die schon angefangen hatten, zu verrotten. Das konnte nur bedeuten, dass sich hier seit langer Zeit niemand mehr hatte blicken lassen, um nach dem Rechten zu sehen.

Dunkle Regenwolken tauchten das Anwesen in ein seltsames Licht, und Jane schien bei dessen erstem Anblick in ihrem Sattel zusammenzusinken. Das Herrenhaus, in dem Hugh sie wahrscheinlich den ganzen Herbst über verstecken wollte, ließ eine Menge zu wünschen übrig.

Hugh verlor jeden Mut, als sein Blick auf den verwahrlosten Garten fiel. Die Eingangstür hing in verrosteten Angeln, die Fenster waren entweder zerbrochen, blind von Dreck oder mit Efeu überwuchert.

Ein pelziges Lebewesen flüchtete zur Tür hinaus.

Hugh schaute Jane an. Ihr stand der Mund offen, und ihr Atem kondensierte in der kühlen Luft zu kleinen Wölkchen. Hugh hatte sie zu einem fast halsbrecherischen Tempo angetrieben und gesagt, dass sie sich später würden ausruhen können, auf *Beinn a'Chaorainn*. Und trotz der Strapazen ihrer Reise hatte Jane versucht, ihn aufzumuntern, hatte eine fröhliche Miene aufgesetzt und ihn sanft verspottet, wenn er hin und wieder in Grübeleien versunken war.

Aber jetzt, als Hugh ihr aus dem Sattel half, ließ ihre Miene keine Deutung zu. Wortlos ging er auf das Haus zu und tat, als sei es kein kolossaler Fehler gewesen, sie hierher zu bringen. Die einzige Alternative, die ihnen blieb, wäre die Reise zu seinem Clan, doch das wollte er um jeden Preis vermeiden.

Hugh trat über die Schwelle und ließ den Blick schweifen. *Nun gut, dann soll es so sein. Wir werden zum Clan reiten.*

Die Halle war zur Heimstatt der Nester von Tauben und Moorhühnern geworden. Außerdem wies alles darauf hin, dass das Haus Eichhörnchen, Dachsen und Füchsen Unterschlupf gewährt hatte, zudem konnte Hugh hören, dass sich irgendwelches Getier im Kamin eingenistet hatte. Und in einer der dunklen Ecken hatte sich ein Marder aufgerichtet, bereit, sein Revier zu verteidigen.

Jane hatte sich zu Hugh gesellt und folgte ihm, als er weiter in die Halle hineinging. Tapfer kämpfte sie gegen die Spinnweben, die ihr ins Gesicht wehten. Nachdem sie Stirn und Wangen davon befreit hatte, schaute sie sich mit großen Augen um.

»Hier wird uns garantiert niemand suchen«, sagte Hugh, und irgendwie klang es, als wolle er sich rechtfertigen. Er vermutete, dass irgendwann jemand in das Haus eingebrochen war und die Natur ihren Einzug gehalten hatte, nachdem die Eingangstür zerstört worden war. Und es war offensichtlich, dass in der jüngsten Vergangenheit niemand auf *Beinn a'Chaorainn* gewohnt hatte. Wenn man die drei feuchten Matratzen nicht zählte, die gegen eine Wand lehnten, war nirgendwo ein Möbelstück zu sehen, wie Hugh auf einem Rundgang feststellte. Er durchsuchte die Küche, konnte aber weder Geschirr noch Töpfe oder Pfannen entdecken. »Sieht so aus, als müsste ich auf mein Bad verzichten«, bemerkte Jane trocken.

Hugh öffnete einen weiteren Schrank. Nichts. »Draußen habe ich einen kleinen See entdeckt«, sagte er, »ein Loch. So nennt man einen See auf Schottisch.« Er war sogar überzeugt, eine dampfende Quelle unweit des felsigen Ufers erspäht zu haben, heißes Wasser, das nur darauf wartete, abgeschöpft zu werden. »Wenn ich nur einen Eimer oder einen Topf für das Wasser finden könnte …«

Er brach ab, als ein Rumpeln aus dem Obergeschoss zu hören war. Vermutlich kam es von einem Tier, das sich dort häuslich niedergelassen hatte. Jane schlug die Hände vor das Gesicht und wandte ihm den Rücken zu.

Hugh eilte zu ihr. »Ach, Jane, wenn ich das gewusst hätte«, murmelte er, als er hinter ihr stand und zögernd eine Hand auf ihre Schulter legte. Zart zupfte er einige weiche Federn aus ihrem Haar.

Jane war erschöpft, sie war angegriffen worden, und sie würde kein Bad nehmen können. Und abgesehen von alldem gab es weder ein Bett noch ein wärmendes Feuer. Hugh konnte es nicht fassen, dass er sein Mädchen an einen Ort wie diesen gebracht hatte. Wie sollte sie nicht in Tränen ausbrechen?

Jane beugte sich vor, als ihre Schultern zu zucken begannen. Er schwor sich, dass er Court nach allen Regeln der Kunst auseinandernehmen würde, sobald er ihn in die Finger bekäme.

»Jane, wenn ich auch nur die geringste Ahnung gehabt hätte, wie es hier aussieht, hätte ich dich niemals hierher gebracht. Wir werden auf keinen Fall bleiben.« Er drehte sie zu sich und zog ihr sanft die Hände vom Gesicht fort.

Jane … lachte.

»Es tut mir leid«, sagte sie und gab sich alle Mühe, nicht zu kichern. »Ich weiß, unsere Lage ist nicht lustig.« Als würde sie sich stark konzentrieren, tippte sie sich an die Schläfe und fügte hinzu: »Sie ist grässlich, Jane, nichts anderes. Und ganz gewiss nicht lustig.«

Höchstwahrscheinlich ist sie ins Delirium gefallen – Hughs Miene verriet Jane seine Gedanken. Zudem sah er sie an, als müsse er sie unverzüglich in die Irrenanstalt zurückbringen, aus der man sie gerade entlassen hatte. *Nur dass die Unterkünfte dort sehr viel wohnlicher sein dürften als in diesem Gemäuer. Dort gäbe es weniger Moorhühner als hier.*

Jane konnte nicht mehr an sich halten und brach erneut in Lachen aus. Dies war Courtland MacCarricks Haus. Aber sie wusste nicht, was schlimmer war: dass er ein Haus wie dieses sein Eigen nannte – oder dass sie fest entschlossen war, es hier auszuhalten.

»Jane?«, fragte Hugh bedächtig. Armer Hugh. Er hatte sich so unwohl in seiner Haut gefühlt, als sie das Haus betreten hatten, und seine Sorge jetzt war echt. »Mädchen, worüber lachst du?«

Jane lachte noch lauter, als sich eine Feder aus Hughs Haar löste und zu Boden schwebte. »Ich lache, weil es hier viel besser aussieht, als ich es von Courts Anwesen jemals erwartet hätte«, erklärte sie und wischte sich die Lachtränen aus den Augen.

»Was meinst du damit?«

»Nun, es ist *über* der Erde, nicht wahr?«

Hughs Augen weiteten sich für einen Moment, dann grinste er.

Jane atmete tief durch und rang um einen sachlichen Tonfall. »Außerdem hatte ich keine Ahnung, dass Court ein wahrer Tierfreund ist. Sieh doch nur all diese niedlichen Geschöpfe, die sich hier tummeln. Und die Einrichtung ist wirklich atemberaubend.« Nachdenklich legte sie die Hand ans Kinn. »Das Interieur stammt vermutlich aus einem Pferdeschuppen des letzten Jahrhunderts. Schwer zu bekommen. Dieser prächtige Zustand des Mobiliars ist nur durch hingebungsvolle Vernachlässigung zu erreichen.«

»Stimmt, eine Vernachlässigung in diesem Ausmaß trifft man nur selten an. Er muss jahrelang hart daran gearbeitet haben.«

Sie lachte wieder. Seit langer Zeit hatte sie nicht mehr so viel Spaß mit Hugh gehabt wie in diesen Minuten, in denen sie ihren Spott über das schreckliche Anwesen trieb. »Hugh, fast glaube ich, du amüsierst dich mit mir.«

Hugh schaute intensiv auf die Wand zu seiner Rechten. »Wenn du es nicht darauf anlegst, mich zu necken, bin ich gern in deiner Nähe«, meinte er. »Unsinn. Natürlich bin ich immer gern in deiner Nähe«, fügte er grimmig hinzu, als er ihren erstaunten Blick bemerkte. »Ich genieße es sehr.«

Jane entging nicht, dass ein Ausdruck des Verletztseins in seinem Blick lag, und es schien, als erwarte er, dass sie sein Eingeständnis erwiderte. »Ich genieße es auch«, murmelte sie.

»Vermutlich genießt du es, dass du immer jemanden zur Hand hast, der dir die Sachen vom obersten Regalbrett holt, wo du nicht mehr hinkommst? Jemanden, der für dich die Nägel in die Wand schlägt?« Hatte sich der harte Zug um seinen Mund ein wenig entspannt? »Gib es zu. Du hast doch damals schon niemals einen Schlag mit dem Ruder getan, wenn wir auf dem See unterwegs waren!«

»Und du hast es genossen, wenn ich dir den Rücken gekrault habe. Oder für dich die warmen Pasteten vom Fensterbrett geklaut habe. Und wenn ich es dir erlaubt habe, mich nach dem Schwimmen im See in meinem nassen, fast durchsichtigen Hemd anzusehen!«

Er hatte die Lider halb geschlossen. »Und wie sehr ich diesen Anblick genossen habe …!«

Das hungrige Funkeln in seinem Blick jagte Jane einen heißen Schauder über den Rücken. Doch plötzlich schien es, als wäre er über seine eigenen Worte erschrocken. Er verließ eilig das Haus und schlug den Weg zum See ein. Jane folgte ihm.

Als sie das Ufer erreichten, schauten sie zurück auf das Haus. Jane schmiegte sich an ihn und lehnte den Kopf an seine Schulter. Zögernd hob er den Arm und legte ihn um sie.

»Jane, ich hatte wirklich keine Ahnung, wie es hier aussieht«, versicherte er müde. »Es freut mich, dass du darüber lachen kannst, aber das schafft meinen Fehler nicht aus der Welt. Bis Carrickliffe werden wir noch mindestens zwei Tagesritte brauchen.«

Der Gedanke, wieder in den Sattel steigen zu müssen, hätte sie krank gemacht, hätte sie nicht längst beschlossen zu bleiben. »Hier muss es einst sehr schön gewesen sein«, begann sie. Insgeheim hoffte sie, mit ihrer Bemerkung die Saat zu säen, ihn später bitten zu können, auf *Beinn a'Chaorainn* auszuharren. Aber es entsprach durchaus der Wahrheit, dass das Anwesen früher einmal sehr beeindruckend gewesen sein musste. Das Haus stand auf einem Hügel und bot den Blick auf den kristallklaren See. Die beiden Gebäudeflügel waren so miteinander verbunden, dass man von jedem Fenster des Hauses den Blick auf das Wasser und die Täler hatte, die sich meilenweit bis zum Horizont erstreckten.

»Aye. Vor ein paar Jahren.«

»Wenn wir das abgestorbene Efeu vom Mauerwerk reißen würden, würde die Fassade einen vollkommen anderen Eindruck machen.« Im Moment war es vielleicht nicht mehr als eine Ruine. Das Hauptgebäude war im beliebten Schottischen Baroniestil errichtet worden, und die massiven Felsbrocken als Grundgemäuer und die antiken Holme im Innern, die die Decken in den größeren Zimmern abstützten, waren in England groß in Mode.

Aber noch wichtiger war ihr, dass sie hier mit Hugh allein sein konnte. In ihren Augen war es perfekt.

Wenn ich außer Acht lasse, dass ich mich die ganze Zeit über beobachtet fühle, dachte sie und rieb sich unwillkürlich den Nacken.

»Kann sein«, meinte Hugh, »aber das wird uns heute Nacht nichts nützen.«

»Hugh, zieh nicht solch ein Gesicht«, erwiderte sie. »Schlimmer kann es kaum noch kommen …«

Urplötzlich setzte der Regen ein, schüttete wie aus Eimern sein eiskaltes Wasser über sie aus.

34

»Die gute Nachricht ist, dass ich nun doch noch zu meinem Bad gekommen bin«, erklärte Jane mit müde klingender Stimme. Sie legte sich auf die Seite und bettete den Kopf in Hughs Schoß. Hugh saß auf dem Boden und lehnte mit dem Rücken gegen die Wand.

Er hatte keine Ahnung, woher sie die Fähigkeit nahm, das Gute an ihrer Lage zu sehen.

Nachdem sie am Nachmittag durch den prasselnden Regen zurück ins Haus gelaufen waren, hatte er die Pferde für die Nacht in einen Unterstand geführt. Anschließend hatten sie das Innere des Hauses genauer inspiziert.

Der Rundgang hatte die Erkenntnis gebracht, dass das Dach undicht war, denn das Regenwasser tropfte in den meisten Zimmern durch die Decke. Neben der Küche hatten sie endlich ein kleines Zimmer gefunden, das höchstwahrscheinlich ein Dienstbotenquartier gewesen war. Es verfügte über nur ein Fenster, dessen Rahmen, obwohl er Risse aufwies, noch intakt war. In diesem Zimmer wirbelten keine Federn durch die Luft, und aus dem winzigen Kamin drang kein verdächtiges Rascheln. Der Schornstein war teilweise verstopft, doch der Rauch des Feuers, das sie entzündet hatten, entwich in kleinen Wölkchen stetig nach oben.

Das Dinner hatte aus Keksen aus ihrem Reiseproviant und aus Tee bestanden, den sie mit Regenwasser zubereitet hatten sie. Aus dem Obstgarten eines Bauern hatten sie Äpfel stibitzt, die sie vor dem Schlafengehen verzehrt hatten.

Aus dem Regenguss war ein Gewitter geworden, Blitze zuckten über den Himmel und die nachfolgenden Donnerschläge ließen die Wände beben. Sie hörten die Tiere in den benachbarten Zimmern verängstigt umherlaufen, aber Jane lachte nur, als Hugh sich verlegen den Nasenrücken rieb.

»Morgen reiten wir zu einem Gasthaus«, versprach er rasch. »Ein paar Meilen nördlich ist ein Dorf. Vielleicht können sie uns ein Plätzchen zum Übernachten anbieten. Außerdem kannst du dort ein richtiges Bad nehmen.«

»Hugh, du zerbrichst dir so sehr den Kopf, dass ich förmlich *hören* kann, wie das Geld auf meinem Konto sich vermehrt. Du schuldest mir bereits fünftausend Pfund. Mindestens.« Sie klang schläfrig, entspannt und amüsiert.

»Fünftausend?«, wiederholte er und strich ihr über das feuchte Haar. Beide schwiegen. Wie immer bedrückte ihn die Sorge um Ethan. Hugh hatte keinerlei Nachrichten aus London erhalten und wagte nicht, Jane allein zu lassen, um sich auf die Suche nach Ethan oder auf die Jagd nach Grey zu machen.

Er musste davon ausgehen, dass Grey noch nicht zur Strecke gebracht war. Und das bedeutete, dass er weiterhin mit Jane zusammen sein durfte, während sie abwarteten, bis der Kerl entweder gefangen genommen oder getötet worden war.

»Hugh, erzähl mir etwas aus deinem Leben. Irgendeine aufregende Geschichte, die du erlebt hast, seit du damals fortgegangen bist.«

Er überlegte eine Weile. »Ich habe in Schottland ein Haus gekauft.«

Jane drehte sich auf den Rücken und musterte ihn neugierig. »Oh, erzähl mir mehr.«

Hugh rieb sich den Nacken. »An der Küste bin ich auf ein Anwesen namens *Cape Waldegrave* gestoßen.« Sie musste ihn in die Hüfte kneifen, damit er ihr mehr verriet. »Dort schlagen die Wellen unablässig gegen den Strand, und sie sind so hoch, dass man durch ihre Schaumkronen den Sonnenuntergang beobachten kann. Es hat mir keine Ruhe gelassen, bis es endlich mir gehörte.«

Jane seufzte. »Das klingt atemberaubend. Ich glaube, ich könnte mir gut vorstellen, eines Tages in Schottland zu leben.«

Er stellte sich das Funkeln in ihren Augen beim ersten Blick auf das Kap vor und ging heftig mit sich ins Gericht, weil es ihm nicht gelang, dieses Bild aus seinen Gedanken zu vertreiben. Es spielte nicht die geringste Rolle, dass sie die schaumgekrönten Wellen an den Klippen lieben würde ... oder dass er an sie gedacht hatte, als er das Anwesen gekauft hatte, sich vorgestellt hatte, dass er mit ihr dort leben würde, dass er sie hatte beeindrucken wollen ...

Nicht hinschauen ... einfach nicht hinschauen ...

Hugh atmete scharf ein, als er schließlich doch einen Blick auf ihren nackten Körper warf und ihr half, aus der heißen Quelle zu steigen. Er hüllte Jane so hastig in ein Tuch, als hätte sie Feuer gefangen und würde lichterloh brennen. Aber der Anblick, wie sie in der kühlen Morgenluft splitternackt vor ihm stand und das Wasser an ihrer Haut hinunterperlte, prägte sich dennoch in sein Gedächtnis ein.

»Was für eine wundervolle Überraschung!«, rief sie atemlos, und jegliche Spuren der Erschöpfung waren aus ihrer Stimme verschwunden. »Wie hast du die Quelle gefunden?«

»Gestern habe ich entdeckt, dass an einer Stelle des Sees Dampf aufsteigt. Aber ich wollte mir die Sache erst genauer ansehen, bevor ich dir falsche Hoffnungen mache.«

»Und ich hatte mich schon gefragt, wo du steckst, als du heute Morgen verschwunden warst.«

»Ich hatte keine Ahnung, dass das Wasser so sauber ist.« Hugh runzelte die Stirn. »Oder dass du dir sofort die Kleider vom Leib reißt und schwimmen gehst.« Nachdem er sich überzeugt hatte, dass das Handtuch fest um ihren Körper geschlungen war, hob er Jane hoch und trug sie den fünfminütigen Weg zum Haus zurück.

Lachend schlang sie ihm die Arme um den Nacken und schmiegte sich verführerisch an ihn. »Ich bin aufgewacht und hatte erwartet, dich neben mir zu finden. Aber stattdessen hatte sich ein Marder ins Zimmer geschlichen. Als er mich angezischt hat, habe ich meinen Stiefel nach ihm geworfen und ihn erfolgreich vertrieben. Ich möchte gern hierbleiben. Kannst du mir helfen, nach meinem Stiefel zu suchen?«

»Du überraschst mich immer wieder.«

»Ich habe nachgedacht und bin zu dem Schluss gekommen, dass es hier bei Weitem nicht so übel ist, wie es auf den ersten Blick scheinen mag.« Er warf ihr einen strengen Blick zu. »Hugh, ich meine es ernst. Wenn ich auf unbestimmte Zeit in Schottland bleiben soll, weit fort von meiner Familie und meinen Freunden und ohne die übliche Unterhaltung in der Stadt, dann brauche ich Beschäftigung. Wo gäbe es bessere Gelegenheiten als hier? Dieses Haus schreit geradezu nach Arbeit. Wir können genauso gut die Ärmel hochkrempeln.« Er schwieg. »Zusammen erstellen wir eine Liste mit dem Material, das wir brauchen. Du kannst die Reparaturen übernehmen, während ich putze.«

»Du willst putzen? Du?«

Sie blinzelte ihn an. »Was daran kann denn schon so schwer sein?«

Hugh öffnete den Mund zu einer Antwort, schloss ihn aber gleich wieder. Jane hatte beschlossen, dass es nicht schwer sein würde, sauber zu machen; und von dieser Überzeugung würde sie sich nicht abbringen lassen, ehe sie es nicht selbst ausprobiert hatte.

»Und warum sollte ich das tun?«

»Weil es getan werden muss«, erklärte Jane. »Das Anwesen gehört deinem Bruder. Er kann sich erkenntlich zeigen.«

Nein, das konnte Court nicht, mochten seine Einkünfte inzwischen auch beträchtlich gestiegen sein. Aber es würde ein Vermögen verschlingen, dieses Haus zu renovieren. Dennoch erwärmte Hugh sich langsam für die Idee, schon deshalb, weil es ausgesprochen reizvoll war, den Besitz wieder instand zu setzen.

»Außerdem sind wir hier doch sicher, mit all dem Land um uns herum.« Jane sah ihn an. »Können wir nicht hierbleiben? Bitte, Hugh.«

Einverstanden. Weil er nicht den Eindruck erwecken wollte, dass sie ihn so mir nichts, dir nichts um den kleinen Finger wickeln konnte, wartete er ab, bis er sie in ihr kleines Schlafzimmer zurückgebracht hatte. »Aye«, stimmte er schließlich zu. »Wir bleiben hier. Aber nur, wenn du versprichst, dich in der Nähe des Hauses aufzuhalten und mir zu gehorchen.« Sanft umfasste er ihr Kinn. »Wir müssen unbedingt wachsam bleiben. Sogar hier.«

»Ich verspreche es.«

Hugh wandte sich zur Tür. »Ruf mich, wenn du dich angezogen hast. Ich helfe dir dann bei der Suche nach deinem Stiefel.«

Er verließ das Zimmer, als sie ihm froh zunickte. Draußen hatte sich der morgendliche Nebel verflüchtigt. Die Sonne war höher gestiegen und schien auf die Fassade des Hauses, sodass er noch besser erkennen konnte, wie viel Arbeit es kosten würde, das Anwesen wohnlich herzurichten.

Aber in der Morgensonne schien es durchaus möglich, diese Aufgabe in Angriff zu nehmen.

Hugh war überzeugt, dass er einen großen Teil der Reparaturen selbst würde erledigen können. Vielleicht war Janes Vorschlag doch gar nicht so albern. Ja, er würde bis zur Erschöpfung arbeiten und dafür sorgen, dass sie sich im Haus beschäftigte und ihre weiblichen Energien dabei verausgabte. *Beinn a'Chaorainn* versprach die ersehnte Erlösung …

Plötzlich hörte er Jane schreien.

Es dauerte nur den Bruchteil einer Sekunde, bis Hugh bei ihr war.

35

Jane raffte ihre Röcke und stürzte aus dem Haus. Es galt, dem Spion, den sie beim Blick durch ein zerbrochenes Fenster ertappt hatte, so schnell wie möglich zu entkommen.

Als sie um die Ecke rannte, stellte sie fest, dass Hugh die Person schon dingfest gemacht hatte. Offenbar war sie ihm direkt in die Arme geflüchtet. Der Hut flog dem Schurken vom Kopf – und gab langes schwarzes Haar frei. Ein Mädchen? Ja, ein Mädchen in verschlissener Kleidung. Jane schätzte sie auf ungefähr achtzehn Jahre, sie war klein, kräftig gebaut, und die Nase war mit frechen Sommersprossen übersät.

Jane deutete mit dem Finger auf sie. »Sie hat mich beim Anziehen beobachtet.«

»Stimmt nicht«, log das Mädchen. »Warum hätte ich das tun sollen? Ich bin ein Mädchen, oder sind Sie blind auf beiden Augen?«

»Was hast du hier zu suchen?«, mischte Hugh sich jetzt ein und lockerte seinen Griff.

»Ich bearbeite hier ein Stück Land. Ist ja niemand hier.« Sie deutete mit dem Daumen über die Schulter auf die heruntergekommenen Stallungen. »Da drüben ist mein Hühnerstall. Und mein Rübenacker. Und der Stall für mein Pferd.«

Auf einer notdürftig umzäunten Weide erblickte Jane ein Pony mit hängendem Rücken, das das Unkraut mit langen Zähnen aus dem Boden rupfte.

»Bin Ihre Nachbarin oder so ähnlich. Falls man sich hier überhaupt über den Weg läuft.«

»Wie heißt du?«

»Mòrag MacLarty … Betonung auf Mac, wenn es recht ist. Sind Sie mit Master MacCarrick verwandt?«

»Ich bin sein Bruder Hugh. Meine Frau und ich bleiben den Herbst über hier. Wir wollen das Anwesen wieder auf Vordermann bringen.«

Das Mädchen nickte bedächtig. »Letztes Jahr hat Master MacCarrick Fenster bestellt. Meine Brüder haben sie in unserer Scheune gelagert. Und jede Menge Holz, das sie verkaufen wollen, bevor der Winter einbricht.«

»Erfreuliche Nachrichten.«

»Sie könnten sie als Aushilfe anheuern. Sechs Brüder, jeder einzelne stark wie ein Bulle.« Das Mädchen ließ den Blick über Jane schweifen und meinte dann schnippisch: »Brauchen Sie Hilfe im Haushalt?«

Das verdammte Luder …

»Aye. Hast du Interesse?«

Mòrag nickte und nannte den Lohn, den sie verlangte, wenn sie täglich putzte, kochte und die Wäsche erledigte. Hugh verhandelte kurz mit ihr, und sie einigten sich.

Er hatte gerade ein Dienstmädchen engagiert, ohne sie nach ihrem Rat zu fragen. Jane wusste, wie man einen Haushalt führte, und ihr war auch klar, dass die Einstellung der Dienstboten zu den ersten Aufgaben einer Hausherrin gehörte.

»Du musst mindestens zwei Wochen jeden Tag zu uns kommen. Ich erwarte, dass du so hart anpackst wie wir auch.«

»Dürfte kein Problem sein«, meinte sie mit abschätzigem Blick auf Jane.

»Warte nur, du schmutziges kleines Ding …«

»Jane, ich muss mit dir reden.« Hugh ergriff ihren Ellbogen und wandte sich noch einmal an Mòrag. »Schaffst du es, uns heute Abend ein warmes Essen zu servieren?«

»Ja. Vorausgesetzt, dass Sie es schaffen, die Eichhörnchen aus dem Herd zu verscheuchen. Dann können Sie auf mich zählen.«

Er nickte und bahnte sich mit Jane einen Weg durch das wuchernde Unkraut im Garten. Jane warf einen Blick über die Schulter, gerade noch rechtzeitig, um zu sehen, wie Mòrag ihr die Zunge herausstreckte, bevor sie sich abwandte und zum Haus ging. »Hugh, ich will sie nicht. Sie ist unverschämt.«

Jane konnte nicht genau sagen, warum sie sich mit aller Macht gegen das Mädchen sträubte. Vielleicht lag es daran, dass Mòrag – oder wie auch immer sie heißen mochte – unverhohlen zur Schau stellte, dass sie ihre neue Herrin nicht ausstehen konnte. »Sie hat mir die Zunge herausgestreckt«, erklärte sie lahm.

»Du solltest nicht vergessen, dass der vormalige Besitzer des Anwesens aus England stammte und mit harter Hand regiert hat.«

Jane schien nicht überzeugt.

»Wenn wir es uns drinnen erst einmal wohnlich eingerichtet haben«, fuhr er fort, »werde ich von Sonnenaufgang bis Sonnenuntergang draußen arbeiten. Bist du dir sicher, dass du Wasser schleppen und Hühnchen rupfen willst? Und bestimmt kannst du nicht kochen, oder?«

Wasser schleppen, Hühnchen rupfen, kochen. Nicht gerade ihre Lieblingsvokabeln. Und nicht unbedingt Beschäftigungen, die man mit Jane in Verbindung brachte. Die Idee, das Haus mit den eigenen Händen und aus eigener Kraft zu renovieren, schien plötzlich viel weniger verführerisch und abenteuerlich, als sie es gehofft hatte. In diesem Moment hörte sie ein schepperndes Geräusch aus der Küche. Das Mädchen hatte das Kochgeschirr gefunden! Jane schaute Hugh an und verdrehte die Augen.

»Sie kann uns Lebensmittel aus dem Dorf besorgen«, sagte er hastig.

Jane reckte ihm trotzig das Kinn entgegen. »Vielleicht ist es praktisch, ein Dienstmädchen zu haben. Aber nur, wenn es mich bei *meiner* Arbeit unterstützt.« Sie marschierte zum Haus, und Hugh folgte ihr. »Was gibt es für mich zu tun?«, fragte sie das Mädchen brüsk.

»So, wie Sie aussehen?«, entgegnete Mòrag. »Nicht viel, würd' ich meinen.«

Jane warf Hugh einen bedeutungsvollen Blick zu, aber er sah über ihre Schulter hinweg in die Gegend. »Gibt es hier irgendwo eine Leiter?«, fragte er das Mädchen.

»Im Stall. Hinter meinem Sattel und dem Zaumzeug.«

Er wandte sich an Jane, bevor er sich zum Stall aufmachte. »Du bleibst im Haus«, befahl er ihr, »ich bin gleich zurück.«

Die Eichhörnchen hatten offenbar bemerkt, dass ihr Heim im Kamin ausgekehrt wurde, und begannen ein wütendes Geschnatter.

Stirnrunzelnd registrierte Jane, dass Hugh mit Feuerholz und einer feuchten Decke ins Haus kam. »Du willst doch nicht etwa direkt unter ihnen ein Feuer anzünden? Es könnten sich Junge darin verbergen. Oder alte oder verletzte Tiere …«

»Eichhörnchen-Eintopf ist richtig lecker«, verkündete Mòrag.

Jane warf ihr einen entsetzten Blick zu und wirbelte herum zu Hugh. »Eichhörnchen-Eintopf?«

Hugh lachte. »Jane, ich mache nur ein winziges Feuerchen. Mit feuchtem Holz, das ordentlich qualmen wird. Dann werde ich eine nasse Decke über den Herdabzug legen, damit der Rauch nach unten abziehen kann. Den Tieren bleibt genügend Zeit, nach oben durch den Schornstein zu flüchten.«

Mòrag mischte sich ein, als Jane immer noch nicht überzeugt schien. »Schluss mit den dummen Eichhörnchen, Engländerin. Wo wollen Sie mit anpacken? Lieber Hühnchen rupfen oder Töpfe scheuern?«

Jane biss sich auf die Lippe und schwieg.

»Also Töpfe scheuern«, entschied das Dienstmädchen und zeigte auf einen geöffneten Schrank voller Geschirr. »Sie können das Zeug zur Pumpe hinter dem Haus bringen und auswaschen. Seife und Schwämme liegen im Schuppen hinter der Küche.«

»Du gehst bis zur Pumpe und keinen Schritt weiter, hörst du?«, befahl Hugh. »Einverstanden?«

»Hugh, bitte«, murmelte sie, beugte sich aber seinem unerbittlichen Blick. »Einverstanden.«

Während sie die Töpfe zur Pumpe schleppte, ging er zum Fenster und beobachtete sie genau. »Wir müssen uns um Vorräte kümmern«, erklärte er Mòrag, »aber ich will nicht, dass jemand von unserer Anwesenheit Wind bekommt. Ich dulde keine Besucher auf dem Grundstück.«

»Warum nicht?«

Anfangs hatte er überlegt, ihr irgendeine lächerliche Geschichte aufzutischen, zum Beispiel, dass sie seinen Bruder mit der Renovierung überraschen wollten. Aber das Mädchen war klug, und er hatte den Eindruck, dass sie auch vertrauenswürdig war. »Es könnte sein, dass ein Engländer auftaucht und uns sucht. Der Mann ist gefährlich, und wir sollten ihm besser aus dem Weg gehen.«

Mòrag musterte ihn genau. Offenbar hatte sie begriffen, dass er ihr nicht die ganze Wahrheit sagte. Aber es kümmerte ihn nicht, solange sie sich auch ohne viele Worte verständigen konnten.

»Der Krämer erfährt sowieso, dass Sie sich hier aufhalten.

Und dann weiß das ganze Dorf Bescheid. Aber sonst niemand.«

Hugh warf ein Holzscheit auf das kleine Feuer, das er entzündet hatte. »Die Dorfbewohner mögen wohl keine Fremden?«

»Nein, überhaupt nicht. Sie sind mürrisch, und über ihre Lippen kommt kein Wort, wenn ein Fremder ihnen eine Frage stellt. Und wenn irgendeiner kommt und die Leute über Sie ausfragen will, landet er sofort bei mir. Ich sorge dafür, dass jeder glaubt, Sie sind hier auf Hochzeitsreise und deshalb im Moment nicht erpicht auf Besucher.«

Hugh hob die Brauen. Solange sie sich hier aufhielten, machte es ganz den Eindruck, als habe der Erdboden sie verschluckt. Er freute sich, dass er sich mit Mòrag offenbar blind verstand, nickte und breitete die Decke über dem Feuer aus. Dann verließ er das Haus und stellte die wacklige Leiter so auf, dass sie bis zum First am zweiten Stock reichte. Er begann, das Laub aus dem Schornstein zu entfernen.

In der nächsten halben Stunde beobachtete Hugh den Auszug der Eichhörnchen aus dem Kamin und markierte schadhafte Stellen auf dem Dach. Mòrags Brüder würden helfen können, die Schäden zu beseitigen. Die ganze Zeit über behielt er Jane im Auge, die sich mit ihrer Arbeit plagte. Die Töpfe waren sehr schwer und unhandlich. Aber es reichte ihr offenbar, immer nur zwei oder drei zur Pumpe zu schleppen. Wieder und wieder eilte sie ins Haus und zurück, und die Griffe der Pfannen ragten in alle Richtungen in die Luft.

An der Pumpe krempelte sie die Ärmel auf und beugte sich dann zum Schwengel hinunter …

Schwarzer Schlamm spritzte aus dem Wasserhahn auf ihr Kleid und in ihr Gesicht.

»Verdammt noch mal«, fluchte Hugh kaum hörbar und stieg eilig die Leiter hinunter.

Jane erstarrte. Dann spuckte sie den Schlamm aus dem Mund und wischte sich mit dem Ärmel über die Wangen.

Kein Zweifel, dass das Dienstmädchen mit Absicht nichts gesagt hatte. Mòrag hätte Jane warnen und ihr raten können, die Töpfe zum See zu bringen. Noch bevor Hugh bei ihr angekommen war, wirbelte Jane herum, zeigte mit dem ausgestreckten Finger auf ihn und starrte ihn böse an.

»Ich kümmere mich persönlich um die Sache«, stieß sie zwischen zusammengebissenen Zähnen hervor. »Du sagst ihr kein Wort.«

»Jane, das werde ich ihr nicht durchgehen lassen …«

»Genau deshalb werde ich mich selbst darum kümmern. Sie hat mir den Fehdehandschuh hingeworfen, also hebe ich ihn auf.« Nachdem sie den größten Topf mit Schlamm gefüllt hatte, trug sie ihn zu den Stallungen. Er war so schwer, dass sie unter seinem Gewicht schwankte und beinahe aus dem Gleichgewicht geriet.

Als sie schließlich aus dem Stall zurückkehrte, in dem Mòrag ihren Sattel und ihr Zaumzeug untergebracht hatte, trug sie den jetzt leeren Topf in einer Hand und schwang ihn hin und her wie einen Strohkorb zum Beerensammeln.

36

Nach fünf Tagen auf *Beinn a'Chaorainn* fühlte Hugh sich wie ein Dampfkessel kurz vor der Explosion.

Diesem für ihn so bedauerlichen Zustand stand der augenfällige Beweis gegenüber, dass das Haus erste Anzeichen von Wohnlichkeit zu zeigen begann. Denn jedes Mal, wenn Hugh an Jane gedacht und sich vorgestellt hatte, mit ihr vereint zu sein, hatte er doppelt so hart gearbeitet.

Mit der Zeit hatte er sich daran gewöhnt, die Arbeit für mindestens ein Dutzend Männer zu verrichten.

Alle drei hatten nach Kräften angepackt. Hugh und Jane wohnten inzwischen erheblich komfortabler. Er hatte die schönsten zwei nebeneinanderliegenden Zimmer des Hauses für Jane und sich ausgewählt. Wie ein Derwisch hatte Mòrag sich darauf gestürzt, die Räumlichkeiten in Ordnung zu bringen. Fast schien es, als wollte sie Jane für deren Ungeschicklichkeit im Umgang mit dem Besen beschämen.

An ihrem zweiten Arbeitstag war Mòrag mit einem bepackten Pferd und einem Karren erschienen. Dabei hatte sie nur das Nötigste eingekauft – Leinentücher, aufgerollte Matratzen, Putzmittel, Lebensmittelvorräte. Aber der Krämer im Dorf hatte sämtliche Waren für den Bruder von Master Courtland eilig auf den Karren geschichtet. Für die Dorfbewohner war Court der berüchtigte schottische Krieger, der das Land einem arroganten englischen Baron aus den Klauen gerissen und sie vor dem Untergang gerettet hatte.

Hugh war mehr und mehr überzeugt, dass sie die richtige

Entscheidung getroffen hatten, sich auf *Beinn a'Chaorainn* einzurichten. Außerdem war es ideal, Mòrag in der Nähe zu haben, nicht nur, weil sie das Innere des Hauses auf Hochglanz polierte und Jane langsam beibrachte, wie sie ihr am geschicktesten zur Hand ging. Die Gegenwart des Dienstmädchens hielt Hugh zudem davon ab, sich an Janes Rockzipfel zu hängen wie ein Hündchen, das sich vor Gier nach seinem Frauchen ständig das Maul leckte.

Außerdem waren die drei in eine Art Wettstreit getreten. Kaum hatte er irgendein altes Möbelstück vom Dachboden geholt und repariert, konnten Jane und Mòrag sich kaum zügeln, es zu beizen und zu lackieren. Und währenddessen beobachteten sie einander, um festzustellen, wer wohl die größten Fortschritte machte. Wenn er ein Fenster ausgewechselt hatte, rannten beide los, um es zu putzen. Es ging so weit, dass Hugh befürchtete, Jane könne es mit der Arbeit übertreiben, weil sie mit so brennendem Eifer bei der Sache war. Hugh wusste, dass ihr der Wettstreit im Blut lag. Aber es schien, als ginge es diesmal um viel mehr als um bloße Rivalität.

Zu ihrer Zerstreuung hatte Hugh aus einem straff gepressten Heuballen eine Zielscheibe für sie gebaut und ein Tuch darüber gespannt, auf das sie Ringe gemalt hatte. Aber sie verschwendete ihre Arbeitszeit nicht an die Schießübungen, sondern stand einfach früher auf.

Bei mehreren Gelegenheiten war Jane auf ihn zugekommen, hatte an ihrer Unterlippe genagt und ausgesehen, als wolle sie eine ernste Angelegenheit mit ihm besprechen. Er hatte keine Ahnung, worum es sich handeln mochte, und jedes Mal, wenn sie sich schweigend abwandte, fühlte er sich erleichtert. Aber was auch immer sie auf dem Herzen hatte, ihm war bewusst, dass sie bald damit herausplatzen würde. Und er spürte, dass es für ihn kein gutes Ende nehmen würde.

Wenn Hugh nicht das Verlangen nach ihr quälte, quälte ihn die Sorge um seinen Bruder und um Janes Sicherheit. Mit jedem Tag lastete eine dunkle Vorahnung schwerer auf ihm.

Irgendetwas würde geschehen …

Während Hugh mithilfe seines Pferdes den Unrat vor dem Haus fortschaffte, beobachtete Jane ihn.

Seit ihrer Ankunft gönnte sie sich heute den ersten freien Tag. Mòrag kümmerte sich um die Grünkohlernte, sodass Jane sich ausruhen konnte. Was offensichtlich Hughs Gefallen fand.

Sie vermutete, dass er annahm, sie würde so hart arbeiten, um neben Mòrag bestehen zu können. Dabei war ihr Beweggrund ein ganz anderer. Sie wollte Hugh beweisen, dass sie für ihn ein Gewinn war, dass sie eine gute Ehefrau sein würde – eine, die es wert war, dass er sie behielt. Sie hatte sich um den Garten gekümmert, hatte Möbel angestrichen, hatte die wunderschönen Webteppiche arrangiert, die Mòrag bei Handwebern in der Gegend besorgt hatte. Das Haus wirkte langsam heimelig und gemütlich.

Falls sie Hugh am Ende doch verlor, an mangelndem Einsatz konnte es *nicht* liegen …

Innerlich focht sie einen harten Kampf aus. Sollte sie die Angelegenheit nicht endlich zur Sprache bringen? Sollte sie ihm gestehen, dass sie mit ihm verheiratet bleiben wollte?

Jane atmete tief durch und nahm allen Mut zusammen. Es gab keinen besseren Zeitpunkt als diesen. Wann, wenn nicht jetzt …? Bevor sie es sich wieder anders überlegte, fragte sie: »Willst du wissen, worüber ich die ganze Zeit nachgedacht habe?«

Er schüttelte so energisch den Kopf, dass sie eine ganze Weile wartete, bis sie die nächste Frage stellte.

»Hugh, glaubst du, ich würde eine gute Ehefrau abgeben?«

Hugh zögerte. »Aye.«
»Schwörst du es?«
»Aye.«
»Und das sagst du nicht, um mich zu schonen?«
»Nein. Jeder Mann wäre stolz, dich zur Frau zu haben …«
»Warum behältst du mich dann nicht?«
Er stolperte über seine eigenen Füße und landete mit den Knien im Matsch.

»Denn *ich* will *dich* behalten«, verkündete Jane, als hätte ihre vorausgehende, scheinbar harmlose Frage ihm nicht ohnehin schon den Boden unter den Füßen weggezogen.

Hugh erhob sich und fluchte lautlos. Warum zum Teufel musste sie wieder mit ihren Neckereien anfangen? Verdammt noch mal, bis vor wenigen Sekunden war dies ein wunderbarer Tag gewesen. Das ungewöhnlich milde Wetter hatte seine Laune merklich gehoben. Und wie immer hatte er Janes Gesellschaft genossen. Während sie über dies und das geplaudert und gelacht hatte, hatte er ihr immer wieder einen Blick zugeworfen, hatte sich darüber gefreut, wie gut ihr das Leben in Schottland bekam.

Ihre Wangen hatten sich gerötet, und ihre Augen strahlten, obwohl es beinahe unmöglich war, in noch hellerem Grün. Das kastanienbraune Haar glänzte, als wäre es mit Gold durchzogen.

Manchmal war sie so schön, dass es ihm schier die Sprache verschlug.

»Hugh, meine Frage ist berechtigt.«

Er spürte, wie Zorn in ihm hochkroch. »Darüber macht man keine Witze.«

»Wie gut, dass ich keinen Witz gemacht habe«, entgegnete sie ruhig. »Denn ich möchte gern mit dir verheiratet bleiben.«

Er wollte antworten, brachte aber keinen Ton hervor, als ihm bewusst wurde, wie ernst es ihr war. »Jane, das wird nicht geschehen«, presste er schließlich heiser hervor.

»Warum nicht? Nenne mir einen einzigen vernünftigen Grund, und ich werde nie wieder darüber sprechen. Andernfalls …« Sie brach ab, ihre Worte hatten wie eine Warnung geklungen.

»Ich habe dir schon einmal gesagt, dass ich nie heiraten wollte.«

»Aber *warum* nicht?«

»Weil es kein Leben für mich ist«, erklärte er schlicht. »So war es immer, so wird es immer sein. Du musst akzeptieren, dass manche Männer nicht für eine Ehe taugen.«

»Ich glaube, du taugst dafür.«

»Du kennst mich doch gar nicht.«

»Weil du kaum etwas über dich preisgibst«, konterte sie.

»Was auch so bleiben wird.«

»Bist du sicher, dass du es nicht einmal *versuchen* willst, die Ehe aufrechtzuerhalten, wenn all das hier vorüber ist? Um herauszufinden, ob wir zueinanderpassen?«

»Aye, ich bin sicher«, erwiderte er mit schneidender Stimme.

»Ach wirklich?«, hakte sie nach. »Das ist eine Entscheidung von großer Tragweite. Ich glaube, du willst darüber noch einmal in Ruhe nachdenken.« Sie sah ihn eindringlich an, ihre grünen Augen schimmerten klar und hell.

Dieser Blick, dachte Hugh und schluckte schwer. *Genauso nimmt sie mit Pfeil und Bogen ihr Ziel ins Visier …*

37

In der darauffolgenden Woche kam Jane immer wieder beharrlich darauf zurück, dass sie mit ihm verheiratet bleiben wollte.

Am ersten Abend nach ihrem Gespräch hatte Hugh es sich auf dem Teppich am Kamin bequem gemacht, ein Glas Scotch in den Händen, als Jane sich hinter ihn gekniet und begonnen hatte, seine verspannten Rückenmuskeln zu massieren. Er hatte gelegentlich an seinem Scotch genippt und sich unter ihren Berührungen entspannt.

Das Feuer, der Scotch und seine Frau, die ihn nach einem harten Arbeitstag verwöhnte. Wundervoll. Genüsslich hatte er sich noch einen Schluck gegönnt …

»Hast du über unsere Ehe nachgedacht, mein Liebster?«

Hugh hätte sich fast an seinem Drink verschluckt, und er hatte sie finster angestarrt, als sie unschuldig gelächelt hatte.

Heute Morgen war sie zu ihren Schießübungen auf die Terrasse gekommen und hatte beiläufig bemerkt: »Mir ist aufgefallen, dass du gar keinen Lesestoff eingepackt hast – abgesehen von diesem einen seltsamen alten Buch. Deswegen habe ich dir einen Roman auf dein Bett gelegt.« Er hatte sie entgeistert angestarrt. »Die Stellen, die mir besonders gut gefallen haben, habe ich rot angestrichen.«

Hugh ahnte, auf welche Sorte Romane sie angespielt hatte. Kaum war sie außer Sicht, ging er in sein Zimmer hinauf und sah nach. Auf dem Kissen lag ein Buch – in dem falschen Einband, den er bereits kannte. Hastig schlug er es auf. Fünf

Minuten später setzte er sich auf das Bett und fuhr sich mit der Hand über das Gesicht.

Wenn das die Stellen waren, die ihr besonders gefielen, dann würden sie perfekt zueinanderpassen …

Nein, verdammt, dies war doch nur die letzte Schlacht in Janes tückischem Feldzug gegen ihn. Ihre ständigen Anspielungen ließen ihn nie vergessen, dass sie die Frau seiner Träume war. Er war wie ein Hengst in der Nähe einer rossigen Stute – er konnte sich nicht konzentrieren, konnte an nichts anderes denken als daran, wie ihr Haar roch und wie ihre Haut sich anfühlte.

Sein Blick folgte ihr überallhin. Gleichgültig, ob sie arbeitete, ob sie ein Tuch über dem Haar trug, ob sie sich die Bluse aufknöpfte, um die Hitze in der Küche besser ertragen zu können. Was auch immer sie tat … immer dachte er, dass ihre vollen Brüste kurz davor waren, aus dem Mieder zu springen. Die sonst so elegante Jane sah aus wie ein lüsternes Schankmädchen, und er liebte ihren Anblick.

Sie machte ihn schwach, machte ein Wrack aus ihm. Und wenn sie ihn dann in dieser Mischung aus unschuldiger Neugier und unverhülltem Begehren ansah, gab es nur eines, was ihn daran hinderte, auf das Flehen in ihren Augen zu antworten.

Leabhar nan Sùil-radharc – das Buch des Schicksals. Es lag da und starrte ihn an, erinnerte ihn daran, wer er war …

Hugh runzelte die Stirn, als ihm bewusst wurde, dass es eine ganze Weile her war, seit er etwas von Jane gehört oder gesehen hatte. Er hoffte, dass sie sich für ein oder zwei Stunden schlafen gelegt hatte und sich nicht wie gewöhnlich bei irgendwelchen Arbeiten im Haus verausgabte.

Er legte den Hobel aus der Hand, klopfte sich die Holzspäne von der Hose und ging zur Tür. Dort traf er Mòrag, die mit einem Korb voller Rüben auf dem Weg in die Küche war.

»Wo ist meine Frau?«

Sie zuckte die Schultern. »Hab die Engländerin zuletzt im Nordflügel gesehen. Sie wollte den Fußboden wachsen.«

Er nickte, nahm sich einen Apfel aus der Schale und ließ ihn wieder fallen, als ihm ein unverkennbarer Geruch in die Nase stieg.

Das Dienstmädchen zog die Nase kraus. »Was zum Teufel hat sie jetzt wieder angerichtet?«

»Mòrag, das ist Paraffin!«, rief er ihr über die Schulter zu und war im nächsten Augenblick auch schon davongestürmt.

Mòrag schnappte entsetzt nach Luft, ließ den Korb fallen und folgte Hugh.

Paraffin*wachs* war für den Fußboden gedacht.

Man konnte ihn leicht mit Paraffin*öl* verwechseln. Und das war nur ein anderes Wort für Petroleum …

Hugh stieß die geschlossene Tür auf und schluckte schwer. Jane hatte das trockene Mahagoniholz mit mehreren Bechern Petroleum getränkt.

Jane erhob sich von den Knien, sie taumelte, als sie sich aufrichtete. »Ich wollte dich überraschen, wenn ich mit allem fertig bin.« Mit dem Handrücken rieb sie sich über die Nase. »Irgendwie fühle ich mich ein wenig benommen.« Schulterzuckend griff sie nach einem kleinen Schleifstein. »Ich wollte den Boden nachschleifen, wenn der Belag getrocknet ist …«

»Nein!«, schrien Hugh und Mòrag wie aus einem Munde. *Ein einziger Funken …*

Das Herz schlug ihm bis zum Hals, und er sprang mit einem Satz auf Jane zu.

»Sind Sie wahnsinnig, Engländerin?«, schrie Mòrag.

Jane blinzelte verwirrt und fluchte ärgerlich, als Hugh sie

aus dem Haus und zum Brunnen zerrte. »Ich habe wohl etwas falsch gemacht?«, sagte sie, als Hugh ihr hastig bis auf die Unterwäsche die Kleider vom Leib riss.

»Aye. Da muss ich Mòrag recht geben.« Er pumpte Wasser aus dem Brunnen hoch und ließ den Strahl über ihre geröteten Hände und Arme laufen, um das Öl zu entfernen. »Du hast dir viel zu viel Arbeit zugemutet. Außerdem ist das Öl leicht entflammbar. Gewöhnlich benutzt man es für …«, er brach kurz ab, »… gewöhnlich dürfen nur Experten damit hantieren. Wäre auch nur ein einziger Tropfen Kerzentalg auf dein Kleid geraten, hättest du lichterloh in Flammen stehen können!«

»Oh.« Jane biss sich auf die Lippen. »Jetzt bist du wütend auf mich.«

»Nur besorgt.«

»Hugh, bitte hab Geduld mit mir.«

»Bei Gott, Mädchen, ich versuche es.« Als er sah, dass Mòrag sich anschickte, nach getaner Arbeit nach Hause zu gehen, wies er Jane an, sich gründlich die Beine und Füße zu waschen. »Ich bin gleich zurück«, sagte er und eilte zum Stall, um mit dem Mädchen zu sprechen. »Mòrag«, begann er, »ich will, dass du meine Frau von sämtlichen gefährlichen und entflammbaren Substanzen fernhältst, die sich auf diesem Grundstück finden. Schließ alle in einem Schrank ein, wenn es sein muss. Und ich zahle dir den dreifachen Lohn, wenn es dir gelingt, sie daran zu hindern, in den Nordflügel zu gehen, bis ich die Dielen ausgewechselt habe.« Hugh drehte sich kurz zu Jane um. »Schrubben!«, rief er laut zu.

Sie zuckte erschrocken zusammen und wusch sich pflichtbewusst die Beine.

Mòrag schnaubte verächtlich. »Sie werden die Engländerin nicht zur Rechenschaft ziehen? Nachdem sie das Zimmer völlig ruiniert hat?«

Hugh zuckte die Schultern. »Ab sofort werde ich dafür sorgen, dass ihr klar ist, dass manche Dinge hier gefährlich sind. Und nein, ich werde ihr nicht sagen, dass sie den Mahagoniboden ruiniert hat.«

»Mich hätte man geteert und gefedert.« Als Mòrag abwehrend die Hände hob, wandte Hugh sich um und sah, dass Jane dem Mädchen einen erbosten Blick zuwarf. »Nun«, sagte sie dann, »die Engländerin sieht eigentlich nicht besonders dumm aus, aber sie macht uns eine Menge Arbeit. Wir werden den neuen Fußboden gehörig bearbeiten müssen, damit er wieder wie alt aussieht.«

»Ich denke, es ist an der Zeit, dass du mir erklärst, warum du arbeitest wie ein Pferd«, sagte Hugh, nachdem er zu Jane zurückgekehrt war.

Jane fühlte sich wie beschwipst, und sie fror. Sie genoss es, als Hugh mit seinen rauen Händen über ihre Arme strich, um zu prüfen, ob noch Ölreste auf ihrer Haut hafteten. Sie lächelte wie betrunken. »Ich setze alles daran, dich zu beeindrucken. Dann wirst du mich vielleicht behalten. Und in deinem Haus an der Küste mit mir leben.«

Seine Miene verfinsterte sich. »Du schneidest schon wieder das Thema unserer Ehe an. Du bist dickköpfig wie ein Schotte! Ist dir das eigentlich klar?«

»Ich könnte dich glücklich machen«, beharrte sie, »und du bist reich genug, um dir eine Frau zu nehmen.«

»Verdammt noch mal, es würde dir nicht gefallen, meine Frau zu sein.«

»Unser Leben wäre doch kaum anders als es jetzt ist, oder?«

Als Hugh der Heirat zugestimmt hatte, war er überzeugt gewesen, Jane würde ihn bei der erstbesten Gelegenheit wieder loswerden wollen. Darauf hatte er sich felsenfest verlassen. Niemals hätte er es für möglich gehalten, Argumente finden zu müssen, die gegen ihn als Ehemann sprachen. Der Druck seiner Hände auf ihren Armen wurde sanfter, als er wie gebannt beobachtete, dass Janes nasses Hemd wie eine zweite Haut an ihr klebte und ihre Brüste betonte.

Hugh war es ohnehin schon schwergefallen, sich zu konzentrieren. Aber wie um alles in der Welt sollte er schlagkräftig argumentieren, wenn er dabei zusehen musste, wie ihre Brustwarzen sich hart aufrichteten? Er hatte denkbar schlechte Karten. Und zu allem Überfluss erinnerte er sich nur zu gut daran, wie ihre Knospen unter seiner Zunge pulsiert hatten, als er sie das letzte Mal liebkost hatte …

Er schüttelte die Erinnerung ab und ließ die Hände sinken. »Jane, vergiss deine Pläne. Ich bin kein guter Mann. Und ich wäre ein noch schlechterer Ehemann.«

»Aber die Ehe bestehen zu lassen, wäre doch ein logischer Schritt. Wir sind bereits verheiratet, und alle Formalitäten sind erledigt.« Sie senkte die Stimme. »Du musst mich nur noch lieben.«

»Ein logischer Schritt? Du willst das alles nur aus Gründen der Logik? Verdammt noch mal, es ist alles Mögliche, nur nicht logisch!«

Sie kniff die Brauen zusammen und sah ihn direkt an. »Hugh, was ist mit mir nicht in Ordnung?«

»Es liegt nicht an dir. Es liegt an mir.«

Wie auch immer sie seine Worte aufgefasst hatte, er hätte offenbar keine schlimmeren finden können. Augenblicklich gefror ihre Miene zu Eis. »Kannst du dir überhaupt vorstellen, wie vielen Männern ich auf diese Weise gesagt habe, dass sie sich ihre Gefühle sparen sollen?« Sie verschränkte die Arme und trat einen Schritt zurück. »Oh, wie sich das Blatt doch gewendet hat! Jetzt bin ich die ungewollte, unerwünschte Adressatin dieser Plattitüden.«

»Nein, Jane.« Er legte eine Hand auf ihre Hüfte und zog Jane näher zu sich heran. »Du hast alles, was ein Mann sich von einer Frau nur wünschen kann.« Er fing ihren Blick auf. »Die Wahrheit ist … ich hätte keine andere Frau als dich haben wollen, hätte ich jemals vorgehabt zu heiraten.«

Jane neigte den Kopf zur Seite. »Keine andere Frau?«

»Nein. Das Problem liegt ganz allein bei mir. Es gibt … Umstände, die es mir verbieten, eine Ehe einzugehen.«

»Nenn mir einen einzigen Grund, der dich daran hindert.«

»Das würde nur zu neuen Fragen führen. Aber du scheinst ja erst glücklich zu sein, wenn sämtliche Tatsachen offen auf dem Tisch liegen.«

»Hugh, es betrifft mich doch auch, und ich verdiene es, mehr zu erfahren. Ich bitte dich doch nur darum, fair zu mir zu sein.«

»Aye, ich weiß. Ich weiß das, glaube mir. Aber jetzt musst du ins Haus und dich abtrocknen.«

»Ich rühre mich erst von der Stelle, wenn du mir einen Grund nennst.«

Hugh schwieg lange, ehe er antwortete. »Ich … werde keine Kinder mit dir haben können.«

38

»Oh. Jane atmete tief durch, bevor sie ihre nächste Frage stellte. »Warum nicht?«

»Ich habe keine Kinder.«

Hugh hatte recht damit gehabt, dass sie weitere Fragen stellen würde. »Ich nehme an, du hast es versucht«, sagte sie und versuchte mühsam, zu verbergen, wie tief der Gedanke sie verletzte.

»Himmel noch mal, nein, ich habe es nicht versucht.«

»Woher willst du es dann wissen?«

»Meinen Brüdern geht es nicht anders.«

Jane sah ihn verwundert an. *Eine Kinderkrankheit*, dachte sie. *Ja, so muss es sein.* War das der Grund, dass er niemals hatte heiraten wollen? Dass er *sie* niemals hatte heiraten wollen?

Es würde alles erklären! Jane schwankte, und Hugh umfasste ihre Hüfte fester. Er hatte nicht gewollt, dass sie auf Kinder würde verzichten müssen! Es stimmte, dass er immer selbstlos gehandelt hatte. Es machte Sinn. Endlich kannte sie seine Beweggründe – nachdem sie sich all die Jahre den Kopf darüber zerbrochen hatte! Wenn sie ihren Schotten bekam, würde sie auf Kinder verzichten müssen.

Jedes Mal, wenn ihr Blick auf den Ehering gefallen war, hatte ihr Herz sich beinahe überschlagen wie das Rad eines Fuhrwerks. Aber jetzt fühlte sie sich, als hätte dieses Rad Feuer gefangen und würde lichterloh brennen.

Ihr erster Impuls war, die Arme um Hugh zu schlingen und ihn zu küssen. Doch sie unterdrückte ihn, wusste sie doch, dass es keine gute Idee wäre. Höchstwahrscheinlich hatte ihn sein Geständnis sehr verwundbar gemacht. Sie wollte unbedingt den Eindruck vermeiden, dass sie sich über eine Tatsache freute, die er als schweren Verlust empfinden musste. Ihr zweiter Impuls trieb sie, ihm die bittersten Vorwürfe zu machen, weil er offenbar überzeugt gewesen war, vor einem unüberwindbaren Problem zu stehen. Aber Vorwürfe hätten bedeutet, dass sie nicht respektierte, wie Hugh seine Lage sah.

Jane atmete tief durch. *Sei vernünftig.*

»Ich weiß es zu schätzen, dass du mich ins Vertrauen gezogen hast.« Sie klang ruhig und überlegt.

Hugh nickte ernst. »Es ist das erste Mal, dass ich es jemandem erzähle. Aber jetzt begreifst du vielleicht, weshalb ich niemals heiraten wollte.«

»Ich verstehe es. Aber es ändert meine Meinung über uns nicht im Geringsten.«

»Was?«, stieß er grimmig hervor, ließ sie los und trat einen Schritt zurück.

»Leider weiß ich nicht, wie ich dich davon überzeugen kann, dass es für mein Leben keine besondere Bedeutung hat.«

»Du hast mir gesagt, dass du Kinder liebst. Du hast mir Gründe genannt, warum sie wichtig für dich sind.«

»Ich liebe die Kinder anderer Leute.« Jane lächelte, wurde aber wieder ernst, als sie merkte, wie seine Miene sich verfinsterte. »Wenn du geglaubt hast, dass ich mich voller Schmerz nach eigenen Kindern sehne, dann hast du dich getäuscht. Die Kinder, mit denen du mich gesehen hast, gehören zu meiner Familie. Deswegen liebe ich sie.« Jane wandte den Blick ab. »Ich hoffe, du hältst mich nicht für eine gefühllose Frau, weil ich den Wunsch nach eigenen Kindern bisher nicht gehabt habe. Und es gibt niemanden, mit dem *ich* bisher darüber gesprochen habe.«

»Du hast noch nie über eigene Kinder nachgedacht?«

»Falls ich heirate und es passiert, ist es mir genauso recht, wie wenn es nicht passiert.«

»Ich konnte nicht ahnen, dass du so darauf reagierst«, bemerkte Hugh und fuhr sich mit der Hand über den Nacken.

»Es tut mir leid, dass ich dich enttäusche. Aber für mich ändert sich nichts.«

»Verdammt noch mal, du willst es doch nur, weil du darum kämpfen musst und gewinnen willst«, brach es aus ihm heraus. »Und ist dieser Kampf vorüber, wird auch dein Verlangen sehr schnell verschwunden sein. Wie oft hast du in der Vergangenheit um Dinge gekämpft, die du eigentlich gar nicht brauchtest? Nur weil du die Herausforderung liebst! Gib es zu.«

Nun ja, ein oder zwei Mal …, musste sie sich eingestehen.

»Und was passiert, wenn ich nachgebe und dein Interesse schwindet?«, wollte Hugh wissen. »Wenn du wieder in England bist? Bei deinen Freunden, deiner Familie? Wenn du dich wieder auf Partys tummelst? Dein Verlangen, mit mir zusammen zu sein, wird vergehen. Das ist mir vollkommen klar.«

»Bis jetzt ist es nicht geschwunden«, murmelte sie.

Hugh lachte freudlos. »Du meinst, während der wenigen Wochen, die wir miteinander verbracht haben?«

Jane schüttelte den Kopf. »Nein, ich meine die zehn Jahre, die wir getrennt waren – ungefähr die Hälfte meines Lebens, wenn du so willst.«

Hugh musste sichtlich schlucken. »Willst du damit sagen, dass du … Du kannst doch nicht meinen …« Er brach ab und sprach leise weiter. »*Mich*, Jane? Du willst *mich*?«

Jane seufzte. »Ja, dich …«

Genau in dem Augenblick glaubte Jane, Pferde zu hören. Hugh spannte sich an. Mit einer raschen Bewegung schob er

Jane hinter sich, riss sich das Hemd vom Leib und warf es ihr über.

Greys Chancen hatten sich verschlechtert, nachdem Hughs Spur sich in Schottland verloren hatte.

Hugh war in diesem Land zu Hause; Grey hatte sich in dieser unzivilisierten Gegend niemals in seinem Element gefühlt.

Aber noch schlimmer war, dass Hugh wusste, dass er Grey abschütteln konnte. Und bei diesem Gedanken lief Grey die Galle über.

Hätte Grey sich nicht mit Ethan herumplagen müssen, hätte er Hughs und Janes nächtliche Abreise nicht verpasst. Es war eine Ironie des Schicksals, dass er einen der Brüder hatte entkommen lassen müssen, um den anderen aus dem Weg räumen zu können.

Die Länder des westlichen Europas und des nördlichen Afrikas kannte er wie seine Westentasche. Aber in Schottland hatte er noch nie gearbeitet. Er sprach vier Sprachen fließend, aber kein Gälisch. Und je weiter er nach Norden vordrang, desto verschlossener und abweisender reagierten die Menschen auf Engländer. Das galt umso mehr für Grey, der krank und ausgemergelt aussah. Und dem Wahnsinn nahe.

Er hatte erwogen, nach London zurückzukehren und sich Weyland vorzunehmen. Aber ihm war klar, dass der alte Mann auch unter der Folter nicht reden würde. Außerdem hatte der Kerl garantiert keine Ahnung, wo genau seine Tochter und Hugh sich aufhielten.

In den letzten Tagen hatte Grey sich zu fragen begonnen, ob er die beiden jemals finden würde. Dann hatte er sich daran erinnert, dass es zu den Grundsätzen des Netzwerks gehörte, sich möglichst in der Nähe eines Telegrafenamtes aufzuhalten.

Außerdem galt es, nur die nötigsten Informationen – selbstverständlich codiert – über den Draht zu schicken.

Demzufolge würde Hugh sich also nicht weiter als einen Tagesritt von einem Amt entfernen und regelmäßig überprüfen, ob Nachrichten über Grey eingetroffen waren. Schließlich musste er wissen, wann die Zeit gekommen war, nach Hause zurückzukehren. Auch wenn Grey über die Schlüssel sämtlicher Codes verfügte – eine Nachricht würde erst versendet werden, wenn es galt, über seinen Tod oder seinen Niedergang zu berichten. Es war ein Teufelskreis, und es stellte sich die eine Frage: Wie brachte er Weyland dazu, ein Telegramm an Hugh zu schicken?

Die Lösung war ihm ganz plötzlich eingefallen: Es musste in der Nachricht gar nicht um seine Niederlage gehen. Die Nachricht von Ethans Tod würde die ganze Organisation in höchste Alarmbereitschaft versetzen.

Grey war davon ausgegangen, dass ein Telegramm an Hugh an mehrere Telegrafenstationen Schottlands übermittelt werden würde. Dann jedoch hatte er herausgefunden, dass die Nachricht an nur vier Stationen geleitet worden war. Zwei davon lagen in einem kleinen Gebiet in den südlichen Highlands. Grey hatte einen Radius von hundert Meilen um die erste Station gezogen, jeden Meter innerhalb des Gebiets durchkämmt und auch die Durchsuchung des zweiten Gebiets fast abgeschlossen. Irgendwo in dieser Gegend musste Hugh sich herumtreiben.

Unglücklicherweise waren die Menschen hier überaus abweisend. Geld bedeutete ihnen nichts.

Gerade hatte er beschlossen, sich jemanden zu schnappen und ihm die Kehle zuzudrücken, um an die ersehnten Informationen zu gelangen, als er ein Pferd hinter sich wiehern hörte. Als er sich umdrehte, entdeckte er weit oben am Ende der

Straße ein Mädchen am Waldrand – auf einem Pfad, der ihm bisher entgangen war.

Sie saß lässig auf einem Pony, war allein in die entgegengesetzte Richtung unterwegs und hatte keine Satteltaschen. Offenbar ein Tagesritt. Wie interessant. Was verbarg diese Wildnis vor ihm? Vielleicht Hughs Versteck?

Grey vermutete, dass das Mädchen so wortkarg sein würde wie alle Schotten, mit denen er bisher zu tun gehabt hatte. Dann lächelte er und steckte sich eine Opiumkugel in den Mund und kaute sie. Diese schwarzhaarige kleine Miss musste offenbar für ihren Lebensunterhalt arbeiten. Grey legte die Hand an das Messer im Holster, das er sich um die Hüfte geschnallt hatte.

Er hatte die Erfahrung gemacht, dass Frauen, die für ihren Lebensunterhalt arbeiten mussten, großen Wert auf gesunde Finger legten.

39

Jane hatte das Kinn in die Hand gestützt und starrte aus dem Fenster auf Hugh hinunter, der mit den anderen Highlandern zusammenhockte und trank.

Die Reiter, die sie gehört hatten, waren Mòrags Brüder gewesen – ein halbes Dutzend riesige Schotten auf wahren Schlachtrössern, die gekommen waren, um bei der Reparatur des Daches zu helfen.

Jetzt trank Hugh mit ihnen deren selbst gebrannten Scotch, hatte Jane aber nicht eingeladen, sich zu ihnen zu gesellen. Es störte sie nicht, warum auch immer. Ebenso wenig störte es sie, dass Hugh sich für ihr Eingeständnis gar nicht zu interessieren schien. Jedenfalls nicht mehr als dafür, sich mit anderen Schotten nach Sonnenuntergang den Bauch zu füllen.

Kurz entschlossen griff sie sich ihr Badezeug und ein Handtuch und verließ durch den Nebeneingang das Haus. Während des angenehmen Spaziergangs betrachtete sie den Abendhimmel und dachte über die letzten Tage mit Hugh nach. Irgendwie hatte sie das Gefühl beschlichen, dass sein Widerstand nach jedem Streit mit ihr dahinschmolz und er noch wehrloser geworden war. Aber wollte sie wirklich einen Mann, dessen Widerstand sie erst brechen musste, damit er sie liebte? Einen Mann, den es nicht zu kümmern schien, dass sie schon immer Gefühle für ihn gehegt hatte?

Als sie beim See angekommen war, staunte sie wieder einmal, wie schön dieses Land war. Gelb und voll prangte der Mond am Himmel und reflektierte sein Licht durch den Nebelhauch, der auf dem Wasser lag. Der Dampf stieg in kleinen Wölkchen aus der heißen Quelle, die versteckt zwischen Felsen lag.

Atemberaubend. Verdammt noch mal, sie wollte Schottland nicht verlassen! Inzwischen empfand sie London als düster, verrußt und herzlos. Wenn Grey erst einmal gefangen genommen wäre, wie sollte sie dann dorthin zurückkehren? Sie würde nicht nur Hugh, sondern auch das Land vermissen.

Seufzend entkleidete sie sich. Das Wasser sah zu verführerisch aus, um noch länger widerstehen zu können, und sie glitt hinein. Jane legte ihre Badeutensilien auf einem Felsvorsprung ab und wusch sich gründlich das Haar. Gerade hatte sie sich die Seife ausgespült, als Hugh auftauchte.

Sie hörte ihn, bevor sie ihn sah. Sie blickte über die Schulter und sah, dass sein Haar zersaust war und seine Bewegungen schwerfällig wirkten. Aber die Augen … in ihnen brannte ein loderndes Feuer.

»Nicht nötig, dass du nach mir siehst«, erklärte Jane. »Geh zurück zu deinen Freunden.«

Schweigend starrte er sie an.

»Bist du betrunken?« Noch nie hatte sie ihn so erlebt. Sogar auf *Vinelands* hatte er nie mehr als nur ein Glas Scotch getrunken, während alle anderen herzhaft zulangten.

»Aye«, antwortete er schließlich. »Aber es hilft nicht.«

»Hilft nicht wobei?«, fragte sie. Hughs ungewöhnlicher Auftritt verwirrte sie noch immer.

»Es hilft nicht gegen mein Verlangen nach dir«, erwiderte er. »Es hilft nicht dagegen, dass ich mich Tag und Nacht nach dir sehne. Und ich habe endlich begriffen, dass es nur eine einzige Art gibt, es zu ändern.«

Jane richtete sich auf und stand hüfthoch im Wasser. Das Haar hing ihr in nassen Strähnen über den Rücken, als sie Hugh über die Schulter ansah. Um sie herum stieg der Dampf auf, und der Mond schickte seine silbernen Strahlen auf ihren blassen Körper.

Eine ganze Weile standen sie schweigend so da und atmeten schwer. Es schien, als wollten sie abwarten, welchen Schritt der andere als Nächstes tun würde. Vor kurzer Zeit hatte diese wundervolle Frau ihm gestanden, dass sie tiefe Gefühle für ihn hegte. Schon seit Jahren … es sei denn, sie hatte wieder nur ihren Spott mit ihm getrieben.

Wäre es nicht viel besser gewesen, ich hätte es nie erfahren?, dachte er traurig.

Jane drehte sich ganz zu ihm, ließ die Arme hängen. Und es schien, als würde in diesem Augenblick etwas in ihm ausgelöst, was unaufhaltsam war.

Hugh stieß einen leisen Fluch aus, riss sich das Hemd vom Leib, die Stiefel und die Hose. Er tauchte in das Wasser ein und zog ihren nackten feuchten Körper an sich. Jane schloss die Hände um seinen Nacken und stöhnte leise auf, als sie sich an ihn schmiegte.

»Es hat aufhören sollen«, murmelte er, »aber es hört nicht auf. Es wird sogar noch schlimmer. Wie zum Teufel kann es immer noch schlimmer werden?«

»Ich … ich verstehe nicht, Hugh.«

»Das wirst du schon«, meinte er und fegte ihre Badeutensilien mit einer Handbewegung vom Felsvorsprung. Dann setzte er Jane auf die Felsplatte. Sie schnappte nach Luft, aber er schwieg und ließ den Blick über sie schweifen, als wolle er sich den Anblick ihres Körpers auf alle Ewigkeit einprägen. Das dunkle Haar hing ihr über die Brüste, über die festen aufgerichteten Knospen. Zwischen ihren blassen gespreizten Schenkeln bedeckten seidige Locken ihr Geschlecht. »Wunderschön«, raunte er, »so schön, dass es mich quält.«

Hugh drängte sich mit den Hüften zwischen ihre Beine und beugte sich vor, um an ihrem Ohrläppchen zu saugen. Seufzend entspannte sie sich und gestattete es ihm, ihre Schenkel noch weiter zu spreizen.

Er umfasste ihre Brüste, massierte sie, bedeckte sie mit den Handflächen. Jane starrte ihn atemlos an, während er sich wieder vorbeugte und an ihrer Knospe sog.

Als sie aufschrie, wusste Hugh, dass er nicht unterbrechen durfte, was zwischen ihnen begonnen hatte. Selbst wenn er gewollt hätte, er hätte niemals aufhören können. Aber er wollte das auch gar nicht …

Hugh nahm ihre andere Knospe in den Mund, reizte sie. Jane genoss es, presste seinen Kopf an ihren Busen und bog den Rücken durch, weil sie nach mehr verlangte.

Erst nachdem er sich überzeugt hatte, dass beide Knospen sich hart und pulsierend aufgerichtet hatten, fuhr er mit den Lippen an ihrem Körper hinunter, spreizte er ihre Schenkel. Sein Mund war nur wenige Zentimeter von ihrer Weiblichkeit entfernt, als er seinen warmen Atem auf sie hauchte. Sie sollte ihn spüren, bevor er die geöffneten Lippen auf sie drückte, und umspielte sie mit der Zunge. Jane stöhnte erstickt, und Hugh schloss vor Glück die Augen, tauchte in ihr Geschlecht ein und staunte, wie köstlich feucht es war.

Hugh hob den Kopf, um zu sehen, wie Jane reagierte. Sie hatte die Augen weit geöffnet, beobachtete ihn, und ihr Blick steigerte seine Erregung ins Unerträgliche. Mit den Daumen spreizte er ihr Geschlecht und küsste sie so, dass sie es nie wieder vergessen würde. »Hat dich früher schon jemand so verwöhnt?«, raunte er heiser zwischen zwei Küssen.

Jane schüttelte den Kopf. »Nein, noch nie.«

»Ich sorge dafür, dass du kommst wie noch nie zuvor«, versprach er.

Jane stöhnte. »Hugh, willst du es wirklich?«, fragte sie. »Während du dort unten bist?«

»Ich will, dass du kommst, wenn meine Zunge mit dir spielt.« Er nahm ihre empfindlichste Stelle zwischen die Lippen und sog an ihr.

Wieder schrie Jane auf, wühlte die Finger in sein Haar. »Hugh, ja, ich will! Ja! Lieber Himmel, ja!«

In diesem Moment hörte für ihn jedes Denken auf ... Er spürte ihre weiche Brust in seiner Hand, ihre feuchte Scham an seiner Zunge ... und er leckte sie, spielte mit ihr, sog an ihr. Er schob ihre Knie weiter auseinander, um ihren köstlichen Geschmack noch mehr genießen zu können. Jane stieß einen scharfen Schrei aus, drückte die Hüften seinen hungrigen Lippen entgegen und war vollkommen verloren.

»Jetzt komm«, stöhnte er und umspielte sie weiter mit der Zunge. »Tu es für mich.« – Sie gehorchte ihm, stöhnte und stieß immer wieder kurze Worte hervor: »Es ... es fühlt sich ... so gut an ... Hugh ... du tust mir so gut ...«

Er leckte sie, während sie sich wand und ihm entgegendrängte. Mit jedem Wort, das sie ausstieß, mit jedem Schrei pulsierte seine harte Männlichkeit nur noch mehr. Als er glaubte, nicht länger warten zu können, zog er sich zurück und richtete sich auf. »Ich muss in dich eindringen«, raunte er heiser und verzehrte sich danach, in ihrer feuchten Mitte zu versinken, die sich darbot. Wie im Fieber ergriff er mit einer Hand Janes Handgelenke, streckte ihr die Arme über den Kopf und drückte sie auf den felsigen Grund.

Jane sah ihn aus weit aufgerissen Augen an. »Warte, Hugh«, sagte sie hastig, »lass mich los. Ich muss dir etwas gestehen.« Nur mühsam brachte sie die Worte hervor, weil er die andere Hand immer noch auf ihr Geschlecht gepresst hatte und ihre Gefühle sie zu überwältigen drohten. »Hugh, bitte ...«

»Es reicht«, unterbrach er sie grimmig und hielt ihre Handgelenke fest, »verdammt noch mal, ich habe lange gewartet. Viel zu lange.«

»Aber ich bin …«

»Kein Wort mehr.« Er wollte nichts mehr hören. »Du hast mich bis in meine Träume verfolgt.« Hugh hatte die Absicht, sie zu strafen, wie sie ihn wieder und wieder gestraft hatte, wollte zehn schmerzliche Jahre von ihr nehmen und sie gleichzeitig spüren lassen, dass er auch gelitten hatte. Er schob ihre Schenkel weiter auseinander, wollte sie endlich besitzen. Sie nehmen. Endlich … Er schloss die Hand um ihre Brust, spürte, wie seine Männlichkeit sich gegen ihr Geschlecht drängte, darin versinken wollte. »Ich habe dir gesagt, dass ich kein guter Mann bin. Wenn du mir glauben würdest … wenn du wüsstest … du würdest nicht mal wollen, dass ich dich mit spitzen Fingern anfasse. Aber trotzdem bedrängst du mich immer wieder …«

»Ja, ich weiß, dass ich das tue.« Ihre Gesichtszüge wurden weich, ihre Muskeln entspannten sich. »Hugh, es tut mir leid. Aber ich brauche dich«, flüsterte sie und streckte sich, um tausend kleine Küsse auf seinem Hals zu verteilen. »So sehr, dass ich nur noch an dich denken kann.« Es waren ihre weichen Lippen auf seiner Haut und die gehauchten Worte, die ihn plötzlich in das Gefühl eintauchen ließen, dass … dass sich alles zum Guten fügen würde.

Sie fing seinen Blick auf und schaute ihn verlangend und vertrauensvoll an.

Hugh ließ ihre Handgelenke los und senkte den Kopf. »Verdammt noch mal, Jane«, wisperte er heiser.

Hatte er ernsthaft geglaubt, dass er diese Frau würde verletzen können – obwohl sich sein Leben offenbar nur darum drehte, sie zu berühren und sich vor Hunger nach ihr zu verzehren?

»Bitte, sei nicht wütend«, murmelte sie. »Ich will es. Aber nur, wenn du es auch willst.«

Beinahe hätte er schallend gelacht. *Wenn du es auch willst …* Als ob es daran jemals Zweifel gegeben hätte!

»Ich will es, Sìne.« Hugh war froh, dass sie ihn wieder zu Verstand gebracht hatte. Nicht, weil er sich jetzt davonstehlen wollte – denn in diesem Punkt war ihr Schicksal besiegelt –, sondern weil es verrückt und unverzeihlich gewesen wäre, sie gleich beim ersten Mal zu nehmen wie ein von seinen Instinkten getriebenes Tier.

Es mochte sein, dass seine Entscheidung falsch war. Aber er war trotzdem entschlossen. Dieses einzige Mal in seinem Leben wollte er die Frau besitzen, nach der es ihn mehr als alles andere auf der Welt verlangte. Er hatte sie nicht verdient, aber er war schon immer ein selbstsüchtiger Bastard gewesen. Nein, er hatte sie nicht verdient. Aber, bei Gott, er brauchte sie wie sonst nichts auf der Welt.

Hugh hatte ihr noch einmal die Erfüllung schenken wollen. Er hatte vorgehabt, sich in ihr zu verströmen, wenn er tief in ihr versunken war. Aber ihm war auch klar, wie sehr er sich danach sehnte, fürchtete, dass er sich schon vorher würde nicht mehr beherrschen können und seinen Samen beim ersten Stoß in ihr verströmen würde.

Mit dem Mittelfinger drang er in sie ein. Jane stöhnte auf und drängte sich seiner Hand entgegen. Er hatte sie erregt, aber sie war noch viel zu eng für ihn.

»Hugh«, stöhnte sie wieder, als er mit zwei Fingern in sie eindrang, um sie auf ihn vorzubereiten. Plötzlich bäumte sie sich auf …

Er erstarrte. Verwirrt blickte er sie an. »Jane?«, brachte er mit erstickter Stimme hervor. »Bist du noch Jungfrau?«

Sie öffnete die Augen und biss sich schuldbewusst auf die

Lippen, als sie seinen drängenden Tonfall hörte. »Ich habe es dir sagen wollen.«

Hugh zog seine Finger zurück und machte sich zitternd bewusst, was er zu tun im Begriff war. Es hätte nicht viel gefehlt, und er hätte ihr wehgetan, ohne auch nur die geringste Ahnung zu haben, was er damit eigentlich anrichtete. »Aber warum hast du es mir nicht gesagt?«

»Ich dachte, dass du dann weniger Lust hättest, mich zu lieben.«

»Da hast du völlig recht!« Er kniff die Brauen zusammen. »Aber was ist mit dir und Bidworth?«

»Wir sind uns niemals nahegekommen.«

Einerseits fühlte er sich, als hätte man ihm eine tonnenschwere Last von den Schultern genommen. Andererseits war ihm jetzt schlagartig bewusst geworden, dass er sie niemals besitzen würde, und er wollte sich vollkommen zurückziehen. In diesem Moment legte sie die Hände an seine Hüften und zog ihn zu sich heran.

»Hugh, ich möchte es mit dir erleben. Nur mit dir. Wie lange habe ich darauf gewartet … und ich weiß, dass mein erstes Mal nur mit dir unvergesslich sein wird!«

Jane hätte keine überzeugenderen Worte finden können. Denn er wusste, dass sie recht hatte. Unzählige Male hatte er sich vorgestellt, ihr die Unschuld zu nehmen, hatte überlegt, wie er ihr die Schmerzen würde ersparen können. Hugh würde alles tun, was in seiner Macht stand, um ihr die Erfüllung zu schenken. Welcher andere Mann würde in der Lage sein, ihr das zu geben, was nur Hugh ihr geben konnte?

40

»Ich will es auch«, erklärte Hugh leise und liebkoste sie wieder, »ich will dir alles zeigen. Und das heißt, dass ich dich darauf vorbereiten muss.« Wieder begann er, sie zu streicheln, brachte sie dazu, in seinen Berührungen dahinzuschmelzen, bis sie kurz davor war, sich zu verlieren. Gnadenlos trieb er sie weiter, ließ von ihr ab und begann wieder aufs Neue, sie zu erregen. Wieder und immer wieder.

Jane stöhnte vor Verlangen und flehte ihn an. »Hugh, ich halte es nicht mehr aus!«, rief sie. »Es zerreißt mich innerlich … bitte …«

Seine Augen brannten vor Sehnsucht und Verlangen, und er sah im Mondlicht einfach wunderschön aus. Jane fuhr mit den Handflächen über seine feuchte Brust und genoss es, dass seine Muskeln unter ihrer Berührung zuckten.

Schließlich umfasste er seine harte Erektion und führte sie an ihr Geschlecht. Er biss die Zähne zusammen, als er mit der Spitze ihre Öffnung berührte. »So heiß … so nass.« Er atmete heftig. »Mehr kann ich nicht tun, wenn ich nicht sofort kommen will.« Vorsichtig begann er, die Spitze an ihr Geschlecht zu drücken, und Jane spürte, wie sie sich dehnte … ganz gleich, wie intensiv er sie vorbereitet hatte, sie war immer noch eng. »Sag es mir«, stieß er hervor, während er in sie drang, »sag mir, was du heute Nachmittag gemeint hast, Sìne.«

Jane zitterte heftig, als er auf ihre Barriere traf. Sie klammerte sich an seinen Schultern fest. Ihm brach der Schweiß aus, so sehr strengte es ihn an, ganz langsam in sie einzudringen.

Er senkte den Kopf und schaute sie aus seinen dunklen Augen an.

»Ich gehöre dir«, flüsterte sie. »Du darfst mich nehmen.«

Hugh stöhnte auf und glitt noch tiefer. Sie spürte, wie innerlich etwas in ihr zerriss, und stieß den Atem in der Sekunde aus der Lunge, in der er aufstöhnte. »Wie eng du bist …« Ihm rann ein Schauder über den Rücken, aber er verharrte in ihr, während er ihr das Haar sanft aus der Stirn strich. »Ich wollte dir nicht wehtun.«

»Ich wusste, dass es einen kleinen … Stich geben wird.«

Obwohl sie einen leichten Schmerz gefühlt hatte, fühlte sie sich durch die Nähe zu ihm in eine wohlige Wolke gehüllt, und all die Jahre, die sie auf ihn hatte warten müssen, waren vergessen. Jane spürte, wie er in ihr pulsierte, bemerkte den aufmerksamen Ausdruck auf seinem Gesicht. Aber er verharrte regungslos, denn er wollte ihr nicht noch mehr Schmerz zufügen, wollte, dass es ihr gefiel.

Jane sah auf, suchte seinen Blick und konnte ihre Worte nicht länger an sich halten. »Ich … ich liebe dich.«

»Was? Was hast du gesagt?«, stieß Hugh hervor und kämpfte gegen den Impuls, sich tiefer in sie zu schieben.

»Ich habe dich immer geliebt.«

Obwohl er ihre Worte gehört hatte, glaubte er zu träumen. Es konnte nur ein Traum sein. Aber jetzt, als er tief in ihr war, keimte in ihm der verzweifelte Wunsch auf, die Worte auszusprechen, mit denen er sie für immer an sich binden würde. Den Schwur, ausgesprochen in der uralten Sprache. Aber er brachte kein Wort über die Lippen. Er hatte kein Recht dazu.

Stattdessen beugte er sich hinunter, küsste sie und legte all die Gefühle, die er für sie in seinem Herzen trug, in diesen einen Kuss. Er küsste sie, bis sie atemlos nach Luft rang. Mit den Händen hatte sie sich an seine Schultern geklammert, als gälte es ihr Leben. Aber nun ließ sie ihn los, begann, ihn zu erkunden, und Hugh zog sich leicht zurück, als sie vorsichtig die Hüften bewegte. Dann glitt er wieder in sie, entschlossen, ihr Erfüllung zu schenken. *Konzentriere dich*, ermahnte er sich. *Sei behutsam …*

»Tut es noch weh, Sìne?«, fragte er und bewegte sich in sanftem Rhythmus.

In ihrem Blick lag Staunen. »Nein, es tut nicht mehr weh«, murmelte sie. »Es fühlt sich wunderbar an …« Sie beugte sich vor und drückte ihm feuchte kleine Küsse auf die Brust, die ihm fast den Verstand raubten. »Tut es dir weh?«

Anstatt zu antworten, bewegte er sich drängender in ihr, so sehr genoss er ihre feuchte Wärme. Ihre harten Knospen rieben wohlig über seine Haut. Hugh beugte sich hinunter und ließ seine Zunge über ihre Brüste spielen, während Jane sich seinen Stößen ergab.

Er schob den Daumen zwischen sich und Jane und begann, ihre Scham zu streicheln, bis sie laut aufstöhnte. »Ich bin kurz davor … du machst mich verrückt … Versprich mir, dass es nicht das letzte Mal … noch heute Nacht …« Fast verzweifelt umschlossen ihre Hände seine Wangen. »Versprich es mir, Hugh!« Sie schrie seinen Namen heraus, während sie sich im Höhepunkt verlor.

Obwohl er dagegen ankämpfte, obwohl er in seinem Rhythmus innehielt, spürte er, wie ihr hungriger Körper nach ihm verlangte und ihre Weiblichkeit ihn wie mit einer Faust umschlang. Hugh konnte seinen Samen nicht länger zurückhalten. Er gab sich seinem Verlangen hin, bäumte sich zwischen ihren Schenkeln auf, kam mit roher Kraft und zuckte und zitterte bei jedem Stoß, mit dem er sich in ihr ergoss.

Als es vorbei war, zog Hugh sie an sich, und sein Herz pochte dicht an ihrem. »Du liebst mich?«, fragte er mit heiserer Stimme.

Später in der Nacht lagen sie eng aneinandergeschmiegt in Hughs Bett. Schläfrig drückte Jane einen Kuss auf seine Brust. Sie spürte ihren Körper warm und schwer, und es fühlte sich wundervoll an. Hugh neben ihr war hellwach, und die Gedanken kreisten wild in seinem Kopf.

An diesem Abend hatte er es gewagt, ihren zarten Leib mit seinen rauen Händen zu liebkosen – mit den Händen, die so viele Male zuvor getötet hatten. Er hatte gewagt, ihr die Jungfräulichkeit zu nehmen, hätte es fast in einem Anfall von Wut getan. Es hätte nicht viel gefehlt, und er hätte sie maßlos verletzt.

Doch er hatte es nicht getan.

Aber er hatte nachgegeben, als sie ihn angefleht hatte, sie zu nehmen. Das war das Schlimmste, was er sich vorzuwerfen hatte. Wenn das Schicksal ihm vorherbestimmt hatte, ihr Schmerz zuzufügen, warum hatte sie dann gesagt, dass das, was er mit ihr tat, sie mit Ehrfurcht erfüllte?

Außerdem fragte er sich, warum er keinerlei Schuldgefühle empfand. Eigentlich hatte er damit gerechnet, dass seine Schwäche ihn anwidern würde. Stattdessen fühlte er sich wie zu neuem Leben erwacht, voller Tatkraft und Zuversicht. Heute Nacht fühlte er sich entspannt, hatte er sich in jene Zeiten zurückversetzt gefühlt, als er Jane das letzte Mal gesehen hatte. Es war ein wunderbares Gefühl, und er wollte es viel öfter genießen.

In dieser Nacht hatte er sie genommen. Sie hatte ihm gehört. Und für ihn war es so gewesen, als hätte er das Recht gehabt, sie zu besitzen.

Weil sie mich ebenfalls besitzen will. Jane hatte ihn immer haben wollen. Bevor sie eingeschlafen war, hatte sie ihm ihre Gefühle gestanden, hatte ihm gestanden, wie lange sie gegen ihre Liebe gekämpft hatte. Je mehr sie ihm gestanden hatte, desto größer war sein Erstaunen gewesen.

Jane hatte behauptet, dass sie jeden Mann, der ihr begegnet war, immer mit ihm verglichen hätte. Und dass keiner dem Vergleich hatte standhalten können … Hugh zog sie näher zu sich in den Arm. Auch wenn er es kaum glauben konnte – er wusste, dass sie die Wahrheit gesagt hatte.

Was, wenn ich ihr von dem Fluch erzähle?, dachte er zum wiederholten Male. Jane war klug; er respektierte ihre Ansichten und bewunderte es, wie scharf ihr Verstand arbeitete. Vielleicht konnten sie zu zweit einen Ausweg finden.

Morgen. Morgen würde er es tun.

Als Jane am nächsten Morgen aufwachte, lächelte sie selig. Ihr Körper fühlte sich angenehm entspannt, aber auch ein wenig wund an. Noch nie im Leben hatte die Liebe ihr Herz so erfüllt wie in diesem Augenblick. In der vergangenen Nacht hatten sich all ihre Träume erfüllt. Mehr, als sie es je für möglich gehalten hätte …

Es gab nur eines, was sie bedauerte. Warum hatten sie nicht die letzten zehn Jahre auf diese Weise miteinander verbracht? Aber es tröstete sie, dass sie den Rest ihres Lebens so würden verbringen können.

Sie schlug die Augen auf und sah, dass Hugh sich bereits die Hose angezogen hatte und auf der Bettkante saß. Ein Blick genügte ihr, und sie wusste, was los war.

»Du lieber Himmel«, murmelte sie, »du bereust alles.«

»Nein, Jane, es ist ganz anders …«

»Dann will ich hören, dass du es nicht bedauerst, mich geliebt zu haben.«

»Es ist nicht so einfach.«

Jane lachte bitter. »Doch, so einfach ist es. Der Mann, dem ich meine Unschuld geschenkt habe, wünscht sich, dass er sie mir nicht genommen hätte.«

Er zuckte zusammen.

»Hugh, du hast gewonnen.« Jane erhob sich und schlang sich das Laken um den Körper. »Es gibt drei Worte, die ich noch nie im Leben zu jemandem gesagt habe: Ich gebe auf.« Sie stürmte aus seinem Zimmer in ihr eigenes, ließ die Tür hinter sich ins Schloss krachen und drehte den Schlüssel um.

Wenige Sekunden später wurde die Tür aus den Angeln gehoben. Jane war gerade dabei, sich die Unterkleider anzuziehen, und schnappte entsetzt nach Luft.

Hugh schien riesengroß, als er im Türrahmen stand. Weil sie die halbe Nacht lang seinen Körper erkundet hatte, ihn gestreichelt und liebkost hatte, war ihr jetzt noch bewusster, welch enorme Kraft in ihm steckte.

»Hör auf, meine Türen kaputt zu machen!«, rief sie.

»Dann solltest du darauf achten, nie wieder eine Tür vor mir zu verschließen.«

»Zwischen uns ist jedes Wort gesagt!«, fauchte sie und eilte an ihm vorbei auf die zerborstene Tür zu.

Hugh ergriff ihren Ellbogen und wirbelte sie herum. »Willst du mir endlich zuhören?«

Schweigend und schwer atmend standen sie einander gegenüber. Hugh hatte wütend die Augenbrauen zusammengezogen, doch plötzlich streckte er die Hand aus, legte sie um Janes Nacken und zog sie an seine harte Brust. »Liebe Güte, ich werde niemals genug von dir bekommen«, brachte er heiser hervor.

Er presste seine Lippen auf ihre und verschlang sie mit einem brennenden Kuss. Sofort erwachte die Leidenschaft in ihr, aber es war, als müsse sie einen inneren Widerstand überwinden. »Nein! Ich werde es nicht tun! Nicht noch einmal. Zuerst musst du mir sagen, was zwischen gestern Nacht und heute Morgen geschehen ist.«

Hugh zögerte und atmete tief durch, um sich zu beruhigen. Dann nickte er. »Einverstanden. Zieh dich an. Wir müssen über etwas sehr Wichtiges reden«, erklärte er und sah aus wie ein Mann, der gerade sein Todesurteil empfangen hatte.

41

Eine halbe Stunde später hatte Jane sich gewaschen und angekleidet und war bereit für das Gespräch mit Hugh, worum immer es auch dabei gehen mochte. Sie setzte sich auf die Kante seines Bettes und wartete geduldig.

Hugh hüllte sich noch immer in Schweigen und marschierte im Zimmer hin und her wie ein Tiger im Käfig. Es erweckte fast den Eindruck, dass er … nervös war.

»Sag einfach, um was es geht«, forderte Jane ihn schließlich auf, als er wieder einmal an ihr vorbeiging. »Was auch immer es ist – es mir zu sagen wird nicht wehtun.«

Hugh verlangsamte seine Schritte. »Woher willst du das wissen?«

»Handelt es sich um ein Geheimnis, das meinen Tod bedeuten würde, wenn du es mir verrätst? Um ein Geheimnis, das Grey mit Folter aus mir herauspressen würde?«

»Nein.«

»Ist es beschämend für dich?«

»Nein. Aber … Du würdest mir ohnehin nicht glauben«, murmelte er. »Was ich dir zu sagen habe, klingt verrückt. Jede Wette, dass du mir sagen wirst, ich sei nicht ganz bei Sinnen.« Unsicher fuhr er sich mit der Hand über den Nacken. »Auf meiner Familie lastet … ein Fluch. Ich weiß, dass ich dich ins Unglück stürzen werde, wenn wir verheiratet bleiben.«

Ein Fluch? Zum Teufel, wovon redet er da? Obgleich ihre Gedanken sich überschlugen, klang ihre Stimme gefasst. »Sprich weiter. Ich höre dir zu.«

»Es begann vor zehn Generationen, als ein weiser Mann dem Clan die Zukunft voraussagen sollte. Er hat seine Weissagung in einem Buch niedergeschrieben, im *Leabhar nan Sùil-radharc* – im Buch des Schicksals.« Hugh deutete auf das Buch, das immer auf dem Tisch lag. »Meinen Brüdern und mir hat das Schicksal vorherbestimmt, dass wir allein durchs Leben gehen werden. Es steht geschrieben, dass wir den Menschen, die uns etwas bedeuten, ungeheuren Schmerz zufügen werden, wenn wir uns gegen das Schicksal stemmen. Wir sind die letzten Sprösslinge des Clans und werden niemals Kinder haben. Fünfhundert Jahre lang sind die Vorhersagen immer eingetroffen. Jede einzelne.«

»Ich … ich verstehe nicht …« Jane brach ab und begann aufs Neue. »Und wenn es keine Prophezeiung gäbe, würdest du dann bei mir bleiben?«

»Aye, natürlich.«

»Dann willst du ernsthaft behaupten, dass unserer Ehe nichts entgegensteht als bloß ein … Fluch?«

Hugh stritt es nicht ab. Mühsam gelang es Jane, den Schrei zu unterdrücken, der ihr in die Kehle stieg. *Das darf nicht wahr sein! Wie soll ich dabei nicht den Verstand verlieren?* Es war unmöglich.

Ihr ganzes Leben lang war sie zutiefst überzeugt gewesen, dass der ruhige, unerschütterliche Hugh durch nichts aus dem Gleichgewicht zu bringen war. Plötzlich stand ein ganz anderer Mann vor ihr … ein abergläubischer Schotte …

»Hugh, Menschen wie wir … in der heutigen Zeit schenkt man solchen Prophezeiungen keinen Glauben mehr. Nicht in Zeiten fortschreitender Wissenschaft und Medizin. Mòrag ist abergläubisch, weil sie es nicht besser weiß. Aber du hast die ganze Welt bereist. Du bist gebildet. Solcher Aberglaube gehört der Vergangenheit an.«

»Ich wünsche mir nichts sehnlicher, als ihn dorthin zu verbannen. Aber das Buch des Schicksals hat mein gesamtes bisheriges Leben überschattet.«

»Du kennst mich gut genug, um zu wissen, dass ich solche Dinge nicht akzeptieren kann.«

»Aye.« Hugh atmete langsam aus. »Deshalb weiß ich, dass du für alle die, die daran glauben, nur Spott übrig hast.«

»Selbstverständlich!«, schnappte sie und zwang sich dann, ruhig zu bleiben. »Hast du es mir erzählt, weil du bereit bist, nicht mehr an diese Geschichte zu glauben und sie zu vergessen?«

Seine Miene gab zu erkennen, dass er die Hoffnung längst aufgegeben hatte. »Wenn ich wüsste, wie ich diesen Fluch überwinden kann, hätte ich dir niemals davon erzählt.«

Jane wurde klar, dass er nicht von diesem Fluch gesprochen hatte, um ihr sein Verhalten in der Vergangenheit zu erklären. Nein, er hatte ihn offenbart, um zu begründen, warum er nicht mit ihr verheiratet bleiben konnte. »Glaubst du ernsthaft daran? Daran, dass ein schottischer Fluch … du lieber Himmel, es sollen die schlimmsten sein … uns hindern kann, verheiratet zu bleiben?«

All die Sorge, die Grübelei, die sorgfältige Planung, wie sie ihn für sich gewinnen konnte – es war vergeblich gewesen.

Wegen eines Fluchs.

Sie drohte an ihrer Enttäuschung zu ersticken. *Nein, Vater, leider konnte ich ihn nicht dazu überreden, bei mir zu bleiben.* Von Anfang an hatte sie nicht die geringste Chance gehabt.

»Alles, was im Buch geschrieben steht, wird eines Tages eintreffen«, versicherte Hugh. »Alles. Ich weiß, es ist schwer zu glauben.«

»Ich hätte ein Protokoll all der Entschuldigungen anlegen sollen, die du mir präsentiert hast. Angeblich bist du kein Mann zum Heiraten. Angeblich kannst du keine Kinder zeugen. Oh, und jetzt behauptest du, dass ein Fluch auf dir lastet. Fällt dir noch eine Ausrede ein? Zum Beispiel, dass dir nicht mehr als zwei Monate zum Leben bleiben?« Jane stockte. »Oh, ich weiß – du bist ein Geist, nicht wahr?«, stieß sie atemlos hervor.

Hugh presste für einen Moment die Lippen aufeinander. Es war offensichtlich, dass er um Fassung rang. »Glaubst du, dass ich dir Lügen auftische?«

»Das glaube ich nicht nur, ich hoffe es sogar ...« Sie brach ab, als ihr ein neuer Gedanke kam. »Du lieber Himmel.« Jane legte die zitternde Hand an ihre Stirn. »Soll das heißen, dass du wegen eines fünfhundert Jahre alten Fluchs überzeugt bist, keine Kinder zeugen zu können?«

»Ich habe dir schon erklärt, dass ich mit dir keine Kinder zeugen kann.« Er fixierte sie mit seinem Blick. »Und du hast mir versichert, dass es dir nicht wichtig ist.«

»Ich habe dir gesagt, dass es mir nicht wichtig ist, solange wir verheiratet sind! Bisher höre ich aber immer nur, dass du mich verlassen willst. Ja, du hast mir gesagt, dass du mir keine Kinder schenken kannst. Aber es bereitet mir einiges Kopfzerbrechen, woher du deine Weisheit haben willst.«

Hugh eilte zum Tisch und blätterte die letzte Seite des Buchs auf. »Bitte lies diese Zeilen und lass es mich erklären.«

Jane schüttelte den Kopf. »Ich will kein Wort mehr hören. Es kommt mir vor, als wolltest du mich überzeugen, dass der Himmel gelb ist und nicht blau.«

»Du hast nach der Wahrheit gefragt. Jetzt erzähle ich dir die Wahrheit, aber du willst sie nicht hören«, brachte er ungeduldig hervor. »Bitte lies diese Zeilen.«

Jane riss ihm das Buch aus den Händen. »Das ist die Quelle des Fluchs?« Hugh nickte, und sie warf es auf den Tisch, um es durchzublättern. Obwohl sie sich nicht bemühte, sorgsam damit umzugehen, bemerkte sie doch, dass es sehr alt sein musste. Manche Texte waren auf Gälisch niedergeschrieben, manche auf Englisch. Sie zog die Brauen zusammen, als sie zu den letzten Seiten gelangte; alle Einträge hier waren in Englisch verfasst.

»Warum guckst du so grimmig?«, wollte Hugh wissen. »Hast du irgendetwas gespürt?«

»Ja!«, schrie sie und warf ihm einen wilden Blick zu. »Ich spüre das unbändige Bedürfnis, das Buch im See zu versenken!«

Hugh schenkte ihrer Bemerkung keine Beachtung und blätterte weiter zur letzten Seite. »Diese Zeilen sind an meinen Vater gerichtet worden.«

Jane überflog den Text. *Niemals heiraten, niemals lieben, nie vertrauen – das sei ihr Schicksal. Sterben sollst du, auf dass dein Same niemals Früchte trägt. Tod und Verderben denen, die in ihren Sog geraten …* »Du behauptest, dass all diese Dinge eingetreten sind?«

»Aye. Als mein Vater gestorben ist, war er kaum älter, als ich es jetzt bin. Und es ist geschehen, nachdem wir das Buch das erste Mal gelesen haben. Gleich am nächsten Morgen. Und vor Jahren hat Ethan heiraten wollen. Seine Braut ist in der Nacht vor der Hochzeit gestorben.«

»Wie?«

Hugh zögerte. »Sie ist von einem der Türme gestürzt. Oder gesprungen.«

»Was ist das hier? Blut?« Jane kratzte mit dem Nagel über die kupferfarbene Spur am unteren Rand der letzten Seite. Hugh nickte. »Was steht unter den Blutflecken?«, fragte sie.

»Wir wissen es nicht. Der Schmutz lässt sich nicht entfernen.«

Jane schaute ihn an. »Und wenn da nun geschrieben steht, dass die obigen Prophezeiungen ungültig sind?« Hugh verzog das Gesicht, und sie sprach weiter. »Ich glaube nicht, dass es sich um einen Fluch handelt, sondern um das Leben. Im Leben geschieht Unglück. Wenn ich all die unglücklichen Zufälle, die mir widerfahren können, auf einem Blatt Papier notieren würde, wäre es bestimmt nicht viel anders als in diesem Buch. Zugegeben, der Tod deines Vaters ist ein seltsamer Zufall. Aber in London gibt es Ärzte, die behaupten, dass der Geist stärker ist als der Körper. Er kann ihm beinahe alles befehlen. Sogar den Tod. Belinda hat mir davon erzählt. Wenn dein Vater nur fest genug an das Buch geglaubt hat, ist sein Geist vielleicht stärker gewesen als sein Körper.«

»Und Ethan? Warum ist seine Braut unmittelbar vor der Hochzeit gestorben?«

»Vielleicht war es ein Unfall. Oder seine Zukünftige war unglücklich und konnte den Gedanken nicht ertragen, jemanden zu heiraten, den sie nicht liebt.«

Mit ein paar Worten untergrub Hugh ihre Bemühungen. »Ich glaube daran. Ich fühle es.«

»Weil du dazu erzogen worden bist, daran zu glauben«, erklärte Jane. »Du bist gewissermaßen in diesen Fluch hineingewachsen. Es ist wie eine Prophezeiung, die sich selbst erfüllt. Du bist fest überzeugt, dass der Tod dich auf allen deinen Wegen begleiten wird und dass du niemals Freude empfinden wirst.« Sie streckte die Hand aus und berührte ihn leicht am Arm. »Hugh, ich erwarte doch gar nicht, dass du all das einfach hinter dir lässt. Seit zweiunddreißig Jahren schleppst du es mit dir herum. Es braucht Zeit, bis du es abschütteln kannst. Aber wenn du bereit bist, daran zu arbeiten, will ich dir gern dabei helfen.« Sein Schweigen stimmte sie zuversichtlich. »Bald schon wirst du glauben können, dass auch du Glück und Freude erleben kannst. Und dass du beides verdient hast.« Sie legte die Hände an seine Wangen. »Sag mir, dass du es wenigstens versuchen willst. Für mich. Ich bin bereit, für uns zu kämpfen. Wenn du es auch bist.«

Hughs Blick löste sich von ihrem und flackerte unruhig über das Buch. In diesem Moment wusste Jane, dass sie verloren hatte.

Eine gute Verliererin war sie jedoch noch nie gewesen.

Jane ließ Hugh los, schnappte sich das Buch und stürmte aus dem Zimmer die Treppe hinunter.

»Was machst du?« Dicht auf ihren Fersen folgte er ihr aus dem Haus, hinein in den morgendlichen Nebel. »Was hast du vor?«

Jane rannte durch das taufeuchte Gras zum See. »Ich will das Problem beseitigen.«

»Das Buch ist nicht das Problem. Es mahnt mich nur daran.«

Der See kam in Sichtweite. »Dann werde ich eben die Mahnung beseitigen«, erklärte sie. Sie drückt das Buch an ihre Brust und umschlang es mit beiden Armen. Plötzlich spürte sie, wie ihr der kalte Schweiß ausbrach und über den Leib perlte, und sie schüttelte sich kaum merklich.

Sie erklomm einen Felsvorsprung, der über das Wasser ragte. Dort war der See am tiefsten, und sie wollte, dass das Buch bis auf den Grund sank und sie nie wieder in ihrem Leben damit zu tun hatte.

»Es spielt keine Rolle, ob du das Buch ins Wasser wirfst oder nicht. Es wird seinen Weg zurückfinden. Immer wieder.«

»Bist du vollkommen verrückt geworden?«, rief sie ihm über die Schulter zu und kletterte noch ein Stück höher. »Wenn du dich selbst nur hören könntest!« Als sie endlich eine geeignete Stelle erreicht hatte, hob sie das Buch hoch, um es ins Wasser zu schleudern. Plötzlich zögerte sie.

»Worauf wartest du noch? Wirf es rein.« Als Hugh ihr ermunternd zuwinkte, schleuderte sie es mit aller Kraft in den

See. Schweigend schauten sie zu, wie es versank, wie die Seiten aufblätterten, bis es endlich verschwunden war.

»Seltsam«, stellte Jane nach einigen Augenblicken fest, »aber ich fühle mich kein bisschen anders.« Sie sah Hugh an, der sie nach wie vor mit grimmiger Entschlossenheit anschaute. Sie gab sich keine Mühe, ihre bittere Enttäuschung zu verbergen. »Du hattest recht. Es ändert gar nichts. Du willst immer noch zerstören, was zwischen uns ist. Wir müssen also immer noch verflucht sein.«

»Würde ich nur mein Leben aufs Spiel setzen, hätte ich das längst getan«, versicherte Hugh. »Ich hätte nicht zweimal überlegt. Aber ich würde es mir nie verzeihen, wenn ich dir wehtun müsste.«

Die Tränen quollen ihr aus den Augen. »Mir wehtun?« Voller Verzweiflung rang sie die Hände. »Hugh, es tut mir weh. Es tut mehr weh als alles andere, was ich bisher erlebt habe.« Achtlos wischte sie sich mit dem Handrücken die Tränen aus den Augen. »Das ist für dich natürlich der beste Beweis, dass der Fluch immer noch gültig ist, nicht wahr?«

»Wenn ich nur geahnt hätte, wie du dich fühlen musst!« Seine Miene gab zu erkennen, wie sehr ihre Tränen ihn quälten. Es schien, als wolle er sie berühren, aber er öffnete nur die Faust und schloss sie gleich wieder. »Wäre diese Sache mit Grey nicht, wäre ich niemals zurückgekehrt. Wir hätten uns niemals wiedergesehen. Jahrelang war es mir gelungen …«

»Du … du bist mir mit Absicht aus dem Weg gegangen?« Jane konnte es kaum fassen. Hatte er wirklich ihre Gegenwart gemieden, während sie ihre Cousinen angefleht hatte, mit ihr an seinem Haus in London vorbeizureiten, um wenigstens einen Blick auf ihn zu erhaschen? »Das wird ja immer schöner. Nun, du solltest wenigstens wissen, dass die letzten zehn Jahre ohne dich kaum zu ertragen waren. Du hast mir wehgetan, indem du mir aus dem Weg gegangen bist. Indem du mich im Stich gelassen hast, hast du mich beinahe zerstört.«

»Im Stich gelassen? Ich habe dir keinerlei Versprechungen gemacht!«

»Ich war überzeugt, dass wir heiraten würden!« Hemmungslos rannen ihr die Tränen über die Wangen. »Ich dachte, du wolltest nur warten, bis ich achtzehn bin. Warum sonst hätte ich dir beschreiben sollen, wie mein Ehering aussehen soll? Weil ich dich *nicht* heiraten wollte?«

Hugh öffnete den Mund, schüttelte den Kopf. »Selbst wenn all das nicht geschehen wäre, selbst wenn der Fluch nicht existierte, hätte ich dir keinen Antrag gemacht. Ich hatte dir nichts zu bieten. Ich war mittellos.«

»Es hätte mich nicht gekümmert, solange ich mit dir hätte zusammen sein können.«

»Verdammt noch mal!«, brüllte er plötzlich los. »Du hast keinen Hehl daraus gemacht, dass du den Luxus liebst. Und nie hast du bemerkt, wie ich innerlich zusammengezuckt bin, wenn du mir deinen Hang zum Luxus vorgeführt hast. Mich hat es jedes Mal daran erinnert, dass ich für dich nicht gut genug bin. Außerdem hattest du nur einen einzigen Grund, mir den Ring zu beschreiben – weil du erwartet hast, dass ich ihn dir schenke!«

»Ich habe nur eins erwartet«, konterte sie, »und zwar, dass du mich nicht wortlos im Stich lässt. Es ist unendlich viel verletzender, zurückgelassen zu werden, als selbst jemanden zurückzulassen. Lass es dir gesagt sein.«

»Du hast nicht die geringste Ahnung.« Er betonte jedes Wort einzeln, und es war offensichtlich, dass es gefährlich in ihm brodelte. »Hast du Lust auf weitere Geheimnisse? Dann solltest du wissen, dass ich im Alter von zweiundzwanzig Jahren in die Welt hinausgegangen bin und kaltblütig Grausam-

keiten verübt habe. Und ich habe es deinetwegen getan. Weil ich wusste, dass ich niemals mehr davon träumen könnte, mein Leben mit dir zu verbringen, wenn ich solch ruchlose Taten vollbrächte. Erklär mir also nicht, dass es einfacher ist fortzugehen. Es stimmt nicht. Nicht, wenn man zurückkehren kann.«

»Aber du wirst es wieder tun, sobald Grey zur Strecke gebracht worden ist.«

»Aye, genau das werde ich tun.« Er suchte ihren Blick. »Auch wenn ich keine Ahnung habe, wie ich es fertigbringen soll.«

42

Später am Vormittag, als Hugh sich nach ihrem Streit wieder beruhigt hatte, machte er sich auf die Suche nach Jane und traf sie bei ihren Schießübungen auf der Terrasse an. Ihr Gesicht wirkte kalt wie Marmor und vollkommen ausdruckslos. Sie spannte die Sehne ihres Bogens und schoss einen Pfeil ab. Hugh sah ihr zu, als sie mit unglaublicher Schnelligkeit einen weiteren Pfeil nach dem anderen aus dem Köcher zog und abschoss.

Es dauerte nicht lange, und sie hatte die Zielscheibe durchlöchert.

»Jane, kannst du einen Moment aufhören?« Hugh stellte sich neben sie, als sie beginnen wollte, die Pfeile aus der Scheibe zu ziehen. Sie würdigte ihn keines Blickes, sondern kehrte an ihre Schusslinie zurück und legte erneut einen Pfeil an. Es war eine einzige flüssige Bewegung, als sie das Ziel ins Visier nahm, anzog, die Sehne losließ und mitten ins Schwarze traf.

»Jane, ich muss mit dir reden.«

»Es gibt nichts zu reden. Denn ich habe vollkommen verstanden«, entgegnete sie. »Ich habe dich angefleht, mit mir verheiratet zu bleiben. Ich habe dir meine unerschütterlichen Gefühle offenbart, und ich habe mein Möglichstes getan, damit wir die Schwierigkeiten gemeinsam überwinden. Aber das Ganze hat einen Haken … du kannst es nicht tun, weil du verflucht bist.«

Hugh war klar, dass er seine Beichte niemals hätte ablegen dürfen, solange er sich außerstande sah, auch nur den Versuch zu unternehmen, seine Situation zu ändern. »Was sollen wir jetzt wegen unserer Ehe unternehmen? Wir brauchen eine Entscheidung.«

»Die Entscheidung ist nicht schwer. Zum Beispiel könntest du diesem absurden Fluch einfach keine Beachtung mehr schenken. Wenn du schwörst, ihn niemals wieder zu erwähnen, dann verspreche ich dir, dass ich ihn ebenfalls aus meinem Gedächtnis tilge. Wir könnten glücklich miteinander leben. Bis ans Ende unserer Tage … Wenn du aber auf diesem Unfug bestehst, dann gibt es zwei Möglichkeiten: Scheidung oder Trennung.«

»Ich würde mir den rechten Arm abhacken, wenn ich den Fluch vergessen und mit dir verheiratet bleiben könnte.«

Jane zögerte für einen Moment und traf mit dem nächsten Schuss nur den Rand der Zielscheibe.

»Aber du kannst es nicht«, bestätigte sie sanft.

Hugh atmete erschöpft aus. »Nein.«

»Dann haben wir unsere Entscheidung getroffen«, erklärte sie brüsk.

»Jane …« Als sie sich weigerte, ihn auch nur anzusehen, wandte er sich ab, ohne zu wissen, wohin er gehen und was er tun sollte.

Arbeiten. Arbeit würde seine Gedanken von ihr ablenken, würde die Erinnerung an die vergangene Nacht verscheuchen. Nachdem sie wochenlang gearbeitet hatten, um das Anwesen herzurichten, gab es nicht mehr allzu viel zu tun. Es mussten nur noch einige herabgefallene Äste von der Auffahrt geräumt werden. Er ging zu den Stallungen hinüber und betrat das dunkle Gebäude. Seine schlechte Stimmung musste deutlich spürbar sein, denn sogar die Pferde schien er zu erschrecken. Obwohl sie für gewöhnlich nicht so leicht aus der Ruhe zu bringen waren …

Ja, wenn er sich wie wahnsinnig in die Arbeit stürzte, würde er bald vergessen haben, wie verzweifelt das Verlangen nach ihr in ihm brannte. Aber wem wollte er eigentlich etwas beweisen? Nichts würde sein Verlangen lindern können. Verdammt noch mal, es war sogar noch schlimmer geworden, jetzt da er so dumm gewesen war, sie im wahrsten Sinne des Wortes zu seiner Frau zu machen.

Plötzlich schoss ihm ein dumpfer Schmerz durch den Schädel. Er schlug mit dem Gesicht auf den harten Boden, und eine warme Flüssigkeit sickerte in seinen Nacken.

Grey.

Der nächste Schlag traf Hugh an der Schläfe. Zwei Schläge, die genauso geführt worden waren, wie man es Grey für den Fall beigebracht hatte, dass er sein Opfer bewegungsunfähig machte, aber am Leben ließ. Die Stiefeltritte in Hughs Bauch dienten nur zu Greys Amüsement.

Der Mann schnalzte mit der Zunge. »Verdammt noch mal, Hugh, du weißt doch, dass ich die Herausforderung liebe. Warum hast du es mir so leicht gemacht?«

Jane schaute Hugh hinterher, als er mit weit ausholenden Schritten den Hügel zu den Ställen hinunterlief. Er schien zu taumeln, und es sah aus, als trüge er die Last der ganzen Welt auf seinen Schultern. Ein Schmerz durchzuckte ihr Herz, aber dann fühlte sie sich noch zorniger als zuvor. Dieser Mann gestattete ihr noch nicht einmal ein paar Stunden des Alleinseins, damit sie sich die Wunden lecken konnte. Und genau das brauchte sie nun einmal …

Sie fühlte sich, als hätte man ihr eine schallende Ohrfeige verpasst, von der sie sich immer noch nicht erholt hatte.

Er wollte nicht bei ihr bleiben. Noch nicht einmal jetzt, nachdem sie sich geliebt hatten und sie ihm gestanden hatte, dass es die wunderbarste Nacht ihres Lebens gewesen war. Es war schon schlimm genug, dass sie ihre Unschuld an jemanden verloren hatte, der es bereute, sie ihr genommen zu haben. Schließlich hatte sie überaus lange und ungeduldig darauf gewartet. Aber es brannte wie Salz in einer offenen Wunde, dass Hugh es wegen eines verdammten Fluches bereute.

Das Ganze war so gespenstisch, dass sie es kaum glauben mochte. Und sie befürchtete, dass sie anfangen würde, ihn zu hassen.

Trotzdem beschloss Jane, dass es höchste Zeit war, die Angelegenheit pragmatisch zu betrachten. Niemals würde sie mit einem fünfhundert Jahre alten Fluch konkurrieren können. Nie würde sie ihr Leben mit Hugh teilen dürfen. Was also sollte sie tun, sobald Grey gefangen genommen worden war? Sie hatte ihm erklärt, dass sie die Scheidung einreichen könnten. Aber allein bei dem Gedanken blutete ihr das Herz. Vielleicht war es doch noch möglich, die Ehe annullieren zu lassen.

Weil Hugh den Verstand verloren hatte.

Oder sie blieben verheiratet, lebten aber getrennt. Jane neigte den Kopf. Ja, das war eindeutig die bessere Lösung. Sie würde Hugh um ihre Mitgift bitten, jene Mitgift, die ihr Vater Hugh zur Verfügung gestellt hatte, nachdem er sie in diese Farce einer Ehe gezwungen hatte.

Mit dem Geld konnte sie als verheiratete Frau ein unabhängiges Leben führen. Sie würde reisen können, als Kunstmäzenin auftreten und vielleicht sogar ihre *Gesellschaft zur Förderung des Lasters und der Freuden* ins Leben rufen können. Oder sie schrieb sittlich anrüchige Bücher für einen der Läden in der Holywell Street, gönnte sich ein Dutzend Liebhaber, als gäbe es kein Morgen mehr, und würde zehn Kinder mit ihnen zeugen. Ja, das klang gut. Die Rechnung könnte sogar aufgehen.

Plötzlich schoss ihr ein Gedanke durch den Kopf, der ihre Zuversicht zunichte zu machen drohte. Das Blut kochte ihr in den Adern. Hugh mochte glauben, dass der Fluch zur Empfängnisverhütung taugte. Aber Jane glaubte nicht daran.

Die letzte Nacht. Es war möglich, dass sie schwanger geworden war.

Wie hatte er ihr das nur antun können? Er erwartete, dass sie seinen Wahnsinn akzeptierte, und schwor gleichzeitig, sie zu verlassen? Und das, obwohl es vielleicht nicht unwahrscheinlich war, dass sie sein Kind trug?

Bevor sie lange darüber nachdachte, was sie tat, machte sie sich daran, Hugh in die Stallungen zu folgen. Bestimmt war auch das eine ihrer schlechten Ideen. Wie ihr Impuls, dieses ominöse Buch in den See zu werfen – ohne sich anschließend besser zu fühlen. Jedenfalls nicht viel.

Aber welche Rolle spielte es jetzt noch, was sie tat oder nicht tat? Würde es die Wunde in ihrem Herzen noch weiter aufreißen, wenn sie dem Zorn in ihrem Innern freien Lauf ließ?

Nein.

Weil ihre Lage nicht schlimmer werden konnte, als sie ohnehin schon war.

43

Hugh stöhnte vor Schmerz und öffnete mühsam die Augen. Er sah direkt in den Lauf einer Pistole.

Er versuchte sich aufzurichten, verlor aber beinahe das Bewusstsein. Obwohl er wusste, dass es nahezu ausgeschlossen war, Grey von seinem Vorhaben abzubringen, musste er es unbedingt versuchen. Denn er hatte genau begriffen, warum der Mann ihn am Leben gelassen hatte. Sein Magen krampfte sich zusammen, so grausam waren seine Befürchtungen.

»Das darfst du nicht tun«, stieß er atemlos hervor. Ein stechender Schmerz pulsierte ihm durch die Rippen. »Bring mich um. Lass dir Zeit dabei. Aber sie hat mit der Sache nichts zu tun.«

»Warum verschwendest du deine wertvollen Kräfte, Schotte?«, fragte Grey. »Du weißt doch genau, dass ich anderer Meinung bin. Ich werde sie zerquetschen wie ein lästiges Insekt.«

»So bist du nicht immer gewesen.«

»Genau aus diesem Grund bin ich jetzt hier. Um die Dinge wieder ins rechte Gleis zu bringen.«

»Wie hast du uns aufgespürt?« Hugh versuchte, ihn hinzuhalten.

»Beinahe wäre es mir nicht gelungen. Ich hatte dieses junge Mädchen verfolgt, gar nicht weit von hier, hatte überlegt, ihr die Finger abzuschneiden. Aber dann hat sie sich mit sechs Männern zu Pferde getroffen. Große Kerle auf kräftigen Gäulen. Sie haben sich auf Nebenpfaden in den Wald geschlagen.

Die Spur war so deutlich, dass selbst ein Blinder darüber gestolpert wäre. Und sie führte direkt hierher …«

Aus dem Augenwinkel registrierte Hugh etwas Weißes, was sich am Stalltor bewegte. Verstohlen hob er den Blick und erkannte, dass Jane dort stand. Ihr blasses Gesicht wirkte so gemeißelt wie das eines Engels aus Marmor. Wie das eines Racheengels … Sie hatte einen Pfeil angelegt und zielte auf Greys Rücken. Die Finger im schützenden Lederhandschuh spannten die Sehne so stark, dass Hugh befürchtete, der Bogen könne zerbrechen.

Nur den Bruchteil einer Sekunde später schlug er die Augen nieder. Aber Grey musste seinen Blick bemerkt haben, denn er wirbelte herum, um auf Jane zu schießen. Ohne jedes Zögern ließ sie den Pfeil durch die Luft sirren. Offenbar hatte Jane direkt auf sein Herz gezielt, traf ihn aber zu früh. Denn Grey hatte sich noch nicht ganz zu ihr herumgedreht, als ihm der Pfeil ins Fleisch drang. Und so traf sie nur seinen Waffenarm. Der Pfeil durchbohrte den Unterarm und nagelte ihn förmlich an Greys Brust. Hugh konnte nicht erkennen, wie Grey reagierte, aber er sah ihr ins Gesicht.

Jane hatte die Augen und den Mund wie im Schock aufgerissen.

Ein Ungeheuer. Den Mann, den sie als Grey gekannt hatte, gab es nicht mehr. Statt seiner stand ihr ein Wesen gegenüber, dessen Anblick sie kaum zu fassen vermochte. Seine kräftigen Wangenknochen stachen deutlich hervor, seine Miene war finster. Ein schwarzer Hut mit breiter Krempe beschattete sein verwüstetes Gesicht und die braun verfärbten Zähne hinter den gebleckten Lippen.

Noch bevor sie einen weiteren Pfeil aus dem Köcher ziehen konnte, warf das Ungeheuer sich auf sie. Mit dem unverletzten Arm griff er nach ihrer Hand, drehte sie auf den Rücken und presste Jane gegen die Wand. Sie hörte Hugh wütend etwas brüllen, bevor sie einen heftigen Schlag auf den Kopf verspürte und stolperte. Zentimeter für Zentimeter sank sie zu Boden, während sie darum kämpfte, die Augen offen zu halten.

Obwohl Hugh auf dem Boden gelegen hatte und ihm das Blut die Schläfe hinunter in den Nacken gesickert war, war es ihm gelungen, sich wankend auf die Knie zu erheben. Aber Grey drehte sich herum und stieß einen gellenden Schrei aus, während er Hugh einen so heftigen Tritt gegen den Schädel versetzte, dass dieser ein zweites Mal zu Boden ging.

Jane unterdrückte den hysterischen Schrei in ihrer Kehle und kroch zu ihrem Bogen. Sie ergriff ihn genau in dem Moment, als Grey sich wieder zu ihr wandte und sie mit seinem wahnsinnigen Blick durchbohrte. Sie schwankte rückwärts und zog ungeschickt einen Pfeil aus dem Köcher.

Die Bewegung ließ sie schwindlig werden … benommen kniff sie die Augen zusammen und öffnete sie wieder … während sie ihr Ziel ins Visier nahm. Sie schloss die Augen, spannte die Sehne des Bogens und schoss ein zweites Mal – auf gut Glück. Was sie hörte, klang wie der Aufprall auf Fleisch. *Getroffen … in die Schulter.*

Kein tödlicher Schuss. Versuch's noch einmal. Du darfst den Kampf nicht aufgeben. Noch ein Pfeil.

Grey stürzte sich auf sie, riss ihr Pfeil und Bogen aus der Hand und schleuderte beides weit fort. »Jane, ich fürchte, auf die Dauer langweilst du mich«, stieß er mit sanftem Spott hervor. Der Wahnsinn spiegelte sich auf seinem wächsernen Gesicht. »Wenn du mit mir zusammenarbeitest, könnte ich mich hinreißen lassen, es ein bisschen weniger qualvoll angehen zu lassen.«

Das Blut quoll bereits aus seinen Wunden. Den rechten Arm hatte er immer noch fest vor die Brust gedrückt, während er die Pistole umklammert hielt. Dann versuchte er mühsam, sich den Pfeil aus dem Unterarm zu ziehen, stürzte dabei aber zu Boden. Schließlich zerbrach er die beiden Pfeile in der Mitte, ließ die Schusswaffe fallen und fing sie mit der linken Hand auf.

»Verdammt noch mal, Grey«, stieß Hugh mühsam hervor, »es muss doch irgendetwas geben, was dir mehr bedeutet als all das hier.«

»Wir wollen doch jetzt nicht damit anfangen, die alten Kränkungen und Beleidigungen auszugraben, all die Dinge, die niemals gesagt worden sind … in der trügerischen Hoffnung, dass wir uns am Ende doch noch verstehen?« Grey klang erschöpft. »Hätten wir das jedes Mal getan, bevor wir jemanden getötet haben, wären wir längst weise geworden. Außerdem weiß keiner besser als du, dass ich mich niemals dazu bewegen lasse, Gnade walten zu lassen. Weder durch Vernunft noch durch irgendein dubioses Angebot.«

Grey steckte die Pistole weg und zog stattdessen sein Messer. Jane erstarrte vor Schreck. *Grey schlitzt ihnen die Kehle auf*, hatte Hugh ihr erklärt.

Sie versuchte, den Mann mit einem eisigen Blick zu bannen, als er sich ihr mit dem Messer näherte. »W…warum?«, wisperte sie.

»Warum? Weil dein Vater meinen Tod befohlen hat. Und weil es ihm beinahe gelungen wäre. Vier Kugeln in die Brust als Dank für beinahe zwanzig Jahre, die ich für den alten Bastard gemordet habe. Und weil dein Ehemann mir einmal sämtliche Knochen aus dem Leib geprügelt hat, als es mir sehr schlecht ging, zufällig deinetwegen. Anschließend hat er mich in einem dunklen Keller verrotten lassen. Ich werde dich töten, um die

Kerle für ihre Schläge zu bestrafen. Vielleicht verstehst du, dass es nichts mit dir persönlich zu tun hat.«

»Mein Vater? Was redest du da?«

»Ach, du hast keine Ahnung?« Er warf einen Blick auf Hugh und atmete zischend durch die Zähne. »Das war nicht sehr aufmerksam von dir. Und jetzt, da ich darüber nachdenke, sogar ziemlich arrogant. Du hast es ihr nie erzählt, weil du der Meinung warst, dass ich nicht lange genug lebe, um sie ernsthaft zu bedrohen. Du wolltest mir das Licht auspusten, damit sie es niemals erfährt, stimmt's? Aber hier bin ich.« Grey drehte sich zu Jane. »Der Tod ist das Geschäft deines Vaters. Damit verdient er sich seinen Lebensunterhalt. Hugh ist sein profitabelster Mörder. Dein Vater, Hugh, Rolley, sogar Quin, alle haben sie gelogen und ihr wahres Gesicht vor dir verborgen. Wie sehr du ihnen vertraut haben musst, als sie dich beschützt haben! Jede Wette, dass du dich im Moment ziemlich verschaukelt fühlst, anstatt vor mir Angst zu haben.«

»Ihnen allen war bewusst, dass du sterben musst«, stieß sie angewidert hervor.

»Ja, Weyland strebt danach, zu zerstören, was er einst erschaffen hat.«

»Nein, nicht er hat dich zu dem gemacht, was du bist. Es ist deine Sucht …«

»Falsch! Wenn dein Vater die Arbeit zuteilte, hat er dafür gesorgt, dass ich den Dreck zu erledigen hatte, nur die Aufträge, die einen Mann wirklich zugrunde richten können. Weil er mich geopfert hat, ist dein Vater zu dem geworden, was er jetzt ist. Weyland wusste, wie leicht er hätte zu dem werden können, was ich geworden bin.«

»Niemals«, zischte sie.

»Warum nicht? Hugh ist nichts anderes als ein kaltblütiger Mörder, der durch die Nacht schleicht und Leben auslöscht.

Genau wie ich.« Er entblößte seine dunklen Zähne. »Obwohl er noch nicht ganz und gar ruiniert ist. *Noch* nicht. Weil dein Vater beschlossen hatte, Hugh für dich zu reservieren.«

Jane sah ihn verständnislos an.

»Haben sie dir denn wirklich *gar nichts* gesagt?« Grey lächelte mitleidig. »Mein liebes Mädchen, Hugh hat sich so lange und so sehr nach deinem Herzen gesehnt, dass ich beschlossen habe, es ihm endlich zu schenken. Frisch und warm aus deiner Brust.«

44

Hugh sammelte seine letzten Kräfte. Gleichzeitig war er gezwungen, sich still zu verhalten und zuzuhören, wie Grey aufdeckte, wer Hugh eigentlich war. Er sah die Verwirrung, die sich auf Janes Gesicht zeigte, sah, dass ihr Blick zu ihm flog und sie darauf wartete, dass er alles abstritt.

Grey machte einen kleinen Schritt in ihre Richtung. Im Bruchteil einer Sekunde hechtete Hugh nach vorn und riss ihm die Beine weg. Zusammen stürzten sie zu Boden.

Hugh rollte sich zur Seite. Grey lag am Boden, jeden Muskel angespannt und bereit zum nächsten Angriff. Den Arm, in dem der Pfeilrest steckte, hielt er unnatürlich angewinkelt. Plötzlich jedoch ging alles sehr schnell, als eine Pfeilspitze sich zischend in seinen Rücken bohrte.

Sofort kämpfte Hugh sich auf die Beine und taumelte zu Jane. Er atmete so heftig, dass er kaum das gurgelnde Geräusch hörte, das Grey aus der Kehle drang. Hugh zog Jane in seine Arme, streichelte ihr sanft die Wange. Aber es schien, als könne sie sich nicht auf ihn konzentrieren. »Wie schwer bist du verletzt, Sìne?«

»Hugh, er hat dich … geschlagen und getreten.«

»Er hat es darauf angelegt, mich herauszufordern.«

Plötzlich schrie Jane leise auf. »Oh Gott, ich spüre sein Blut!« Es sickerte aus seinem Körper und durchnässte den Saum ihres Rockes.

Hugh legte den Arm um ihre Schultern und führte sie aus dem Stall ins helle Sonnenlicht.

»Ist er tot? Bitte, Hugh, du musst dich davon überzeugen, dass er wirklich tot ist.«

Hugh nahm den Arm von ihren Schultern, und Jane lehnte sich erschöpft gegen die Stallwand. Hugh biss vor Schmerz die Zähne zusammen, als er langsam zu Grey zurückging. Er drehte ihn auf den Rücken und sah, dass seine Augen geöffnet waren. Er lebte also noch, aber der Pfeil in seinem Rücken würde dafür sorgen, dass es nicht mehr lange dauerte.

Hugh beugte sich über Grey. »Verdammt noch mal, wo ist die Liste?«, zischte er, sodass Jane es nicht hören konnte. »Hast du sie schon in Umlauf gebracht?«

Grey bewegte sich, als versuchte er, den Kopf zu schütteln. »Hab sie noch«, stieß er hervor, während ihm das Blut über die Lippen quoll.

»Hast du Ethan etwas angetan? Sag es mir!«

Grey verzog das Gesicht zu einem letzten grausamen Grinsen. »Ethan … war … mein letzter Schuss … die letzte Zahl.«

Wie durch einen Nebel nahm Jane wahr, dass Hugh sie hochhob, obwohl er selbst schwere Verletzungen erlitten hatte. Sie spürte ihn zittern, als er sie an sich presste. Sie wollte nicht getragen werden, sie wollte sich um ihn kümmern. Doch immer wenn sie versuchte, sich von ihm loszumachen, drückte er sie so fest an sich, als würde ein Schraubstock sie halten. Vergeblich kämpfte sie gegen die bleischwere Müdigkeit an, die sie nahezu lähmte.

Als Jane das nächste Mal die Augen öffnete, fand sie sich in Hughs Bett wieder. Die blutverschmierten Kleider hatte er ihr ausgezogen.

»Du bist wach.« Hugh ließ den Blick besorgt über sie schweifen.

Natürlich war sie wach. Schließlich hatte sie nur einen Schlag auf den Kopf und einen Kinnhaken abbekommen. Er war derjenige, der schwer verletzt worden war; das Blut an seiner Schläfe und an seinem Hals war bereits getrocknet. Hugh begann, ihr mit einem feuchten Tuch den Schmutz von Gesicht und Körper zu waschen. »Lass das«, protestierte sie. »Ich will aufstehen und nach deinen Verletzungen sehen.« Hugh tat, als hätte er sie nicht gehört, und sie brachte nicht die Kraft auf, sich ohne Hilfe aufzurichten.

Kaum war er fertig und hatte ihr frische Wäsche angezogen, betrat Mòrag das Zimmer. Als ihr Blick auf die blutbesudelten Kleider fiel, feuerte sie sofort eine ganze Reihe Fragen ab.

»Geh wieder nach unten«, setzte Hugh ihrer Fragerei abrupt ein Ende. »Irgendwo in der Nähe des Haupthauses muss ein gesatteltes Pferd stehen. Bring es zu den Ställen und binde es davor an. Der Engländer, der uns bedroht hat, liegt tot im Stall. Du darfst den Stall nicht betreten.«

»Aber wenn er tot ist, braucht er sein Pferd doch gar nicht mehr!«

»Mach schon!«, befahl Hugh. »Und untersteh dich, in den Satteltaschen zu stöbern und die Dokumente zu lesen, die sich darin befinden.«

»Ich kann nicht lesen«, rief Mòrag über die Schulter und machte sich eilig davon.

Jane tippte sich mit den Fingern an die Schläfe. »Wir müssen deine Verletzungen untersuchen.«

»Die sind bedeutungslos.« Aus Erfahrung wusste er, dass er sich einige Tage benommen fühlen und viel schlafen würde. Die Rippen hingegen würden ihn viele Wochen lang höllisch schmerzen, doch er hatte schon Schlimmeres überlebt. »Ich bin ein schottischer Dickschädel, schon vergessen? Aber du ...« Er betrachtete ihr Kinn, und berührte es zart, dennoch stöhnte sie vor Schmerz. »Der Bastard hat dir den Kiefer brechen wollen.« Kalte Wut lag in seiner Stimme, als er hinzufügte: »Und er hätte es auch getan, wäre er stärker gewesen.«

»Was hat er zum Schluss noch zu dir gesagt?«

»Er sagte, dass er … meinen Bruder umgebracht hat.«

»Oh, Hugh, das tut mir leid.«

Mòrag stürmte wieder ins Zimmer. »Ich habe sein Pferd in Sicherheit gebracht«, berichtete sie ein wenig außer Atem.

»Gut.« Hugh erhob sich und musste gegen ein Gefühl des Schwindels ankämpfen. »Du bleibst hier, bis ich zurückkomme. Es dauert nicht lange.«

Mòrag nickte gehorsam. Aber kaum hatte Hugh das Zimmer verlassen, platzte sie heraus: »Was zum Teufel ist hier eigentlich los, Engländerin? Haben *Sie* diesen Kerl mit Ihren Pfeilen durchbohrt?« Fast schien es, als bewundere Mòrag ihre Herrin.

Jane nickte. Sie bedauerte es nicht eine Sekunde, dass sie dazu beigetragen hatte, den Kerl zu töten. Umso mehr überraschte es sie, als ihr plötzlich die Tränen über die Wangen zu laufen begannen. Tausend Gedanken und Fragen wirbelten ihr durch den Kopf.

Wie viel von dem, was Grey gesagt hatte, war die Wahrheit? Entweder war er ein Wahnsinniger, der nichts als Lügen erzählte – oder ihr Leben war ganz und gar nicht so, wie sie gedacht hatte. Lebte sie wirklich mitten unter Betrügern und Mördern? Stimmte es, dass Hugh durch die Dunkelheit schlich und unschuldige Menschen tötete?

Konnte es sein, dass Hugh sich ebenso verzweifelt nach ihr gesehnt hatte wie sie sich nach ihm?

Grey war so gefährlich gewesen, wie man es ihr prophezeit hatte. Jetzt war er tot, und die Gefahr somit vorbei. Doch sogar nach allem, was geschehen war, konnte sie nicht erkennen, dass

Hughs Einstellung sich geändert hatte. Und das hieß, dass sie bald nach Hause reisen würde.

Zurück in ein Leben mit Menschen, die ihr fremd sein würden.

Hugh fand die Namensliste in einem mit Siegelwachs verschlossenen Röhrchen in der Satteltasche. Er verbrannte das Papier und blieb neben dem Feuer stehen, bis nichts zurückblieb als ein Häufchen feiner Asche.

Grey würde Jane niemals mehr bedrohen, und die Liste konnte ihr oder ihrem Vater nicht mehr gefährlich werden. Sie hatten die Sache ohne schwerwiegende Blessuren überstanden. Das galt allerdings nicht für Ethan.

Nein. Hugh weigerte sich, das Schlimmste anzunehmen. Er schloss nicht aus, dass Grey ihn angelogen hatte; aber vielleicht hatte der Mann sich geirrt. Vielleicht hatte er halluziniert?

Außerdem … würde Hugh es nicht spüren, wenn einer seiner Brüder tot wäre?

Hugh beschloss, eine Nachricht an Weyland zu schicken und um Informationen über Ethans Verbleib zu bitten. Er würde Mòrag zum Telegrafenamt schicken. Noch heute! Greys Tod und die Entdeckung der Liste mussten berichtet werden.

Nachdem Mòrag sich zu Pferde mit einer Nachricht zum Telegrafenamt aufgemacht hatte, ging Hugh zu Jane. Sie schlief tief und fest. Ihre Wangen waren immer noch tränenfeucht. Wie sollten die Aufregungen des Tages und der langen Nacht zuvor sie auch nicht bis zur Erschöpfung getrieben haben?

Er wusch sich, biss die Zähne fest zusammen, um den Schmerz zu unterdrücken, und rieb sich das getrocknete Blut vom geschundenen Körper. Dann legte er sich neben Jane aufs Bett.

Als er aufwachte, hatte Jane sich auf die Seite gerollt und betrachtete ihn aufmerksam. Es war bereits Nacht, nur das Mondlicht erhellte den Raum.

»Hugh, ich möchte gern verstehen, wovon Grey gesprochen hat. Was hat er sagen wollen? Über dich und über meinen Vater?«

»Jane, ich … ich habe als …« Er brach ab. »Ich stand unter Waffen.«

»Was soll das heißen?«

Er schluckte. »Ich … ich habe andere Menschen getötet. Im Namen der Krone.«

»Ich verstehe nicht. Ich dachte, du hast mit Courtland gearbeitet. Und was hat mein Vater mit der Angelegenheit zu tun?«

Hugh erklärte ihr, dass Weyland einer Organisation vorstand, die im Krisenfall eingriff – bei Krisen, die mit diplomatischen Mitteln nicht mehr zu lösen waren. Anschließend deckte er auf, welche Rolle jeder in der Organisation gespielt hatte.

»Quin und Rolley gehörten auch dazu? Warum habe ich nie etwas darüber erfahren?«, fragte Jane.

»Kaum jemand aus der Familie weiß Bescheid. Und dein Vater wollte nie, dass du dich mit der Sache beschäftigst. Das war immer seine größte Sorge. Es hat ihm schwer zu schaffen gemacht, dich anzulügen.«

»Und dir«, hakte sie sanft nach, »hat es dir auch schwer zu schaffen gemacht, mich anzulügen?«

»Ich habe dich nie angelogen.«

»Stimmt es, dass mein Vater Grey töten lassen wollte?«

Hugh nickte zögernd.

»Grey hat behauptet, dass mein Vater dir den Vorzug vor ihm gegeben hätte. Stimmt das?«

Er fuhr sich mit der Hand über das Gesicht. »Früher habe ich es nicht glauben wollen. Ich war überzeugt, dass Grey die schmutzigen Aufträge zugewiesen wurden, weil er der Ältere von uns beiden war. Er hatte gut zehn Jahre mehr Erfahrung. Aber jetzt denke ich, dass Weyland unbewusst so gehandelt hat.«

»Und was ist mit Greys Bemerkung über … dich und mich?«

Hugh zögerte lange. »Es stimmt«, gab er schließlich zu.

Seine Antwort schien sie mehr als alles andere zu schmerzen. »Wie lange, Hugh?«

»Seit jenem Sommer. Genau wie du.«

Jane suchte seinen Blick. »Hast du mir jetzt all deine Geheimnisse anvertraut?«

»Aye. Jedes einzelne Geheimnis.« Sie schwieg, und er fuhr fort: »Jane, willst du mir nicht sagen, was dir durch den Kopf geht … über die ganze Geschichte … über mich?«

Sie antwortete mit einer Gegenfrage. »Wird das, was heute geschehen ist, irgendetwas zwischen uns ändern?«

Hugh schüttelte den Kopf.

»Dann gibt es nichts, was uns helfen könnte.« Jane drehte sich von ihm weg. »Und dann ist es auch nicht wichtig, was ich darüber denke«, sagte sie leise.

45

Hugh erwachte aus einem Albtraum, wie er schlimmer nicht hätte sein können, und fuhr unsanft im Bett hoch. Der stechende Schmerz in den Rippen und im Schädel war immer noch ungewohnt und brachte ihn für einen Moment vollkommen durcheinander. Verwirrt musterte er seine Umgebung. Es schien bereits spät am Nachmittag zu sein. Hatte er wirklich die ganze Nacht und den gesamten Vormittag verschlafen?

Er zitterte immer noch am ganzen Leib, und die Laken waren schweißgetränkt. Hugh hatte im Traum Ethans Verlobte tot auf den kalten Steinen liegen sehen. Ihr Kopf umgeben von einer Blutlache, die im Mondlicht dunkel glänzte, ihre Augen starr und blicklos. Doch dann hatte er statt ihrer Jane gesehen. Eine reglos daliegende Jane, kalt und tot …

Wo zum Teufel steckte sie?

Erleichtert atmete er auf, als er in das Haus lauschte und sie in ihrem Zimmer umhergehen hörte. Mühsam erhob er sich aus dem Bett und ging langsam zum Waschtisch. Er tauchte ein Tuch in die mit Wasser gefüllte Schüssel und wusch sich damit den kalten Schweiß von der Haut.

Janes Schritte erklangen leise vom Flur her, dann von der Treppe hinunter ins Erdgeschoss. Hugh kleidete sich so schnell an, wie seine Verletzungen es erlaubten, und folgte ihr. Er fand sie in der Küche, wo sie still am Tisch saß und vor sich hin starrte.

Das Erste, was er feststellte, war, dass die Prellung in ihrem

Gesicht sich seit gestern dunkler gefärbt und weiter ausgebreitet hatte. Das Zweite, was er sah, war das Buch, das vor ihr auf dem Tisch lag und ihre Aufmerksamkeit in den Bann geschlagen hatte: das *Leabhar.*

Er verharrte an der Tür, schweigend. Auch nach dieser langen Zeit brachten die Geheimnisse dieses Buches sogar ihn immer wieder zum Staunen. Einmal mehr fragte er sich, wie viele seiner Vorfahren vergeblich versucht haben mochten, es zu verbrennen oder in einer Kiste einzuschließen, verzweifelt darum bemüht, es für immer loszuwerden. Aber das *Leabhar* war an seine Familie gebunden wie eine Krankheit, die von Generation zu Generation weitergegeben wurde.

»Es muss ein anderes Exemplar sein«, sagte Jane leise. »Denn ich habe es im See versenkt.«

»Es ist dasselbe.«

»Irgendjemand muss es vom Grund des Sees heraufgeholt haben. Du hast Mòrags Brüdern befohlen, es zu bergen.«

»Jane, es ist vollkommen trocken.«

»Es muss ein Scherz sein. Was sonst?«, beharrte sie. »Wahrscheinlich gibt es zwei Exemplare.«

Hugh schlug die letzte Seite auf und deutete auf den Blutfleck.

Jane schnappte entsetzt nach Luft. »Ich verstehe das nicht!«

»Das ist der Grund, weshalb es mich nicht gekümmert hat, ob du es im See versenkst oder nicht. Das *Leabhar* findet seinen Weg immer zurück zu den MacCarricks. Bist du immer noch überzeugt, dass nicht mehr dahintersteckt als nur ein böser Aberglaube?«

Jane rieb sich die Stirn. »Ich ... ich ... nein ...« Die Antwort blieb ihr erspart, als von draußen lauter Hufschlag zu hören war und schließlich eine Kutsche vor dem Haupteingang hielt. Hugh erkannte den Mann, der aus dem Gefährt stieg. »Es ist

Quin«, sagte er, und seine Befürchtungen, was Ethan betraf, wichen einer tiefen Angst.

Hugh hatte Weyland ein Telegramm geschickt, das ihn vermutlich gestern Vormittag erreicht hatte. Quin musste sofort nach dessen Eintreffen aufgebrochen sein. Vermutlich hatte er die Strecke bis nach Schottland mit der Eisenbahn zurückgelegt und war dann in eine Kutsche umgestiegen. Es gab nur zwei Gründe für Quins Anreise. Er war gekommen, um Jane nach London zu holen. Obwohl Hugh nicht darum gebeten hatte. Noch nicht.

Oder er brachte Neuigkeiten über Ethan.

Hugh wandte sich zu Jane um, die dabei war, die Treppe hinaufzugehen. Sie hielt sich kerzengerade. Zweifellos war sie überzeugt, dass Hugh ihrem Cousin telegrafiert hatte, dass der sie bei der ersten Gelegenheit nach Hause holen sollte.

Noch bevor Quin die Treppe zum Eingang hinaufsteigen konnte, riss Hugh die Tür auf. »Was willst du hier?«, verlangte er zu wissen. »Hast du Nachrichten von Ethan?«

»In London waren gerade die letzten Meldungen eingetroffen, als dein Telegramm kam.« Er blickte sich wachsam um. »Es ist uns bisher nicht gelungen, ihn aufzuspüren. Aber mir liegen Zeugenaussagen vor, dass Ethan von zwei Männern in eine Gasse geschleppt worden sei.«

»Um ihm zu helfen oder um ihn auszurauben?«

»Keine Ahnung. Aber wir wissen mit Sicherheit, dass auf ihn geschossen worden ist.«

Wir wissen mit Sicherheit … Hugh wich einige Schritte zurück, um nicht wie ein gefällter Baum umzufallen. Bis jetzt hatte er sich blind an die Hoffnung geklammert, dass Ethan noch am Leben war.

»Es könnte sein, dass er noch lebt«, sagte Quin ermutigend. »Wir durchkämmen die ganze Gegend. Weyland wird es dich wissen lassen, sobald es irgendwelche Neuigkeiten gibt.«

Hugh vertraute anderen Menschen nicht, wenn es um den Schutz seines Bruders ging. Er musste auf eigene Faust nach ihm suchen. »Aber warum bist du hergekommen?«

»Weyland wünscht, dass die Liste vernichtet wird. Oder dass du sie ihm auslieferst.«

»Ich habe sie verbrannt. Was willst du hier?«

»Jane heimbringen.«

»Ich habe nicht nach dir geschickt.«

»Stimmt. Aber du hast uns auch nicht mitgeteilt, dass sie hier bei dir bleibt, sondern nur, dass sie in Sicherheit ist und dass Grey jede Menge Details ausgeplaudert hat. Weyland war der Meinung, dass sich in deiner Nachricht mehr verbirgt, als du zugeben willst. War es denn so falsch, dass ich mich auf den Weg gemacht habe?«

Hugh brach wieder der Schweiß aus, als er sich plötzlich an den nächtlichen Albtraum erinnerte.

»Verdammt noch mal«, fuhr Quin fort, weil Hugh schwieg, »entscheide dich endlich. Und zwar schnell. Inzwischen geht es auch um das Leben anderer Leute. Und ich werde nicht länger zuschauen, wie du mit meiner Cousine herumspielst.«

»Ich spiele nicht mit ihr herum«, widersprach Hugh leise.

»Vielleicht nicht mit Absicht. Aber am Ende macht es keinen Unterschied … und so geht es schon seit vielen Jahren!« Quin war der einzige männliche Verwandte in Janes Generation, und er fühlte sich gegenüber seinen Cousinen wie deren älterer Bruder. Das galt ganz besonders für Jane, die ein Einzelkind war. »Wahrscheinlich ist sie zu stolz, es dir zu gestehen. Aber seit ihren Kindertagen ist sie schon in dich verliebt.«

»Ich weiß.«

Quin gab sich keine Mühe, seine Überraschung zu verbergen. »Was ist los? Liegt es daran, dass du glaubst, sie könne eine bessere Partie machen? Ja, MacCarrick, das könnte sie, obwohl es mir widerstrebt, es dir zu sagen. Ich weiß, wer du bist und was du getan hast.« Er senkte die Stimme. »Die Liste ist verbrannt. Und du wirst sofort wieder an die Arbeit gehen. Willst du sie Woche für Woche allein lassen, während du durch die Gegend schleichst und Menschen umbringst? Welches Leben würde sie führen?«

»Sie weiß über mich Bescheid. Und wenn sie meine Frau bleibt, werde ich diese Arbeit aufgeben«, verkündete er, als wolle er dafür plädieren, dass Jane bei ihm blieb.

»Soll das heißen, dass du mit ihr das Haus hüten willst? Willst du etwa versuchen, dich häuslich einzurichten?«, fragte er in verächtlichem Tonfall. »Wie willst du mit ihrer Familie und ihren Freunden zurechtkommen, wenn du keine Ahnung hast, wie man sich in der Gesellschaft benimmt? Du lieber Himmel, bevor du dich Weylands Geschäften zugewandt hast, hast du es nicht länger als zehn Minuten unter Menschen ausgehalten.«

Er hatte recht. Hugh war viel zu lange auf den Schlachtfeldern unterwegs gewesen, und der Unterschied zu den Menschen in Janes Leben war beträchtlich. Dieser Albtraum, das *Leabhar*, das auf so geheimnisvolle Weise wieder aufgetaucht war, Quins Ankunft … was brauchte Hugh noch, bis er endlich merkte, dass er Jane gehen lassen musste?

Schließlich war es Jane selbst, die die Entscheidung herbeiführte. Mit gepackten Taschen kam sie die Treppe herunter, blieb an deren Fuß stehen. Ihr Gesicht strahlte eine stoische Ruhe aus, die Zähne hatte sie fest zusammengebissen. Verdammt noch mal, nach den Ereignissen des gestrigen Tages und dem Wiederauftauchen des Buchs heute Vormittag war es ohnehin äußerst unwahrscheinlich gewesen, dass sie geblieben wäre.

Quin atmete hörbar ein, als er sie sah. »Du lieber Himmel, Jane! Ist alles in Ordnung?« Sie nickte, aber trotzdem warf er Hugh einen finsteren Blick zu.

Jane trug Reisekleidung, offenbar wollte sie ihn wirklich verlassen. Heute noch.

»Willst du mit ihm gehen?«, fragte Hugh leise.

»Was sollte ich sonst tun?« Sie hatte die Taschen abgestellt und strich sich die Röcke glatt. »Ich bin froh, dass du nach ihm geschickt hast, jetzt da wir außer Gefahr sind. Das war sehr vorausschauend.«

»Ich habe nicht …«

»Das kann ich nur bestätigen«, unterbrach ihn Quin. »Es ist für euch beide das Beste. Jane, wir müssen aufbrechen, wenn wir den Zug in Perth noch erreichen wollen. Verabschiede dich, damit wir fahren können.«

Jane nickte stumm. Eilig trug Quin ihr Gepäck zur Kutsche – weil sie abreisen wollten. Jetzt.

Hugh hatte immer gewusst, dass er sich von Jane würde trennen müssen. Aber er war überzeugt gewesen, dass ihm Zeit bleiben würde, sich darauf vorzubereiten. »Ich wollte dich nach Hause begleiten.«

»Du glaubst also nicht, dass ich bei Quin in Sicherheit bin?«

»Doch. Jetzt jedenfalls. Aber ich wollte, dass du dich dort wieder wohlfühlst, bevor ich …«

»Bevor du mich wieder verlässt?«, unterbrach sie ihn kalt und zuckte die Schultern. »Uns war doch klar, dass es so kommen würde. Es gibt keinen Grund, es unnötig in die Länge zu ziehen.«

Hugh fuhr sich mit der Hand über das Gesicht. Sie zitterte leicht.

»Wir beide müssen unser Leben neu ordnen«, fuhr sie fort. »Das willst du doch auch, oder nicht?«

»Ich will nicht, dass du fortgehst. Noch nicht.«

»Noch nicht.«

»Verdammt noch mal, sag mir endlich, was du willst!« Brach ihm wieder der kalte Schweiß aus? Wieder hatte er das Bild aus dem Traum vor Augen ...

»Es ist ganz einfach«, sagte Jane mit bebender Stimme, weil sie ihre Gefühle nicht unterdrücken konnte. »Wir haben immer noch die Wahl. Wir vergessen den Fluch ein für alle Mal. Aber wenn du dich weigerst, ihn zu vergessen, reise ich ab und will dir nie wieder begegnen.«

Hugh konnte ihr unmöglich versprechen, dass er einen Fluch vergaß, der über die Jahre fast so etwas wie ein Teil von ihm geworden war. Schließlich durfte er sie nicht ins Verderben stürzen. Und genau das würde mit Gewissheit geschehen. Trotzdem musste er Klarheit haben ... »Du würdest also immer noch bei mir bleiben wollen? Auch nach alldem, was du über mich erfahren hast?«, fragte er und hoffte inständig, dass sie ablehnen würde.

»Ich wäre bereit, es zu probieren«, antwortete sie nach kurzem Zögern. »Ich wäre bereit zu versuchen, all diese Dinge besser zu verstehen.«

»Aber du hast das Buch gesehen.«

»Ich glaube, das ist etwas, was ich niemals begreifen werde.« Jane zitterte. »Ja, wenn ich es so betrachte, dann macht es mir Angst. Aber ich weiß auch, dass wir stärker sein werden als all das, was darin geschrieben steht.«

Jane stand vor ihm und erklärte, dass sie bereit war, für ihn durch die Hölle zu gehen. Hugh fühlte sich im Innersten berührt. Sollte er dann nicht bereit sein, ebenfalls die Last auf sich zu nehmen? Für sie?

»Jane, komm endlich!«, drängte Quin, der an der Kutsche wartete. »Wir dürfen den Zug nicht verpassen.«

Jane drehte sich zu Hugh. »Wenn ich jetzt von hier fortgehe, dann ist es vorbei. Für immer. Ich muss in die Zukunft schauen.« Und leiser fügte sie hinzu: »Wenn du dich jetzt nicht für mich entscheidest, wirst du es niemals tun. Das Traurige dabei ist, dass du eines fernen Tages erkennen wirst, was du weggeworfen hast.« Tränen stiegen ihr in die Augen, als er schwieg. »Ich gebe dir mein Wort, dass es dann zu spät sein wird, um es rückgängig zu machen.« Sie ging zur Kutsche, zögerte jedoch einzusteigen und kehrte noch einmal zu Hugh zurück.

Sie ist zur Vernunft gekommen, jubelte Hugh innerlich. *Sie wird noch bleiben, noch einen Tag, vielleicht sogar eine Woche …*

Die schallende Ohrfeige auf seine rechte Wange traf ihn völlig unvorbereitet. »Das ist für die vergangenen zehn Jahre.« Jane verpasste ihm eine zweite Ohrfeige, diesmal auf die linke Wange. »Und das für die nächsten zehn!«

46

»Niemals wäre mir in den Sinn gekommen, ich würde dir eines Tages sagen, dass du deinen Tränen freien Lauf lassen solltest«, sagte Weyland, während er den Blick nervös über Janes Gesicht schweifen ließ.

Auf der Reise nach London hatte Quin ihr ein paarmal die gleiche Empfehlung gegeben, bevor er sie im Arbeitszimmer ihres Vaters abgeliefert hatte. Seit einer Stunde war Jane nun wieder zu Hause – und seither hatte sie erfahren müssen, was er und Hugh und all die anderen Männer getan hatten.

»Es geht mir gut.« *In meinem Kopf dreht sich alles …* Wann war ihre Stimme so dünn und brüchig geworden? Sie gönnte sich einen Schluck Scotch mit Eis, erklärte ihrem Vater allerdings nicht, warum sie am frühen Morgen schon trank.

»Jane, du behauptest fortwährend, dass es dir gut geht. Aber du siehst nicht danach aus.«

Weyland hatte recht. Seit sie begriffen hatte, dass Quin gekommen war, um sie abzuholen, hatte sie den Tränen freien Lauf lassen wollen. Eigentlich war es ihr seit vielen Jahren so ergangen, ohne dass sie es jemals zugelassen hatte. Wie in Trance hatte sie ihre Sachen gepackt und die Tränen mit aller Macht zurückgehalten, weil ihr bewusst gewesen war, dass mit der ersten Träne eine Lawine ins Rollen käme, die sie nicht mehr würde aufhalten können.

»Du hast recht.« Behutsam drückte sie das kalte Glas an den geschwollenen Kiefer und zuckte vor Schmerz zusammen. »Es gibt ja auch eine ganze Menge zu verdauen. Wenn ich dir und

Quin und Rolley begegne, kommt ihr mir vor wie Fremde.« Sie hatte versucht, kühl und gefasst zu wirken, als sie den Männern begegnet war, aber jetzt empfand sie nur noch Erschöpfung und Gleichgültigkeit. »Und Hugh? Mein halbes Leben lang habe ich an ihn gedacht, war er für mich das Wichtigste überhaupt. Aber das … es hat sich geändert.«

Sie empfand keine Wut über Hughs Anteil an diesem Trugbild, das man ihr vorgehalten hatte. Er hatte seine Arbeit zu erledigen, und nach dem Gespräch mit ihrem Vater hatte sie weitaus besser als zuvor begriffen, wie ernst und bedeutend seine Aufgabe war. Mit einer einzigen Kugel vermochte er Millionen Schüsse in einem sinnlosen Krieg zu verhindern. Dennoch war es eine einsame und grausame Arbeit. Eine Arbeit, die ihm niemand danken würde, und niemals würde ihm jemand zu Hilfe eilen, wenn er gefangen genommen würde. Jane hatte Hugh längst verziehen. Aber ihrem Vater? »Was dich betrifft – es hätte nicht geschadet, wenn du mich ein wenig deutlicher gewarnt hättest. Es wäre auch nicht schlecht gewesen, wenn du weniger Zwang auf mich ausgeübt hättest, einen Mörder zu heiraten. Ist nur so ein Gedanke.«

Ihr Vater wagte nicht, ihr in die Augen zu blicken. Jane fiel auf, dass er den Blick auf das Porträt ihrer Mutter ebenfalls schon seit einer Stunde mied. »Was ich getan habe, tut mir leid. Aber ich schwöre, dass ich überzeugt war, Hugh würde auftauchen und die richtigen Maßnahmen ergreifen. Seit vielen Jahren ist er schon in dich verliebt, und er ist immer ein ehrenwerter Mann geblieben. Aber das weißt du ja, du hast es immer gewusst. Jane, weißt du eigentlich, wie stolz ich auf dich war, dass du einen Mann wie Hugh ausgewählt hast? Du hast einen Charakter in ihm entdeckt, der anderen verborgen geblieben ist. Ich war überzeugt, dass ihr beide wunderbar zueinanderpasst.«

Beinahe wäre es auch so gekommen.

»Bist du sicher, dass du ihm deine Liebe klar genug gemacht hast? Und dass du mit ihm verheiratet bleiben willst?«

»Du hast nicht die geringste Ahnung.« Jane seufzte frustriert.

Er hob kurz abwehrend die Hände. »Schon gut. Ich werde nicht noch einmal danach fragen.«

»Und was schlägst du vor, was ich jetzt tun soll?« Sie hielt sich das kühle Glas wieder an die Wange und fügte hinzu: »Mit all dem Geld aus der Mitgift, das du mir überschreiben willst.«

Er zog die Brauen hoch, schwieg aber weise.

»Ich habe keine Ahnung, wie eine Frau in meiner Lage sich zu verhalten hat.«

»Jane, ich bin mir sicher, dass Frederick mit sich reden ließe … aber …«, Weyland strich sich den Kragen glatt, »… er ist nicht länger zu haben.«

»Was soll das heißen?«, fragte sie desinteressiert nach.

»Er hat sich mit Candace Damferre verlobt. Ihr Ehemann ist ohne Erben verstorben und hat ihr sein gesamtes Vermögen hinterlassen. Bidworth ist … äh … er ist ganz aus dem Häuschen, dass sie jetzt endlich frei ist.«

»Das freut mich sehr für ihn. Denn ich hätte ohnehin nicht zu ihm zurückkehren können.«

»Ja, Jane, das weiß ich. Aber ich hatte dir ein Versprechen gegeben, bei dem mir nicht klar war, ob ich es würde halten können. Weil ich wirklich dachte, dass Hugh und du … dass ihr immer miteinander zurechtkommen würdet.«

Jane zuckte die Schultern. »Du musst deswegen kein schlechtes Gewissen haben. Denn schließlich hast du mir nur versprochen, dass ich auf Freddie zählen kann, wenn …«, Jane winkte wie beiläufig mit der Hand, »… wenn die Ehe mit Hugh *nicht* vollzogen wird.« Stirnrunzelnd sah sie ihren Vater an. »Papa, dein Gesicht hat sich krebsrot gefärbt. Welch interessanter Farbton!«

Weyland ballte die Fäuste. »Ich werde ihn umbringen.«

»Nun«, meinte Jane und suchte den Blick ihres Vaters, »dann werde ich jetzt wohl abwarten müssen, ob du auch tust, was du sagst.«

Während der vergangenen Woche hatte Hugh das kleine Dorf am See und die umliegende Gegend intensiv nach Hinweisen auf seinen Bruder durchkämmt. Tagelang hatte er jede Spur verfolgt und immer noch keine Antwort auf die Frage bekommen, ob Ethan tot oder am Leben war.

Wie es von Quin berichtet worden war, hatten viele Leute Gewehrschüsse gehört, und einige Ladenbesitzer hatten beobachtet, wie Ethans regloser Körper in eine schmale Gasse geschleppt worden war. Einer behauptete, er hätte gesehen, wie ein sehr dünner Mann hastig die Straße entlanggelaufen war. Am Ende jedoch war es dabei geblieben, dass Ethan weiterhin wie vom Erdboden verschluckt war; es gab keine Spuren mehr, die Hugh noch hätte verfolgen können.

Und er wusste nicht, wohin er jetzt gehen und was er tun sollte.

Ohne Jane war das Leben grau und eintönig.

In der Vergangenheit hatte es immerhin ein Ziel gegeben, für das er sich eingesetzt hatte. Aber jetzt wusste er nicht einmal mehr, ob er seine Arbeit wieder aufnehmen wollte. Im Grunde genommen sprach alles dagegen, dass Hugh in seinen gewöhnlichen Alltag zurückkehrte. Andererseits ... verdammt noch mal, er hatte sich verändert. Jane hatte ihn verändert, so sehr, dass er sich fragen musste, ob er überhaupt in sein altes Leben zurückkehren *konnte*. Außerdem gab es nichts, was

Weyland verborgen blieb; er musste also längst erfahren haben, dass Hugh seine Tochter kompromittiert hatte.

Dafür sprach auch, dass Weyland Hughs Nachrichten zwar prompt beantwortete, das aber auf eine sehr kühle Art.

War es früher schon nicht leicht für Hugh gewesen, dass Jane nicht zu seinem Leben gehörte, dann wollte der Schmerz ihm jetzt schier das Herz zerreißen. Und es war noch schlimmer als in den Jahren zuvor, denn er wusste, wie sehr er sie verletzt hatte. Je mehr er über jenen Tag nachdachte, desto mehr bedauerte er, dass er sie hatte gehen lassen. Aber was hätte er sonst tun sollen?

Wohin sollte er sich wenden? Seit beinahe einem Jahr war er nicht mehr auf seinem Anwesen *Cape Waldegrave* gewesen. Er sollte dorthin reiten und nachschauen, welche Renovierungen notwendig waren – und diese dann in Angriff nehmen. *Beinn a'Chaorainn* lag auf dem Weg. Er würde Mòrag den Lohn im Voraus auszahlen, damit sie das Grundstück im Blick behielt. Hugh würde seine restlichen Habseligkeiten dort einsammeln und das Haus für immer schließen.

Sollte er wirklich nach *Cape Waldegrave* reiten – und nie mehr Janes Lachen hören? Zum Teufel noch mal, wem wollte er eigentlich etwas vormachen? Wäre er erst einmal dort, würde er in eine Grübelei nach der anderen verfallen, was ihn – nach Janes Rechnung – mindestens achtzigtausend Pfund kosten würde.

Janes Cousinen lungerten ständig in ihrer Nähe herum.

Claudia war praktisch bei ihr eingezogen, Belinda und Samantha besuchten sie mit Kind und Kegel, sooft sie die Zeit dazu hatten. Heute blätterten Claudia und Belinda die Modezeitschriften durch, rauchten französische Zigaretten und wühlten sich durch Janes Kleiderschrank.

In den letzten zwei Wochen hatte Jane kaum eine Minute für sich allein gehabt. Offenbar hatte die gesamte Familie sich die größten Sorgen um sie gemacht, nachdem sie mit einem marmoriert schimmernden Kinn und in stark beeinträchtigter Gemütslage heimgekehrt war. Die Prellung in ihrem Gesicht war mittlerweile verheilt und der Kopfschmerz verschwunden.

Jane fragte sich oft, ob Hugh sich inzwischen auch vollständig erholt hatte.

Aus verständlichen Gründen hatte sie ihren Cousinen nicht erzählt, welcher Profession Hugh nachging. Aus Gründen, die sie selbst nicht ganz nachvollziehen konnte, hatte sie ihnen die Geschichte mit dem Fluch auch nicht anvertraut. Obwohl sie bestimmt verständnisvoll reagiert hätten, ahnte Jane, dass Hugh es nicht recht wäre, wenn alle darüber Bescheid wüssten. So, wie die Dinge sich jetzt darstellten, gingen alle davon aus, dass er sie wegen seiner Sturheit verlassen hatte. Oder dass ihn, wie früher schon einmal, seine Unbeständigkeit dazu veranlasst hatte.

Was Jane ihren Cousinen jedoch erzählt hatte, war, dass sie und Hugh sich geliebt hatten. Nach diesem Eingeständnis hatten sie gemeinsam die Tage gezählt, bis sie die Gewissheit hatten, dass Jane nicht schwanger war.

Jane war darüber natürlich erleichtert gewesen, hatte für einen Moment aber auch so etwas wie Enttäuschung gefühlt.

»Jane, habe ich dich heute eigentlich schon daran erinnert, dass du ein ganzes Jahrzehnt deines Lebens damit verschwendet hast, dich nach ihm zu verzehren?«, meinte Claudia und warf sich die rabenschwarze Mähne über die Schulter. Sie musterte ihre Freundin eindringlich. »Du kannst dir diese Jahre nicht zurückholen. Sie sind verloren«, fügte sie hinzu und seufzte frustriert. »Du liebe Güte, ich glaube sogar, du würdest ihn zurücknehmen.«

»Wie kannst du das sagen!«, schnappte Jane. »Ich bin doch nicht verrückt! Niemals würde ich mich wieder auf einen Mann einlassen, der mich nicht nur einmal, sondern gleich zweimal im Stich gelassen hat! Es hat mir jede Hoffnung genommen.«

»Was ist dann los mit dir?«

»Es gibt so vieles, was mich an ihn erinnert. Und jedes Mal, wenn mein Vater mich so schuldbewusst ansieht, bringt mich das beinahe um.«

Claudia nickte entschlossen. »Nun, wenn das so ist, dann wirst du ihn schneller vergessen können, wenn du auf Reisen gehst. Vielleicht nach Italien. Dort gibt es hinreißende, überaus männliche Burschen in Scharen.«

Jane schwieg.

»Kennst du das alte Sprichwort nicht?«, meinte Claudia. »Die beste Art, über einen Mann hinwegzukommen, ist, unter einem Italiener zu liegen.«

47

»Courtland, warum nur hast du das Haus mit so düsteren Worten beschrieben? Es ist doch wunderschön hier!«, erklärte Annalía Llorente MacCarrick, als sie den langen gewundenen Weg nach *Beinn a'Chaorainn* hinaufging. »Es ist bezaubernd! Ich kann gar nicht glauben, dass es mein neues Zuhause sein soll!«

»Warte«, rief Court und humpelte ihr hinterher. »Nicht so schnell!« Nachdem Annalía zwei Monate lang krank gewesen war, fühlte sie sich jetzt wieder kräftiger, und es war Court, der sie ständig zur Langsamkeit mäßigen musste. Sein Bein war immer noch nicht wieder in Ordnung, und er war kaum in der Lage, mit ihr Schritt zu halten – was zur Folge hatte, dass ein sehr ungeduldiger Ehemann aus ihm geworden war.

Court hatte sie eingeholt, legte die Hand um ihre Hüfte und hob staunend den Kopf. War es wirklich sein Haus, vor dem sie jetzt standen? Was war damit geschehen?

Die Fensterläden und die Eingangstür, die schief in den Angeln gehangen hatte, waren neu und frisch gestrichen. Ein glänzender Türklopfer aus Messing hieß die Besucher willkommen, und der Kiesweg war frei von Unkraut. Die Leute hatten tadellose Beete angelegt und Grünpflanzen gesetzt. Das Dach schien vollständig repariert, und durch die makellosen neuen Fenster entdeckte er Möbel und Teppiche. Hatte seine Mutter dafür gesorgt? Wer sonst sollte es getan haben?

Unwillkürlich drückte er Annalías Hüfte fester. Sie legte die Hand auf seine und lächelte ihn an. »Courtland, warum hast du mir erzählt, dein Haus wäre völlig verkommen, wenn es sich doch in einem großartigen Zustand befindet? Warum hast du mir weismachen wollen, dass wir im Gasthaus bleiben müssen, bis du es bewohnbar gemacht hast? Ich kann mich noch genau an deine Worte erinnern: baufällig, abbruchreif … und … was war es doch gleich? Ach ja, ein Schweinestall.«

»Ich … als ich es verlassen habe, hat es anders ausgesehen.« Court löste den Blick von ihr und betrachtete wieder sein Haus. Er hatte zwar immer gewusst, dass es eines Tages ein Schmuckstück sein würde, aber so … Davon hätte er nie zu träumen gewagt.

Und er hatte nicht die geringste Ahnung, wem er dafür danken sollte.

Nachdenklich legte Anna den Finger ans Kinn und deutete dann in Richtung der frisch gestrichenen Ställe. »Courtland, sieh mal, das Pferd … es sieht aus wie der Wallach, den Hugh von meinem Bruder geschenkt bekommen hat, nicht wahr?«

Court folgte ihrem Blick. In der Tat, sie hatte recht. Aleixandre Llorente hatte Hugh den Wallach geschenkt, weil der sein »ungewöhnliches Talent« eingesetzt hatte, um Andorra von den mörderischen Rechazados zu befreien. Noch nicht einmal Court hatte geahnt, dass Hugh in der Lage war, die Kuppe eines Berges in die Luft zu sprengen. Oder dass er in der Lage war, durch die Sprengung dreißig Rechazados zu töten. Ohne mit der Wimper zu zucken.

Hugh war hierhergereist und hatte für ihn Hand angelegt? Hier hatte er also gesteckt. Court hatte in ganz London nach ihm und Ethan gesucht und ihnen über ein Dutzend Kanäle die Neuigkeiten über das *Leabhar*, den Fluch und die Zukunft mitzuteilen versucht. Jetzt, da er und seine Brüder endlich wieder eine Zukunft hatten. Er hatte Weyland aufgesucht und ihn nach dem Verbleib seines Bruders gefragt. Aber der alte Mann hatte wie gewöhnlich sehr zurückhaltend geantwortet.

Und Hugh war offenbar an den einzigen Ort gegangen, an dem Court niemals nach ihm gesucht hätte.

Aus den Augenwinkeln erhaschte er eine Bewegung, die seine Aufmerksamkeit erregte. Er drehte sich um und sah eine junge Frau, die eilig das Haus durch die Nebentür verließ. Dass sie verschreckt aussah, erklärte sich, als im Haus plötzlich das laute Gebrüll eines Mannes zu vernehmen war. Ausgeschlossen, dass es sich um die Stimme seines Bruders handelte. Hugh brüllte niemals, es sei denn, es gab einen gewichtigen Grund.

Court spannte sich an, als der Mann zum zweiten Mal brüllte. Er zog die Pistole aus dem Holster am Rücken, zerrte Analía mit sich ins Haus und blieb an der Treppe stehen. »Anna, du bleibst hier. Rühr dich nicht von der Stelle, bis ich zurückkomme!«

Analía sah ihn aus großen Augen an und verbarg sich unter dem Treppenabsatz.

Dank eines dicken Teppichs und der Tatsache, dass die knarrenden Dielen erneuert worden waren, stieg Court leise die Treppe hinauf und folgte den Flüchen des Mannes, der gelegentlich mit der Faust gegen die Wände zu schlagen schien. Kämpfte er etwa gegen jemanden?

Mit einer Hand hob Court die Waffe, mit der anderen stieß er die Tür auf.

Und stand dann offenen Mundes da, während er gleichzeitig die Pistole sinken ließ. Offenbar hatte man nicht nur sein Haus umgekrempelt, sondern auch seinen Bruder.

Hugh war unrasiert, völlig betrunken und stierte Court mit wahnsinnigem Blick übellaunig an.

Hugh deutete auf die Tür. Die Handbewegung ließ ihn stolpern. »Diese verdammte Hexe hat mir meinen Whisky gestohlen.«

»Wer?«

»Die Haushälterin.«

Court applaudierte im Stillen dem Mädchen, das den Mut dazu aufgebracht und rechtzeitig die Flucht ergriffen hatte. »Aye. Sieht so aus, als wärst du ohne ihn verloren.«

»Geh zum Teufel«, stieß Hugh eher traurig als wütend hervor. Er sank auf die Bettkante, stützte die Ellbogen auf die Knie und beugte sich vor. »Was willst du hier?«

»Dies ist mein Haus. Oder war es zumindest. Warum hast du es instand gesetzt?«

»Weil Jane es so wollte. Konnte dem Mädchen noch nie etwas abschlagen.«

»Du bist mit ihr hier gewesen? Ich glaube, es ist höchste Zeit, dass du dich erklärst«, meinte Court und hörte erstaunt zu, als sein Bruder ihm von Greys Drohung, vom späteren Tod des Mannes und von seiner überstürzten Eheschließung mit Jane Weyland erzählte.

»... ich habe sie fortgeschickt, und jetzt hasst sie mich«, schloss Hugh erschöpft. »Zum Teufel noch mal, du hast auf Annalía verzichtet, also musste ich Jane entsagen.«

Court beschloss, dass dies nicht der richtige Augenblick war, um Hugh zu erklären, dass er kurz nach dessen Abreise offenbar vollkommen den Verstand verloren hatte und eiligst nach Andorra geritten war, um Annalía zu seiner Frau zu machen. Und dass seine Frau sich in diesem Augenblick unter der Treppe versteckt hielt ...

Wochenlang hatte er nach seinen Brüdern gesucht. Und jetzt, da er zum ersten Mal die Gelegenheit dazu hatte, zögerte er, Hugh zu berichten, dass Annalía schwanger war. Sobald Hugh wieder nüchtern war, würde er es ihm sagen.

»Ich war auf dem Weg nach Norden zu meinem Anwesen. Ich vermisse sie«, murmelte Hugh. Es sah aus, als schüttele er sich innerlich, um sich zur Ordnung zu rufen. »Natürlich kannst du das Haus gleich übernehmen. Es macht keinen Sinn, dass ich länger hierbleibe.« Plötzlich schien er sich zu wundern. »Ich dachte, dass du mit deinen Männern nach Osten reitest.«

»Hab meine Pläne geändert«, erklärte Court knapp.

»Sieht so aus, als würdest du den Verlust deiner Frau besser verkraften als ich. Verdammt noch mal, du hast ausgesehen wie der Leibhaftige, als wir uns das letzte Mal begegnet sind. Hast du sie schnell vergessen können?« Er fuhr sich mit der Hand durch das ungekämmte Haar, zuckte zusammen und stöhnte auf. Zweifellos lag es an der Kopfverletzung, die nur langsam verheilte. Die Handbewegung musste ihn erschöpft haben, denn er stützte die Stirn in die Handflächen. »Sag mir, wie du es geschafft hast. Und sei ehrlich.«

»Was zum Teufel ist mit deinem Schädel passiert?«

»Grey hat mir ein paar Schläge verpasst.«

»Immerhin ist der Bastard tot.«

Hugh nickte grimmig. »Court, ich muss dir etwas gestehen. Über Ethan. Er … er ist …«

»Courtland«, sagte Annalía leise von der Türschwelle her.

Hughs Blick funkelte noch wahnsinniger, als er Annalía entdeckte. »Was zum Teufel hast du angerichtet?«, brüllte er, sprang auf und deutete mit zittrigem Finger auf seinen Bruder. »Du hast mir geschworen, dass du nicht zu ihr zurückkehren wirst.«

Annalía war so erschrocken, dass sie die Hände schützend auf ihren sich rundenden Bauch legte. Die Bewegung zog Hughs Aufmerksamkeit auf sich, und Court war klar, dass sein Bruder schlagartig begriffen hatte.

Unversehens taumelte Hugh und stürzte rücklings zu Boden.

48

Als Hugh eine Stunde später im Bett hochschreckte, glaubte er, alles um ihn herum würde sich drehen.

Court legte ihm die Hand auf die Schulter. »Sich zu betrinken, wenn man eine Gehirnerschütterung hat! Ich hätte dich für vernünftiger gehalten. Hast du vor, dich umzubringen?«

»Es ist doch nicht deins?«, fragte Hugh heiser.

»Doch, es ist mein Kind«, entgegnete Court. »Ich weiß, warum du fragst und warum du hoffst, es wäre anders. Ich vertraue Anna. Vielleicht beruhigt es dich, wenn ich dir sage, dass ich seit Wochen mit ihr zusammen bin. Tag und Nacht, jede Stunde, jede Minute.« Mühsam versuchte er, sein Temperament zu zügeln. »Ich sage dir das nur dieses eine Mal. Und wage es nicht, es noch einmal infrage zu stellen.«

»Aber sie ist … das darfst du nicht. Was ist mit dem verdammten Fluch?«

»Damit verhält es sich anders, als wir geglaubt haben. Vermutlich ist es so, dass die letzten Zeilen den ersten eine andere Bedeutung verleihen. Als ob sie sie auslöschen. Wir sind übereingekommen, dass es allein darum geht, die *richtige* Frau zu finden.«

»›Wir sind übereingekommen‹ – was soll das heißen? Wer weiß noch davon?«

»Annalías Familie. Und … Fiona.«

»Du redest mit unserer Mutter?« Hugh starrte ihn an. »Ich fasse es nicht.«

»Das habe ich mir gedacht. Aber sie bedauert es sehr, was sie getan hat. Und sie möchte mit dir sprechen. Jetzt, da ich verheiratet bin, begreife ich viel besser … ich begreife viel besser, dass man verrückt wird, wenn man jemanden zu verlieren droht, den man liebt.«

Fiona und Leigh hatten sich über alles geliebt.

»Wann hast du das alles herausgefunden?«, fragte Hugh.

»Nach deiner Abreise habe ich mir die Worte im *Leabhar* ins Gedächtnis gerufen«, erklärte Court. »*Niemals lieben.* Aber ich *habe* geliebt. Ich wäre für Annalía gestorben.«

»Ich dachte, damit sei gemeint, dass wir niemals geliebt werden«, widersprach Hugh, »niemals Liebe empfangen werden.«

Court warf ihm einen schuldbewussten Blick zu. »Offen gesagt, habe ich gar nichts gedacht. Ich war verzweifelt. Und ich war bereit, alles zu glauben. Aber als ich dann zu Anna kam, hat sie mir ihre Liebe gestanden. Und sie hat mir gesagt, dass sie ein Kind erwartet. Hugh, der Fluch hat seine Kraft verloren.«

»Der Himmel möge mir beistehen. Es könnte sein, dass ich Jane geschwängert habe.« Hugh kniff die Brauen zusammen. Dann erhob er sich, diesmal allerdings etwas vorsichtiger als gewöhnlich. »Ich muss sofort zu ihr.«

Court drückte ihn zurück auf das Bett »Dazu ist später auch noch Zeit.« Da er jetzt wusste, wie es sich anfühlte, von einer Frau wahrhaft geliebt zu werden, wollte er, dass sein Bruder dies auch erlebte. Allerdings war er überzeugt, dass es für Hugh eine bessere Frau als Jane Weyland geben könnte. »Hugh, woher willst du wissen, dass sie die Richtige ist?«

Hugh packte Courts Handgelenk und drückte mit erschreckender Kraft zu. »Das soll wohl ein Scherz sein? Seit ich ihr begegnet bin, sehne ich mich nach ihr. Und jetzt bin ich mit ihr verheiratet, und ich liebe sie so sehr, dass es wehtut.«

Krank vor Liebe zu dieser Frau! Court sah ein, dass er dagegen nichts ausrichten konnte. »In deinem Zustand würdest du nicht sehr weit kommen«, erklärte er. »Also wirst du dich jetzt gehörig ausschlafen. Du wirst erst dann in den Sattel steigen, wenn ich der Meinung bin, dass du eine so weite Reise durchstehst.«

Hugh schüttelte stur den Kopf und unternahm einen zweiten Versuch, das Bett zu verlassen.

»Willst du Jane wirklich gegenübertreten, wenn du aussiehst, als hättest du ein Zechgelage hinter dir? Außerdem … ich sage es nicht gern, aber woher willst du wissen, dass sie dich als ihren Ehemann willkommen heißen wird? Nur weil ihr miteinander geschlafen habt? Du hast gesagt, dass du sie fortgeschickt hast und dass sie dich jetzt hasst.«

»Aye. Ich weiß, dass ich sie verletzt habe. Aber sie hat mir gesagt, dass sie mich liebt.« Hugh funkelte Court zornig an. »Sieh mich nicht so an. Mir ist klar, dass das kaum zu glauben ist.« Mit unsicheren Schritten bewegte er sich durchs Zimmer. »Sie hat damals schon geglaubt, wir würden heiraten. Und als ich dann fortgegangen bin, dachte sie, ich hätte sie verlassen, hätte sie im Stich gelassen.«

Court pfiff erstaunt durch die Zähne. »Ach, *deshalb* hat sie dich ständig geneckt? Mein lieber Bruder, ich fürchte, dass in diesem Fall die schwierigste Schlacht noch vor dir liegt.«

»Wem sagst du das!«, murmelte Hugh und suchte seine im Zimmer verstreut liegenden Kleider zusammen.

»Du bist noch nicht in der Verfassung für die Reise«, beharrte Court. »Tu mir einen Gefallen. Bleib bis Sonnenaufgang.«

»Auf keinen Fall.«

»Dann solltest du wenigstens etwas essen und einen Kaffee trinken. Du musst ausnüchtern.« Er warf Hugh einen peinvollen Blick zu. »Und, Bruder, wenn ich dir einen dringenden Rat geben darf – ein Bad würde nicht schaden. Hast du gewusst, dass es nicht weit vom Haus eine heiße Quelle gibt?«

Hugh stolperte über einen herumliegenden Stiefel und räusperte sich. »Ach, wirklich?«, sagte er dann, wobei ihm unerklärlicherweise die Röte in die Wangen stieg.

49

Hugh hatte einen ganzen Tag im Zug und im Sattel hinter sich, als er sich endlich London näherte. Der Aufruhr in seinem Innern schnürte ihm förmlich die Kehle zu. Er hatte so lange gegen seine Gefühle gekämpft, dass sie ihn jetzt zu überwältigen drohten.

Und die niederdrückende Gewissheit, mit einem Fluch leben zu müssen, war dem Gefühl der Befreiung gewichen. Hugh glaubte jetzt daran, dass es für ihn eine Zukunft mit Jane geben könnte. Schließlich hatte er Annalía mit eigenen Augen gesehen, und er vertraute dem Urteil seines Bruders. Und soweit es das *Leabhar* betraf, vertraute er sogar seiner Mutter. Court hatte ihm versichert, dass sie seine Auffassung teilte. Und dann war da noch dieses Gefühl, das Hugh jedes Mal gehabt hatte, wenn er mit Jane zusammen gewesen war; das Gefühl, genau das Richtige zu tun, das Gefühl, dass diese Frau unausweichlich zu ihm gehörte.

Es schien zu seinem inneren Aufruhr zu passen, dass ein heftiger Sturm tobte. Aber es kümmerte Hugh nicht, denn er würde noch heute Abend Jane gegenüberstehen. Alles, was er tun musste, war, zu ihr zu gehen und sie zurückzugewinnen.

Obwohl sie geschworen hatte, nicht zu ihm zurückzukehren, war Hugh überzeugt, er könnte alles möglich machen. Deswegen hatte er auch darauf verzichtet, Court von Ethan zu berichten, weil er zutiefst überzeugt war, dass sein älterer Bruder noch lebte. Er würde die Suche nach Ethan fortsetzen, und er würde Kundschafter losschicken, denn er wollte sich zuerst selbst ein genaueres Bild machen, bevor er mit Court sprach.

Als Hugh in London ankam, hatte der Regen endlich nachgelassen. Die Hufe seines Pferdes klapperten laut auf dem nassen Straßenpflaster, als er es antrieb. Ein Leben mit Jane, frei von der beständigen Drohung des Fluches – es hing nur noch von seiner Überzeugungskraft ab.

Aber zum Teufel noch mal, vielleicht würde Weyland sich weigern, ihn ins Haus zu lassen.

Hugh schuldete dem Mann viel, war er doch der Einzige gewesen, der klar erkannt hatte, dass Hugh und Jane zueinander gehörten. Er hatte die nötigen Schritte unternommen, und er hatte sich nicht gescheut, Hugh zu zwingen, sich zu seinen Gefühlen zu bekennen. Ja, er hatte sogar verhindert, dass Jane sich mit einem anderen Mann verlobte!

Und Hugh hatte es ihm gedankt, indem er seine Tochter zum Teufel gejagt hatte.

Mehr und mehr Gäste trafen ein. Jane zwang sich zu einem Lächeln und strich den Rock ihres neuen Kleides aus smaragdgrüner Seide glatt. Sie war unruhig und nervös und langweilte sich auf dieser Gesellschaft, deren Gastgeberin sie auf Wunsch ihres Vaters war – es war die Gesellschaft, zu der Claudia und sie anlässlich ihrer bevorstehenden Abreise eingeladen hatten.

In den vielen Wochen, die vergangen waren, seit sie und ihre Cousine die Reise nach Italien beschlossen hatten, hatte ihr Vater bei jeder Gelegenheit versucht, die Vorbereitungen zu verzögern. Aber jetzt endlich war es so weit, und morgen Vormittag würde das Dampfschiff mit ihnen an Bord ablegen.

Freddie und Candace trafen ein. Jane lächelte aufrichtig. Sie freute sich über das fröhliche und offensichtlich sehr verliebte

Paar, und sie verspürte eine tiefe Erleichterung, dass sie ihn nicht geheiratet hatte. Nachdem sie die beiden begrüßt hatte und sie weitergegangen waren, um sich zu den anderen Gästen zu gesellen, seufzte Jane tief.

»Warum diese ernste Miene, Janey?«, fragte Claudia und reichte ihr ein Glas Champagner. »Elegante Gesellschaften hast du doch immer so sehr gemocht.«

»Ich weiß.« Sie liebte den Duft der Rosenarrangements überall im Haus, das Glitzern der üppig bestückten Kronleuchter und das leise Klirren der kristallenen Champagnerflöten.

»Hat dich jemand auf deine Ehe angesprochen?«

Jane schüttelte den Kopf und nahm einen Schluck. »Nein. Sie halten sich alle sehr zurück.« Beinahe allen Gästen – es handelte sich ohnehin hauptsächlich um die Familie und enge Freunde – war zu Ohren gekommen, dass Jane überstürzt geheiratet und sich genauso überstürzt wieder von ihrem Ehemann getrennt hatte. Aber niemand außer ihren Cousinen hatte es gewagt, ihr Fragen zu stellen.

»Warum dann diese ernste Miene? Morgen stürzen wir uns kopfüber ins Abenteuer. Wir werden diese graue kleine Insel endlich verlassen! Schließlich werden wir auch nicht jünger.«

»Claudie, stimmt es dich denn gar nicht traurig, dass du deinen Bräutigam für viele Monate zurücklässt?«

»Vorhin hatte er Tränen in den Augen«, gestand ihre Cousine ein und wandte den Blick ab. »Und mir ging es nicht anders. Ich habe sogar für einen Moment daran gedacht, die Reise abzublasen. Aber wie schon gesagt, wir werden ja auch nicht jünger.«

Jane seufzte. »Stimmt leider.«

Sie ließ den Blick durch den Raum schweifen und entdeckte ihren Vater, der sie fragend anschaute. Sie beantwortete seine stumme Frage mit einem Lächeln. In den vergangenen Wochen hatte sie sich alle Mühe gegeben, zu ihrer alten Fröhlichkeit zurückzufinden und nach vorn zu schauen. Trotzdem behielt er sie auch an diesem Abend genau im Auge. Er hatte keinen Hehl daraus gemacht, dass er seit ihrer Rückkehr in großer Sorge um sie war. Es war ihm schwergefallen, seine Zustimmung für die Reise nach Italien zu geben, aber sie hatte ihn daran erinnert, dass sie auf sein Einverständnis nicht länger angewiesen war.

Plötzlich verzog sich sein Gesicht in einem breiten Grinsen – aber er hatte sich sofort wieder im Griff. Seine Miene wurde in dem Moment wieder ernst, in dem das leise Geplauder der Gäste verstummte.

Jane hörte Geräusche im Flur. Es knallte, dann laute Stimmen, die stritten, und plötzlich brüllte jemand: »Ich komme wegen meiner Frau.«

Hinter ihr erklangen laute Schritte. Nein. Ausgeschlossen.

»Du liebe Güte«, murmelte Belinda. »Janey, was hast du mit deinem Schotten angestellt?«

Jane drehte sich langsam um und sah Hugh in der Tür stehen. Erschrocken starrte sie ihn an. Seine Kleider waren vollkommen durchnässt, und an seinen Stiefeln klebte Dreck. An seinem Hals bemerkte sie ein paar blutige Kratzer, die von den Zweigen herrühren mussten, die ihm beim Reiten über die Haut gepeitscht waren. Das nasse Haar hing ihm wirr ins Gesicht. Er war unrasiert und wirkte hagerer, als sie ihn in Erinnerung hatte.

Aber es waren seine Augen, die ihre Aufmerksamkeit fesselten. Sie waren schwarz wie die Nacht und brannten vor Leidenschaft. Als Hugh sie entdeckte, spannte er sich an. Fast schien es, als wollte er sich unvermittelt auf sie stürzen.

Die meisten Gäste schwiegen noch immer, einige schnappten entsetzt nach Luft. Hugh starrte unverwandt Jane an, als wäre er zu nichts anderem in der Lage.

Schließlich löste er den Blick von ihr, ließ ihn langsam über die dicht gedrängte Menge schweifen und schluckte schwer, als ihm bewusst wurde, wie elegant die Leute gekleidet waren.

Alle. Außer ihm.

Seine Miene verfinsterte sich, und er straffte die Schultern.

Hugh hatte einen Raum voller Menschen betreten – schon unter gewöhnlichen Umständen Strafe genug für ihn. Aber wenn man dazu noch aussah, als käme man direkt aus der Hölle – damit stürzte er Jane offensichtlich in die größte Verlegenheit. Wieder schluckte er schwer. Mit dem Ärmel wischte er sich die Regentropfen aus dem Gesicht.

»Ist das etwa Janes Ehemann?«, flüsterte eine ältere Dame vernehmlich.

Jane wirbelte herum. »Oh, halten Sie den Mund«, schnappte sie.

Hatte Hugh es auf eine zweite Feuerprobe angelegt?

Es spielte keine Rolle. Denn er führte irgendetwas im Schilde. Er ging auf Jane zu, vorbei an den sprachlosen Gästen, die ihn so unverhohlen musterten, dass er sich von den Blicken förmlich durchbohrt fühlen musste.

Hugh bot ihr seine Hand an. »Komm mit, Sìne. Ich muss mit dir reden.«

»Ich bin überzeugt, das kann warten«, erwiderte Jane, und ihre Stimme klang kalt und hart. »Komm morgen wieder. Morgen Nachmittag.«

Als einige Gäste zu lachen wagten, brachte Hugh sie mit einem finsteren Blick zum Verstummen.

Dabei begegnete er Weylands Blick und versuchte abzulesen, was dem Mann durch den Kopf ging – so, wie Weyland vermutlich versuchte, Hughs Gedanken zu lesen. »Weyland, ich will nur mit ihr reden.« Sein schottischer Akzent hatte noch nie so stark geklungen wie jetzt.

Doch dann entdeckte er Bidworth, der in den Raum geschlendert kam. Hugh knirschte mit den Zähnen. Niemals hätte er es für möglich gehalten, dass Jane zu ihrem ehemaligen Verehrer zurückfinden würde. Der Mann erbleichte, als er Hugh sah, und gab einen Laut von sich, der wie ein Gurgeln klang.

Wenn Bidworth es gewagt hatte, Jane anzurühren … Mit geballten Fäusten stürmte Hugh auf den Mann zu.

Bidworth wich entsetzt zurück, bis er mit dem Rücken gegen die Wand stieß. »Verdammt noch mal. Er wird mich doch nicht schon wieder verprügeln wollen, oder?«

50

»Das darf nicht wahr sein«, murmelte Jane.

»Glaubst du, dass er Bidworth wirklich verprügelt?«, fragte Belinda mit weit aufgerissenen Augen, während Hugh auf Freddie zustürmte.

»Ja«, stieß Jane verzweifelt hervor und warf ihrem Vater einen flehenden Blick zu. Doch der machte nicht den Eindruck, als wolle er dazwischengehen! Weyland wartete einfach ab und ließ den Blick zwischen Hugh und ihr aufmerksam hin- und herschweifen.

»Großartig. Dann muss ich mich wohl selbst darum kümmern.« Jane schaute noch einmal zu ihrem Vater, dann lief sie zu Hugh. Kaum war sie bei ihm, packte er sie am Handgelenk und hielt sie so fest, als befürchtete er, sie könnte jeden Augenblick wieder verschwinden. »Vielleicht sollten wir in Papas Arbeitszimmer gehen?« Er zögerte. Ganz offensichtlich stand ihm der Sinn danach, Freddie ein paar Kinnhaken zu verpassen. »Hugh, wenn du mit mir reden willst, ist das hier nicht der richtige Ort.« Endlich lenkte Hugh ein und ließ sich aus dem Zimmer führen.

»Was zum Teufel hat Bidworth hier zu suchen?«, stieß er grimmig hervor, als sie auf dem Flur stehen blieben. Jane bemerkte, dass er auf ihren Finger starrte, an dem kein Ring mehr steckte. Seine Stimme wurde leiser. »Hast du … seid ihr wieder ein Paar?«

»Es geht dich zwar nichts an, aber er ist mit seiner neuen Braut hier«, erklärte sie ruhig und gönnte ihm einen Moment der Entspannung. »Er will sich von mir verabschieden. Vor meiner großen Reise.«

»Welche Reise?«

»Du hast gerade die Gesellschaft ruiniert, die meine Familie für Claudia und mich gibt. Wir werden nach Italien reisen und den Winter dort verbringen.«

»Wann legt das Schiff ab?«

»Mit der Morgenflut …«

»Nein.«

Jane rieb sich die Schläfe. »Ich glaube, ich habe mich verhört. Einen Augenblick lang dachte ich, du wagst es tatsächlich, dich wieder in mein Leben einzumischen. Du hast jedes Recht dazu aufgegeben.«

»Nein, das habe ich nicht. Ich bin immer noch dein Ehemann. Wir sind verheiratet, und wir bleiben es auch.«

Sie sah ihn aus schmalen Augen an.

»Du hast mich sehr gut verstanden, Mädchen.«

»Wie kommt es zu diesem Sinneswandel?«, fragte sie.

»Es gibt keinen Sinneswandel.«

Eine Bewegung hinter Hugh veranlasste Jane, einen Blick über seine Schulter zu werfen. Sie sah ihren Vater, der ihre Cousinen daran hinderte, zu ihrer Rettung in den Flur zu eilen. Vermutlich glaubte er, dass er Hugh so Zeit verschaffte, seine Entschuldigung vorzubringen – obwohl etwas Derartiges Hugh gar nicht in den Sinn zu kommen schien.

Es gab keine Entschuldigung, keine Blumen, keine erklärenden Worte. Er hatte sich noch nicht einmal die Zeit genommen, sich zu rasieren, bevor er hier hereingeplatzt war, die Dienerschaft eingeschüchtert und die Gäste erschreckt hatte. Und all das, nachdem sie sich ihm wochenlang an den Hals geworfen hatte! »Wie kannst du es wagen, auf diese Weise hier hereinzupoltern?«

Jane verstand ihn nicht. Irgendetwas an Hugh war anders; es war eine Veränderung, die mehr als nur Äußerlichkeiten betraf; es war eine starke Veränderung seines gesamten Charakters. Sie spürte es ganz genau. Und … sie hatte Angst davor. Vielleicht war seine Kopfverletzung doch schlimmer gewesen, als er es hatte zugeben wollen. Vielleicht war sie der Grund für diese Veränderung.

»Der Himmel weiß, dass es nicht meine Absicht war, dich in Verlegenheit zu bringen. Aber es duldet keinerlei Aufschub, was ich dir zu sagen habe.«

»Was sollte das wohl sein?«, fauchte sie, als die ersten Gäste zögernd aus dem Zimmer kamen und den Flur betraten.

Hugh wollte antworten, ließ es aber, als er die größer werdende Gästeschar sah. »Hier geht es nicht«, erklärte er.

Jane hielt seinem Blick stand. »Hier oder gar nicht.«

»Du kommst jetzt mit mir.«

»Erst, wenn die Hölle zufriert – oh!«

Noch bevor sie begriffen hatte, was geschehen war, hatte er sie hochgehoben und sich über die Schulter geschwungen. Ihre Cousinen schnappten entsetzt nach Luft.

»Hugh!« Vergeblich strampelte sie mit den Beinen. »Was bildest du dir eigentlich ein?« Jane spürte, wie sie vor Scham errötete – und bestimmt auch deshalb, weil sie mit dem Kopf nach unten hing.

Ihr Vater kam herbeigelaufen.

»Wie lange willst du eigentlich noch dabei zusehen, dass Hugh mich so behandelt?«, schnappte sie.

»Ich schwöre, es ist das letzte Mal«, erwiderte er ruhig. »Stimmt's, MacCarrick?«

»Aye, das stimmt.«

»Freut mich, mein Sohn. Draußen wartet meine Kutsche. Du kannst sie zum Grosvenor Square bringen.«

Hugh nickte und eilte zur Tür hinaus. Sämtliche Gäste hatten sich versammelt, als er mit Jane auf dem Arm die Treppe hinunterstieg. Jane hatte die Augen fest geschlossen und wäre am liebsten vor Scham im Erdboden versunken.

Sie war außer Atem, wie benommen, und es hatte ihr die Sprache verschlagen, als Hugh sie in die Kutsche setzte. Kaum hatte das Gefährt sich in Bewegung gesetzt, zog er sie zu sich auf den Schoß, strich ihr zärtlich über die Wange und küsste sie sanft auf den Mund.

Jane erstarrte.

»Sìne«, stöhnte er heiser, »bitte, küss mich.« Wieder senkte er den Mund auf ihren und küsste sie so verzweifelt, als sollte es das letzte Mal sein. Sie schalt sich selbst eine Närrin, als ihr bewusst wurde, dass sie seinem Drängen nachgab und seine Leidenschaft erwiderte. Er stöhnte auf und zog sie in seine Arme.

Jane war kurz davor, sich in diesem Kuss zu verlieren. Aber sie hatte Hugh so sehr vermisst, dass sie den Schmerz nicht vergessen konnte, den ihr das bereitet hatte. *Nein!*, schrie es in ihr, *nein, nein!* Sie zwang sich, ihn wegzustoßen. »Du hast gesagt, dass du mit mir reden willst. Ich habe noch nicht einmal zugestimmt, dir zuzuhören. Schließlich hast du mir keinerlei Erklärungen gegeben!«

Es dauerte ein paar Sekunden, bis er sie endlich losließ. Als die Kutsche anhielt und der Lakai den Schlag geöffnet hatte, stieg Jane eilig aus, blieb aber abrupt stehen, als sie sah, dass sie vor dem Haus der MacCarricks gehalten hatten.

Sofort schoss die Wut wieder in ihr hoch. Ein leichter Regen setzte ein, und sie blinzelte die Tropfen fort, während sie wie gebannt auf die prächtige Fassade starrte.

Wie oft war sie an diesem Haus vorbeigefahren und hatte innerlich gefleht, einen kleinen Blick auf Hugh zu erhaschen –

und er war ihr nach Kräften aus dem Weg gegangen. Hatte er am Fenster gestanden und sie durch einen Spalt der geschlossenen Vorhänge beobachtet? Jane spürte, wie ihre Unterlippe zu zittern begann, als sie sich daran erinnerte, wie verzweifelt sie sich nach ihm gesehnt hatte.

Es war nur das erste Mal gewesen, dass sie ihn verloren hatte.

51

»Jane?« Seine Stimme klang erstickt, als er sah, dass ihr die Tränen in die Augen stiegen. Hugh hatte nur eine einzige Chance gehabt, sie zurückzugewinnen … *und mir fällt nichts Besseres ein, als sie zum Weinen zu bringen.* Mit vielem hatte er gerechnet, aber ganz sicher nicht damit, dass sie weinen würde. Er griff nach ihrer Hand und führte Jane ins Haus. Natürlich spürte er, wie sie sich sträubte, aber irgendwie schienen ihr die Kräfte zu versagen.

Er führte sie in sein Zimmer, bat sie, auf seinem Bett Platz zu nehmen, und legte den Finger unter ihr Kinn. Jane schloss die Augen, aber die Tränen quollen trotzdem unter den Lidern hervor. Mit jeder Träne, die ihr über die Wange rann, hatte er das Gefühl, ein Dolch würde sich in seine Brust bohren. »Mein Gott, Mädchen, habe ich dich so sehr verletzt? War ich in der Kutsche zu grob mit dir?« Er atmete heftig. »Ja, so muss es gewesen sein.« Hugh konnte sich kaum an den Kuss erinnern, obwohl er ihm fast den Verstand geraubt hatte. Bestimmt hatte er sie viel zu stark an sich gepresst. »Ich habe so lange darauf gewartet … und die Nähe zu dir … ich habe die Beherrschung verloren.«

Jane schwieg und weinte.

»Ich weiß, wie schlimm es für dich gewesen sein muss. Und es tut mir sehr leid. Ach, Jane, es bringt mich fast um.«

»Dann … bring … mich … zurück«, stammelte sie.

»Willst du in deinem Zustand wirklich zu deinen Gästen zurückkehren?«

Jane trommelte mit den Fäusten gegen seine Brust. »Bring mich zu Claudia!«

»Das kann ich auch nicht tun, Mädchen.« Er zögerte. »Ich habe dir viel zu erzählen, und ich konnte nicht länger warten. Ich wollte mit dir verheiratet bleiben. Du weißt, warum ich glaubte, dass es unmöglich ist.«

»Wegen des Fluchs.« Ihre Stimme klang kalt, in ihren Augen funkelte statt der Tränen jetzt Zorn. »Ich an deiner Stelle wäre sehr vorsichtig damit, noch einmal mit mir darüber sprechen zu wollen.«

»Aye. Aber dann habe ich erfahren, dass mein Bruder Vater wird.« Wie seltsam es klang! Hugh fand Gefallen daran, die Worte auszusprechen. »Er ist verheiratet. Glücklich verheiratet ...«

»Soll das heißen, dass der Fluch aufgehoben worden ist?« Jane streckte ihm trotzig das Kinn entgegen. »Vielleicht hat jemand versucht, den Bann mit einem Gegenzauber zu brechen? Erwartest du von mir, dass ich einen MacCarrick-Talisman um den Hals trage?«

»Nein. Aber ich möchte behaupten, dass wir die Zeilen im Buch falsch gedeutet haben. Es war mir schlagartig klar, als ich gesehen habe, dass Annalía schwanger ist ...«

»Wenn du dich nur hören könntest! Da gibt es diesen Fluch, der dich hindert, mich als deine Frau anzunehmen. Aber weil eine mir vollkommen unbekannte Frau namens Annalía ein Kind empfangen hat, können wir jetzt doch zusammen sein. Habe ich das richtig verstanden?«

»Ja. Ich weiß, es klingt verrückt. Aber heute ist mir zum ersten Mal bewusst geworden, dass wir eine gemeinsame Zukunft haben können ... ohne dass ich Angst haben muss, dir könnte etwas geschehen.«

»Hugh, das reicht nicht. Was, wenn du aus irgendeinem anderen Grund plötzlich wieder der Meinung bist, du würdest mir wehtun? Früher hast du nicht an uns geglaubt. Warum sollte ich es jetzt tun? Was, wenn du herausfindest, was unter dem Blutfleck in dem Buch geschrieben steht? Was, wenn die Prophezeiung noch grausamer ist?«

»Court und Annalía sind überzeugt, dass die letzten beiden Zeilen allen vorangehenden einen neuen Sinn verleihen. Wahrscheinlich geht es darum, dass jeder der Söhne die eine Frau finden muss, mit der er sein ganzes Leben verbringen soll. Ich jedenfalls glaube daran.«

»Und in deinem Leben soll ich diese Frau sein?« Wieder stiegen ihr die Tränen in die Augen.

»Ich habe nie daran gezweifelt.«

»Dann bist du jetzt also überzeugt, dass du mir ein Kind schenken kannst?«

»Aye.« Mit belegter Stimme fügte er hinzu: »Ich hoffe, dass ich es nicht schon getan habe, oder?«

»Nein, hast du nicht.« Hugh war die Erleichterung anzumerken. Jane neigte den Kopf zur Seite, und ihr Blick schien sanfter geworden zu sein. »Nein, du hast mich nicht geschwängert. Wird das deine Überzeugung ändern?«

»Nein. Nichts kann mich davon abbringen.«

»Aber du hast doch wieder und wieder behauptet, dass es dir nicht nur um den Fluch ging. Du hast immer neue Gründe angeführt, weshalb wir nicht zueinanderpassen.«

»Das waren nur Entschuldigungen …«

»Soll das heißen, dass du mich angelogen hast?«

»Nein, ich habe dich nie angelogen. Und diese Entschuldigungen habe ich mir selbst ebenso krampfhaft eingeredet, wie ich sie dir habe weismachen wollen.« Sie zog die Augenbrauen hoch. »Die Gründe waren echt. Aber all das spielt jetzt keine Rolle mehr. Weil ich da sein will, wann immer du mich brauchst.« Mit dem Daumen fuhr er über ihre Wange und rieb die letzte Träne fort. Jane schluchzte leise, ließ es aber geschehen.

»Trotzdem bleibst du ein einsamer Wolf. Du bist und bleibst ein Einzelgänger. Niemals wirst du daran etwas ändern können. Ich bin anders als du, und ich kann kein Leben in der Einsamkeit führen. Wirst du mich von meiner Familie fernhalten?«

»Nein, niemals. Wenn es keine anderen Hindernisse zwischen uns gibt, dann ziehe ich mit dir und deiner Familie unter ein Dach.«

Jane riss die Augen auf. »Ist das dein Ernst?«, fragte sie ungläubig. »Das würdest du tun?«

»Nichts im Leben ist mir wichtiger als du. Meine Zukunft liegt an deiner Seite. Oder es wird keine für mich geben.«

»Trotzdem, Hugh … ich habe Angst. Aus irgendeinem Grund könntest du deine Meinung ändern, und dann würde ich dich ein drittes Mal verlieren.« Jane wandte kurz den Blick ab. »Ein drittes Mal würde ich es nicht ertragen.«

»Ahnst du, wie verzweifelt ich auf *Beinn a'Chaorainn* versucht habe, dir zu beweisen, dass ich der falsche Mann für dich bin? Aber es ist mir nicht gelungen. Selbst dann habe ich noch darum gekämpft, dich nicht gehen zu lassen. Obwohl es egoistisch war, habe ich nicht nach Quin geschickt, um dich abholen zu lassen.«

»Du hast nicht nach ihm geschickt?«

Hugh schüttelte den Kopf, legte sanft die Hände auf ihre Schultern und streichelte ihren Rücken und ihren Nacken. »Ich habe immer nach einem Weg gesucht, bei dir bleiben zu können. Und nun haben wir ihn gefunden. Wenn du mich jetzt nimmst, wirst du nie wieder die Gelegenheit haben, mich loszuwerden.«

»Dann bist du heute Abend in diesen Empfang hereingeplatzt, weil du für immer mit mir verheiratet sein willst?« Jane biss sich auf die Lippen. »Weil du mit mir leben willst?«

»Aye, Sìne. Wenn du mich noch haben willst.« Hugh schluckte und schlang die Arme um sie, obwohl sie sich anspannte und schwieg. Die Sekunden verrannen ...

Als sie schließlich auch die Arme um ihn schloss, atmete er erleichtert auf.

Hugh legte die Hände an ihre Wangen und sah Jane eindringlich an. »Ich habe dir gebeichtet, dass ich kein guter Mann bin ...«

»Aber zu mir wirst du doch gut sein?«

»Du lieber Himmel, natürlich! Immer.«

»Wirst du mich immer lieben?«

»Bis zum letzten Atemzug«, stieß er heiser hervor, und es klang, als wolle er einen Schwur ablegen. »Und du? Kannst du mich noch lieben, obwohl du weißt, was ich getan habe?«

»Hugh, inzwischen habe ich viel über deine Arbeit erfahren. Ich weiß, dass du zahllosen Soldaten das Leben gerettet hast, und niemals hast du irgendwelche Auszeichnungen erhalten. Es könnte sein, dass du für deine Arbeit niemals Anerkennung bekommen wirst. Aber ich bin sehr stolz auf dich.«

»Stolz?«, platzte er heraus. »Ahnst du eigentlich, welche Angst ich hatte, dir davon zu erzählen?«

»Ich bin immer überaus stolz auf dich gewesen. Daran hat sich nichts geändert.« Jane suchte seinen Blick. »Wenn ich meinem Vater ein Sohn geworden wäre, hätte ich deine Arbeit erledigt. Ich möchte, dass du das begreifst.«

»Daran habe ich keine Zweifel«, erwiderte Hugh, verzog die Lippen zu einem Lächeln, wurde aber gleich wieder ernst. »Ahnst du, was das zu bedeuten hat? Du solltest gründlich darüber nachdenken. Denn ich schwöre, dass ich dich nie wieder gehen lassen werde.«

Jane blickte auf. »Du schwörst, dass du mich nie wieder gehen lässt? Das hört sich gut an.«

Hugh sah sie an, als könne er kaum glauben, was gerade geschah. Jane wusste genau, wie er sich fühlen musste. Und sie wusste, dass sie eine unsichtbare Schwelle überschritten hatten. Endlich.

Das beklemmende Gefühl war … verschwunden. Weil sie genau dort angekommen war, wo sie hingehörte.

»Ich habe viel Geld verdient«, erklärte er, als müsse er sie noch immer überzeugen, bei ihm zu bleiben. »Ich kann dich verwöhnen. Und wir besitzen ein Haus an der Küste Schottlands.«

»Wir werden zusammen in einem Haus an der Küste wohnen?«

»Ja, in unserem Heim. Du solltest mit mir dort einziehen, zumal ich an dich gedacht habe, als ich es gekauft habe …«

»Wie bitte? Du hast dabei an mich gedacht?« Jane war überrascht und erfreut zugleich.

»Aye. Ich war überzeugt, dass es dich stolz machen würde, es dein Eigen zu nennen. Wenn du willst, bringe ich dich sofort dorthin. Wir können noch heute Abend aufbrechen.«

Jane biss sich auf die Lippe. »Oder wir verbringen die Nacht hier«, murmelte sie, »und machen dort weiter, wo wir in der Kutsche aufgehört haben.«

»Ich plädiere für Letzteres«, stimmte er so hastig zu, dass sie lachen musste. Sie seufzte leise, als er sie auf den Nacken küsste. Sie spürte seine Zunge auf ihrer Haut, und er küsste sie, bis sie sich zitternd an seine Schultern klammerte. »Ich muss dich noch einmal nehmen …«, flüsterte er dicht an der feuchten Haut ihres Nackens. »Wie oft habe ich davon geträumt …?«

»Ich auch.« Ihr Atem ging schneller, als er sie auf das Bett drückte und ihr die Röcke bis über die Hüften hochschob.

»Nach so vielen Jahren bin ich endlich frei«, flüsterte er heiser. »Und du gehörst mir.« Er zog ihr die seidene Wäsche aus, entblößte sie seinem Blick. Schon bei der ersten heißen Berührung spreizte Jane die Schenkel. Fasziniert beobachtete sie, wie Hugh die Augen schloss. »Ich muss dich warnen«, sagte er leise, »denn mein Verlangen nach dir wird nie aufhören.«

Jane schlang die Arme um ihn und hieß ihn willkommen. »Ich gehöre dir. Nimm mich«, flüsterte sie.

Liebe und Leidenschaft lagen in seinem Blick, als er sie ansah. »Wenn diese Nacht vorüber ist, wirst du nie mehr daran zweifeln.«

52

»Sìne, bist du bereit, dein neues Heim zu sehen?«, fragte Hugh, als sie das Ende des heckengesäumten Weges erreicht hatten.

Jane nickte atemlos. »Ich bin bereit.« Schon bald würde die Abenddämmerung hereinbrechen, und sie waren gerade erst in Waldegrave angekommen. »Seit fast einer Woche sterbe ich vor Neugier!« Der Aufenthalt in London hatte länger gedauert als angenommen, weil sie noch einige Dinge hatten erledigen müssen. Wäre Jane nicht ohnehin schon bis über beide Ohren in Hugh verliebt gewesen, dann wäre es spätestens passiert, als er sie gebeten hatte, ihm dabei zu helfen, die versprochenen Geschenke für ihre Nichten und Neffen zu besorgen.

»Es ist die beste Taktik, um mich bei deiner Familie einzuschmeicheln«, hatte er gebrummelt. »Noch vor Weihnachten werde ich damit anfangen, die jüngste Generation zu bestechen. Ich muss doch sicherstellen, dass ich sie auf meiner Seite habe.«

Mühsam hatte Jane ein Lächeln unterdrückt. »Du willst sie mit Spielzeug bestechen? Das nenne ich skrupellos.«

Jane hatte sich während der letzten Tage in London mit Claudia getroffen und sie getröstet, weil sie die Reise kurzfristig abgesagt hatte. Und sie hatte sich bei ihrem Vater bedankt, weil er sie in die Ehe mit Hugh gezwungen hatte – für den »brillanten Hochzeits-Coup«, wie er es genannt hatte. Hugh hatte mit Dr. Robert gesprochen und war mit intensiv geröteten Wangen sowie einem Kästchen mit … gewissem Inhalt zurückgekehrt. Hugh und sie hatten beschlossen, dass sie in ungefähr einem Jahr darüber nachdenken wollten, wann sie Kinder bekommen wollten. Erst einmal sehnte sie sich danach, Hugh eine Weile für sich allein zu haben.

Er legte die Hand auf ihre Wange und strich ihr mit dem Daumen über die Unterlippe. »Wenn dir das Haus nicht gefällt, musst du es nur sagen.«

»Ich bin zuversichtlich, dass es mir gefallen wird«, versicherte sie ihm. Er wirkte nicht die Spur nervös, und sie spürte, dass sie das Anwesen genauso lieben würde wie er. Und das konnte nur bedeuten, dass er ihre Spannung noch mehr in die Höhe treiben wollte. Jane knuffte ihn sanft in die Rippen. »Falls ich je einen Blick darauf werfen darf. Ich verspreche, dass ich es lieben werde. Selbst wenn es aussieht wie *Ros Creag*.«

»Es ist ein bisschen grauer. Aber ich weiß ja, wie sehr du das magst.« Er verzog die Lippen und erinnerte sie einmal mehr daran, wie atemberaubend attraktiv er aussah, wenn er lächelte. Sie nahm sich vor, ihm noch oft ein Lächeln auf die Lippen zu zaubern.

Obwohl er ihr angeboten hatte, mit ihr auf Hochzeitsreise zu gehen, wohin auch immer sie wollte, hatte sie nur den Wunsch gehabt, nach Schottland zu reisen. Zweifellos würden sie in Zukunft viele Reisen unternehmen. Aber vorerst wollten sie sich nicht länger als eine Tagesreise mit der Eisenbahn von England entfernen, weil sie die Hoffnung hatten, dass Hughs Kundschafter bald eine Spur von Ethan ausfindig machen würden. Außerdem wollte Jane sich im Frühjahr in der Nähe von *Beinn a'Chaorainn* aufhalten, wenn Hughs Nichte oder Neffe geboren wurde – sogar dann, wenn Courtland auf dem Gut anwesend wäre. Wenn Hugh sich mit ihrer Familie die größte Mühe gab, dann war sie es ihm schuldig, sich um die seine zu bemühen.

»Wir können natürlich vieles anders einrichten«, bemerkte Hugh absichtlich langsam. »Die Farbe oder …«

»Bitte, Hugh«, Jane lachte leise, »ich halte es nicht mehr aus! Ich will endlich unser Haus an der Küste sehen!«

»Du weißt doch, dass ich dir nichts abschlagen kann.« Hugh ergriff ihre Hand und führte sie um die Biegung des Weges, sodass sie freie Sicht hatte.

Schon beim ersten Anblick schnappte Jane erstaunt nach Luft. Beinahe wurde ihr schwindlig. Hugh drückte ihr die Hand, als ihr die Tränen in die Augen stiegen. »Sag irgendetwas.«

»Es ist … wie ein Traum.« Das Anwesen erstrahlte in voller Schönheit und in seiner ganzen Pracht. Es war aus hellbraunen Steinen gemauert, hatte althergebrachte schwarze Fensterläden und marmorne Balkone, die zur See hinauszeigten. Die malerischen Außenanlagen rollten sanft zu den majestätischen Klippen hinab. Und erst die Wellen … »Es stimmt. Man kann durch die Schaumkronen wirklich den Sonnenuntergang beobachten …«

Kaum hatte sie die Worte zu Ende gesprochen, blickte Hugh sie voller Stolz an. »Ich bin froh, dass es dir gefällt«, sagte er schlicht. »Bist du bereit, es jetzt innen zu besichtigen?«

»Ich würde lieber erst den Sonnenuntergang beobachten.«

»Natürlich.« Er zog sie an sich, schloss die Arme um sie und lehnte das Kinn auf ihren Kopf.

Während sie gemeinsam aufs Meer hinausschauten, sagte sie: »Trotzdem ist es eine Schande, dass es gar nichts zu verändern gibt.«

»Oh, aye.« Hugh lachte sein raues Lachen, das sie viel zu wenig hörte. Sie liebte es, wenn es tief aus seiner Kehle drang. »Bist du immer noch froh, mit mir verheiratet zu sein?«

»Ja, das bin ich.« Jane lachte. »Zumindest ein ganz, ganz wenig.« Hugh drehte sie zu sich, sodass sie ihn ansah. »Seit dem Tag, an dem ich dir zum ersten Mal begegnet bin, habe ich auf diesen Moment gewartet. Seit damals, als du mich mit deinem schottischen Akzent ›Püppchen‹ genannt hast.«

»Ich kann mich noch sehr gut an diesen Tag erinnern. Und ich kann mich daran erinnern, dass ich dachte: Wenn du erst einmal erwachsen bist, wirst du einem Mann gehörig den Kopf verdrehen.« Hugh zog sie eng an sich. »Ach, Jane«, raunte er und küsste sie auf den Scheitel, »allerdings habe ich damals nicht geahnt, dass ich dieser Mann sein werde.«